Kara Thomas est l'autrice de plusieurs thrillers YA, dont *Little Monsters*, best-seller en France. Cette véritable accro au crime parfait vit à Long Island, dans l'État de New York (États-Unis), avec son mari et un chat qu'elle a recueilli. Pour en savoir plus : rendez-vous sur www.kara-thomas.com

De la même autrice :

Little Monsters

Girls in the Dark
(Originellement publié sous le titre *À la nuit je mens*)

Remember the Cheerleaders
(Originellement publié sous le titre *Cheerleaders*)

Last Weekend

CE LIVRE EST ÉGALEMENT DISPONIBLE
AU FORMAT NUMÉRIQUE

www.castelmore.fr

Kara Thomas

Last Weekend

Traduit de l'anglais (États-Unis) par Isabelle Troin

FiBS

Fibs est une collection des éditions Castelmore

Titre original : *That Weekend*

Édition originale américaine publiée par Delacorte Press,
un label de Random House Children's Books,
département de Penguin Random House LLC, New York

Loi n° 49-956 du 16 juillet 1949 sur les publications
destinées à la jeunesse

Dépôt légal : mai 2022

ISBN : 978-2-36231-693-7

Bragelonne – Castelmore
60-62 rue d'Hauteville – 75010 Paris
E-mail : info@castelmore.fr
Site Internet : www.castelmore.fr

Pour James

Première partie

Dans la montagne

1

Aujourd'hui

De la terre froide et caillouteuse contre ma joue. Des racines pareilles à des veines durcies qui me meurtrissent le corps. J'ouvre les yeux et la lumière du soleil m'agresse, faisant radier une vive douleur à travers mon crâne. Je frémis.

Un halètement à mon oreille – sans doute ce qui m'a ramenée à la conscience. Étais-je assommée ou évanouie ? Je ne veux pas me demander ce que ça signifie, parce que j'ignore où je suis et à qui appartient cette langue humide contre ma joue…

Des cris. Je tourne la tête. Une voix de femme agacée ordonne :

— Tucker ! Reviens ici !

Je cligne des yeux jusqu'à ce que mon regard se focalise sur la tête d'un énorme labrador noir à quelques centimètres de la mienne. Quand je me redresse sur les coudes, le chien s'écarte en aboyant et décrit de petits demi-cercles devant moi.

— Putain, Tucker !

— Au secours.

Ma voix m'écorche la gorge comme si je n'avais pas parlé depuis longtemps. Je m'humecte les lèvres. Elles sont glacées.

Des pas qui piétinent des brindilles. La propriétaire de la voix émerge d'un bosquet sur ma droite.

— Mon Dieu.

Ses boucles argentées descendent plus bas que ses épaules. Tucker court vers elle et s'assoit à ses pieds pendant qu'elle pose ses bâtons de marche et sort une bouteille d'eau minérale de son sac. Elle dévisse le bouchon et me la tend.

— Comment tu t'appelles ?

— Claire.

— Moi, c'est Sunshine. Tu es seule ?

— Je ne sais pas.

Je ravale une boule d'angoisse tandis que mon cerveau tente de s'orienter. C'est le week-end du bal de promo. Sans que je m'explique pourquoi, c'est la seule chose dont je suis absolument certaine.

— On est où ?

— Sur le mont Bobcat, répond Sunshine.

Je porte la bouteille à mes lèvres en regardant l'inquiétude voiler son visage. Tucker trottine vers moi et me pousse la main avec sa truffe, y déposant une traînée de bave. Je m'appuie sur mon autre bras pour m'écarter de lui. Une nouvelle lance de douleur me transperce du cou jusqu'aux yeux.

Je roule sur le flanc et vomis le peu d'eau que j'ai avalée. La voix de Sunshine résonne par-dessus le bourdonnement de mes tympans.

— Où tu as mal ?

— À la tête.

Mal, c'est un doux euphémisme : il me semble qu'une hache me fend le crâne en deux. Je cligne des yeux pour chasser les taches noires dans mon champ de vision. Sunshine se relève en époussetant la terre sur son pantalon.

— Tu es peut-être grièvement blessée. Je vais marcher jusqu'au poste des rangers pour appeler une ambulance.

Un tsunami de panique s'élève en moi. Je ne sais pas où se trouve le poste des rangers, ni combien de temps Sunshine mettra pour l'atteindre et revenir.

— S'il vous plaît, ne me laissez pas.

— Je fais le plus vite possible.

Elle s'éloigne, le crissement des cailloux sous ses pieds diminuant à chaque seconde. Tucker me fourre sa truffe dans l'oreille avant de la suivre, et je me retrouve de nouveau seule.

Je ferme les yeux, serrant les paupières jusqu'à ce que des larmes pointent et qu'elles se mettent à trembler. J'ignore où je suis et pourquoi je suis seule. Je ne sais rien hormis le fait que c'est le week-end du bal de promo.

C'est le week-end du bal de promo. Je porte du vernis à ongles rouge vif assorti à ma robe, qui a une encolure bateau et une jupe plus courte devant que derrière.

Je ne me trouve pas à Fire Island, où j'ai dit que j'irais après le bal, et je suis blessée. Mes parents ne tarderont plus à apprendre ces deux choses.

Je tente de me souvenir des derniers jours. Je vois très bien la robe rouge qui m'a coûté un mois de salaire. J'ai été franchement soulagée de la rapporter chez *Macy's* vendredi matin et d'imaginer l'argent recrédité sur mon compte bancaire.

J'examine ma main tremblante tandis que les deux derniers jours me reviennent au goutte-à-goutte.

C'est le week-end du bal de promo, mais je n'y suis pas allée. Je n'ai pas verni mes ongles ; c'était inutile, puisque je ne comptais pas porter la robe.

La coupure barre ma paume droite telle une branchie incrustée de sang. Elle n'est pas douloureuse tant que je ne plie pas les doigts.

Comment je me suis fait ça ? Une onde de douleur pulse de mon cerveau. *Tu en demandes trop. Pose une question plus simple.*

Comment je suis arrivée là ?

Je porte un short en maille et un débardeur à côtes. Ma tenue de sport du lycée. Je ne me souviens pas de l'avoir enfilée, ni d'avoir lacé les baskets qui compriment mes orteils torturés. J'ai probablement des ampoules.

Depuis quand je suis là ?

J'ignore combien de temps s'écoule avant que Sunshine revienne avec deux hommes. Le premier est vieux, en uniforme vert ; le second est jeune et porte une chemise bleue marquée SAMU. Ils m'examinent en murmurant des paroles réconfortantes qui m'embuent les yeux.

— Tu peux nous montrer où tu as mal ?

Je lève ma main gauche ensanglantée, et l'ambulancier sort une trousse de premiers secours. Pendant qu'il déchire l'emballage d'une lingette alcoolisée pour nettoyer ma plaie, le ranger dit dans son talkie-walkie :

— Une jeune fille avec peut-être une blessure à la tête. Il faut l'évacuer.

Je m'assois sans tenir compte de la brûlure de l'alcool.

— Qu'est-ce que ça veut dire ?

Sunshine me pose la main sur l'épaule.

— Tout va bien, Claire. Tu ne peux pas redescendre à pied dans ton état.

Les hommes sont sortis de mon champ de vision. Des larmes brûlantes s'accumulent au coin de mes yeux.

— Qu'est-ce qu'ils vont me faire ?

— Ils vont te transporter sur un brancard.

Le temps que les hommes reviennent avec celui-ci, je tremble de tout mon corps. Pendant que l'un d'eux m'immobilise avec des sangles, l'autre étend une couverture de survie sur moi. Mon estomac plonge quand ils me soulèvent. Je ferme les yeux ; le balancement me donne envie de dormir.

— Claire, appelle un des hommes. Il faut que tu restes consciente et que tu répondes à nos questions.

Le message que mes parents m'ont fait apprendre par cœur quand j'étais petite, pour le cas où je serais séparée d'eux pendant une sortie, défile dans ma tête.

Ils me demandent mon adresse. Je réponds : « 32 Carmen Road, à Brookport », et le ranger interroge :

— C'est où, ça ?

— À Long Island, non ? suggère l'ambulancier.

— Ouais.

Je déglutis pour ravaler ma nausée.

— Tu es très loin de chez toi, commente le ranger.

Et bizarrement, c'est la goutte d'eau qui fait enfin déborder le vase de mes larmes.

Nous sommes au pied de la montagne, dans le parking. Je ne le sais que parce que le ranger me l'a annoncé.

On me charge à l'arrière d'une ambulance, et la dernière chose que je vois avant que les portes se referment, c'est le visage de Sunshine qui fronce les sourcils.

Quand les portes s'ouvrent de nouveau, je demande pourquoi on s'est arrêtés.

— On est à l'hôpital de Sunfish Creek, répond un des ambulanciers en dépliant la rampe pour faire descendre mon brancard.

Je murmure :

— Quelqu'un a appelé mes parents ?

L'homme se rembrunit.

— Tu nous as donné leur numéro pendant le trajet, et je t'ai dit qu'ils arrivaient. Tu ne te souviens pas ?

J'ai oublié toute une conversation. C'est perturbant, mais pas autant que le fait que mes parents vont venir ici. Je leur ai dit qu'on allait à Fire Island, qui n'est qu'à un court trajet de ferry de chez nous – pas à Sunfish Creek, dans les monts Catskill qui se trouvent à trois heures de route, pour passer le week-end dans la maison sur le lac de la grand-mère de ma meilleure amie Kat. Je n'ai pas menti parce qu'ils auraient dit non, mais parce que les parents de Kat n'auraient jamais accepté.

Kat. Jamais je ne serais partie randonner sans Kat…

Malgré la couverture de survie, je frissonne.

— Où ils sont ?

— De qui parles-tu, Claire ?

— De mes amis. Kat et Jesse.

Les ambulanciers me poussent vers l'entrée des urgences. Je ne suis même pas sûre qu'ils m'aient entendue par-dessus les bips des radios et la sirène qui hurle dans la rue.

On s'arrête dans un couloir blanc, sous un panneau marqué « TRIAGE ». Le plus âgé des deux hommes me saisit le poignet avec deux doigts et prend mon pouls.

— Tu randonnais avec des amis ?

Je ferme les yeux et fouille ma mémoire. Je ne trouve rien d'autre que le visage inquiet de Sunshine – et Kat, hier soir à la maison sur le lac, mettant des saucisses au frigo. *Pour demain.*

— On était censés aller camper, dis-je alors qu'il clipe quelque chose sur le bout de mon doigt. Mais je ne me souviens pas comment on est arrivés dans la montagne.

— Respire plus doucement, m'ordonne-t-il, les sourcils froncés, comme l'appareil se met à biper. Ton rythme cardiaque est trop élevé.

Je ferme les yeux. Ça faisait si longtemps que je n'avais pas éprouvé une telle peur à l'état pur ! Je me revois à l'âge de cinq ans, errant parmi la foule à la fête foraine après avoir lâché la main de ma mère.

— Quelqu'un va les chercher ?

— Je vais appeler le poste des rangers et leur dire d'envoyer quelqu'un au site de camping. Ça va aller, promet l'ambulancier en me tapotant l'épaule.

Puis il disparaît derrière des portes coulissantes, et je comprends qu'il ne reviendra pas. Il a fini son boulot ; maintenant, il part sauver la prochaine idiote qui se sera perdue dans les bois.

Mon brancard se remet à rouler. Un aide-soignant me fait franchir des portes battantes. Nous longeons un couloir bordé de lits à roulettes occupés par des corps gémissants. Une femme très maigre, visiblement inconsciente, est menottée à la rambarde du sien. Quelque part au loin, un homme hurle qu'il s'est chié dessus.

Tandis que l'aide-soignant manœuvre mon brancard derrière un rideau, une femme en tenue d'infirmière s'approche en trottinant et dépose à mes pieds une blouse emballée dans du plastique.

— Enfile-la.

L'aide-soignant disparaît ; l'infirmière tire le rideau et tourne son attention vers le chariot à roulettes qu'elle a apporté.

— Nom et date de naissance ?

Elle tape ma réponse dans une machine qui imprime un bracelet en plastique. Sans jamais me regarder en face, elle l'attache à mon poignet. Ma vessie menace d'exploser.

— Où sont les toilettes ?

— Il se peut que tu sois blessée à la tête. Tu ne peux pas te lever. Je vais te faire apporter un bassin.

Je suis horrifiée.

— Je dois faire pipi allongée ?

— Oui. De toute façon, il nous faut un échantillon d'urine. La blouse s'attache dans le dos.

Et elle s'en va.

Je jette un coup d'œil par l'entrebâillement du rideau. Un type en blouse d'hôpital passe devant moi, traînant un pied à perfusion derrière lui. Dans son autre main, il tient un gobelet d'urine.

Plus loin, l'infirmière est penchée sur un ordinateur.

J'ai si mal au ventre que je me mets à transpirer. Encore cinq minutes et je vais me pisser dessus.

Et merde. Je me lève et me dirige vers la droite – là d'où venait le type avec son gobelet d'urine. Il y a des toilettes au bout de la rangée de rideaux. Je m'y faufile, baisse mon short et me laisse tomber sur la lunette. Le soulagement est si fort qu'il me tire presque des larmes.

Je me traîne jusqu'au lavabo et tends mes mains sous le robinet. L'eau qui s'écoule par la bonde est d'un rose rougeâtre. Tremblante, j'examine mes paumes, mais il ne reste qu'une trace de sang séché qui part de mon pouce gauche, traverse ma main et remonte jusqu'à mon avant-bras.

Je sursaute à la vue du reflet dans le miroir. Je ne reconnais pas cette fille aux joues brûlées par le soleil et au front écorché.

Qui es-tu ? Que t'est-il arrivé ?

2

Trois jours plus tôt
Mercredi

Huit personnes s'entassent dans le Jacuzzi à six places d'Anna Markey. Notre charmante hôtesse fait de la place au dernier venu en s'asseyant sur les genoux de mon petit ami.

Ou ex-petit ami ? Je ne sais pas exactement. On ne s'est pas parlé depuis notre dispute après le dernier examen de statistiques, cet après-midi. Ben a fini avant moi, mais il avait promis de m'attendre à l'extérieur de la salle parce que c'est ce qu'on fait quand on sort avec quelqu'un depuis trois mois et cinq jours.

Il m'a effectivement attendue, mais quand je l'ai rejoint dans le couloir, Anna Markey était avec lui. Anna Markey, sa voisine depuis la maternelle. Anna Markey, qui l'appelle Benny et qui pose la tête sur son épaule devant moi, me fixant de ses yeux bleus innocents comme pour dire *Ça ne te dérange pas, hein ?*

Adossée au casier de Ben, elle faisait la moue de ses lèvres peintes en Black Cherry de Clinique.

— Je n'arrive pas à croire que tu ne viennes pas à ma maison de plage ce week-end.

Ce que j'espérais que Ben répondrait :

— Je préfère largement aller à Sunfish Creek pour profiter de ma copine dans la maison sur le lac de la grand-mère de sa meilleure amie.

Ce qu'il a répondu :

— Je sais. C'est nul.

Il ne m'a pas vue debout sur le seuil de la salle d'examen. Et il ne m'a pas vue me diriger vers le parking les joues baignées de larmes. Quand il m'a textoté *Où tu es passée ?*, je l'ai ignoré, comme j'ai ignoré ses messages suivants.

Bref. Je suis venue pour m'excuser, mais l'envie m'a passé.

Anna croise les mains derrière sa tête et s'étire comme un chat. Le regard de Ben dérive par-dessus son épaule. Noah McKenna, son meilleur ami et Le Mec Le Plus Susceptible De Laisser Tomber La Fac Avant Noël selon notre trombinoscope, éclabousse Shannon DiClemente. Celle-ci pousse un glapissement parce qu'il vient de mouiller ses cheveux qu'elle s'était donné tant de mal pour raidir, et Anna se blottit contre Ben pour éviter qu'il lui arrive la même chose.

Ils ne m'ont toujours pas vue, plantée au bord du patio, mes mains tremblantes fourrées dans la poche ventrale de mon sweat-shirt de l'université de Geneseo. Je suis redevenue celle que j'étais avant de sortir avec Ben : une fille invisible. Ses amis n'ont remarqué mon existence qu'après qu'il a décidé de faire attention à moi.

Quelqu'un tire sur ma queue-de-cheval. Jamie Liu apparaît près de moi et boit dans un gobelet en plastique.

— Quoi de neuf, meuf ?

Je désigne le Jacuzzi.

— Ah. Merde, lâche Jamie.

Côte à côte, on observe la scène. Elle ne me dit pas que Ben et Anna s'amusent, c'est tout, et que je n'ai rien à craindre. Depuis l'école primaire, Jamie est la personne à qui je m'adresse quand j'ai besoin que quelqu'un me donne un avis brutalement sincère sur mon haleine ou me dissuade de me couper une frange.

Au bout de quelques minutes de silence, elle demande :

— Tu vas faire quoi ?

— Je n'en sais rien. J'ai besoin de réfléchir.

— On rentre ?

Elle baisse les yeux vers son gobelet vide.

— Si tu veux.

Tout est calme à l'intérieur. On se dirige vers la cuisine, où Jamie attrape une bouteille de Bacardí parmi celles qu'Anna a sorties. Elle verse quelques doigts de rhum dans un autre gobelet et ajoute une giclée de Coca avant de me le tendre.

— Tiens, on va remettre les choses à l'endroit.

— En se mettant la tête à l'envers ?

On trinque. La mixture de Jamie est tellement infâme que je manque de recracher la première gorgée. Je lève le coude et l'avale d'un trait, comme un shot. Un frisson me traverse tout le corps, suivi par une douce sensation de chaleur.

— Wouhou. Pas mal. Un autre, je réclame.

Jamie s'exécute, plus que ravie de m'aider à monter dans le train pour Ivreville. Mes muscles se crispent, et tout à coup, j'ai les idées très claires.

Kat, ma meilleure amie, dit que je hais les confrontations. Si elle était là, elle me le rappellerait, mais elle irait quand même voir Ben pour le menacer qu'une façon si terrifiante qu'il se chierait dessus dans le Jacuzzi.

Mais Kat n'est pas là.

Je dois me comporter comme une grande fille, et ne pas repartir sans rien faire. Je vide un autre gobelet, puis un troisième, et suis Jamie dans le salon. On se pelotonne dans un coin du canapé. Le match de foot de la coupe du monde, raison officielle de cette soirée, passe à la télé – un écran plat aussi gigantesque qu'on peut l'attendre chez la fille d'un concessionnaire Ford qui possède plusieurs garages.

Mes paupières semblent peser une tonne. Pendant une pub pour les Wild Wings de Buffalo, Jamie pose une main sur mon genou.

— On va engueuler Ben maintenant ?

Je secoue la tête, et la pièce tangue. Je ferme les yeux et vide le reste de mon rhum-Coca.

— Désolée, mais je vais devoir jouer les mamans, dit Jamie en me prenant le gobelet des mains. Je ne veux pas que tu me fasses un coma éthylique.

Je frissonne.

— D'accord. Je suis prête à parler à Ben.

Elle me suit aussi souplement qu'un chat tandis que je me fraie un chemin parmi la petite foule rassemblée dans le salon des Markey. On traverse la cuisine et la véranda, puis on sort sur la terrasse. Mon cœur bat la chamade.

Je m'arrête près du Jacuzzi. La place qu'occupaient Ben et Anna est vide. Noah McKenna, qui tendait la main pour prendre une bière sur le bord, nous aperçoit et se fige.

— Où est Ben ? je demande.

Il jette un regard paniqué à la ronde en évitant le mien.

— Salut. Tu es arrivée quand ? Euh, je crois qu'il est rentré se chercher à boire.

— Bizarre, intervient Jamie. On arrive de la cuisine. On aurait dû le croiser.

Déjà, je rebrousse chemin vers la maison, montant les marches de la terrasse deux par deux. Des gamins plus jeunes, les copains des trois autres rejetons Markey, encombrent l'entrée du patio ; je perds Jamie dans la foule.

Cette brève sortie dans la chaude nuit de juin a rendu ma peau moite. Une goutte de sueur coule entre mes seins, et je sens mes cheveux friser en haut de mon front. Je ravale un rot acide et scrute la cuisine. Pas de Ben.

Je repasse dans le salon. *Putain, mais tu es où ?*

Mon regard se pose sur le haut de l'escalier. Anna a une serviette de bain enroulée autour de la taille. Ben la suit.

Je l'appelle. Je ne sais pas comment quelqu'un peut m'entendre par-dessus le raffut de la télé, mais Anna tourne la tête vers moi et se fige. Elle prend la main de Ben et tire dessus d'un air paniqué.

Ben me crie d'attendre, mais déjà, je fonce vers la porte d'entrée. Je trébuche sur la dernière marche du porche et me tords la cheville. *Je veux rentrer chez moi.*

Bien entendu, je ne suis pas en état de conduire. Si j'appelle à la maison, un de mes parents viendra me chercher, et même s'ils ne me puniront pas pour avoir bu, je ne supporterai pas l'humiliation de devoir raconter ce qui s'est passé avec Ben.

La honte me coupe les jambes. Je m'assois sur le bord du trottoir. Je suis vraiment trop conne. Trop conne d'avoir bu autant. Trop conne d'avoir cru que je pourrais m'intégrer dans la bande de Ben Filipoff. Il n'existe que deux personnes qui m'acceptent vraiment, et elles ne sont pas là parce qu'elles passent la soirée ensemble.

Je sors mon téléphone. Il m'échappe et s'écrase bruyamment sur le bitume. Un jour, l'écran va décider qu'il en a marre des mauvais traitements que je lui inflige et se fêler en toile d'araignée. Pour l'instant, il tient le coup. Je cherche maladroitement mes numéros préférés.

— Claire ? répond Kat sur un ton inquiet. Ça va ?

Je ferme les yeux.

— Tu es chez toi ?

— Non, chez Jesse.

— Tu peux venir me chercher ?

Une pause.

— Tu es où ?

— Chez Anna Markey. Je crois que je vais vomir.

— D'accord, ne bouge pas. On arrive dans cinq minutes.

L'idée que Jesse Salpietro me voie dans cet état est la cerise sur le gâteau de cette journée de merde.

—Claire. Attends.

La voix de Ben déchire le brouillard de mon cerveau.

Je me lève.

—Fous-moi la paix.

Il m'attrape le bras.

—Claire.

Je me dégage brutalement et le gifle de mon autre main. Choqué, il cligne des yeux. Du bruit près du portail des Markey : des jeunes rient, Noah s'esclaffe « Dommage que je n'aie pas filmé ça », une fille crie « Ce n'est pas drôle ! ».

Ben porte une main à sa joue.

—Je ne… Je voulais juste t'empêcher de traverser sans regarder.

Quelqu'un dit mon nom. Je me retourne. Jesse Salpietro se tient au bout de l'allée qui mène au garage des Markey.

—Qu'est-ce qui se passe ?

À côté de moi, Ben répond :

—Je ramène Claire chez elle.

Je gronde :

—Pas question.

—Je m'en occupe, dit Jesse à Ben.

Celui-ci secoue la tête.

—Évidemment, lâche-t-il en levant les mains et en s'écartant de moi. Je te la laisse. Elle est tout à toi.

Évidemment. Ça veut dire quoi ? Le temps que je me ressaisisse suffisamment pour le lui demander, Ben a disparu, et Kat Marcotte se tient près de Jesse. Elle porte une chemise en jean ample et un short d'un blanc immaculé. Ses cheveux méchés de blond et ondulés comme si elle revenait de la plage peuvent supporter la plus moite des nuits de juin.

Je me plie en deux et vomis sur la pelouse des Markey.

Kat passe un bras sous le mien.

— Bébé, aide-moi, réclame-t-elle.

L'odeur familière de Jesse – shampoing au pamplemousse, Fébrèze qu'il pulvérise sur ses vêtements pour couvrir l'odeur de clope de la maison de son oncle et de sa tante. Je ferme les yeux en luttant contre mes larmes. Une main posée au creux de mes reins, Jesse me guide vers la banquette arrière de sa voiture et m'y allonge. Au lieu de claquer la portière, Kat monte à côté de moi, soulève mes jambes et les pose sur ses genoux.

— Je suis désolée, je balbutie.

L'adrénaline a reflué, et la honte remplace la colère.

— Pourquoi tu t'excuses ? demande Jesse.

— Parce que j'ai vomi.

Kat se tortille sur moi.

— Tu as raté ton coup. Tu aurais dû viser Ben. En plein dans la gueule, comme dans *L'Exorciste*.

— Je l'ai giflé, je marmonne.

Le monde tangue autour de moi. Je capte quelques bribes de leur conversation.

Peux pas la ramener chez elle dans cet état.

Peux pas l'amener chez moi ; ma mère appellerait la sienne…

— Ma voiture, je bredouille. Je ne peux pas la laisser ici.

— On viendra la chercher demain matin, promet Kat.

Je répète :

— J'ai giflé Ben.

Kat lisse une mèche de cheveux sur mon front.

— Tu as bien fait. Je suis certaine qu'il le méritait.

— Je t'aime.

Son sourire satisfait est la dernière chose que je vois avant que la scène s'interrompe.

3

Deux jours plus tôt
Jeudi

Quand je me réveille, mon regard se pose sur Carlos Santana.

Un marteau-piqueur se déclenche dans ma tête. Je ferme les yeux. *Poster de Santana, lit une place.* Je ne suis pas dans ma chambre.

Je cligne prudemment des paupières jusqu'à distinguer une guitare électrique noire dans un coin de la pièce. Une Les Paul, dénichée sur eBay l'an dernier après qu'on lui a volé sa vieille Strat Fender après un concert. Kat et moi, on s'est cotisées pour lui en acheter une autre pour son anniversaire.

Assis à son bureau, dos à moi, Jesse regarde la bande-annonce du prochain Marvel avec des écouteurs.

— Jesse.

Comme il ne répond pas, je lui jette son oreiller dessus. Il pivote sur sa chaise et retire ses écouteurs.

— Elle est vivante !

Je me redresse tant bien que mal, et l'arrière de mon crâne cogne la tête de lit.

— Quelle heure il est ? Je dois être au boulot à midi.

— Dix heures. Tu as le temps.

Jesse s'approche prudemment, comme si j'étais un chien qui risquait de le mordre, et se perche au bord du lit en maintenant une distance de sécurité entre nous. Sur la moquette, j'aperçois un autre oreiller et une couverture roulée en boule.

— Tu n'étais pas forcé de dormir par terre, dis-je, même si on sait tous les deux que c'est faux.

Son lit n'a qu'une place, et Jesse Salpietro n'est pas du genre à laisser une fille bourrée dormir par terre.

— Pas grave, dit-il en étouffant un bâillement.

Je m'adosse à la tête de lit. En fermant les yeux, je revois Ben suivre Anna Markey à l'étage.

Je vais me remettre à vomir.

— Tu sais ce qu'est devenu mon téléphone ?

Jesse se lève pour aller le chercher sur son bureau. Il me le lance et se rassoit sur sa chaise.

— On a envoyé un texto à tes parents pour leur dire que tu dormais chez Kat.

Dans le silence gêné qui suit, je fais défiler mes messages pour me donner une contenance. Ben ne m'a ni appelée ni textotée. Le seul message non ouvert est la réponse de ma mère. *Embrasse Kat de ma part.*

Je pose mon téléphone et déglutis en priant pour ne pas me mettre à pleurer devant Jesse.

Il m'observe prudemment, comme s'il voulait dire quelque chose.

— Quoi ?

— Rien. (Il fait pivoter sa chaise de bureau un peu trop vite pour me tourner le dos.) Quand tu seras prête, je t'emmènerai récupérer ta voiture.

Mon estomac se recroqueville sur lui-même tandis qu'une pensée horrifiante me traverse l'esprit. Je me souviens d'avoir dit à Kat que je l'aimais.

Je ne suis pas croyante ; pourtant, je prie qui m'entendra pour avoir eu la présence d'esprit de ne pas révéler ce que je ressens pour son petit ami.

La voiture d'Anna Markey n'est pas dans l'allée du garage, ce qui m'épargne l'humiliation d'être vue récupérant la mienne avec la gueule de bois et mes fringues de la veille. Jesse s'attarde le long du trottoir.

Je m'immobilise, une main sur la poignée de la portière.

— Merci.

Qu'est-ce que ça me coûterait de le dire ? *Tu me manques. Je préférais comme c'était avant.*

Jesse a emménagé en ville au début de notre année de Sixième. Le jour de la rentrée des classes, je me suis assise à l'avant du bus scolaire pour le trajet du retour. Je me suis collée contre la fenêtre en priant pour que Noah McKenna ne se mette pas à côté de moi : l'année précédente, il avait le bureau derrière le mien, et il passait son temps à faire claquer les bretelles de ma brassière.

Quand il s'est laissé tomber près de moi, Jesse avait les cils collés ensemble. Un instant, j'ai cru que c'était parce qu'il pleuvait dehors, mais il avait aussi les joues marbrées de rouge.

Je ne me souvenais pas d'avoir jamais vu un garçon pleurer à l'école, devant des gens, depuis la maternelle. J'ai demandé :

— Ça va ?

Il a secoué la tête.

— J'ai oublié mes clés. Je vais devoir attendre dehors jusqu'à ce que ma mère rentre, à 18 heures.

— Tu ne peux pas aller chez un de tes voisins ? Ou appeler ta mère à son travail ?

De nouveau, il a fait un signe de dénégation très léger, comme pour ne pas faire tomber les larmes qui perlaient au coin de ses yeux. J'ai compris le message et mis mes écouteurs. Mais j'avais du mal à détacher mon regard de lui. La tache de naissance au coin de son œil droit. Ses boucles brunes qui avaient l'air si douces. Les miettes de biscuits Oreo sous ses ongles.

Le lendemain, j'étais déjà collée contre la vitre du premier rang quand je l'ai vu monter dans le bus. J'ai retenu mon souffle et attrapé mes écouteurs en priant pour avoir l'air absorbée par le démêlage du cordon.

Quelqu'un s'est laissé tomber dans le siège voisin.

—Salut.

J'ai réprimé l'envie de porter une main à ma bouche pour dissimuler le sourire idiot qui fleurissait sur mes lèvres.

—Salut.

—Qu'est-ce que tu écoutes ? a demandé Jesse.

Je lui ai tendu un de mes écouteurs, et il l'a mis dans son oreille. J'écoutais *American Girl* de Tom Petty, ma chanson préférée, et j'avais espéré qu'il me pose la question parce que je voulais que Jesse Salpietro sache tout de moi.

Il m'a raconté qu'il jouait de la guitare. Je venais juste de regarder mon film préféré, *Almost Famous*, pour la première fois cette année-là, et je lui ai dit que plus tard, je rêvais d'écrire pour le magazine *Rolling Stone*.

—Tant mieux, a-t-il répondu. Comme ça, tu pourras dire à tout le monde que la musique de mon groupe est trop géniale.

On a passé les années suivantes à faire ce genre de plans dingues. Dans le bus, mais aussi sur le carrousel du terrain de jeu devant la marina.

—Claire, lance Jesse, me ramenant au présent. Ça va ?

—Ouais.

Je défais ma ceinture de sécurité et descends de voiture sans le regarder.

—Merci de m'avoir déposée.

Quand je rentre chez moi, mes parents sont au travail. Maman est psychothérapeute ; elle reçoit ses patients dans un cabinet à quarante minutes de route. Papa est bibliothécaire, et il a des horaires tournants. Quant à moi, je bosse dans un restaurant italien. Autrement dit, il est rare qu'on soit à la maison et réveillés tous les trois en même temps.

Je me douche et fais une sieste de vingt minutes. En me réveillant, je suis encore plus naze. Je parviens malgré tout à me traîner jusqu'au *Stellato*.

Je travaille ici depuis que j'ai quinze ans. J'ai d'abord fait la plonge, puis le service. Serg, le propriétaire, m'a laissée remplacer la dernière hôtesse d'accueil quand celle-ci est partie il y a un mois et que personne n'a répondu à son annonce d'embauche.

Plus personne ne veut bosser de nos jours, grommelle-t-il tout le temps. La vérité, c'est que personne ne veut bosser pour sa femme, qui est une créature cauchemardesque. Les cuisiniers défilent dans leur restaurant comme sur le podium d'un grand couturier.

Plus d'une fois, je suis rentrée du *Stellato* en larmes, et j'envisage de démissionner environ deux fois par mois, mais je n'ai pas le courage de le faire. J'aime les habitués qui me glissent toujours un billet de 20 dollars pendant les fêtes ; j'aime savoir exactement où se trouvent les choses et ne jamais avoir à demander.

Je me faufile par l'entrée de la cuisine où Carlos, le chef actuel, touille une marmite de sauce bolognaise. L'odeur fait monter la bile dans ma gorge. Je me couvre la bouche. Carlos dit quelque chose en espagnol au plongeur – un garçon que je ne connais pas –, et ils rient tous les deux.

— Arrêtez de vous moquer de moi.

— Comment tu sais qu'on se moque de toi ?

Je fronce les sourcils.

— Ça veut dire quoi, *resaca* ?

Carlos fait claquer sa langue et secoue la tête.

— Tu n'as pas écouté en cours d'espagnol ?

— On passait notre temps à regarder des films. La seule chose que je sais dire, c'est « *¿Dónde está Nemo ?* ».

Le plongeur se marre de plus belle tandis qu'une voix de fille lance dans mon dos :

— Il dit que tu as la gueule de bois.

Je me retourne. Kat se tient sur le seuil de la porte de derrière. Carlos la laisse toujours ouverte pour pouvoir plus facilement sortir fumer une clope. Attaché à un poteau sur le parking, Elmo, le golden retriever de Kat, hume l'air.

Je dévisage Carlos, puis Kat.

— Tu parles aussi espagnol ?

Kat a choisi le français comme langue vivante étrangère, et elle parle un italien presque parfait après avoir vécu quatre ans sur la base aérienne d'Aviano, en Italie.

Elle hausse les épaules.

— Ce n'est pas difficile à deviner.

— Elle a raison.

Carlos passe devant nous et se dirige vers le parking, une cigarette aux lèvres. Il tapote la tête d'Elmo au passage. Quand le chien m'aperçoit, il se met à gémir et à gratter le gravier.

— Tu lui manques, dit Kat.

Je m'avance pour lui caresser les oreilles avec mes pouces.

— Tu parles. Il croit juste que j'ai à bouffer pour lui.

Les Marcotte habitent tout près du *Stellato*. Kat passe devant quand elle va promener son chien. Comme elle sait que je pourrais avoir des ennuis si Serg découvrait qu'elle me rend visite au boulot, elle ne le fait que quand son camion n'est pas dans le parking de derrière. Mais ça faisait des semaines qu'elle ne s'était pas arrêtée.

Ce qui me fait dire qu'elle sait très bien qu'il y a un malaise entre nous.

Je suppose que ça a commencé en avril, quand les facs ont envoyé leurs lettres d'admission.

Kat a été prise à Boston College et à NYU, les deux universités de ses rêves. J'étais trop gênée pour lui dire que la mienne, l'école de journalisme Northwestern's Medill, avait rejeté ma candidature. Alors, j'ai menti. Je lui ai dit que je n'avais même pas postulé, parce que j'étais certaine qu'ils ne voudraient pas de moi.

À présent, Kat jette un coup d'œil aux tables de la terrasse, celles où je dois mettre le couvert avant qu'on ouvre à midi.

— Je te donne un coup de main ?

— Si tu veux. Je reviens tout de suite.

Je fouille dans le placard à linge et prends une pile de nappes. Kat m'attend sur la terrasse. Elle me regarde dresser une des tables avant de m'imiter.

— Tu as parlé à Ben ? demande-t-elle.

— Non, dis-je en secouant une autre nappe pour la déplier.

— Tu comptes le faire ?

— Non.

Il n'y a rien à ajouter. Sortir avec Ben Filipoff fut une expérience foireuse. Mais ce n'est pas pour me parler de ça que Kat est venue. Elle est en mission de reconnaissance : elle veut savoir si ma rupture va affecter nos projets pour ce week-end.

Par deux fois, j'essaie en vain de déployer la nappe bien au centre de la table. Kat s'approche et attrape l'autre bout.

— Ce n'est peut-être pas une bonne idée de vous accompagner, dis-je en levant les yeux vers elle quand la nappe est enfin bien mise.

Elle se décompose.

— Claire.

On a tout organisé depuis des semaines. Contrairement à nos camarades qui vomiront des *slushies* à la Smirnoff dans les toilettes de maisons de plage des Hamptons ou de Fire Island, Kat, Jesse, Ben et moi devions passer le week-end dans le nord de l'État, juste nous quatre dans la maison que la grand-mère de Kat possède au bord du lac à Sunfish Creek.

Je comptais faire semblant d'aimer les activités en extérieur – la randonnée, le kayak – pour que Ben me trouve aussi cool que Kat, qui a skié dans les Dolomites en Italie et randonné dans les fjords en Norvège. Moi, le plus loin que je sois jamais allée, c'est à Disney World près d'Orlando, en Floride.

— Ben était censé m'emmener en voiture, dis-je.

Kat se mord la lèvre inférieure. Jesse et elle ne comptent pas aller au bal de promo ; c'est comme ça que tout a commencé. Ils ont prétendu que ça ne leur disait rien, mais je sais bien que c'est parce que Jesse ne peut pas se le permettre. Les tickets seuls coûtent 100 dollars cette année. J'ai envisagé de ne pas y aller non plus pour rester avec eux, mais je voyais bien que Ben avait envie de prendre des photos ringardes, de boire du Coca light coupé à l'eau et de danser sur *Mr. Brightside* en brandissant le poing. Alors, on a convenu qu'on irait au bal tous les deux et qu'on rejoindrait Kat et Jesse après.

— Tu peux monter en voiture avec nous demain après-midi, propose Kat. Sauf si tu comptes aller quand même au bal.

Je la fixe.

— Seule ? Ce serait encore plus gênant que de vous tenir la chandelle.

Elle se décompose.

— Claire. Dis-moi que tu vas venir quand même.

Je ne réponds pas. Je n'ai aucun argument qui ne trahirait pas la véritable raison pour laquelle je ne veux pas me retrouver seule avec Jesse et elle.

— S'il te plaît, insiste Kat. Je veux que tu viennes.

J'acquiesce telle une de ces figurines avec la tête montée sur ressort. Comme d'habitude, je suis incapable de lui refuser quoi que ce soit. L'été avant notre année de Seconde, elle a fait une présentation PowerPoint pour démontrer à sa mère que notre lycée local valait aussi bien que l'école catholique où elle avait fait sa Troisième.

Le monde se plie aux désirs de Kat Marcotte, et pas juste parce qu'elle est très belle.

Sa beauté n'est que la cerise sur le gâteau, un bonus génétique. Au volley, son smash sème la terreur dans le cœur des équipes du comté voisin. Même les profs les plus blasés font des commentaires enthousiastes sur ses devoirs. Elle a davantage voyagé en dix-sept ans que je ne le ferai probablement dans toute ma vie. Elle est allée partout, alors que je vis seulement dans ma tête.

Alors, pourquoi suis-je toujours aussi surprise que Jesse soit tombé amoureux d'elle ?

4

La veille
Vendredi

Quand j'avais dix ans, ma mère a lu un livre sur le développement des adolescents qui disait qu'il fallait les laisser prendre leurs propres décisions, si mauvaises soient-elles. Depuis, c'est la devise de la maison. Je n'ai que trois règles à respecter : ne pas boire trop d'alcool, ne pas monter en voiture avec quelqu'un qui a bu de l'alcool, et ne pas mentir sur l'endroit où je vais.

La troisième règle pose problème pour ce week-end, parce que si je parle de la maison au bord du lac à mes parents, ils voudront vérifier auprès des Marcotte, qui ne doivent absolument pas savoir qu'on va à Sunfish Creek. Les parents de Kat sont mille fois plus sévères que les miens ; sa mère ne voulait même pas la laisser passer le week-end à la maison de plage des Markey.

Bref, voilà pourquoi mes parents, ceux de Kat et l'oncle et la tante de Jesse pensent tous qu'on va à Fire Island.

Mes parents n'ont pas tiqué quand je leur ai annoncé que je n'irais pas au bal de promo. Ma mère a paru secrètement ravie que j'aie fini par plaquer Ben Filipoff, et quand j'ai parlé de rapporter ma robe au magasin, mon père a répondu un truc du style : « Pense à tous les bouquins que tu pourras acheter avec ces 150 dollars », parce que c'est un rat de bibliothèque.

Kat arrive chez moi à 16 heures avec son nouveau 4x4 Infiniti, cadeau (en avance) de sa grand-mère pour son bac. On passe à la boulangerie Dolce Vita pour prendre Jesse après son boulot.

Le temps qu'on atteigne l'autoroute, Jesse est calé contre une des vitres de derrière, sa casquette des Yankees baissée sur ses yeux pour se protéger contre la lumière du soleil couchant.

— Tu préfères avoir des griffes de paresseux à la place des mains ou des sabots de chèvre à la place des pieds ? lance Kat.

On joue à ce jeu depuis qu'on est petites. C'est ma mère qui nous l'a appris un été où on rentrait de Montauk. Kat et moi avions des coups de soleil, et on s'impatientait d'être coincées dans les bouchons sur l'autoroute.

— Des sabots, murmure Jesse sur la banquette arrière.

Kat lève les yeux vers le rétroviseur.

— Pourquoi ?

— Je ne pourrais pas jouer de la guitare avec des griffes de paresseux.

— Et tes pieds ressemblent déjà à des sabots, dis-je.

Kat se marre ; Jesse donne un coup de pied dans le dossier de mon siège, et tout retrouve sa place dans mon univers. Comme au temps où on était trois, et pas deux plus une.

— Elle a raison, glousse Kat. Je n'ai jamais vu des cous-de-pied pareils, bébé.

Et ce « bébé » claque comme un élastique sur ma peau, me rappelant qu'on ne sera plus jamais trois.

Je me prête au jeu de Kat jusqu'à ce qu'on atteigne les ponts de sortie de Long Island. Jesse n'a pas répondu à ma dernière question : « Tu préfères qu'on t'épile entièrement le corps à la pince à épiler, ou manger tout un bloc de fromage moisi ? »

Je jette un coup d'œil dans le rétro latéral. Derrière moi, Jesse est affalé contre la vitre, les yeux clos et les lèvres entrouvertes.

— Claire, murmure Kat. On n'est pas fâchées, hein ?

Je soupçonne que ça n'a rien à voir avec ce que j'ai pu dire l'autre soir quand j'étais bourrée, et tout à voir avec la personne qui dort à l'arrière et le tee-shirt du Boston College qu'elle porte sous son sweat-shirt.

— Non, non.

Je tourne la tête vers la fenêtre et appuie ma joue sur ma ceinture de sécurité.

— Je suis contente que tu sois là.

Quelque chose me pousse à dire :

— Tu voulais que je vienne.

J'observe mon reflet dans le rétro latéral. Je passe un doigt sur ma lèvre inférieure en m'imaginant dire : *Parfois, c'est dur de te voir obtenir tout ce que tu veux.*

C'est Kat qui me réveille en me secouant par le bras. Je cligne des yeux pour en chasser les vestiges de sommeil jusqu'à ce que je puisse déchiffrer les chiffres de l'horloge sur le tableau de bord. Il est 20 h 45.

Je bâille.

— On est où ?

— Techniquement, on est perdus, répond Kat sur un ton irrité. Le signal GPS ne passe pas. Tu captes Internet sur ton téléphone ?

Je le sors de la poche ventrale de mon sweat et balaie l'écran d'un doigt. Une seule barre de réception, et pas de connexion Internet.

— Non.

— Merde alors, jure Kat en se rangeant sur le bas-côté, son 4x4 cahotant sur le sol rocailleux et inégal.

Elle met le point mort, allume les feux de détresse et enfouit son visage dans ses mains. C'est un des rares moments où je ne voudrais pas être à sa place : quand quelque chose ne se passe pas comme prévu. Chaque événement qui échappe à son contrôle déclenche une minicrise.

Ça doit être épuisant.

— Ce n'est pas grave, dis-je sur un ton léger. On va s'arrêter quelque part et demander notre chemin.

— Il n'y a nulle part où s'arrêter, réplique Kat. (Elle prend une grande inspiration et se pince l'arête du nez.) Même si on trouve quelque chose d'ouvert, la maison est au bout d'un chemin privé. Je doute que les gens la connaissent.

— D'accord, je soupire, déjà à bout de patience.

Je jette un coup d'œil à Jesse qui roupille toujours à l'arrière. *Tu voudrais bien te réveiller et m'aider à la gérer, s'il te plaît ?*

— On n'a qu'à continuer à suivre cette route. On finira peut-être par tomber sur un magasin qui aura du wifi, et on pourra consulter une carte.

Je m'attends à ce que Kat réplique que c'est nul comme idée, mais elle repasse la marche avant et déboîte. Cinq minutes plus tard, une station essence apparaît sur notre droite. Kat ralentit et se gare près d'une des deux pompes. La boutique est plongée dans le noir ; la seule lumière provient du bâtiment voisin, un cube marron avec une enseigne « AU JOYEUX MAQUEREAU ».

— Là, dis-je avec satisfaction.

— C'est super louche comme endroit, proteste Kat.

— Ouais, mais en l'absence de couvent plein de nonnes serviables, on n'a pas le choix.

Elle lorgne le *Joyeux Maquereau*, puis son téléphone inutile dans le porte-gobelet.

— Je vais juste leur demander notre chemin, pas chercher un mec à ramener chez moi, fais-je valoir.

Elle soupire, se rapproche du cube brun et s'arrête pour me laisser descendre.

— Sois prudente quand même.

Je saute à terre en me frottant les bras. Il fait froid dans la montagne.

Une pierre maintient la porte du *Joyeux Maquereau* ouverte. Je pénètre dans un bar chichement éclairé au sol couvert de moquette. Il y a un jeu d'arcade dans un coin et un billard dans le fond. Mon cœur accélère quand l'homme et la femme qui sont en train de jouer baissent leurs queues pour me dévisager.

Évitant leur regard, je sors mon téléphone et cherche un réseau wifi disponible. Il n'y en a qu'un, protégé par un mot de passe et nommé PRIVÉ.

Quel charmant établissement. Je range mon téléphone dans la poche arrière de mon jean et m'avance vers le comptoir. La serveuse est occupée à compter les billets d'1 dollar dans la caisse. Je reste plantée là jusqu'à ce qu'elle me remarque et me jette un coup d'œil peu amène, genre : *Qu'est-ce que tu veux ?*

— Bonjour, je cherche la route du Panorama de la Carrière. Mon GPS ne capte plus.

La femme pousse un gros soupir.

— Laisse-moi une minute.

Je ressors mon téléphone pour envoyer un message à Kat : je ne vais pas ressortir tout de suite, mais inutile d'appeler la police. Le type qui joue au billard – il a un filet de barbe rousse et des cheveux clairsemés de la même teinte – boit une gorgée de bière en me détaillant. Il porte un tee-shirt avec le drapeau confédéré sur le devant, et un jean délavé qui descend très bas sur ses hanches maigres.

Je détourne les yeux, les joues en feu, avant que sa compagne ne croie que je le mate. Elle semble capable de m'écraser comme un vulgaire grain de raisin.

La serveuse revient et me tend une serviette en papier sur laquelle elle a griffonné des instructions.

— Merci beaucoup.

— Mmmh.

Déjà, elle se désintéresse de moi. Je me dirige vers la porte sans me retourner, mais je sens le rouquin me suivre du regard.

Dans le parking, j'ouvre la portière passager et me hisse sur le siège de l'Infiniti.

— Tu as trouvé ? lance Kat.

Sans un mot, je lui tends la serviette en regardant dans le rétro latéral. Jesse s'est réveillé ; l'écran de son téléphone éclaire son visage.

Kat prend la serviette entre deux doigts.

— Je vais probablement choper une hépatite.

Je réprime l'image du rouquin flippant près du billard, le regard méprisant de la serveuse. C'est peut-être un reste de gueule de bois ou le contrecoup émotionnel des dernières quarante-huit heures, mais soudain, je ne supporte plus Kat.

— En fait, je suis tombée sur des gens très sympas.

C'est un mensonge, inutile de surcroît, mais ça me fait du bien d'avoir le dessus l'espace d'un instant.

Kat pince les lèvres et démarre en regardant droit devant elle.

Les explications de la serveuse étaient très claires. Cinq minutes après avoir quitté le Joy*eux Maquereau*, on trouve la route du Panorama de la Carrière.

C'est un chemin privé, si étroit que deux voitures ne pourraient pas s'y croiser. Les maisons sont protégées par un portail en fer forgé. Même quand j'étais petite, ça me choquait de voir des demeures aussi opulentes aux portes d'une ville aussi minable que Sunfish Creek.

Kat s'arrête et tape un code. Le portail s'ouvre et le 4x4 remonte lentement l'allée, éclairé par les lumières reliées à un détecteur de mouvement.

Des papillons de nuit volettent autour de la lampe au-dessus de la porte d'entrée. Je hisse mon sac à dos sur mon épaule et monte les marches à la suite de Kat et de Jesse.

Le rez-de-chaussée se compose d'un grand espace ouvert qui sert à la fois de pièce à vivre et de cuisine, d'une salle de bains avec toilettes et d'une chambre d'amis.

— Installez-vous, nous dit Kat en posant son sac de sport. Je vais ouvrir l'eau et allumer le chauffage.

On a décidé où on dormirait dans la voiture. Elle m'a proposé de prendre la chambre principale avec sa salle de bains privée qui contient un Jacuzzi, sans doute pour me consoler de m'être fait plaquer. Mais j'ai refusé et préféré la deuxième chambre située à l'étage : elle a un grand lit au lieu des deux petits d'en bas dans lesquels Kat et moi dormions, enfants.

Jesse et moi nous arrêtons au pied de l'escalier. Il me fait maladroitement signe de passer devant lui, et je grimpe les marches comme si j'avais un fauve aux trousses.

Je me faufile dans la plus petite des deux chambres de l'étage. Tâtonne en quête de l'interrupteur et jette mon sac à dos sur le lit. Puis je me laisse tomber à côté sur le dos, ferme les yeux et presse le bout de mes doigts sur mes paupières.

On doit repartir dimanche matin. Ce qui fait moins de quarante-huit heures à éviter de me retrouver seule avec Jesse. Demain, on doit aller randonner et camper sur le mont Bobcat, ce qui réglera le problème. Je devrai juste aller faire pipi dans les bois en même temps que Kat.

Je rouvre les yeux au moment où un éclat de rire s'élève de l'autre côté du mur. J'imagine Kat se laissant tomber sur le lit à côté de Jesse, qui l'attire vers lui…

Ma peau me démange, et j'ai trop chaud. Je n'arriverai jamais à dormir ici.

Je toque à la porte entrouverte de la chambre principale et lance :

— Hé, finalement, je vais prendre la chambre d'en bas.

Je dévale l'escalier dont la moquette absorbe le martèlement de mes pieds. Je m'enferme dans la chambre d'amis et pose mon sac à dos sur un des lits jumeaux, puis m'assois à côté et me couvre le bas du visage de mes mains.

Comment ai-je pu croire que je gérerais de me retrouver ici avec eux, sans Ben pour me distraire ? Je dois vraiment me détester. À moins que j'aie réussi à me convaincre que je n'éprouvais plus rien pour Jesse.

J'aurais pu lui dire. J'ai eu des tas d'occasions. Toutes ces conversations tard le soir sur Messenger, longtemps avant que Kat revienne d'Italie, avant que la mère de Jesse meure et qu'une porte invisible semble se fermer entre lui et moi.

J'ai vraiment envisagé de le faire au printemps dernier, avant que Kat commence à bosser à *Dolce Vita* pendant les grandes vacances, avant que Jesse et elle se pointent main dans la main à la marina pour regarder les feux d'artifice du 4-Juillet, avec un sourire penaud comme pour dire : *Tu t'attendais à quoi ?*

Des pas dans le couloir. Une porte de placard qui claque dans la cuisine. Je baisse les mains. Pas d'autre moyen de franchir l'obstacle que de le franchir, comme dit toujours ma mère. Pas d'autre moyen d'endurer les prochaines quarante-huit heures que de les endurer un sourire aux lèvres parce que si Kat pense que je ne m'amuse pas, elle fera une autre crise.

Je la trouve dans la cuisine, en train de vider un sac en toile *Whole Foods* plein de provisions. Je m'approche et cherche un truc à grignoter pendant qu'elle range un pack de saucisses dans le frigo.

— Combien je te dois pour les courses ? je demande, écartant une bouteille de moscato pour attraper un bloc de cheddar vieux.

Kat se dresse sur la pointe des pieds, fouille dans le placard à côté du micro-ondes et en sort une planche à découper.

— Tu n'auras qu'à prendre le dîner de ce soir.

Même si je n'aime pas devoir quoi que ce soit à qui que ce soit, je sais qu'il vaut mieux ne pas insister. Kat est toujours gênée quand on parle d'argent. Même si sa famille vit dans une petite maison et qu'elle achète ses fringues chez *American Eagle* comme nous tous, elle n'a jamais eu à se faire de souci sur ce plan. Sa grand-mère paiera sa scolarité au Boston College, tandis que l'oncle de Jesse lui a piqué son premier salaire pour payer leur abonnement au câble.

— Quelqu'un a parlé de dîner ?

Jesse se tient sur le seuil de la cuisine, les cheveux collés au front. Il porte un short de basket et un tee-shirt blanc.

Kat s'adosse au comptoir et croise une cheville sur l'autre.

— Vous voulez commander quoi ?

— N'importe, répond Jesse. Je crève de faim.

Mon propre estomac gargouille sévèrement. Pour empêcher Kat de se lancer dans une longue énumération des possibilités, j'attrape le menu *Domino's* accroché sur un côté du frigo.

— De la pizza. Et des bâtonnets à la cannelle. Voilà.

— Ils ne livrent pas ici, réplique Kat.

Ne voulant pas discuter avec elle, je prends un couteau dans le bloc en bois posé sur le comptoir et ouvre l'emballage du cheddar.

— J'irai les chercher, propose Jesse.

Son regard fait la navette entre Kat et moi. Je hausse les épaules, coupe un morceau de fromage et le glisse dans ma bouche.

— Tu es sûr ? contre Kat. Ça ne me dérange pas d'y aller.

— Je suis sûr. Ça vous laissera du temps pour vos papotages de filles.

Jesse se penche et embrasse l'épaule de Kat. Puis il attrape sa clé de voiture sur l'îlot central et fait tourner l'anneau du porte-clés ananas autour d'un doigt bronzé.

— Je reviens tout de suite.

Mes joues me brûlent, même si Kat porte un sweat et que c'était un baiser des plus chastes. Leur façon d'être l'un envers l'autre est à l'opposé des couples shootés aux hormones qui se pelotent dans les couloirs du lycée. C'est la chose la plus intime que j'aie jamais vue.

— Il y a des biscuits salés quelque part là-dedans, dit Kat en penchant la tête vers le sac en toile pour cacher la rougeur de ses joues.

Je fixe le couteau de cuisine qui tranche le bloc de cheddar, la lame qui passe dangereusement près de mes doigts.

Les pizzas ont été commandées, le cheddar a été coupé et disposé sur des biscuits salés, et nos provisions pour la randonnée de demain sont rangées dans le frigo. Pelotonnée dans un coin de l'énorme canapé d'angle en cuir, je grignote tout en envoyant un message à mes parents pour les prévenir que je suis en vie, et sur le point d'aller me balader sur la plage avec Kat et Jesse.

Kat s'approche avec deux verres de moscato. Je pousse un grognement quand elle se penche pour en poser un devant moi sur la table basse.

— Ne me force pas à boire seule, Claire.

— Meuf, j'ai vomi dans la douche hier. Et on doit marcher toute la journée de demain.

— C'est juste du moscato. À peine plus costaud que du jus de raisin.

Kat déplie mes doigts et tente de me fourrer le verre dans la main jusqu'à ce que je cède.

On discute de la meilleure manière de tuer le temps jusqu'au retour de Jesse. On ne veut pas commencer à regarder un film sans lui, et il n'y a pas de câble pour nous fournir un bruit de fond inoffensif. Le silence grandit entre nous jusqu'à ce que Kat finisse son verre et lance :

— Les autres ont dû poster des photos du bal. Et si on se moquait de leurs tenues ?

Elle attrape son téléphone et ouvre Instagram. Je me rapproche d'elle pour voir.

— Ben a l'air déprimé, commente-t-elle.

Je lui prends son portable pour regarder. Assis à une table, Ben fait un doigt d'honneur à l'appareil. Shannon DiClemente est plantée derrière lui.

Kat récupère son téléphone.

— Oh mon Dieu, regarde l'ombre à paupières de Shannon ! On dirait qu'elle l'a estompée avec un balai !

Je m'esclaffe jusqu'à ce qu'elle passe à la photo suivante qui montre Anna Markey en fourreau de soie blanche, ses cheveux blond vénitien relevés en chignon sur un côté. Une vraie déesse.

— Fade, commente Kat en continuant à faire défiler. Sa robe autant que son visage.

Anna Markey est si belle que des murmures affolés couraient déjà parmi les filles de Terminale avant qu'elle mette les pieds au lycée de Brookport pour la première fois, mais Kat veut me remonter le moral.

Et voilà pourquoi, malgré la gêne qui plane entre nous, elle est toujours ma meilleure amie. Parfois, je me demande pourquoi elle m'a choisie alors qu'elle habite dans le Village, le quartier le plus convoité de Brookport, celui où vivent les élèves les plus friqués et les plus populaires. Elle continue à me choisir chaque fois, même quand je suis l'option la moins tentante.

Si loin que me portent mes pas, je sais que je pourrai toujours revenir vers Kat Marcotte, et que je me sentirai chez moi auprès d'elle.

Kat et moi sommes éméchées et gloussantes quand Jesse revient avec la pizza.

— Je n'ai même plus faim, j'annonce en me coulant sur une chaise de salle à manger. J'ai mangé la moitié d'un bloc de cheddar.

Jesse dévisage Kat, qui lutte pour s'asseoir convenablement sur la chaise d'en face.

— Et toi ?

— J'ai mangé l'autre moitié.

— Ouah. Je suis ravi d'avoir fait tout ce chemin pour récupérer 30 dollars de pizza et de bâtonnets à la cannelle.

Même s'il râle, Jesse engloutit presque une pizza entière à lui seul. Pendant que j'emballe les restes, Kat choisit un film sur Netflix au salon.

Jesse s'endort à la moitié, et quand le générique de fin commence à défiler sur l'écran, je m'aperçois que j'ignore comment le film se termine. Je cligne des yeux jusqu'à ce que ma vision se focalise. Kat est lovée contre Jesse ; elle dort la tête posée sur sa poitrine et la main dans la sienne.

Je me lève sans faire de bruit et vais me brosser les dents avant de me coucher.

Kat et moi, on dormait dans la chambre du rez-de-chaussée quand on était petites. Face à face dans les lits jumeaux, on discutait jusqu'à ce que Mme Marcotte vienne frapper à la porte pour nous dire de dormir si on ne voulait pas être crevées le lendemain.

J'éteins la lumière et me glisse dans un des lits. Me tourne et me retourne pendant un bon moment. Le couvre-lit épais fait trop de bruit au moindre de mes mouvements. Je m'en débarrasse à coups de pied. Au-dessus de moi, le ventilateur tourne avec un bourdonnement sourd, mais le courant d'air ne parvient pas jusqu'à moi.

Ma légère ébriété se dissipe, remplacée par de l'agitation. Quand je ferme les yeux, je ne vois que Kat lovée contre Jesse comme si leurs deux corps étaient faits pour s'emboîter.

Ils sont amoureux, et même s'ils sortent ensemble depuis presque un an, j'ai toujours du mal à les regarder sans me demander *Et si... ?* Je déteste ça.

Et si. Et si.

Il ne nous restait que quelques semaines avant le début de notre année de Troisième quand Jesse m'a demandé de le retrouver au terrain de jeu près de la marina, au bout de ma rue. J'ai compris qu'il y avait un problème, et un gros, quand je l'ai trouvé assis sur le carrousel, les mains posées sur les genoux et le regard fixé sur le grillage.

Je n'ai même pas réussi à lui demander ce qui s'était passé avant qu'il me jette ses bras autour du cou. Je lui ai tapoté le dos maladroitement. On ne s'était jamais étreints, et c'était la première fois que je le voyais pleurer depuis notre rencontre dans le bus, en Sixième.

Cancer ovarien. Sa mère était allée aux urgences en pensant qu'elle avait l'appendicite, et elle était rentrée chez elle avec un diagnostic qui lui laissait tout au plus quatre mois à vivre.

Je lui ai dit que j'étais désolée. Il a posé sa tête sur mon épaule et m'a chuchoté à l'oreille : « Je t'aime. »

J'étais encore paralysée par le choc quand il s'est remis à sangloter. Je suis restée là, les bras autour de lui, jusqu'à ce qu'il s'écarte et marmonne qu'il devait rentrer chez lui.

J'ai repassé cette scène un million de fois dans ma tête, tentant de me convaincre que j'avais mal entendu. Ou que ça ne voulait pas dire ce que j'imaginais. Ou que ça voulait dire ce que j'imaginais, mais qu'il avait immédiatement regretté ses mots.

Parce qu'on n'en a jamais reparlé. Jesse semblait vouloir oublier ce qui s'était passé ce jour-là au terrain de jeu, et je devinais qu'il valait mieux ne pas remettre le sujet sur le tapis. À ce moment-là, il avait besoin d'une meilleure amie, pas d'une petite amie.

Sa mère est morte six semaines plus tard.

Même si on a continué à parler tous les soirs sur Messenger, notre entrée au lycée a changé un tas de choses. Jesse s'est fait des potes plus âgés et a commencé à jouer de la guitare dans leur groupe. Au lieu de prendre le bus du retour avec moi, désormais, il se faisait raccompagner en voiture par l'un d'eux après la fin des cours. Quand j'ai entendu dire qu'il était sorti avec une fille de Westhampton Beach après une battle entre groupes de musique, j'ai fait comme si je m'en fichais.

L'été dernier, quand il a dit en haussant les épaules que Kat et lui, « c'était arrivé comme ça » alors que je ne lui avais rien demandé, j'ai également fait comme si je m'en fichais. Mais je commence à avoir du mal à faire semblant.

Je repousse les draps et me lève.

Le canapé du salon est vide, la couverture pliée à l'endroit où Kat et Jesse dormaient un peu plus tôt. La baie vitrée donne sur le lac, et le reflet de la lune à la surface de l'eau illumine la pièce.

Je déverrouille la porte de derrière et sors sur la pointe des pieds. Une lumière commandée par un détecteur de mouvement éclaire le chemin jusqu'à la berge. Je vais m'asseoir sur une des chaises basses Adirondack disposées sur le ponton et remonte mes genoux contre ma poitrine. Au bout d'un moment, la lumière s'éteint derrière moi, me laissant baignée par la douce lueur du clair de lune.

Je dois renoncer. Jesse aime Kat, Kat aime Jesse, et je les aime tous les deux. Si je m'entête, je les perdrai l'un comme l'autre.

Si seulement je lui avais demandé, avant qu'il soit trop tard, ce qu'il avait voulu dire sur le carrousel, j'aurais pu tourner la page il y a des années. Passer à autre chose.

Un craquement. Des pas derrière moi. Je sursaute, manquant de renverser ma chaise et tomber dans le lac. Une grande silhouette ensommeillée, vêtue d'un tee-shirt blanc et d'un short de basket, se dirige vers moi. Jesse se gratte la nuque et me dévisage avec curiosité.

— Putain, Jesse. Tu m'as fait peur.

Il s'assoit sur la chaise voisine de la mienne.

— Qu'est-ce que tu fais là ?

Une petite brise nous caresse. Je frotte mes genoux nus.

— Je n'arrivais pas à dormir.

Il rapproche sa chaise de quelques centimètres.

— Moi non plus.

Je me demande bien pourquoi. Il n'arrive pas à me regarder en face. Pas besoin d'être experte en langage corporel pour deviner qu'il a quelque chose de pas facile à me dire.

La paranoïa me saisit. Est-ce qu'il n'arrive pas à dormir à cause d'une ânerie que j'aurais dite l'autre soir, sous l'effet de l'alcool ? Ou est-ce qu'il s'est disputé avec Kat ?

— Je pensais que vous profiteriez davantage de la chambre principale, dis-je en écrasant un moustique imaginaire sur ma jambe pour ne pas avoir à le regarder.

— On ne passe pas notre temps à s'envoyer en l'air, Claire.

Ça me fait mal qu'il m'appelle par mon nom. D'habitude, il dit toujours « meuf » – sauf quand il est fâché contre moi.

— Désolée. (Puis, sans pouvoir m'en empêcher :) C'est un sujet sensible, peut-être ?

Jesse pianote sur l'accoudoir de sa chaise, au rythme d'une chanson qu'il est le seul à entendre. Il fait ça tout le temps, et je crois qu'il ne s'en rend même pas compte. Au bout d'un moment, sa main s'immobilise.

— On ne l'a pas encore fait.

Je tire mon sweat par-dessus mes genoux repliés.

— Sérieusement ? Ça fait un an que vous êtes ensemble.

Il rougit.

— Pourquoi ça te choque ? C'est important, la première fois.

Je hausse les épaules.

— Pas forcément. Ben s'est révélé être un connard, mais je ne regrette pas d'avoir perdu ma virginité avec lui.

— Il s'est révélé être ? répète Jesse sur un ton moqueur. Je croyais que la raison pour laquelle il te plaisait, c'est justement parce que c'était un connard.

J'ôte une tong et la lui jette dessus. Elle rebondit au pied de sa chaise pendant qu'il rit. Puis il se tait et penche la tête sur le côté. Ses yeux sont brun-vert au clair de lune. Je détourne le regard.

— Quoi ?

— Ben était ton premier ?

Le sang me monte aux joues.

— Oui. Avec qui tu aurais voulu que je couche avant ?

— Je ne sais pas. Peut-être Amos.

— Non ! Franchement, Jesse…

— Ah bon ? Je croyais que tu en pinçais pour lui.

— Tu crois vraiment que je baise tous les types pour qui j'en pince ?

— Ce n'est pas ce que j'ai dit, Claire. (Il pousse un des pieds de ma chaise.) J'avoue que je ne te comprends pas.

— Comment ça ?

Je serre mes genoux plus fort contre ma poitrine, comme pour comprimer les battements désordonnés de mon cœur.

— Tu es différente, dit-il tout bas. La moitié du temps, j'ai l'impression que tu ne me supportes pas.

Il est tellement à côté de la plaque.

Si je lui avais posé la question, j'aurais pu tourner la page.

— Tu te souviens quand tu as appris que ta mère était malade ?

— Je préfère ne pas y penser. Mais, oui.

Il n'y a presque pas de bruit dehors, juste le crincrin des cigales au loin et les coups sourds de mon propre cœur dans ma poitrine.

Si je lui pose la question, je pourrai enfin tourner la page.

J'inspire à fond, expire à fond.

— Et tu te souviens de ce que tu m'as dit ce jour-là, sur le carrousel ?

Jesse ne répond pas. Quand je détourne le regard, je sens qu'il me fixe. Et je comprends que s'il ne répond pas, c'est parce qu'il n'y a rien à dire. Tous les mots qu'il pourrait prononcer ne feraient que me blesser.

Je me lève en chassant un moucheron qui volette près de mon oreille.

— Je vais me coucher.

— Claire…

— Non, s'il te plaît. Oublie ce que j'ai dit, Jesse. (Incapable de supporter la pitié dans ses yeux, je lui tourne le dos.) Oublie toute cette conversation.

5

Aujourd'hui

Quelqu'un tambourine à la porte des toilettes alors que j'arrache des serviettes en papier du distributeur.

— Claire ? Est-ce que Claire Keough est là ?

Je me traîne du lavabo jusqu'à la porte. De l'autre côté, mon infirmière me dévisage, un poing encore levé et une lueur meurtrière dans les yeux.

— Désolée. J'allais me faire pipi dessus.

— Suivez-moi, aboie-t-elle.

Les urgences sentent le gel hydroalcoolique et le pop-corn brûlé. Quand on atteint le rideau de mon alcôve, l'infirmière dit :

— Vous devez mettre la blouse.

Brûlante de honte, je lui tourne le dos pour me déshabiller. Elle doit se lasser de me voir me débattre avec les liens dans le dos, car elle les attache pour moi avant de m'aider à m'allonger. Elle ramasse mon short mouillé et souillé de terre, et soudain, la panique me gagne.

Mon téléphone n'était pas dans ma poche. Je n'ai aucun moyen de joindre Kat et Jesse pour leur expliquer où je suis.

— Les rangers ont trouvé mon portable ?

— Non. Vous n'aviez rien de plus à votre arrivée que les vêtements que vous venez de retirer.

Elle ôte le frein du lit et commence à me pousser.

— On va où ?

— Au cas où vous n'auriez pas remarqué, nous sommes débordés. Je n'ai pas le temps de faire du baby-sitting.

Des larmes me piquent les yeux. Je cligne rapidement des paupières pour les empêcher de tomber, et une nouvelle onde de douleur se propage sous mon crâne. *J'avais juste besoin de faire pipi.*

— Je pourrais avoir du paracétamol ou quelque chose ? Ma tête me fait trop mal.

— Pas de médicaments tant que vous n'aurez pas vu un docteur.

Je n'ose pas demander dans combien de temps ce sera. Elle parque mon lit devant le bureau des infirmières, fourre mes vêtements dans un sac en plastique et le laisse tomber à mes pieds. Ma panique enfle : je suis seule, je suis blessée et je ne peux pas appeler Kat et Jesse.

— Attendez, dis-je alors qu'elle tourne les talons.

Elle croise ses bras nus et couverts de taches de rousseur sur sa blouse fuchsia.

— Il vous faut quelque chose ?

J'hésite et, en baissant les yeux, la vois taper impatiemment d'un pied chaussé d'une Nike rose fluo. Je secoue la tête et ravale mes mots. *J'ai peur.*

Depuis le couloir, je peux voir la télé au-dessus du lit dans la chambre d'en face. Je passe le temps en regardant de vieux épisodes de *New York, police judiciaire*. Quelqu'un vient me faire une prise de sang et me réclamer un échantillon d'urine. Quand l'infirmière revient enfin, elle tient une poche de liquide. Elle me pose une perfusion sans croiser mon regard. J'imagine qu'elle m'en veut encore d'être allée aux toilettes sans sa permission.

Je cherche le courage de lui demander quand un docteur sera disponible pour m'examiner lorsqu'elle se remet à pousser mon lit. Un homme l'arrête dans le couloir. Il porte une chemise blanche à manches courtes, un pantalon en toile, et il tient un porte-bloc. Il lui dit quelque chose que je n'entends pas ; elle me désigne du menton. Je me redresse dans mon lit.

L'homme s'approche de moi. Il est rasé de près, comme en témoigne la peau encore irritée de son menton. Il baisse les yeux vers ses papiers puis les lève vers moi.

— Claire ? lance-t-il d'une voix légèrement éraillée, comme s'il venait juste de muer.

— C'est moi.

Il se perche au bord de mon lit, son porte-bloc en équilibre sur un genou.

— Je m'appelle Eli. Je suis assistant social.

Évidemment. Je n'ai ni téléphone ni portefeuille, ni aucun souvenir de la façon dont je me suis retrouvée seule dans la montagne. C'est normal qu'on m'envoie un assistant social.

— Tu veux parler de ce qui t'est arrivé ?

Eli a les yeux d'un bleu ciel très peu naturel ; il pourrait aussi bien me dire qu'il a quinze ans ou quarante, et je le croirais.

— Je ne me souviens pas. J'étais censée faire du camping avec mes amis…

Il penche la tête sur le côté, attendant que je finisse ma phrase. Je tente de me remémorer la matinée, le moment où on s'est levés et où on a rempli nos sacs à dos, mais je ne me rappelle rien. *Je devais être avec eux. Pourquoi je me suis réveillée seule ?*

Eli consulte de nouveau ma fiche.

— Je vois que tu habites à Long Island. Qu'est-ce que tu faisais à Sunfish Creek ?

— La grand-mère de mon amie Kat a une maison au bord du lac.

Mon cœur se serre. J'ai besoin que Kat vienne à l'hôpital et qu'elle prenne tout en main. Qu'elle me dise que quoi qu'il soit arrivé dans la montagne, quelle que soit la raison pour laquelle je me suis retrouvée seule et blessée, ce n'était pas ma faute. Comme ce n'est pas ma faute si mes parents arrivent, que notre mensonge est découvert et que les Marcotte vont probablement tuer leur fille…

Je me tortille pour m'asseoir.

— Quelqu'un est venu me chercher ? Un couple de mon âge – ils sont peut-être dans la salle d'attente ?

Eli repose son porte-bloc sur son genou.

— Je ne crois pas. Mais si tu me donnes leur numéro, je peux les contacter.

— Je ne le connais pas par cœur.

Je presse le talon de ma main sur mon arcade sourcilière tandis qu'une nouvelle explosion de douleur tente d'oblitérer mes pensées. Combien de temps s'est écoulé depuis que l'ambulancier m'a promis d'appeler le poste des rangers pour qu'ils envoient quelqu'un prévenir Kat et Jesse au site de camping ? Ils ne devraient pas déjà être là ?

Eli éternue, et je sursaute violemment.

— Désolé, s'excuse-t-il en s'essuyant le nez avec le dos de sa main. Rhume des foins. Tu connais l'adresse de la maison dont tu m'as parlé ?

J'ouvre la bouche et hésite.

— C'est sur la route du Panorama de la Carrière, mais je ne me souviens pas du numéro.

Il clique sur l'extrémité de son stylo pour faire sortir la pointe et griffonne quelque chose sur ma fiche. Sous son porte-bloc, sa jambe remue d'une manière qui m'angoisse.

— Tu as un problème d'alcool ou de drogue, Claire ?

— Est-ce que j'ai… ? Non ! (Je le dévisage, et mes épaules s'affaissent.) Pourquoi vous me demandez ça ?

Il s'interrompt.

— Parce que c'est souvent la raison des pertes de mémoire.

— Je n'étais pas soûle… (Puis je prends conscience que mes analyses de sang et d'urine diront peut-être le contraire, et je rectifie :) Je ne me souviens pas d'avoir bu.

Eli plante son regard dans le mien et baisse la voix.

— On a des kits de viol, si tu veux qu'une infirmière t'examine.

Je ne sais pas ce qui m'horrifie le plus : que l'infirmière sadique m'enfonce un coton-tige à l'intérieur, ou que j'aie réellement pu être agressée pendant les heures dont je ne me souviens pas. La peur chasse l'air de mes poumons.

— Je n'ai pas… Je ne…

J'ignore pourquoi je ne parviens pas à dire les mots. Peut-être parce que je ne peux pas faire confiance à ma propre mémoire pour l'affirmer. Mais tout au fond de moi, je sais que je n'ai pas été violée, et si je l'avais été, je ne voudrais pas en parler à un type qui porte une cravate avec une chemise à manches courtes.

Mon estomac se tord. Il me semble avoir reçu une brique sur la tête. Est-ce qu'on a bu ? Se pourrait-il que j'aie exagéré au point de faire un coma éthylique ?

Non, ça m'étonnerait. Chaque fois que j'ai eu la gueule de bois, même avec une migraine moins forte que ça, j'ai vomi façon *L'Exorciste* le lendemain.

— Je n'ai pas besoin d'un kit de viol. J'ai besoin de parler à mes amis.

Parce que ce sont les seuls qui peuvent me dire ce qui s'est passé sur cette foutue montagne.

Je suis aux urgences depuis plus de deux heures, et je n'ai toujours pas vu de docteur. Grâce au ToilettesGate, mon infirmière refuse de m'adresser la parole, mais j'ai réussi à tirer les vers du nez d'une aide-soignante, et apparemment, le docteur attend de recevoir les résultats de l'IRM que je n'ai pas encore passée.

Quand un brancardier s'approche de moi et me demande si je suis bien Claire Keough, je manque de bondir hors de mon lit.

— Oui !

Peut-être que mes parents sont là. Ou que Kat et Jesse sont enfin arrivés.

Le type retire le frein du bout du pied.

— Je vais te conduire à ton IRM.

Je ferme les yeux et ravale ma frustration.

Il me pousse jusqu'à une salle obscure où une petite femme en blouse de laboratoire mange un bagel. Elle le pose pour me saluer.

— Claire.

Je hoche la tête, puis confirme mon nom de famille et ma date de naissance pendant qu'elle scanne le bracelet d'identité à mon poignet.

— Tu as déjà fait une IRM ? demande-t-elle pendant que le brancardier m'allonge sur la table d'examen.

— Une fois, dis-je en laissant échapper un petit gémissement. Quand j'étais petite.

— Essaie de ne pas bouger la tête, conseille-t-elle en injectant quelque chose dans mon cathéter. On ne connaît pas encore l'étendue de tes blessures.

Mon corps se réchauffe instantanément de l'intérieur.

— Je me sens toute bizarre.

— C'est à cause du produit de contraste. Ne t'inquiète pas. Tâche juste de rester parfaitement immobile quand la machine se mettra à tourner, d'accord ?

La table d'examen recule, et la panique me submerge. Quelque part au loin, j'entends la voix de la technicienne.

— Ne bouge pas, Claire.

J'ai peur.

Je ne me rends pas compte que j'ai parlé tout haut jusqu'à ce qu'elle dise :

— N'aie pas peur. L'examen ne dure qu'une dizaine de minutes.

La machine se met à bourdonner. Une dizaine de minutes d'immobilité totale me paraissent une éternité. Le temps que la table glisse hors de l'anneau, il me semble que mon cœur va exploser.

Le brancardier me ramène aux urgences, où je trouve mon père assis sur la chaise à côté de l'emplacement de mon lit – les épaules voûtées, le menton posé sur le bout de ses doigts joints.

Une série de mini-explosions se déclenche dans ma tête. *Est-ce que je vais avoir des ennuis ? Où est Maman ? Où sont Kat et Jesse ? Je rêve, ou il dort ?*

Je croasse :

— Papa ?

Il se redresse en sursaut, comme si je venais de l'arracher à une transe.

— Une seconde, réclame-t-il en se levant pour sortir son téléphone de la poche de son jean. Je préviens ta mère que tu es revenue. Elle est en train d'appeler Beth Marcotte.

Avant que je puisse digérer la nouvelle – la mère de Kat sait que nous nous sommes rendus sans permission à la maison au bord du lac de sa belle-mère –, quelqu'un glapit mon nom.

Ma mère s'approche de moi et se laisse tomber sur la chaise que mon père vient de libérer. Elle ouvre la bouche et la referme. Secoue la tête et tend la main pour coincer derrière mon oreille une mèche de cheveux humide de sueur. Elle est trop en colère pour parler.

Je chuchote :

— Je suis désolée.

Mais Maman ne dit rien. Je ne lui ai jamais vu cette expression de toute ma vie. Alors, je percute à quel point j'ai merdé. Ce séjour à l'hôpital va coûter de l'argent, beaucoup d'argent, et Kat va avoir plus de problèmes que je ne peux l'imaginer.

Je demande :

— Où sont Kat et Jesse ?

Ma mère jette un coup d'œil à mon père, puis reporte son attention sur moi.

— Ils vont bien. Que s'est-il passé, Claire ?

Je cherche mes mots, parce qu'en vérité je n'en sais rien, quand une voix derrière le rideau lance :

— Toc toc.

Une jolie brune pas plus grande qu'une élève de 5e entre dans le box et tend ses mains sous le distributeur automatique de gel hydroalcoolique.

— Claire ?

Ma mère et moi répondons en même temps.

— Oui.

La femme se frotte les mains jusqu'à ce que la mousse disparaisse, puis sort un stylo-lampe de la poche de sa blouse et me braque le rayon dans les yeux.

— Je suis le docteur Ashraf, une des internes de l'hôpital. Tu peux lever les yeux ?

J'obtempère. Elle balaie mes yeux avec le faisceau de sa lampe avant de m'aider à m'asseoir.

— Des vertiges, nausées, vomissements ?

— J'ai vomi tout à l'heure. Et j'ai horriblement mal à la tête.

Ses doigts palpent ma nuque. Quand ils touchent la base de mon crâne, je frémis.

— Désolée, dit-elle en me tapotant l'épaule. Tu sais comment tu t'es cogné la tête ?

— Non, je ne me souviens pas.

Elle baisse les yeux vers ma fiche.

— Ton IRM a révélé la présence d'un hématome sous-dural.

Depuis le coin du box, mon père lance :

— Un quoi ?

— Pour faire simple, une très grosse bosse, répond le docteur Ashraf. On m'a dit que tu souffrais d'une perte de mémoire ?

Je ferme les yeux et rembobine la cassette de ce qui s'est passé aujourd'hui. J'arrête le film au moment où j'ai repris connaissance avec l'impression qu'une hache me fendait le crâne en deux.

— J'ai un trou de plusieurs heures sur la journée d'aujourd'hui.

Près de moi, ma mère se raidit. Sur le porte-bloc calé au creux du coude du docteur Ashraf, j'aperçois une image en noir et blanc qui doit être mon cerveau.

— Il arrive parfois que ce genre de traumatisme provoque une amnésie partielle.

Mon père croise les bras sur la poitrine.

— Qu'est-ce qu'on fait contre ça ?

— Je vais devoir consulter un neurochirurgien. Mais il se peut que l'hématome se résorbe tout seul.

Ma mère plaque les mains sur ses joues.

— Un neurochirurgien. Vous voulez dire qu'il faudra peut-être l'opérer du cerveau ?

Le docteur Ashraf pose les mains sur mes épaules et me pousse doucement pour que je me rallonge.

— C'est une procédure très simple, qui consiste à faire une petite incision pour drainer le sang de l'hématome. À quel point tu as mal ?

Je ferme les yeux.

— Je voudrais mourir.

— Tu as déjà pris de la morphine ?

— Un narcotique ? aboie ma mère.

— Christine, marmonne mon père.

— J'en veux bien, dis-je au docteur Ashraf.

Elle me presse l'épaule et se détourne pour sortir. Dès que le rideau s'est refermé derrière elle, Maman attaque Papa :

— Elle ne se souvient de rien, et ils veulent la droguer pour aggraver son état ?

— Pour l'instant, elle n'a pas besoin de se souvenir de ce qui s'est passé : elle a besoin de se reposer, réplique Papa.

Ses paroles tournent en boucle dans ma tête pendant que je lutte pour ne pas m'endormir.

Pour l'instant, elle n'a pas besoin de se souvenir de ce qui s'est passé.

Pourquoi j'aurais besoin de m'en souvenir, même plus tard ? Pourquoi, alors qu'il suffit de demander à Kat et à Jesse ?

On m'arrache à mon coma morphinique pour me faire passer d'autres examens. Prise de sang, rayons X, la totale.

Avant l'IRM, c'est à peine si les soignants daignaient me regarder. Maintenant que je suis la Grave Blessure À La Tête Du 12B, ma popularité rivalise avec celle d'Oprah Winfrey. Finalement le docteur Ashraf repasse pour m'annoncer qu'on va me transférer en soins intensifs et oui, elle sait que c'est super flippant, mais ça permettra aux infirmières de me surveiller de près au cas où mon état empirerait soudain.

Un brancardier pousse mon lit à roulettes dans les couloirs. Mes parents nous suivent. Mon pouls imite les bips rapides des machines alignées le long des murs.

Quand je me réveille, toutes les lumières de ma chambre sont éteintes. La porte coulissante qui me sépare du poste des infirmières est ouverte, et j'aperçois une horloge murale qui indique 19 heures.

Je me redresse. Maman est assise sur la chaise du coin, la tête renversée en arrière, les yeux clos et la bouche ouverte. Une couverture blanche identique à la mienne a glissé de ses genoux.

— Maman.

Elle bascule la tête en avant, cligne des yeux et bâille.

— Comment tu te sens ?

— Fatiguée.

Je roule sur le côté pour mieux la voir, en faisant attention à ne pas arracher le tuyau planté dans mon bras. Des dizaines de questions se bousculent dans la gadoue de mon esprit. Où est mon père ? Où sont Kat et Jesse ? Mais une seule parvient jusqu'à mes lèvres :

— Je peux avoir de l'eau ?

Maman se lève d'un bond et s'approche de la table de chevet sur laquelle sont posés un broc et une pile de gobelets en plastique. Elle commence à verser et s'interrompt, le regard rivé sur la porte.

Mon père se tient sur le seuil, un plateau en carton plein de cafés du *7-Eleven* dans les mains. Il prend une mine penaude.

— Il m'a entendu demander le numéro de la chambre de Claire à la sécurité. On a pris l'ascenseur ensemble.

Il fait un pas sur le côté pour laisser passer le fameux « il » : un type très mince, avec une moustache blanche et une touffe de cheveux assortie qu'il a rabattue sur le côté. À en juger par son blouson en cuir marron, ce n'est pas un docteur. Une de ses mains noueuses tient un chapeau. Il me tend l'autre. Il penche bizarrement sur le côté, comme s'il avait de l'arthrose et qu'un éternuement suffirait à le renverser.

— Shérif Dave McAuliffe, se présente-t-il. Tu te sens en état de répondre à quelques questions ?

Shérif ? Pourquoi un shérif a-t-il besoin d'interroger une ado idiote qui s'est perdue dans les bois ? Est-ce que… je vais avoir des problèmes avec la loi ?

J'ajuste ma position pour pouvoir lui serrer la main.

— Je… Si vous voulez.

Il remet son chapeau et coince ses mains sous ses aisselles.

— J'ai eu du mal à te trouver.

Je suis sur le point de lui faire remarquer que je n'ai pas bougé de mon lit depuis des heures quand ma mère me prend de vitesse :

— Les docteurs de Claire ont demandé qu'on limite les visites.

La moustache blanche aussi raide que des poils de brosse à dents frémit.

— Je comprends, tout comme vous comprenez sûrement que le temps presse.

En moi, la vibration sourde de l'angoisse monte dans les aigus.

— De quoi vous parlez ?

McAuliffe pince les lèvres et jette un coup d'œil à mes parents, qui échangent un regard paniqué.

— De quoi il parle ? je demande plus fort. Kat et Jesse vont bien ?

Le shérif me dévisage en clignant des yeux.

— On n'en sait rien. On n'a pas encore réussi à les localiser.

— Quoi ? Je croyais que…

Je me retiens au dernier moment et foudroie ma mère du regard. *Tu m'as dit qu'ils allaient bien.* Elle se tourne vers le shérif.

— On n'a pas encore eu l'occasion de lui en parler. La journée a été très stressante.

— J'imagine.

McAuliffe m'étudie, les sourcils froncés. Le silence incite mon père à prendre la parole depuis un coin de la chambre.

— Asseyez-vous donc, shérif, dit-il en désignant la chaise libre à mon chevet.

McAuliffe secoue la tête.

— Non, non, je suis bien debout.

S'ensuit un échange maladroit comme mes parents refusent également de s'asseoir. Au final, ils se rassemblent tous les trois autour de mon lit.

— Je ne comprends pas, dis-je, la gorge serrée. Kat et Jesse sont perdus ?

McAuliffe réfléchit une seconde avant de répondre :

— Nous ne savons pas où ils sont.

Ce qui est la définition même de « perdus ».

Il incline la tête sur le côté.

— Quand les as-tu vus pour la dernière fois ?

Mon estomac se soulève.

— Hier soir. Je ne me souviens pas de ce qui s'est passé après que je suis allée me coucher.

Ma mère me prend la main et la presse.

— Et le mont Bobcat, tu t'en souviens ?

Les épais sourcils blancs de McAuliffe se lèvent si haut qu'ils disparaissent pratiquement sous son chapeau.

— Non. Kat avait parlé de faire une randonnée et de camper au pic du Diable.

McAuliffe cligne des yeux.

— Le pic du Diable. Tu n'as pas dit aux ambulanciers que vous campiez au panorama du Poète ? C'est le seul site de camping officiel du coin.

— Je n'ai jamais entendu parler de cet endroit. J'ai juste dit qu'on devait camper dans la montagne.

McAuliffe s'assombrit. De toute évidence, ce détail change la donne.

— Quand tu dis que tu as vu Kat et Jesse hier soir, c'était au pic du Diable ?

— Non. On était encore à la maison au bord du lac.

Ma mère me lâche et plaque sa main sur sa bouche. Mon père se rapproche d'elle et lui entoure les épaules de son bras.

— Claire, tu sais quel jour on est ? demande le shérif.

Mon pouls accélère. Je déteste la façon dont ils me regardent tous les trois, comme si j'avais échoué à un test que je n'ai même pas encore passé.

— Samedi, non ?

Ma mère se laisse tomber sur la chaise vide.

6

Aujourd'hui

On est dimanche. Cette idée m'est totalement incompréhensible – je ne serais pas plus stupéfaite si ma mère m'avait annoncé que mon IRM avait révélé la présence d'un émetteur extraterrestre implanté dans mon cerveau.

On est dimanche, et mes derniers souvenirs remontent à la nuit de vendredi à samedi, cette humiliante conversation avec Jesse sur le ponton. Après, plus rien jusqu'à ce que je reprenne connaissance dans les bois. Ce qui laisse trente-six heures pendant lesquelles tout a déraillé.

Peut-être que je me suis blessée et qu'ils sont partis chercher des secours ? Mais si c'était le cas, pourquoi auraient-ils disparu ? Je ferme les yeux et fouille ma mémoire. En vain. Toutes mes explorations mentales me ramènent au ponton.

Le shérif me pose d'autres questions auxquelles je suis capable de répondre. À quelle heure sommes-nous arrivés à la maison au bord du lac ? Qu'avons-nous fait ? Quand sommes-nous allés nous coucher ? Mais à sa tête, je vois bien que mes réponses ne l'aident pas du tout.

La seule chose qui compte, c'est ce qui s'est passé dans la montagne. Et dont je n'arrive pas à me souvenir.

Juste après le départ de McAuliffe, une aide-soignante entre dans la chambre et annonce qu'elle vient changer la poubelle de la salle de bains. Pendant qu'elle s'affaire, Maman me dévisage et demande à voix basse :

— Tu ne te souviens vraiment de rien de ce qui s'est passé hier ?

— Bien sûr que si, je me souviens de tout, j'aboie. C'est juste une ruse pour attirer l'attention.

Ma mère grimace. Dès que l'aide-soignante sera sortie, elle va me passer un savon. Mais je m'en fiche : Kat et Jesse ont disparu. Mes parents le savaient, et non seulement ils ne m'ont rien dit, mais ils ont mis des bâtons dans les roues du shérif pour retarder le moment où il m'interrogerait.

— Vous auriez dû me laisser lui parler tout de suite. Ça fait des heures qu'il aurait pu envoyer quelqu'un les chercher au pic du Diable !

— Tes docteurs ont dit qu'un interrogatoire te stresserait et influencerait le résultat de tes examens, réplique ma mère en posant un sac de vêtements sur la chaise. Et j'étais d'accord avec eux. De toute évidence, tu souffres d'amnésie post-traumatique.

— Tu pourrais laisser le diagnostic aux gens qui ont fait médecine, s'il te plaît ?

Les mots m'ont échappé, et l'expression de ma mère me donne envie de les ravaler quitte à m'étouffer avec.

Ça ne me ressemble pas. Bien sûr, il m'arrive de me disputer avec ma mère, mais toujours à propos de trucs idiots comme la serviette mouillée que j'ai abandonnée sur la moquette de ma chambre. Je ne suis jamais aussi méchante sans raison.

Je voudrais enfouir mon visage dans le creux de son épaule et pleurer. *Qu'est-ce qui m'arrive ?*

— Teenie. Pourquoi tu n'irais pas manger un bout ? suggère Papa.

— C'est bon, aboie Maman.

Papa lui pose une main sur le bras.

— S'il te plaît. Va te chercher quelque chose à la cafétéria, et rapporte-moi un truc aussi, d'accord ?

Je ferme les yeux pour ne pas la voir sortir. Je voudrais qu'elle reste là, et en même temps, je voudrais qu'elle s'en aille, parce que c'est sa faute si les rangers cherchent Kat et Jesse au mauvais endroit depuis des heures. Je ne veux même pas imaginer les conséquences potentielles. Si ces heures perdues finissent par faire une différence, comment je pardonnerai à mes parents ?

Quand je rouvre les yeux, je suis seule avec Papa. Il me dévisage en frottant son menton mal rasé.

— C'était un coup bas, Claire.

— Je sais, je murmure.

— Tu ne peux pas savoir combien on était terrifiés quand ils nous ont appelés. Combien les parents de Kat et la tante de Jesse sont toujours terrifiés.

— Je sais, je répète plus fort.

Je n'arrive pas à le regarder en face, parce que parler de mes amis est un coup encore plus bas. Personne ne peut me tenir plus responsable de leur disparition que moi ; personne ne peut regretter que j'aie menti et que je sois venue à Sunfish Creek davantage que moi.

— Ils pourraient très bien être juste perdus, je lance d'une voix tremblante. Non ? Les rangers n'ont pas pu fouiller toute la montagne en une journée.

Je sais ce que je demande réellement à mon père. Je lui demande de me mentir, alors que la règle la plus importante au sein de notre famille, c'est justement de ne pas le faire.

Et son air triste me dit qu'il s'y refuse. Peut-être parce que j'ai déjà suffisamment menti pour nous tous cette semaine.

Vers 23 heures, un infirmier frappe à la porte et entre pour prendre mes constantes. Il a les biscottos d'un accro à la muscu, et le badge qu'il porte autour du cou dit qu'il s'appelle « SCOTT MILLIGAN ».

— Quelle joie de vivre, commente-t-il en s'approchant de moi avec un brassard de tensiomètre.

Ma mère lui jette un regard noir, comme si elle voulait lui faire avaler ses propres couilles.

— Ma fille est grièvement blessée.

— Ouais, mais tout va bien se passer, répond Scott en gonflant le brassard. C'est ce qu'ils disent en Jamaïque. Je reviens juste de vacances, c'est pour ça que je suis aussi bronzé.

Je tourne la tête vers mon père.

— Vous devriez rentrer à la maison au bord du lac. Il est tard.

— On reste avec toi, aboie ma mère.

Scott note ma tension artérielle.

— En fait, les visites se terminaient à 20 heures.

Il recule pour laisser mes parents me dire au revoir. Mon père effleure mon front de ses lèvres. Ma mère prend le sac qui contient mes fringues sales sur la chaise. Je vois ses épaules se soulever et retomber avant qu'elle pivote vers moi.

— On reviendra demain matin. Je t'apporterai des vêtements de rechange.

Quand ils sont partis, Scott lance :

— J'espère que tu ne m'en veux pas. Il m'a semblé que tu avais besoin de respirer un peu.

— Merci.

— Tâche de dormir. Le repos est la clé du rétablissement.

Dans le couloir, une machine bipe comme un gong. Je m'agite dans mon lit.

— Je ne crois pas que j'y arriverai.

— Trop de bruit ?

Je pense à Kat roulée en boule sur le canapé vendredi soir, les pieds ramenés sous elle. L'idée que je ne peux pas l'appeler pour lui demander si elle va bien fait enfler la pression à l'intérieur de mon crâne. Je secoue la tête, et une larme tombe sur ma joue.

Scott me dévisage.

— Tu veux que je demande au docteur de te prescrire un petit quelque chose pour t'aider ?

Je chuchote :

— Oui, merci.

Il acquiesce.

Quand il revient avec un broc d'eau et un cachet au fond d'un gobelet en carton, je l'avale. Puis je replie mon inquiétude pour Kat et Jesse comme un triangle d'origami, de plus en plus petit jusqu'à ce que je sois capable de l'ignorer pour la nuit.

Scott éteint la lumière en sortant. Je me tourne sur le côté et ferme les yeux. La couverture d'hôpital gratte la peau de mes jambes nues, et il fait trop chaud là-dedans.

Vendredi soir, à la maison au bord du lac. Je n'arrivais pas à dormir. Je sens encore le poids du couvre-lit sur moi ; je vois mes pieds me porter dehors, suivant le clair de lune jusqu'au ponton…

Un cri déchire le silence. Je cours, le cœur sur le point d'exploser de panique.

C'est moi qui ai hurlé.

Je trébuche et bascule en avant. Je me reçois sur les coudes et les genoux. Quelque chose de chaud coule le long de ma main. Je revois le lavabo, l'eau rosâtre, mes mains qui frottent frénétiquement.

— Holà ! Qu'est-ce qui se passe ici ?

Des mains m'empoignent. Du carrelage froid sous mes paumes. Un chœur de machines qui bipent. Je ne suis pas dans la maison au bord du lac des Marcotte, ni dans les toilettes des urgences. Je suis dans un couloir d'hôpital.

Je trébuche et cligne des yeux jusqu'à ce que mon regard se focalise sur mon avant-bras strié de sang.

La femme qui me tient crie :

— Apportez-moi une serviette, putain ! Elle a arraché sa perfusion !

Mon cœur bat la chamade. Le visage de Scott s'approche du mien.

— Claire, il faut que tu respires.

— J'ai entendu quelqu'un crier.

— Non, ma belle, c'est toi qui criais. Très fort, pendant que d'autres gens essaient de dormir.

Il presse une serviette sur mon bras.

Une petite foule de soignants s'est rassemblée pour observer la scène. Certains murmurent : « blessée à la tête ». Scott m'offre son bras comme pour m'escorter à un bal et me ramène dans ma chambre.

Une fois qu'il m'a remise au lit, il essuie le sang sur mon bras avec un tampon imbibé d'alcool.

— Tss, dit-il en faisant claquer sa langue. Regarde ce que tu as fait.

Je ferme les yeux alors qu'il déchire l'emballage d'une nouvelle aiguille et l'enfonce sous ma peau.

Regarde ce que tu as fait.

Quelqu'un me secoue doucement pour me réveiller. L'horloge murale indique 7 h 45. Scott est penché sur moi, un brassard de tensiomètre à la main.

— Bonjour, étoile du matin, lance-t-il en me l'enfilant. Tu ne vas pas t'enfuir cette fois, hein ?

Ce n'était pas un cauchemar provoqué par la fièvre. Cette nuit, j'ai vraiment arraché ma perfusion, et j'ai vraiment couru dans le couloir en hurlant.

— Désolée. Je ne comprends pas pourquoi j'ai fait ça.

Il introduit le bout d'un thermomètre dans mon oreille.

— À cause du Stilnox.

Il note ma température dans l'ordinateur portable sur son chariot. Je me tortille pour me redresser légèrement.

— Le Stilnox fait péter les plombs ?

— Est-ce que les ours chient dans les bois ? Ne bouge pas, m'ordonne Scott en appuyant sur un bouton pour gonfler le brassard.

La machine affiche des chiffres qui ne signifient rien pour moi. Pendant qu'il les note, je me rallonge.

— Mes parents sont là ?

— Tu dormais quand ils sont arrivés. Je les ai envoyés se chercher un café pour qu'ils ne te réveillent pas. Ils sont... très bruyants.

— Je sais.

Scott m'ôte le brassard.

— Mais il y a une autre dame qui attend pour te voir.

— Qui ça ?

— Ta grand-mère, je crois ? Elle est petite et sapée super chic. Elle n'était pas contente quand je lui ai dit qu'elle devrait attendre dehors pendant que je vérifiais si tu voulais lui parler.

Ma grand-mère est morte il y a trois ans. Elle achetait ses vêtements chez *Chico's*, et parfois, elle sortait avec du caca de perroquet sur l'épaule. Il n'y a qu'une seule personne qui peut correspondre à la description de Scott, et je frémis en l'imaginant dire à Marian Sullivan-Marcotte qu'elle doit attendre dehors.

— Vous pouvez la faire entrer.

Je me tortille pour me redresser autant que possible dans mon lit.

Scott sort en traînant son chariot derrière lui. J'entends des murmures de l'autre côté de la porte. Puis la grand-mère de Kat entre, un sac à main Vuitton serré contre sa poitrine.

— Claire.

Elle le pose sur la chaise à mon chevet et me prend les mains. Elle sent le N° 5 de Chanel ; c'est la seule femme que je connais qui porte ce parfum. L'odeur me noue le ventre, parce que je n'ai jamais vu Marian sans sa petite-fille. Mais aujourd'hui, Kat n'est pas là, et rien ne va.

Je déglutis.

— Bonjour.

Marian reprend son sac, s'assoit sur la chaise et croise les jambes comme si elle s'apprêtait à donner une interview. Elle pourrait aussi bien, avec son carré blond soigneusement lissé et son chemisier de soie blanche sans manches qui révèle des bras fermes et bronzés. Elle doit approcher des soixante-dix ans, et c'est à peine si on devine des rides sur son visage.

Je comprends qu'elle s'apprête peut-être réellement à donner une interview. Quand on était gamines, elle passait tout le temps à la télé, notamment sur CNN, pour critiquer un projet de loi ou débattre avec ses adversaires. Si sa petite-fille a disparu, Marian Sullivan-Marcotte mettra le feu au monde entier pour la retrouver. Son regard me rappelle l'expression concentrée de Kat pendant nos examens, comme si sa vie en dépendait.

— Je n'ai pas encore vu tes parents, lance-t-elle. Ils avaient déjà quitté la maison quand je suis arrivée ce matin.

À la mention de la maison, mon estomac se replie en accordéon.

— Je suis désolée qu'on soit allés chez vous sans demander la permission.

— Oh, Claire, c'est le cadet de mes soucis, répond Marian en me dévisageant, le front plissé par l'inquiétude. J'ai entendu dire qu'ils envisageaient de t'opérer ducerveau ?

J'opine.

— Si l'hématome ne se résorbe pas, ils devront le vider.

— Mon Dieu. Est-ce que ça risquerait d'affecter ta mémoire ?

Ma gorge se noue. Je n'y avais même pas pensé.

— Je n'en sais rien. Je… j'essaie vraiment de me rappeler ce qui s'est passé.

— Claire. Ce n'est pas pour ça que je suis venue. Je me doute bien que tu veux aider. (Marian détourne les yeux.) Mon fils et ma belle-fille voulaient m'accompagner. Ils culpabilisent beaucoup de ne pas encore être passés te voir, mais Johnathan est allé droit au mont Bobcat ce matin pour participer aux recherches.

— Combien de temps ça prendra pour tout fouiller ?

— Certaines zones sont trop dangereuses pour qu'on y envoie des bénévoles. La plupart d'entre eux n'ont pas assez d'expérience de ce genre de terrain.

Marian vrille son regard dans le mien. Quelque chose passe sur son visage comme si elle me voyait pour la première fois, comme si elle se souvenait à peine de qui je suis. Elle doit décider que je mérite mieux qu'une réponse évasive de politicienne.

— En vérité, ça pourrait prendre des semaines, même si le shérif obtient la permission d'utiliser un drone.

Je ne sais pas quoi dire. Je n'arrive pas à comprendre qu'une décision aussi simple – sécher le bal de promo, aller camper dans les bois – ait pu engendrer un tel chaos.

Marian me prend la main.

— Je ne veux pas que tu culpabilises, Claire. Je connais ma petite-fille. Elle est très responsable pour son âge, mais elle pense que toutes les règles ne s'appliquent pas à elle.

Un malaise me saisit. Je n'ai pas dit que je culpabilisais. Et pourquoi ne parle-t-elle pas de Jesse ? Sa petite-fille n'est pas la seule qui a disparu.

Je demande :

— La tante de Jesse est là ?

Marian baisse les yeux et lisse la couverture en prenant garde à ne pas déranger le tuyau de ma perfusion.

— Je l'ai croisée brièvement dans le bureau du shérif. Elle loge au *Motel Six*, en face.

— En face d'où ? De chez vous ou de l'hôpital ?

Quarante minutes de route séparent celui-ci de la maison au bord du lac. Quand Papa a mentionné combien de temps ça leur prendrait de venir me voir chaque jour, j'ai ajouté ça à la longue liste des choses dont je me sentirai coupable jusqu'à la fin de ma vie. La pensée que la tante de Jesse ne puisse s'offrir qu'une chambre de motel à presque trois quarts d'heure du mont Bobcat me rend incroyablement triste.

— Je lui ai proposé la chambre d'amis, mais à mon avis, elle n'a pas voulu s'imposer, répond Marian.

Je suis sur le point de dire que j'espère que mes parents ne s'imposent pas en logeant chez elle quand ma perfusion bipe, signalant que ma poche de liquide est vide.

— Claire, lance Marian sur un ton subitement pressant. Tu comptes beaucoup pour ma petite-fille.

Elle me touche le bout des doigts, et je ne sais pas quoi répondre. J'ai peur d'en faire trop. Mais en vérité, il n'existe pas de mot pour décrire ce que Kat représente pour moi. C'est elle qui m'a montré comment mettre un tampon. Une fois, elle m'a fait rire si fort que j'ai fait pipi dans sa piscine. Elle est allergique aux bananes, et elle pourrait mourir pour son chien.

Je ne veux pas imaginer ce qui se passera si on ne la retrouve pas.

Marian me reprend la main.

— Je sais que Katherine et toi, vous vous racontez tout, et… c'est important pour moi que tu me fasses confiance autant qu'à elle.

Trop surprise pour répondre, je hoche la tête sans prêter garde au bip de ma perfusion.

Marian me presse rapidement la main, puis se lève et sort en appelant :

— Infirmier ? Cette machine fait du bruit depuis plusieurs minutes, et personne ne vient !

Le temps s'écoule lentement à l'hôpital. Il n'y a pas de télé dans ma chambre, et à ma connaissance, on n'a pas retrouvé mon téléphone. Mon seul lien avec le monde extérieur, ce sont mes parents qui tentent de me divertir à coups de lectures superficielles : beaucoup de magazines pleins de robes de couturiers hors de prix et de ragots sur les célébrités, jamais le moindre quotidien. Ils disent que le stress pourrait ralentir ma guérison, mais je me demande s'ils n'essaient pas plutôt de me cacher ce que les journaux racontent sur Kat et Jesse.

Je me réveille emmêlée dans le tuyau de ma perfusion, parce que j'ai senti une présence dans ma chambre. Une main brune est posée sur la mienne. Elle porte une fine alliance en or ornée d'un petit rubis.

Je lève les yeux vers le visage qui va avec, et je mets quelques instants à reconnaître le docteur Ashraf.

— Bonjour, Claire. Comment tu te sens ?

Je cligne des yeux pour en chasser les restes de sommeil. Je ne sais pas si c'est le jour ou la nuit. Au-dessus du lavabo, l'horloge indique 6 h 10, et quelqu'un a noté le mot « MARDI » sur le tableau effaçable accroché au mur.

— Fatiguée. On me réveille toutes les demi-heures pour prendre mes constantes.

— Je sais. C'est pénible. (Le docteur Ashraf fouille dans mon dossier.) J'ai tes derniers examens. L'hématome s'est bien résorbé.

— Donc, pas d'opération ?

— Pas d'opération. Le neurologue trouve que tu récupères bien. Tu ne te sens pas désorientée ? Pas de vertiges ni d'évanouissements ?

Je déglutis en repensant à l'« incident Stilnox » dans la nuit de dimanche à lundi.

— Pas récemment.

Elle me fait asseoir.

— Et la douleur ?

— C'est supportable.

— Si tu te sens bien, je pense que tu pourras bientôt rentrer chez toi.

Mon pouls accélère à l'idée d'être délivrée de cet enfer : prendre une douche, dormir d'un trait pendant huit heures, pouvoir enfin regarder les infos sur le câble.

— Quand exactement ?

Elle jette un coup d'œil à l'horloge.

— Midi, ça t'irait ?

Elle me presse le genou. Puis, au lieu de repartir aussi sec comme tous les autres soignants dès qu'ils ont fini, elle s'assoit sur le bord de mon lit et croise les mains dans son giron.

— Et mentalement, comment tu vas ?

Je hausse les épaules tandis que la pression enfle derrière mes yeux. J'ai oublié les trente-six heures les plus cruciales de ma vie, et je m'ennuie dans un lit d'hôpital depuis deux jours pendant que des bénévoles ratissent le mont Bobcat pour retrouver le corps de mes amis.

Le docteur Ashraf penche la tête sur le côté. Elle attend ma réponse.

— Je suis un peu anxieuse.

— Je peux te prescrire de l'Ativan, offre-t-elle. Tu n'auras qu'à en prendre en cas de besoin, surtout si tu as du mal à dormir.

— Merci.

Elle étend les jambes devant elle et croise ses pieds chaussés de bottines en cuir noir.

— Et ta mémoire ?

— Je ne me souviens toujours pas de ce qui s'est passé samedi.

Elle fronce les sourcils.

— Rien qui concerne la façon dont tu t'es blessée ?

Je secoue la tête.

— C'est bizarre ?

— Non. Même après s'être complètement remis d'une blessure comme la tienne, beaucoup de gens ne se rappellent toujours pas leur accident. C'est leur cerveau qui les protège contre le traumatisme. (Elle se force à sourire.) Je ne voulais pas t'inquiéter, Claire.

Elle se lève et ajuste les revers de sa blouse.

— Je vais lancer ta procédure de sortie.

En se dirigeant vers la porte, elle baisse les yeux vers mon scanner cérébral, et je vois son sourire s'évanouir complètement. Mais je n'en tiens pas compte, parce que je vais rentrer chez moi.

Finalement, je ne rentre pas chez moi.

Mais Maman, si. Quand j'obtiens officiellement la permission de sortir, elle a déjà pris un bus à destination de Long Island. Deux de ses patients ont besoin d'elle, et même si j'essaie de ne pas le prendre de façon personnelle, j'aurais peut-être des raisons de le faire. Je ne me suis toujours pas excusée d'avoir été aussi méchante avec elle l'autre jour, mais elle ne s'est toujours pas excusée de ne pas m'avoir laissée parler au shérif avant samedi soir.

C'est à cause de McAuliffe que je ne peux pas rentrer tout de suite, même si mon père refuse de me le dire. Et alors que j'étais censée sortir à midi, il est presque 16 h 30 quand on arrive à la maison au bord du lac.

Voir la Ford Escape des parents de Kat garée dans l'allée me coupe le souffle. Que suis-je censée leur dire ? Désolée d'être revenue alors qu'elle non ?

— Juste pour quelques jours, promet Papa. Si jamais ta mémoire revient, ce sera plus pratique qu'on soit sur place. C'est mieux comme ça, Claire.

Je me force à détacher ma ceinture de sécurité et à le suivre vers l'entrée de la maison, non sans envisager de me refermer la portière sur la tête pour qu'on me renvoie à l'hôpital, hors d'atteinte des Marcotte.

Je ne peux pas faire ça. Je connais ces gens depuis que je suis toute petite. La mère de Kat me découpe les articles intéressants du *New York Times* depuis que j'ai annoncé que je voulais être journaliste, en 5e. Son père a toujours regardé sans broncher les pièces qu'on montait quand on était enfants, alors qu'il avait sans doute mille autres choses plus intéressantes à faire pendant ses permissions de l'armée de l'air.

Papa m'attend en haut des marches. Il me tend la main, l'air grave. Je la prends au moment où la porte s'ouvre.

Elizabeth Marcotte se tient dans le vestibule, son téléphone coincé entre son oreille et son épaule. Elle nous fait signe d'entrer tout en disant :

— … et peu importe s'il est tard, d'accord ? Écoute, je dois te laisser.

Elle raccroche, baisse le bras et plaque son autre main sur sa bouche.

— Oh, ma chérie.

Papa se racle la gorge.

— On ne voulait pas t'interrompre.

La mère de Kat tripote son pendentif, le symbole de l'infini en diamant qu'elle porte autour du cou depuis toujours. Elle secoue la tête.

— C'était juste ma belle-sœur. Je la rappellerai plus tard. Venez. Johnathan est dans la cuisine.

Papa me tient toujours la main. Il m'entraîne vers la cuisine. Mon pouls bat à mes tympans.

— Je vous offre un café ? demande Mme Marcotte. Je viens juste d'en faire…

Une voix d'homme l'interrompt.

— Clairette ?

M. Marcotte porte un jean et un tee-shirt blanc. Il a oublié un peu de mousse à raser sur sa mâchoire bronzée. Comme Kat, il est grand, avec une peau qui dore pendant l'été et un nez parsemé de taches de rousseur.

L'an dernier, il a pris sa retraite de l'armée de l'air et accepté un boulot chez United Airlines. La dernière fois que je l'ai vu, c'était il y a des mois, se faufilant par une porte avec son uniforme de pilote.

Il se lève de la table et m'attire dans une étreinte d'ours.

— Comment tu vas, ma puce ?

Ma gorge se noue. Par-dessus son épaule, je vois que sa femme me regarde en tripotant la chaîne de son collier. Quand on a appris la mort de ma grand-mère, quelques heures plus tard Kat et sa mère ont frappé à notre porte avec une carte de condoléances et un repas maison. Comment je peux être aussi nulle ? Comment je peux ne pas savoir quoi dire aux Marcotte alors que j'ai eu plusieurs jours pour y réfléchir ?

— Je suis désolée, j'articule d'une voix étranglée.

M. Marcotte me lâche et pose ses mains sur mes épaules. Ses yeux gris acier comme ceux de sa fille se plantent dans les miens.

— Désolée de quoi ?

Je m'essuie les yeux du dos de ma main, me griffant avec le bracelet d'identité que j'ai oublié d'enlever.

— Je ne me souviens toujours pas de ce qui s'est passé.

Mme Marcotte se décompose. Les mains tremblantes, elle se tourne vers la cafetière qui gargouille et crachote.

M. Marcotte s'écarte de moi. Papa le dévisage d'un air surpris, comme s'il ne s'attendait pas à le voir là.

— Tu ne participes plus aux recherches ?

— On a dû s'interrompre. On attend de gros orages pour cette nuit.

Le père de Kat soupire et passe une main dans ses cheveux bouclés du même blond foncé que ceux de sa fille.

La peur me gagne. Il y a quelques mois, je lui ai avoué que j'avais la phobie de l'avion. Il m'a fait un clin d'œil et m'a dit qu'il donnait le même conseil à tous les passagers dans mon cas : *« Observe les membres de l'équipage. Tant qu'ils n'ont pas l'air effrayé, tu peux être tranquille. »*

Pour la première fois depuis que je le connais, M. Marcotte a l'air effrayé.

Un grondement sourd dehors. Non, ce n'est pas déjà le tonnerre. Des pneus crissent sur le gravier ; une portière claque. M. Marcotte s'assombrit comme s'il n'attendait aucune visite.

Je balaie du regard Mme Marcotte qui vient d'empoigner la cafetière d'une main tremblante, mon père qui se tient toujours sur le seuil de la cuisine, les bras croisés sur la poitrine, et le shérif McAuliffe qui vient d'apparaître derrière la vitre de la porte de derrière.

Mme Marcotte pousse un glapissement. Elle bondit en arrière pour éviter d'être ébouillantée tandis que la cafetière s'écrase sur le carrelage et se brise en mille morceaux.

— Je suis vraiment désolée, balbutie-t-elle.

Dehors, le shérif s'est figé, un poing en l'air comme pour toquer.

Mon père me rejoint et murmure à mon oreille :

— Laissons-leur un peu d'intimité.

Je dévisage le shérif à travers la vitre. M. Marcotte ne semble pas avoir remarqué sa présence ; il regarde sa femme ramasser les débris de verre de ses mains mal assurées. N'y tenant plus, il finit par aboyer :

— C'est bon, je vais m'en occuper.

Mme Marcotte se redresse, les yeux pleins de larmes.

— Il y en a partout.

— Beth, insiste son mari sur un ton tranchant. Laisse ça.

Mon père émet un bruit étranglé, à mi-chemin entre le soupir et le raclement de gorge. Il me contourne et ouvre la porte au shérif. À la seconde où celui-ci pénètre dans la cuisine, les parents de Kat se redressent brusquement, comme pour se mettre au garde-à-vous.

— Shérif, lance M. Marcotte, des taches rouges fleurissant le long de son cou. Vous avez appelé ?

McAuliffe glisse les mains dans ses poches de devant et se balance sur ses talons.

— Non. Désolé, messieurs-dames, je ne voulais pas vous inquiéter. Je crains de n'avoir aucune nouvelle.

Je m'autorise un petit soupir de soulagement. Pas de nouvelles égale pas de corps.

— Inutile de vous excuser. Venez vous asseoir, dit M. Marcotte en faisant signe au shérif d'entrer. Je vous offrirais bien un café, mais…

Cette piètre tentative d'humour l'aide à se ressaisir. Il tire une chaise à la table de la cuisine, mais McAuliffe me jette un coup d'œil.

— En fait… c'est à Claire que je voudrais parler, si elle se sent en état.

Je me doutais que tôt ou tard, il m'interrogerait de nouveau, mais j'ai l'impression d'être plantée au milieu de la rue et de regarder un bus me foncer dessus.

— Bien sûr. Claire, dit M. Marcotte en me désignant la chaise d'une main.

McAuliffe retire son chapeau et l'écrase entre ses mains.

— J'aurais préféré qu'on s'entretienne en privé, si c'est possible.

M. Marcotte hésite.

— D'accord. Dans le patio, peut-être…

Mon cœur accélère tandis qu'il s'approche de la porte au fond de la cuisine et la fait coulisser. Le shérif est le premier à sortir ; il penche toujours sur un côté.

Mes pieds sont comme enracinés dans le carrelage. Papa me fait signe de le suivre.

M. Marcotte reste debout près de la porte telle une sentinelle. Il m'adresse un sourire encourageant en refermant derrière nous. J'imagine son sourire s'évanouir une fois qu'il se retrouvera seul avec sa femme, coupé de la conversation.

McAuliffe s'assoit sur une des chaises qui entourent la table de jardin. Papa et moi nous installons face à lui. Le métal chauffé au soleil brûle l'arrière de mes cuisses nues.

— J'espère que ça ne vous dérange pas si j'assiste à votre entretien, dit Papa un peu sèchement.

— Je… Non, pas de problème.

McAuliffe soulève son chapeau et se gratte le front avant de le laisser retomber.

Je coince mes mains jointes entre mes cuisses pour les empêcher de trembler. Le shérif n'apporte pas de nouvelles ; sans ça, il aurait demandé à parler aux parents de Kat. Mais il ne veut pas que les Marcotte l'entendent ; du coup, j'appréhende les questions qu'il va me poser.

— Bon, je ne vais pas tourner autour du pot. On a retrouvé ceci pas très loin de l'endroit où tu es revenue à toi.

Il pose mon téléphone sur la table. Sa main tremble légèrement.

— Je suis désolé qu'on n'ait pas pu te le rendre plus tôt. Mais on devait déterminer s'il contenait des informations pertinentes pour nos recherches.

Papa fronce les sourcils.

— Vous avez le droit de faire ça sans sa permission ?

— Seules les données GPS nous intéressaient, se justifie le shérif.

— Comment vous avez contourné son mot de passe ?

— Je n'en ai pas, intervins-je.

Mon père laisse échapper un soupir las. Je lui jette un regard noir, comme pour le mettre au défi de me faire un nouveau cours magistral sur la sécurité de mes appareils électroniques, et demande au shérif :

— Vous avez trouvé des choses ?

— Pas autant qu'on l'aurait souhaité, répond McAuliffe sur un ton égal. Le réseau ne passe pas sur les chemins de randonnée, mais on le capte un peu sur le parking et au pic du Diable. On a pu établir une chronologie approximative en se basant sur l'heure où ton téléphone s'est connecté et déconnecté de l'antenne relais près du mont Bobcat.

Il s'interrompt comme pour me laisser le temps de me souvenir. Mais la journée de samedi reste un grand blanc dans mon esprit.

L'air est lourd à l'approche de l'orage ; sans la petite brise qui souffle entre les arbres, on ne tiendrait pas assis plus d'une minute dans la chaleur de cette fin d'après-midi. Des auréoles de sueur s'élargissent sous les aisselles de la chemise blanche du shérif.

— Ce n'est qu'une estimation, mais nous pensons que tu es arrivée à la montagne samedi vers 13 heures, et que tu as atteint le pic du Diable vers 15 heures. Ton téléphone a perdu le contact avec l'antenne relais vers 16 heures.

McAuliffe se tait et masse sa jambe sous la table pendant que je digère ces informations. On ne s'est pas perdus en chemin. On est arrivés au pic du Diable.

— On est montés jusque là-haut pour redescendre une heure plus tard ?

Je me tourne vers Papa. Une main coincée sous son aisselle opposée et l'autre plaquée sur sa bouche, il dévisage McAuliffe.

— Je ne comprends pas pourquoi on aurait fait demi-tour, dis-je d'une voix éraillée. Je ne me souviens même pas d'être allée là-bas…

Papa pose une main sur la mienne tandis que je cligne des yeux pour chasser mes larmes.

McAuliffe se racle la gorge.

— Revenons un peu en arrière, et concentrons-nous sur ce dont tu te souviens. Vendredi, vous vous êtes arrêtés quelque part sur la route avant d'arriver ici ?

— Juste au bar où j'ai demandé notre chemin.

Le shérif jette un coup d'œil à mon père avant de reporter son attention sur moi.

— Le *Joyeux Maquereau*. Mais après ça, tu es sûre que vous êtes venus tout droit ici ?

— Ben… oui. Vous auriez voulu qu'on fasse quoi, à 20 heures dans une ville inconnue ?

Mon père me jette un regard d'avertissement tandis que McAuliffe sort un mouchoir de sa poche de chemise et se tamponne le front.

— Claire, on a retrouvé une bouteille de vodka vide sur le pic du Diable.

Je ne sais pas quoi répondre. Que veut-il que je dise ? Si on avait bu, je ne m'en souviendrais pas plus que du reste.

Est-ce qu'on a bu ? Ça n'a pas de sens. Je ne crois pas qu'on ait déjà consommé de l'alcool tous les trois. Je le faisais assez souvent avec Ben et sa bande, et parfois, un des chefs du *Stellato* nous donnait une bouteille de vin, à Kat et moi. Mais Jesse n'en buvait pas, et je n'osais pas le faire en sa présence de peur que ça me rende trop bavarde.

— Tu es sûre que vous ne vous êtes pas arrêtés en route pour acheter de l'alcool ? insiste McAuliffe comme si mon silence était une forme d'aveu.

— Certaine. Aucun de nous n'a de fausse pièce d'identité. Et Kat et Jesse ne boivent pas vraiment.

Le shérif se racle la gorge.

— Claire, il y avait une bouteille de vin vide dans le coffre de la voiture de Kat.

— C'est elle qui l'avait apportée. On l'a bue toutes les deux vendredi soir, dis-je en évitant le regard de mon père.

On n'était pas soûles ni rien : c'est à peine plus fort que du jus de rai…

— Je ne voudrais pas être impoli, coupe Papa, mais quel rapport entre ce que les filles ont bu vendredi soir et ce qui s'est passé samedi ? D'après le docteur, Claire n'avait pas d'alcool dans le sang quand elle est arrivée aux urgences.

Je ne peux pas m'empêcher de lui jeter un regard irrité. Comment se fait-il qu'il sache sur moi quelque chose que j'ignore ?

McAuliffe me dévisage.

— Il est assez fréquent que les ados dissimulent leurs problèmes de boisson, y compris à leurs amis.

— Vous parlez duquel de nous trois exactement ? je demande sèchement.

Près de moi, Papa se raidit et ferme les yeux.

— J'ai cru comprendre qu'il y avait une histoire d'alcoolisme dans la famille de Jesse.

— Du côté de son oncle, oui. Mais ils n'ont aucun lien biologique. C'est avec sa tante que Jesse a des gènes en commun.

McAuliffe s'agite sur sa chaise.

— Claire… Quand j'ai parlé à sa tante, elle m'a dit qu'elle craignait que Jesse soit dépressif.

Quelque chose dans sa voix me serre le cœur. Je sais comment les gens voient Jesse. Il est toujours penché sur sa guitare ; il a des notes médiocres et aucun désir d'aller à la fac. En apparence, c'est l'opposé total de Kat. Mais ça ne veut pas dire qu'il n'a aucune ambition. Même s'il adore jouer de la musique, son vrai rêve, c'est d'en composer.

La tante de Jesse voit peut-être en lui quelqu'un qui ne s'intéresse pas à sa vie. Mais moi, je le connais, et je sais que c'est juste parce qu'il en imagine une meilleure pour plus tard.

— Il n'est pas dépressif, j'affirme.

— Elle m'a également dit que ces derniers temps, il dormait souvent pendant la journée, et qu'il restait au téléphone jusque très tard chaque soir.

— Il fait une sieste en rentrant du travail parce que son boulot est crevant. Il doit se lever à quatre heures et demie du matin, et il reste debout toute la journée.

McAuliffe fronce les sourcils.

— Tu es au courant que son groupe s'est séparé le mois dernier ?

Jesse est l'un de mes meilleurs amis, et il ne m'a pas dit que Salt Lyfe n'existait plus ? Je repense au matin où je me suis réveillée dans son lit et où il était assis devant son ordinateur avec son casque sur les oreilles, sourd au reste du monde. Il prenait souvent sa Fender pour en pincer les cordes de ses doigts pleins de cals, mais je ne l'avais pas entendu jouer depuis un moment.

Mes épaules s'affaissent.

— Non, il ne m'en a pas parlé.

Papa me dévisage, le front plissé. McAuliffe fait une drôle de tête, comme s'il s'apprêtait à m'annoncer qu'il a écrasé mon chien adoré avec sa voiture.

— Kat t'a-t-elle fait part d'une quelconque inquiétude vis-à-vis du comportement de Jesse ? Des problèmes de jalousie, peut-être ?

— Non. Pourquoi vous me demandez ça ? Jesse aussi a disparu, et vous vous comportez comme s'il était suspect de quelque chose.

Je tourne la tête vers mon père pour qu'il me rassure, qu'il me fasse signe que je me trompe et que c'est tout à fait anodin que McAuliffe s'intéresse à l'état d'esprit de Jesse, mais il observe le shérif avec une mine inquiète.

— Claire, dit doucement celui-ci, les violences au sein du couple existent même chez les adolescents. Je ne ferais pas mon travail si je refusais d'envisager que ce qui s'est passé au pic du Diable pourrait être un accident domestique.

Un accident domestique. Un meurtre-suicide, par exemple? À cette idée, tout l'oxygène s'évapore de mon sang. Je me penche en avant, pose les coudes sur la table et enfouis mon visage dans mes mains.

Papa me prend par les épaules.

— Claire? Ma chérie, tu es toujours avec nous?

Je cligne des yeux jusqu'à ce que son visage devienne net. Le shérif s'est levé et contourne la table pour nous rejoindre.

Mes lèvres me picotent comme si mon sang avait reflué et qu'il revenait à peine.

— Ouais, ça va, je marmonne.

— Vous avez encore besoin de nous, shérif? demande Papa.

McAuliffe semble contrarié qu'il veuille déjà mettre fin à l'entretien.

— Eh bien... Il reste une chose que je dois faire tout de suite. Ça ne prendra pas longtemps.

Il glisse une main dans la poche de son pantalon, et mon ventre se noue quand je vois ce qu'il en sort : un appareil numérique.

— Je dois prendre des photos des blessures de Claire, dit-il sur un ton d'excuse. C'est la procédure.

Papa cligne des yeux.

— Pourquoi ça n'a pas été fait à l'hôpital?

McAuliffe s'empourpre.

— En fait, quand Claire a été admise là-bas, les rangers n'ont pas pensé qu'il s'agissait peut-être d'une affaire criminelle.

Ces mots me font l'effet d'un coup de pied dans le ventre. Je repense à la fille dans le miroir des toilettes, aux urgences. À cette impression de m'être réveillée dans le corps de quelqu'un d'autre, couverte de bleus et d'égratignures avec cette coupure dont j'ignorais comment je me l'étais faite.

McAuliffe retourne l'appareil entre ses mains et lâche un « mmh » embêté.

— Euh, une seconde.

Il ne sait pas comment allumer le machin. Après quelques tâtonnements, il trouve le bouton. L'appareil photo émet un bip. De sa main libre, le shérif ressort son mouchoir et tamponne son front en sueur.

— Tu voudrais bien te lever, Claire ?

Ignorant les coups sourds de mon cœur, je vais me placer contre le mur de la maison, et j'obéis docilement aux instructions de McAuliffe. Lève la tête, « clic ». Tourne-toi par là, « clic ».

— Les paumes vers le haut, s'il te plaît.

Je ferme les yeux et sens le regard du shérif s'attarder sur mon entaille désormais réduite à une fine ligne rose. Quand je me force à rouvrir les yeux, il tient l'appareil contre sa poitrine, et ses joues ont rosi.

— Si ça ne te dérange pas, tu… tu peux te tourner un peu pour que je voie mieux tes jambes ?

— Pas de problème.

Je baisse les yeux pendant qu'il photographie mes écorchures.

— Je crois que j'ai tout ce qu'il me faut. Merci à vous deux pour votre coopération.

Je ne sais pas comment je suis censée répondre ; aussi je garde le silence tandis que Papa me prend par les épaules et m'attire vers lui pour que McAuliffe puisse faire coulisser la porte de la cuisine.

Les rideaux bougent derrière la fenêtre qui donne sur le patio. Le bras de Papa se crispe autour de mes épaules, et je comprends qu'il l'a vu aussi. Quelqu'un – un des parents de Kat – nous observait, essayant peut-être de lire sur nos lèvres.

Mais quand on revient dans la cuisine, celle-ci est vide et silencieuse hormis pour le bourdonnement du réfrigérateur. Le carrelage blanc est redevenu immaculé, sans la moindre trace d'éclats de verre ou de café renversé.

Papa referme la porte de la chambre après m'avoir donné l'ordre de faire une sieste pendant qu'il ira chercher mes antidouleurs et mon Ativan à la pharmacie de la ville. Je ferme les yeux et guette le claquement d'une portière dans l'allée, de l'autre côté de la fenêtre au-dessus de mon lit. Il y a quelques minutes, M. Marcotte est parti pour la montagne. Je ne sais pas où a disparu Mme Marcotte, ni où est passée la grand-mère de Kat. Je ne l'ai pas vue du tout depuis qu'elle m'a rendu visite à l'hôpital.

Je tourne le dos à la fenêtre et me roule en boule. Mon téléphone se recharge sur la table de chevet. Ces derniers jours, je me sentais à la dérive sans lui ; à présent, j'évite de le toucher comme si c'était une grenade.

Je ne peux me résoudre à écouter les messages paniqués que mes parents ont dû laisser quand je ne les ai pas appelés samedi soir. Ni à lire les textos de nos camarades de classe, qui doivent me demander si je sais ce qui est arrivé à Kat et à Jesse. Comment leur expliquer ?

En fait, j'y étais aussi. Non, je ne sais pas ce qui s'est passé parce que je souffre d'amnésie post-traumatique. Non, je vous jure que je ne blague pas.

Une douleur sourde pulse derrière mes yeux. Plus encore que l'ibuprofène fortement dosé qui m'attend à la pharmacie, je veux prendre de l'Ativan. Me laisser gagner par l'engourdissement et dormir jusqu'à ce que ce cauchemar soit terminé.

Mon cœur accélère au souvenir du mauvais trip que j'ai fait à l'hôpital. J'en ai la chair de poule. L'infirmier m'a bien dit que le Stilnox pouvait provoquer des hallucinations.

Mais si les miennes étaient nées d'une graine de vérité ? Si je m'étais souvenue de quelque chose pendant que je dormais, assommée par le cachet ? Devant quoi, ou devant qui est-ce que je m'enfuyais ?

J'ai peut-être été séparée des autres après m'être cogné la tête. Kat est une randonneuse expérimentée. Elle devait se douter que c'était trop dangereux pour moi de marcher dans cet état. Jesse et elle sont-ils partis chercher des secours ? Ont-ils eux-mêmes eu un accident pendant la descente ?

Le problème avec cette théorie, c'est que ni Kat ni Jesse ne m'auraient laissée seule, blessée et sans réseau téléphonique, sur le flanc d'une montagne.

Alors, est-ce qu'on s'est séparés avant que je sois blessée ? Selon le shérif, les données GPS de mon téléphone indiquent qu'on a atteint le pic du Diable dans l'après-midi. On était censés passer la nuit là-bas ; pourtant, à 17 h 30, mon téléphone se trouvait au fond des bois, hors d'atteinte du signal de l'antenne relais.

Pourquoi serions-nous montés jusque-là pour faire demi-tour aussitôt ?

Enfin… Moi, j'ai fait demi-tour. Rien ne suggère que Kat et Jesse aient quitté le site de camping.

Je lève la main et palpe la bosse à la base de mon crâne. Imaginons que j'aie couru dans les bois. J'aurais pu trébucher sur une pierre ou une racine qui jaillissait de terre. Terrifiée et distraite, je n'aurais pas fait attention où je mettais les pieds, et j'aurais pu tomber assez lourdement pour m'assommer.

Mais pourquoi j'aurais couru ? Pourquoi j'aurais été terrifiée ? À cause de quelque chose que j'aurais vu sur le pic du Diable ?

Je me rallonge sur mon oreiller et presse mes paumes sur mes yeux.

Non. Jesse n'aurait jamais fait de mal ni à Kat ni à moi. Je ne l'ai même jamais vu se mettre en colère. Y compris pendant notre année de Troisième, quand il s'est battu dans le couloir avec un connard de Seconde qui se moquait de lui. Il était livide quand un prof les a séparés. Il a baissé les yeux vers ses mains couvertes du sang qui dégoulinait de son nez et s'est mis à trembler, sans se rendre compte que je lui tendais une serviette hygiénique pour étancher le flot.

Non, Jesse n'aurait jamais tué sa copine. Il n'aurait jamais tué sa copine avant de se suicider.

Mais c'est ce que croit McAuliffe, pas vrai ? Il pense que Jesse était dépressif.

Je revois mes meilleurs amis tels qu'ils étaient vendredi soir : endormis sur le canapé, lovés l'un contre l'autre. Sur le coup, j'ai trouvé ça presque insupportable qu'ils soient aussi heureux et amoureux – parce que j'aurais voulu que Jesse m'aime, moi.

Et à présent, je ferais n'importe quoi pour les récupérer.

Je n'ai pas été élevée dans la religion, mais je ne suis pas certaine de croire que tout ça est aléatoire, que nous n'avons de comptes à rendre à personne. Alors, je passe un marché silencieux avec qui m'écoute : *Par pitié. Je ne soupirerai plus après lui. J'accepterai leur couple. Je serai une meilleure amie, pourvu qu'ils réapparaissent sains et saufs.*

De l'épaule, j'essuie les larmes qui coulent sur ma joue. Prends une grande inspiration et attrape mon téléphone. Ignorant les appels manqués, les textos et les messages vocaux, je cherche le numéro de Kat dans ma liste de contacts.

Elle n'a jamais enregistré de message d'accueil. Une voix robotique me dit que l'abonné que je cherche à joindre n'est pas disponible, et m'enjoint de laisser un message après le bip.

Je raccroche et serre le téléphone contre ma poitrine, le cœur battant la chamade. Je sais ce que j'entendrai si j'appelle le numéro de Jesse, et je sais l'effet que ça me fera, mais je ne peux pas m'en empêcher. Parce que si je peux entendre sa voix, ça signifie qu'il est toujours en vie, pas vrai ?

Je fais défiler mes contacts et appuie sur « Appeler ».

« Salut, c'est Jesse. Je vous conseille de m'envoyer un texto plutôt que de me laisser un message interminable que je n'écouterai probablement pas. »

La porte de la chambre s'ouvre avec un léger grincement. Je repose très vite mon téléphone sur la table de chevet, écran vers le bas pour cacher la lumière, et je ferme les yeux. Sous ma joue, l'oreiller est mouillé.

— Claire ? chuchote Papa.

J'entends crisser un sachet en papier dans sa main.

Je ne réponds pas et respire profondément comme si je dormais.

7

Aujourd'hui

Papa dépose mes médicaments sur la table de chevet avant de ressortir sur la pointe des pieds pour aider Mme Marcotte à préparer le dîner. Dès que ses pas s'éloignent dans le couloir, je tâtonne pour saisir la bouteille d'eau que j'ai laissée là. Il ne reste que quelques gorgées dans le fond, mais c'est suffisant pour avaler un Ativan et deux ibuprofènes. Je ferme les yeux tandis qu'une douce chaleur se répand dans mes veines, et je bloque tout hormis le plic-plic régulier de la pluie qui frappe la fenêtre.

Je suis impuissante face à la vague d'épuisement qui déferle sur moi. Je me représente des nuages d'orage bouillonnant au-dessus de la montagne, des trombes d'eau changeant les chemins de randonnée en rivières. Je pense au sang s'écoulant dans le lavabo des toilettes des urgences, et mes doigts caressent la coupure sur ma paume jusqu'à ce que je m'endorme.

Quand je me réveille, tout est trop silencieux. Je m'aperçois que je guette les bips de la machine à intraveineuse, les bavardages des infirmières dans le couloir.

Je cligne des yeux pour en chasser les restes de sommeil. Le soleil entre à flots par les interstices du store au-dessus de l'autre lit une place. Celui-ci est vide et fait au carré, les coins des couvertures bien rentrés sous le matelas. Les affaires de mon père sont posées sur la seconde table de chevet : un peu de monnaie, son portefeuille, un ticket de la cafétéria de l'hôpital.

Du coup, il ne doit pas être bien loin. Mais j'ai peur de me lever. Et si je tombais sur les parents ou la grand-mère de Kat sans qu'il soit là pour faire tampon entre nous ?

Je m'assois et fais rouler ma tête. J'aperçois mon reflet dans le miroir au-dessus de la commode.

J'ai dormi toute la nuit malgré l'orage, mais j'ai des cernes tellement gris qu'on dirait des hématomes. La seule douche que j'ai pu prendre à l'hôpital m'a donné l'impression d'être encore plus sale, et mes cheveux poisseux forment comme un nid d'oiseau sur ma tête.

Je me dirige vers la salle de bains de l'autre côté du couloir. La porte de la chambre grince quand je la pousse. Mme Marcotte m'appelle depuis la cuisine. Pour la discrétion, c'est raté. Je longe le couloir en priant pour que mon père soit avec la mère de Kat.

Mme Marcotte est debout devant l'évier. L'horloge du four indique 7 h 45, mais elle est déjà habillée d'un chemisier rayé bleu et blanc et d'un pantalon de toile beige. Ses cheveux blonds sont relevés en chignon strict. La seule faute de goût est une minuscule trace d'anticernes mal estompé contre son nez.

— J'espère qu'on ne t'a pas réveillée, lance-t-elle.

Mon regard se pose sur la table où est assise l'autre moitié de ce « on ».

Amos Fornier, le cousin de Kat. Il pose le croissant qu'il était en train de manger et m'adresse un sourire sans joie.

— Salut.

Il me semble qu'on vient de m'aspirer les entrailles. Je suis incapable de répondre, incapable de me dégager de l'étau glacial de la panique pour articuler un simple « bonjour ».

Qu'est-ce qu'il fout là ?

Mais Amos fait partie de la famille. Il a plus de raisons d'être ici que moi.

Mme Marcotte s'essuie les mains sur un torchon.

— Claire, tu te souviens d'Amos, je suppose ?

Du pouce, il fait tomber une miette de croissant accrochée à sa lèvre. Il n'a pas changé depuis deux ans et demi : mêmes yeux bleu-gris, mêmes cheveux éclaircis par le soleil et juste un peu trop longs. Il est toujours aussi mignon ; moi, je porte un tee-shirt crade, pas de soutien-gorge, et je ne me suis pas douchée depuis trois jours.

— Ça fait un bail, dit-il.

Il tripote son croissant sans donner la moindre indication que lui aussi pense à ce qui s'est passé entre nous la dernière fois qu'on s'est vus.

Je ravale la bile qui monte de mon estomac.

— Tu es arrivé quand ?

— Hier soir tard.

Amos se laisse aller en arrière et pose un bras sur le dossier de la chaise voisine. Il porte un sweat-shirt saumon avec un bateau à voile sur la poche ventrale. Malgré moi, je baisse les yeux vers ses jambes bronzées aux poils dorés.

— Amos est mon chevalier en armure blanche, dit Mme Marcotte. Il m'a apporté un tas de trucs dont j'avais besoin, notamment ceci.

Elle brandit une cafetière pleine. Il me faut quelques secondes pour me souvenir de l'incident, pour faire le lien entre cette femme souriante et la personne affolée d'hier soir.

— Tu en veux une tasse, Claire ? demande-t-elle en ouvrant déjà le placard où sont rangés les mugs.

Je n'écoute que d'une oreille distraite. Mon regard est rivé sur la pile de papiers posée sur la table à côté d'Amos.

— Volontiers, je lâche.

Et pendant qu'elle me tourne le dos, je m'approche pour lire ce qui est marqué dessus.

« DISPARUE : Katherine Marian Marcotte »

Kat me rend mon regard ; même sur une photo imprimée au laser, ses cheveux dorés empilés sur sa tête en chignon désordonné brillent. Penchée par-dessus le comptoir de la boulangerie *Dolce Vita*, elle sourit avec les lèvres fermées.

« Katherine a été vue pour la dernière fois sur le mont Bobcat samedi 23 juin. Elle mesure un mètre soixante-cinq, pèse 48 kilos et a une petite cicatrice au sourcil droit. Elle portait peut-être un bandana fuchsia et un débardeur gris au moment de sa disparition. »

Et tout en bas, comme un détail sans importance : « Elle était accompagnée de Jesse Salpietro. »

— C'est dégueulasse, tu ne trouves pas ? murmure Amos.

Je sens mon pouls battre dans mon cou tandis qu'il baisse les yeux vers son téléphone et que Mme Marcotte m'apporte un café.

— Merci, dis-je en prenant le mug. Vous savez où est mon père ?

— Il s'est levé il y a un petit moment. Il a dit qu'il allait courir. Tu veux de la crème et du sucre ?

Mes meilleurs amis ont disparu ; nous sommes quasiment prisonniers de cette maison, et mon père est allé faire son jogging comme si c'était les vacances ?

— Amos a apporté des viennoiseries pour le petit déjeuner, mais si tu préfères, il y a des fruits…

Mme Marcotte retourne vers le comptoir et saisit le torchon machinalement. Je devrais m'asseoir et lui dire de ne pas s'en faire pour moi, que je peux me débrouiller seule, mais elle est comme ça depuis que je la connais.

Dans tous les cas, il est hors de question que je m'assoie pour petit-déjeuner avec Amos Fornier. Je lui jette un coup d'œil, mais il s'est déjà désintéressé de la conversation pour faire défiler la page d'accueil de CNN sur son téléphone.

—Madame Marcotte, je, euh… En fait, ça vous dérangerait que je prenne une douche ?

—Bien sûr que non, répond-elle. Kat t'a expliqué comment fonctionne le nouveau mitigeur de la salle de bains d'invités ?

Sa voix se brise sur le nom de sa fille. La gorge nouée, je secoue la tête. Elle se force à sourire.

—Alors, je vais te montrer. C'est un peu compliqué.

Je la suis hors de la cuisine, sans doute avec un peu trop d'empressement. Mais je ferais n'importe quoi pour mettre le plus de distance possible entre Amos et moi. Je pourrais m'immerger dans du déboucheur de canalisations et me dissoudre dans la bonde de la baignoire, façon mafia russe, pour ne pas avoir à passer une seconde de plus sous le même toit que lui.

Quand on arrive à la salle de bains, mon cœur bat si follement que j'ai du mal à entendre Mme Marcotte qui se penche au-dessus de la baignoire à pieds.

—Il y a deux molettes à tourner. Ici, tu choisis entre les options bain et douche…

Je me dandine maladroitement près du lavabo pendant qu'elle tripote le robinet jusqu'à ce que de l'eau coule du pommeau.

—Et là, tu règles la température.

—Merci.

—Pas de souci. Les serviettes sont…

Elle se détourne de la baignoire, hésite et me regarde ouvrir le placard à droite du lavabo.

—Là-dedans, acquiesce-t-elle en portant la main à son pendentif.

Une question brille dans ses yeux. Comment je savais où sont les serviettes si je ne me suis pas douchée ici la semaine dernière ?

Bien que j'aie l'impression de lui devoir une explication, je me contente de répéter :

— Merci.

— De rien. (Son sourire s'évanouit.) Appelle-moi si tu as besoin d'autre chose.

Je dois être plantée sous le jet depuis presque dix minutes, m'efforçant de démêler mes cheveux avec un après-shampoing à la violette qui à poids égal doit coûter plus cher que l'héroïne.

Mes pensées tourbillonnent dans ma tête. Il n'y a que deux placards dans cette salle de bains. J'avais cinquante pour cent de chances d'ouvrir le bon. Mais je n'ai même pas réfléchi avant de me tourner vers celui-là, comme si je savais ce que je faisais. Comme si j'avais pris une douche samedi avant de partir pour le mont Bobcat.

Je ferme les yeux sous la douche. Comment puis-je me souvenir de certains détails mais pas des autres ? Par exemple, je ne me revois pas du tout en train de me laver dans cette baignoire.

Cela signifie-t-il que mes souvenirs de samedi sont toujours quelque part dans mon cerveau, mais enfermés à clé ? Le neurologue de l'hôpital m'a dit que ma mémoire pourrait ne revenir que dans des semaines ou des mois, voire jamais. Il a bien précisé que certaines personnes ayant subi des blessures à la tête comme la mienne ne retrouvent jamais leurs souvenirs.

Cette pensée me donne envie de ramper hors de ma propre peau. Je me rince, sors de la baignoire et m'enveloppe dans une serviette. Quand je regagne ma chambre, Papa est assis au bord de l'autre lit dans son tee-shirt trempé de sueur.

— Tu es allé courir ? je siffle en refermant la porte derrière moi. Tu ne trouves pas ça un peu… désinvolte ?

Il cligne des yeux. Son visage est rouge et transpirant.

— Claire, il s'est passé quelque chose pendant mon absence ?

Je m'assois sur mon lit face à lui, serrant la serviette contre moi. Je m'en prends à mon père parce que j'ai peur – peur que mes amis soient morts, peur d'avoir perdu trente-six heures de ma vie, peur que Mme Marcotte croie que je lui mens au sujet de ce que je me rappelle.

Papa s'essuie le front en attendant que je réponde.

— Je ne veux pas rester ici, c'est tout, je chuchote.

Pas sans Kat et Jesse. Je ne veux pas être là quand on les retrouvera. Il s'est écoulé plus de soixante-douze heures depuis leur disparition. J'ai suffisamment regardé des émissions de faits divers pour savoir qu'il y a peu de chances qu'ils soient encore en vie.

— Oh, ma chérie.

Papa pose les mains sur ses genoux mais ne s'approche pas pour me réconforter. Probablement parce que je ne porte qu'un drap de bain et que ce serait gênant. Alors, je me mets à pleurer à moitié nue devant mon père.

J'agite ma main libre devant mes yeux, mais il est trop tard : ils doivent déjà être rouges et gonflés. Mme Marcotte et Amos le remarqueront, et ils se demanderont de quel droit je pleure alors que je suis redescendue vivante de cette montagne.

Je renifle.

— On peut faire quelque chose pour aider aujourd'hui ?

Papa se rembrunit.

— Tu es censée te reposer.

— Je sais, mais je ne peux pas rester sans rien faire.

À l'hôpital, au moins, j'avais une raison d'être, même si elle se limitait à fournir aux infirmières un corps à qui faire des prises de sang, et à trimballer d'examen en examen.

— Je pourrais accrocher les affichettes, par exemple. Il faut bien que quelqu'un le fasse, non ?

— Je crois qu'ils comptaient plutôt les distribuer au porte-à-porte, m'informe Papa pendant que je me lève et cherche mon soutien-gorge de rechange dans mon sac à dos.

— Parfait. Si je les aide, ça ira plus vite.

Je saisis le sac en plastique *Walmart* que ma mère m'a apporté à l'hôpital. Il contient une culotte de grand-mère, un pantalon de yoga noir et un tee-shirt en coton orné du symbole de la paix. Je me cache derrière la porte ouverte du placard pour que Papa ne me voie pas ôter la serviette et enfiler mes sous-vêtements.

— Tu te sens vraiment capable de t'agiter toute la journée ? demande-t-il sur un ton las, vaincu, comme s'il se doutait qu'il ne parviendra pas à m'en dissuader.

— Oui.

Il soupire.

— D'accord, je vais parler à Beth et prendre un paquet d'affichettes.

Quand je ressors de la chambre douchée et habillée, il a déjà fait démarrer la voiture. C'est la première fois que nous sommes vraiment seuls depuis la visite du shérif hier après-midi.

J'ai l'impression de devoir me justifier. Et défendre Jesse. Mais tous les mots se flétrissent et meurent sur mes lèvres. Enfin, Papa brise le silence en lançant :

— Tu veux chercher NPR ?

Je tripote le bouton de la radio même si je sais que ça ne servira à rien. Le signal est trop mauvais à cette altitude. Je passe les vibrations nasillardes d'un banjo et une chanson d'Aerosmith à demi inaudible avant d'opter pour le silence.

Papa suit les panneaux en direction de Grist Mill, une ville située au sud de Sunfish Creek. Les lacets de la route me donnent la nausée, et je ferme les yeux.

— C'est un bon endroit pour commencer la distribution, déclare mon père.

Je rouvre les yeux alors qu'il se gare le long d'un trottoir et coupe le moteur. Nous sommes dans une rue résidentielle bordée de maisons de plain-pied à divers stades de la décrépitude. Je ne vois aucun mouvement derrière les fenêtres de celle devant laquelle nous nous trouvons. Sur la pelouse, des débris de l'orage d'hier soir flottent à la surface de l'eau brunie d'une piscine pour bambins.

Papa prend la première affichette de la pile posée sur mes genoux, et je le regarde se diriger vers la porte. Sonner, puis frapper. Resonner, puis refrapper. Il finit par glisser l'affichette dans la boîte aux lettres et revient vers la voiture.

Les maisons sont suffisamment éloignées les unes des autres pour qu'on doive déplacer la voiture chaque fois. Petit à petit, on adopte un rythme silencieux : je lui tends une affichette pendant qu'il descend de voiture, et il va frapper à la porte d'entrée. Si personne n'ouvre, je laisse une affichette dans la boîte aux lettres, et on repart. Je compte les affichettes déposées au fur et à mesure pour ne pas devenir folle.

Après la vingt-huitième maison, Papa remonte en voiture et roule jusqu'à la vingt-neuvième, un ranch aux bardeaux bruns délavés. Il y a un pick-up dans l'allée, avec tant d'autocollants sur le pare-brise arrière que c'est un miracle que le conducteur y voie suffisamment pour faire des marches arrière. Parmi eux, un squelette qui fait un doigt d'honneur, un drapeau confédéré et un fusil d'assaut avec les mots « ESSAIE UN PEU DE ME LE PRENDRE ».

— Je ne crois pas que tu devrais aller frapper chez ces gens, dis-je, mal à l'aise.

Un drap noir est tendu devant les fenêtres de la maison.

Papa met le point mort.

— Pourquoi ?

Je tends un doigt vers le pick-up.

— Je doute qu'ils soient très accueillants.

— Ne dis pas de bêtises, réplique-t-il.

Mais en descendant de voiture, il aperçoit les autocollants et fronce les sourcils.

Je le suis du regard, le cœur cognant à tout rompre, tandis qu'il se dirige vers la porte, frappe et attend.

Un homme ouvre et referme la moustiquaire derrière lui. Il porte un jean taché d'huile de moteur et un tee-shirt noir. Quand Papa lui tend l'affichette, il pose les mains sur ses hanches et penche la tête sur le côté pour écouter. Puis il prend l'affichette et opine.

Toute la conversation a duré moins de temps qu'il n'en faut pour que mon nez qui me chatouille se décide à éternuer. Quand Papa rebrousse chemin vers la voiture, l'homme reste planté dehors.

Je n'arrive pas à détacher mon regard de lui. Il a des cheveux blond roux et un petit filet de barbe qu'il caresse pensivement. Mon pouls accélère.

Je le connais. Non, c'est impossible : je ne connais personne dans cette ville.

L'homme m'aperçoit. Il laisse retomber sa main et penche la tête sur le côté, me fixant d'une manière qui me donne la chair de poule.

Lui aussi m'a reconnue.

Il fronce les sourcils. Je détourne la tête pour regarder droit devant moi, le cœur cognant à tout rompre. Quand je jette un coup d'œil vers la maison, l'homme a disparu, et Papa ouvre la portière conducteur.

La nuque en sueur, j'appuie maladroitement sur le bouton pour baisser la vitre. Il fait beaucoup trop chaud là-dedans, j'étouffe…

Papa pose une main sur mon épaule.

— Ça va, Claire ?

Je n'en sais rien.

— Qu'est-ce qu'il t'a dit, ce type ?

— Il m'a remercié et dit qu'il était déjà au courant pour Kat et Jesse. Pourquoi ?

— Tu as le numéro du shérif ? Il faut que je lui parle.

8

Aujourd'hui

Le parking du bureau du shérif de Sunfish Creek est plus bondé que celui d'un hypermarché *Target* un 24 décembre. Les véhicules de presse sont pare-chocs contre pare-chocs.

Un adjoint en uniforme nous fait signe de nous arrêter. Papa lui dit qu'on a rendez-vous, et il nous indique une barrière.

— Garez-vous dans le fond. Quelqu'un vous fera entrer par la porte de derrière histoire d'éviter les vautours.

Pendant que Papa manœuvre, je déglutis pour ravaler ma panique grandissante. Ils ne sont pas là pour moi. Les articles que j'ai lus en ligne ne me mentionnaient même pas.

C'est à cause de Kat que cette histoire fait tant de potin. Une adolescente très jolie, petite-fille d'une ancienne membre du Congrès… Pour ce coin paumé, sa disparition est l'équivalent du Super Bowl.

— Marian est passée au *Today Show* ce matin, m'informe Papa à voix basse alors qu'on descend de voiture. Elle est rentrée en ville hier.

La porte de derrière est calée en position ouverte. Papa et moi entrons. Dave McAuliffe nous attend dans le couloir en tripotant sa boucle de ceinture.

— Merci d'être venus, dit-il comme si on lui rendait service, comme si je ne m'étais pas emparée du téléphone pour exiger de lui parler quand la réceptionniste nous a dit qu'il était dans la montagne et qu'elle ne savait pas quand il reviendrait.

Derrière le comptoir de l'accueil, j'aperçois une chaise vide et un écriteau rédigé à la main : « SONNEZ DEE ». McAuliffe nous entraîne le long d'une rangée de box vides et de l'autre côté d'une porte en verre dépoli.

Avant même de s'asseoir, il soulève le combiné du téléphone fixe posé sur son bureau, le coince entre son oreille et son épaule, et lance :

— Allô, Dee ? Pour l'amour de Dieu, dis-leur d'attendre dans la rue.

Dans un coin, calé sur l'appui de fenêtre, un ventilateur souffle de l'air chaud. Il y a tout juste la place de caser deux chaises de l'autre côté du bureau du shérif. Mon père et moi nous y asseyons, les coudes serrés contre le corps pour ne pas nous gêner mutuellement.

— Ces journalistes…, soupire McAuliffe.

Il secoue la tête comme si finir sa phrase serait trop épuisant. J'ai presque pitié de lui. Il serait plus à sa place dans la piscine d'une résidence pour retraités en Floride.

Il se penche en avant et pose ses coudes sur le bureau, puis tapote les jointures de sa main gauche avec un stylo.

— Il paraît que tu as une information importante pour moi ?

Je déglutis, la nervosité me nouant la gorge.

— J'ai vu un homme ce matin à Grist Mill. Je l'ai reconnu.

Le stylo s'immobilise entre ses doigts.

— Ta mémoire est revenue ?

— Non. Mon père et moi, on distribuait des affichettes au porte-à-porte, et on est tombés sur lui. Je n'arrive pas à le replacer, mais je suis sûre de l'avoir déjà vu quelque part, et il me regardait bizarrement, comme si lui aussi m'avait reconnue.

McAuliffe se rembrunit et jette un coup d'œil en biais à mon père, comme pour dire *Vous m'avez arraché aux recherches parce que quelqu'un l'a regardée de travers ?*

— Je l'ai déjà vu quelque part, j'insiste, sûre de moi. Simplement, je n'arrive pas à me souvenir où. On l'a peut-être rencontré samedi.

Personne ne dit rien. Le ronronnement du ventilateur dans le coin est le seul bruit dans la pièce.

— D'accord, lâche enfin le shérif. Tu pourrais m'en dire plus sur cet homme ?

Je n'aime pas le ton qu'il emploie. Il me rappelle mes parents quand j'étais petite et que je me glissais dans leur lit après avoir été réveillée par un cauchemar. *« Et ensuite, le méchant homme a fait quoi ? »*

J'ai les mots sur le bout de la langue quand mon père intervient.

— Il habite au coin de Phoenicia Road.

Quelque chose passe sur le visage de McAuliffe.

— Dans une maison brune ?

Papa acquiesce. Mon cœur tressaille dans ma poitrine. Je n'aime pas du tout la tête que fait le shérif, comme s'il venait de résoudre un mystère. Je demande :

— Vous connaissez l'homme qui habite là ?

— Je lui ai parlé hier, répond le shérif sans nous regarder en face. Il nous a contactés parce qu'il avait reconnu Claire pour l'avoir croisée sur le mont Bobcat.

Mon pouls bat très fort à mes tympans, et mes pensées se bousculent dans ma tête telles des voitures dans un carambolage sur l'autoroute. *J'ai bel et bien vu ce type. Je me suis souvenue de quelque chose.*

Je me concentre sur son visage et plonge plus profondément dans le trou noir de ma mémoire. Je l'ai croisé pendant la randonnée, ou peut-être sur le site de camping. Mais je ne l'ai pas seulement aperçu de loin, puisque je me souviens de son visage et réciproquement.

Est-ce qu'on s'est parlé ?

C'est Papa qui finit par briser le silence.

— Il vous a appris quelque chose d'intéressant ?

— Je crains de ne pas pouvoir vous répondre.

La bulle d'espoir qui grandissait en moi – je vais peut-être enfin savoir ce qui s'est passé samedi ! – éclate aussitôt.

— Pourquoi ? J'étais là ; c'est juste que je ne me rappelle pas.

La lèvre supérieure du shérif frémit.

— Je ne peux pas révéler le contenu de la déposition d'un témoin.

— Donc, je n'ai pas le droit de savoir quelque chose qui me concerne pour la seule raison que je l'ai oublié ?

Ma voix vibre de colère, malgré le mal que je me donne pour ne pas bondir par-dessus le bureau et arracher la moustache de McAuliffe. Il détient un morceau de mes souvenirs en otage. Pourquoi ?

Papa pose une main sur mon bras en guise d'avertissement.

Le regard du shérif dérive vers la fenêtre au fond de son bureau, à quelques mètres de l'agitation du parking.

— Très franchement, nous sommes préoccupés par l'intérêt que les médias prêtent à cette affaire. Toute fuite risquerait de compromettre l'investigation.

Papa en reste bouche bée.

— Claire ne va pas parler à la presse.

— Et croyez bien que j'apprécie, monsieur Keough, mais il s'agit d'une affaire très délicate.

Le shérif se lève et cogne un de ses genoux osseux sur le bord de son bureau en métal. Il frémit en ramassant des papiers pour les fourrer dans une chemise en carton. Les doigts noueux de sa main droite tremblent.

— Autre chose ? Je dois rejoindre l'équipe de recherches.

Je secoue la tête, les veines bourdonnant de colère. McAuliffe s'arrête sur le seuil de la pièce et, de la main qui tient le dossier, nous désigne la sortie.

— Claire, dit-il sur un ton las. S'il te plaît, ne parle de cette conversation à personne.

La peau sous ses yeux est flasque d'épuisement.

— Entendu, réponds-je sèchement, tandis que mon père pose une main sur mon épaule.

— En fait, ajoute McAuliffe en nous dévisageant tour à tour, les sourcils froncés. À ta place, j'éviterais de dire à quiconque, hormis peut-être ta famille immédiate, que tu étais sur le mont Bobcat ce week-end.

Ni Papa ni moi ne disons grand-chose pendant le trajet de retour à la maison au bord du lac. Ma tête me tue, et Papa s'en sert comme excuse pour mettre fin à la distribution d'affichettes. De toute façon, aucun de nous n'est d'humeur à continuer après cette conversation bizarre dans le bureau de McAuliffe.

Une fois arrêté dans l'allée du garage, Papa coupe le moteur de la Civic.

— Claire, ne parle à personne de ce que tu viens de dire à McAuliffe, d'accord ?

Au lieu de me regarder, il fixe quelque chose à travers le pare-brise. Les autres voitures stationnées là : la berline BMW argentée d'Amos, le Highlander noir de M. Marcotte. Ce qu'il veut dire, c'est que je ne dois pas leur en parler, à eux.

Ma bouche s'assèche. Je ne crois pas qu'il s'inquiète des fuites vers la presse. Il ne veut pas que la famille de Kat sache que je me souviens de quelque chose.

Son téléphone se met à égrener *And I Love Her* des Beatles, sa sonnerie pour Maman.

— Le neurologue lui a peut-être donné des nouvelles, dit Papa en fouillant parmi les saletés qui s'entassent dans le porte-gobelet – un reçu d'une pharmacie locale, un emballage de *Taco Bell*.

Il colle le portable contre une de ses oreilles et se bouche l'autre de l'index.

— Teenie, quoi de neuf ?

— On se retrouve à l'intérieur, dis-je en défaisant ma ceinture de sécurité.

Je n'ai pas besoin de l'entendre récapituler la scène dans le bureau du shérif. La vivre était déjà assez pénible.

En me dirigeant vers la porte d'entrée, je sors mon propre téléphone et ravale un grognement de frustration à la vue de la page d'accueil vide. Toujours pas moyen de se connecter à la 3G, qui passe très mal ici.

Vendredi soir, Kat m'a dit que le mot de passe du wifi était sur la box dans le bureau de Marian, à l'étage. J'ai été trop paresseuse pour monter le chercher sur le coup, et apparemment, la Claire de samedi matin aussi.

La porte d'entrée n'est pas fermée à clé, mais il semble n'y avoir personne au rez-de-chaussée. La cuisine, le repaire de Mme Marcotte, est silencieuse, à l'exception du ronronnement du lave-vaisselle. Je monte l'escalier en m'étonnant de la mauvaise volonté de mes jambes. Mes muscles sont tout endoloris d'être restés allongés dans un lit d'hôpital pendant trois jours.

Un bruit de voix à l'étage me fait ralentir. La porte de la chambre principale est entrebâillée. Quelqu'un fait les cent pas à l'intérieur. Instinctivement, je me plaque contre la balustrade, même s'il ne peut pas me voir de là où il se trouve.

— Il doit la pousser davantage, déclare M. Marcotte sur un ton pressant.

— Elle a besoin de temps, Johnathan, contre la mère de Kat.

— Du temps, notre fille n'en a pas.

Mon ventre se noue. Ils parlent de moi. Je sais que je ne devrais pas écouter, mais je suis comme enracinée sur place.

— Elle est traumatisée, insiste Mme Marcotte. Les docteurs disent que le stress d'un interrogatoire risque d'aggraver encore son état.

— Et tu y crois ? demande le père de Kat à voix basse.

Mon genou droit se met à trembler. J'empoigne la balustrade pour que mes jambes ne cèdent pas sous moi.

Les oreilles bourdonnantes, j'attends que Mme Marcotte me défende. Je revois sa réaction hier dans la salle de bains, et mon cœur se serre. Des lattes craquent tandis que quelqu'un se remet à faire les cent pas dans la chambre.

— Claire l'a toujours protégé, lance enfin M. Marcotte. Tu l'as dit toi-même.

Mme Marcotte répond si bas que je n'entends qu'un morceau de sa phrase : « … vu l'enjeu… ».

Puis une sonnerie résonne, se répercutant sur les hauts plafonds. Prise de panique, je comprends qu'elle vient du rez-de-chaussée.

— Comment tu as pu te séparer de ton téléphone ? aboie M. Marcotte.

Ne reste pas là. Cette pensée me traverse comme un éclair. Jamais je n'aurai le temps de redescendre ; alors, je fonce vers la chambre voisine de celle des Marcotte. Et plaque une main sur ma bouche pour étouffer un cri à la vue d'Amos Fornier assis au bord du lit.

Il penche légèrement la tête sur le côté et, à son expression, je devine qu'il m'a observée en train d'espionner son oncle et sa tante depuis le début.

Il porte un index à ses lèvres et désigne la porte du menton. Je referme sans faire de bruit et me plaque contre le mur au moment où la porte de la chambre principale s'ouvre dans un grincement. Des pas dévalent l'escalier.

Amos me dévisage depuis le lit, avec une expression qui me ramène au dernier endroit où j'ai envie d'être : dans *sa* chambre.

J'ai quinze ans, et mes jambes sont rasées avec une précision chirurgicale. Amos fait courir ses mains le long de mes flancs et tire sur la ceinture de mon jean. Je porte un soutien-gorge rouge tout neuf, parce que j'ai lu dans un magazine débile que cette couleur excitait le désir des hommes. À l'époque, Amos avait dix-sept ans : il était presque un homme à mes yeux.

Quinze ans me semblait un âge parfaitement acceptable pour perdre ma virginité. Et le cousin plus âgé de ma meilleure amie me semblait quelqu'un de plus qu'acceptable à qui la donner.

À présent, Amos se lève et se dirige vers la porte de la chambre. La voix de M. Marcotte monte du rez-de-chaussée, nous condamnant à rester enfermés ici.

À l'époque, j'avais tout planifié. Je voulais que ça arrive. J'avais insisté pour que Kat m'emmène à la soirée qu'organisait son cousin pendant que sa mère était à Paris. Amos a dégrafé mon soutien-gorge ; il a passé ses mains dans mon dos nu et m'a attirée vers lui. Sa langue s'est insinuée entre mes lèvres ; elle avait un goût de rhum.

À présent, je déglutis et le rejoins près de la porte. Il secoue la tête.

— Tu ne veux pas que mon oncle sache que tu les as entendus. Crois-moi.

À l'époque, Amos m'a allongée sur son lit. Le rhum que j'avais également bu a clapoté dans mon estomac. Le contact de ses draps froids et inconnus dans mon dos m'a donné envie de rentrer chez moi. Quand il a attrapé la braguette de mon jean entre deux doigts, j'ai posé ma main sur la sienne.

À présent, Amos se détourne et s'approche de la baie vitrée.

À l'époque : « Sérieusement ? » a-t-il demandé sur un ton aigre. Je me suis dégagée et assise contre sa tête de lit, le cœur battant la chamade, et j'ai bredouillé des excuses : « Je crois que j'ai trop bu ; une autre fois, peut-être… »

À présent, Amos fait coulisser la porte vitrée et me dit de le suivre.

À l'époque, il s'est assis au bord du lit, a secoué la tête en riant et renfilé son tee-shirt. Il a quitté la chambre avant même que je puisse ramasser mes vêtements, la gorge nouée d'humiliation.

À présent, je n'ai pas le choix. Je le suis dehors.

Amos contourne une chaise Adirondack et se penche par-dessus la rambarde qui sépare le balcon de sa chambre de celui de la chambre voisine.

Je siffle :

— Qu'est-ce que tu fous ?

Il me tend les bras. *Fais-moi confiance.*

Je déglutis et prends ses poignets. Passe une jambe par-dessus la rambarde et laisse Amos me tirer de l'autre côté. Il m'aide à reprendre mon équilibre, les mains posées sur ma taille. Je suis assez près de lui pour sentir l'odeur de weed qui s'attarde sous celle du désodorisant textile dont il a dû asperger ses vêtements.

— Désolé, dit-il en laissant retomber ses mains.

Je me redresse et jette un coup d'œil vers la chambre principale pour éviter son regard. Mais les rideaux blancs sont tirés derrière la baie vitrée. Sur notre droite, un escalier descend jusqu'au patio.

Je suis Amos vers le rez-de-chaussée en réprimant une panique grandissante.. Depuis le patio, on ne voit pas vraiment ce qui se passe sur le balcon en surplomb. De là, n'importe qui aurait pu espionner ma conversation d'hier avec le shérif McAuliffe.

Amos saute la dernière marche et se dirige vers le lac. Comme je reste enracinée dans le patio, il se retourne en levant les sourcils.

— Tu viens ?

— Où ça ?

Il réfléchit un moment avant de répondre :

— Loin d'ici.

J'observe la maison par-dessus son épaule. Impossible de rentrer et de regarder les parents de Kat dans les yeux après ce que j'ai entendu. Papa doit encore être dans la voiture, et il y restera peut-être un bon quart d'heure : la plupart des coups de fil avec ma mère ressemblent à une prise d'otage.

Amos attend que je le rejoigne. On descend la pente qui mène vers le lac. Un écureuil traverse le chemin devant nous et disparaît entre deux des pierres qui entourent la fosse à feu.

Tous les bruits extérieurs s'évanouissent comme on approche du ponton. Je revois Jesse penché en avant sur sa chaise Adirondack. Je bannis l'image de mon esprit, car je ne peux me faire à l'idée que c'est peut-être le dernier souvenir que je garderai de lui.

Sur la droite du ponton se dresse un appentis. Amos compose la combinaison du cadenas qui en ferme la double porte, pousse les battants et entre. Il ressort un moment plus tard en traînant un canoë rouge derrière lui.

Pivotant, il tourne l'embarcation vers le lac. Quelques centimètres de peau tonique et bronzée apparaissent entre le bas de son polo et le haut de son jean. Du bout d'une de ses chaussures bateau, il pousse le canoë à l'eau, et dès que celui-ci a cessé de tanguer, il me dit :

— Monte.

Je le rejoins au bord de l'eau et jette un coup d'œil à l'intérieur de l'embarcation. Une araignée aux longues pattes sort de dessous le siège arrière tandis que je m'assois prudemment.

Nous tanguons vers la droite ; Amos se penche en avant et pose les mains sur les côtés pour nous stabiliser.

Puis il s'installe sur l'autre siège, face à moi, et empoigne les rames posées entre nous. Au-dessus de notre tête, le ciel est d'un bleu vif et sans nuage. Je ferme les yeux pour me protéger contre l'éclat du jour et écoute le clapotis de l'eau déplacée par les coups de rames d'Amos.

Quand je les rouvre, nous sommes au milieu du lac. Amos fait une pause, le visage levé vers le soleil. Je distingue un léger semis de taches de rousseur sur son nez.

— Quand on était gamins, j'attirais tout le temps des ennuis à Kat en la convainquant de sortir ce canoë sans permission, lance-t-il.

Un bourdonnement lui fait tourner la tête sur le côté comme une libellule vient se poser sur le bord de l'embarcation.

— Mon oncle a toujours pensé que j'avais une mauvaise influence sur elle.

J'ignore pourquoi il me raconte ça. Il veut peut-être atténuer la brûlure des paroles de M. Marcotte. Je déglutis pour m'éclaircir la gorge.

— Tu as tout entendu ?

Il opine.

— Ouais.

J'inspire à fond par le nez, et une odeur de fumée dans l'air fait larmoyer mes yeux. Quelqu'un a allumé un feu quelque part.

— Je n'invente rien. Je n'ai aucune idée de ce qui s'est passé dans la montagne.

— Je sais.

Amos recommence à ramer. Surprise, la libellule s'envole et s'éloigne. Quelque chose dans le choix de ses mots me turlupine. « Je sais », pas « Je te crois ».

Je le dévisage. *Pourquoi ?*

— L'an dernier, un de mes amis a eu un accident de voiture, explique Amos. Il a déposé sa bagnole dans un garage et appelé sa copine pour qu'elle vienne le chercher. Puis il est rentré chez lui et il s'est couché. Le lendemain matin en se réveillant, il a demandé à sa copine ce qui était arrivé à sa voiture. Il ne se souvenait ni de l'accident, ni de ce qui s'était passé ensuite.

Mes orteils se recroquevillent dans mes tongs. C'est exactement pareil pour moi.

Amos s'interrompt sans lâcher les rames, et le canoë se met à dériver doucement.

— Claire… On n'oublie pas un week-end entier juste parce qu'on s'est cogné la tête en tombant.

Son regard troublé me noue l'estomac. C'est le regard de quelqu'un qui fixe une personne incapable de voir ce qui se trouve sous son nez. Ça me rappelle le docteur Ashraf juste avant ma sortie de l'hôpital.

— Jesse ne m'a pas frappée.

Je me penche en avant et pose mes coudes sur mes genoux. C'est ce que tout le monde s'imagine, pas vrai ? Que Jesse était soûl et en colère, et qu'il a perdu le contrôle. Qu'il s'est fâché contre sa petite amie et que j'ai dû m'interposer…

Je me redresse brusquement, et le canoë tangue si fort qu'Amos doit se déplacer dans son siège pour compenser.

— Les parents de Kat croient qu'il l'a tuée ?

— Ils ne l'ont pas vraiment dit, répond Amos. Mais ma tante a toujours pensé que Jesse prenait leur relation trop au sérieux. Ils se disputaient beaucoup ces derniers temps, et tante Beth craignait que Kat ait peur de rompre avec lui avant son départ pour la fac.

— C'est dingue, je proteste, la gorgée nouée de colère. Jesse n'est pas du tout violent.

Mes doigts me démangent de palper la bosse à la base de mon crâne. Je ne peux pas expliquer Jesse à quelqu'un qui ne le connaît pas. L'été dernier, on est allés ensemble à un festival de musique pour qu'il puisse voir son groupe local préféré. Juste avant qu'ils montent sur scène, j'ai trébuché sur un trottoir et je me suis ouvert le genou. Jesse a insisté pour m'accompagner à la pharmacie ; il m'a aidée à nettoyer et à bander ma plaie, même si ça lui a fait rater la moitié du concert.

Jamais il ne ferait de mal à Kat.

Ni à moi. Je sais que c'est faible comme argument, mais Amos ne cherche pas à le réfuter.

— Je sais, répète-t-il en reprenant les rames et en recommençant à nous propulser loin de la maison des Marcotte. Je les ai vus ensemble. C'était assez évident qu'il aurait donné sa vie pour elle.

La libellule qui nous tournait autour se pose à la surface du lac pour dévorer un moustique. Mes cheveux se hérissent sur ma nuque.

Je garde le silence pendant qu'Amos rame. Quelqu'un me croit. Quelqu'un d'autre que moi est convaincu que Jesse n'est pas responsable de ma blessure à la tête et de la disparition de Kat.

Mais si ce n'est pas Jesse, alors qui ? Le rouquin ?

Amos me donne un petit coup de genou.

— Claaaaire. À quoi tu penses ?

Une minuscule décharge électrique à l'endroit où sa peau nue touche la mienne me fait sursauter. Le courant remonte le long de mes cuisses comme Amos coince ses cheveux ébouriffés et blondis par le soleil derrière une de ses oreilles.

Je suis tellement dégoûtée par ma propre réaction que je détourne les yeux.

— Je n'ai aucune envie de te le dire.

Le silence qui suit ressemble à une porte qui claque entre nous. Je m'attends plus ou moins à ce qu'Amos nous ramène à terre. Au lieu de ça, il répond :

— Je comprends.

Je plante mon regard dans le sien.

— Vraiment ?

— Je n'étais qu'un gamin idiot. J'espère avoir appris comment traiter les femmes depuis.

Mon cœur accélère au souvenir de moi en soutien-gorge rouge, des doigts d'Amos tripotant l'agrafe. À la pensée qu'il est peut-être la seule personne dans la famille de Kat qui me croit, voire qui a confiance en moi.

Je ne suis pas certaine que ce soit une bonne raison de lui faire confiance en retour, mais j'ai besoin de dire à quelqu'un ce qui s'est passé dans le bureau du shérif. Comment McAuliffe a refusé de me raconter ce qui s'était passé entre moi et le rouquin dans la montagne. S'il compte me cacher des choses, je ne vois pas pourquoi je devrais tenir ma promesse de n'en parler à personne.

— Il s'est passé quelque chose de bizarre tout à l'heure, je chuchote, même si nous sommes loin de la maison à présent.

Pendant que je décris la rencontre à Grist Mill et la conversation dans le bureau de McAuliffe, Amos se fige, les rames en suspens au-dessus de l'eau.

— Attends un peu. Il ressemblait à quoi, ce type ?

— Environ trente-cinq ans, roux avec une barbe.

— Et tu l'as croisé pendant la randonnée ?

— Je ne m'en souviens pas, mais le shérif a dit qu'il se trouvait dans la montagne lui aussi.

Je ferme les yeux, le soleil de l'après-midi peignant l'intérieur de mes paupières en orange. Je laisse le film de vendredi soir rejouer dans ma mémoire : cet échange humiliant avec Jesse sur le ponton, mon repli honteux vers la maison. Après ça, il ne reste qu'un tunnel obscur qui engloutit le visage du rouquin.

Quand je rouvre les yeux, Amos me fixe d'un regard pénétrant.

— Tu es sûre que tu ne le connaissais pas ? Tu l'avais peut-être croisé avant ?

— Je n'en sais rien. Je ne me souviens pas du tout de la matinée de samedi. À moins que je l'aie vu le vendredi…

Je m'interromps brusquement comme un souvenir remonte à la surface de mon esprit.

Le joueur de billard au *Joyeux Maquereau*, celui qui portait un tee-shirt avec un drapeau confédéré. Le type de Grist Mill avait un autocollant de ce même drapeau sur son pick-up.

— Oh mon Dieu.

Je me penche en avant et plaque une main sur ma bouche. Le joueur de billard était-il barbu ?

Oui. Peut-être ? Non, j'en suis certaine. Je le revois frottant sa queue avec de la craie, m'écoutant indiquer l'adresse de la maison au bord du lac à la serveuse.

Kat ne voulait pas que j'entre demander notre chemin. Je ravale l'anxiété qui me serre la gorge et l'idée terrible que ça pourrait être ma faute, parce que je n'ai pas été assez prudente.

— Claire, qu'est-ce qui t'arrive ? demande Amos en se penchant vers moi.

— Vendredi soir, on s'est arrêtés pour demander notre chemin. Il y avait un type dans le bar. Il m'observait. Et si c'était le même que j'ai croisé dans la montagne ? Il aurait pu nous suivre… Je dois le dire à McAuliffe.

Amos se gratte un coin de la bouche, réfléchit et demande tout bas :

— Si je te dis quelque chose, tu me promets de ne pas l'ébruiter ?

Je hoche la tête.

— Ce matin pendant que je distribuais des affichettes à l'épicerie, un type a flippé quand j'ai mentionné le mont Bobcat. Il a dit que l'automne dernier, sa fille et des amies à elle campaient au pic du Diable quand un mec shooté au crack a essayé de les détrousser sous la menace d'un couteau.

Amos laisse l'extrémité des rames effleurer la surface de l'eau jusqu'à ce que le canoë ralentisse.

Je déglutis.

— Il y a eu des blessés ?

— Heureusement, non. D'autres randonneurs qui passaient par là ont mis le mec en fuite.

— Il a été arrêté ?

— C'est là tout le problème. D'après le père de la fille, les hommes du shérif ne l'ont même pas cherché.

— Sérieux ? Pourquoi ?

Amos hausse les épaules.

— Il avait tout un tas de théories, mais en gros, il pense que McAuliffe ne se soucie que de pouvoir clamer partout combien Sunfish Creek est une petite ville sûre, histoire d'être réélu.

La peur me noue le ventre. Bien entendu, McAuliffe veut croire à la culpabilité de Jesse. Un type venu de l'extérieur qui tue sa copine avant de se suicider sur le pic du Diable, c'est plus facile à faire avaler à ses électeurs qu'un croque-mitaine local qui rôde dans les bois.

— Claire !

Mon nom se répercute à travers les arbres qui entourent le lac. Une voix frénétique m'appelle. En me guidant à l'oreille, j'aperçois mon père debout au bout du ponton de la maison des Marcotte.

— Et merde.

Amos nous ramène vers la berge à coups de rames vigoureux. Mon père nous observe, les bras croisés sur la poitrine, comme s'il était sur le point de faire une crise cardiaque.

Quand le canoë est assez près pour qu'il n'ait plus besoin de crier, il lance :

— Tu étais passée où, bordel ?

Mon cœur accélère. Jamais je n'avais entendu mon père utiliser de plus gros juron que « zut ».

— On était juste là, sur le lac, dis-je tandis qu'Amos saute à terre, empoigne l'avant de l'embarcation et la traîne à terre pour que je puisse descendre.

Papa me fixe. Ses oreilles sont toutes rouges.

— Tu as laissé ton téléphone à l'intérieur. Tu te rends compte que… ?

Amos s'interpose.

— Je suis désolé, monsieur Keough. C'est moi qui ai eu l'idée d'emmener Claire.

Papa le toise, et son expression s'adoucit légèrement. Il ne va pas m'engueuler devant une tierce personne.

— Je… j'aurais apprécié que tu me préviennes avant de disparaître.

— Je suis désolée. J'avais juste besoin de prendre l'air.

Je jette un coup d'œil vers l'endroit où se trouvait la voiture de M. Marcotte il y a un quart d'heure. Pourquoi mon père était-il si pressé de me trouver ? Tout mon sang reflue de mon visage, et je lance sans pouvoir m'en empêcher :

— Ils ont trouvé quelque chose ?

— Non. Les parents de Kat ont dû se rendre au bureau du shérif pour identifier des trucs, répond Papa en regardant Amos rebrousser chemin vers la maison après m'avoir adressé une grimace d'excuse.

Quand il est hors de portée d'ouïe, Papa soupire.

— Va m'attendre dans la voiture. Je monte chercher tes affaires et je te rejoins.

— Hein ?

— On rentre à la maison, Claire.

— Tout ça parce que je me suis absentée dix minutes ?

— Non, bien sûr que non. Maman t'a décroché un rendez-vous chez un neurologue demain après-midi.

Demain après-midi, dans vingt-quatre heures. Ça n'explique pas pourquoi il est si urgent de quitter Sunfish Creek.

Non, je crois que c'est à cause de ce qui s'est passé dans le bureau du shérif.

— McAuliffe nous a dit de ne pas partir, je croasse.

— Il n'a aucune raison de nous en empêcher. Tu lui as dit tout ce que tu savais. Je veux juste qu'on rentre à la maison, insiste Papa d'une voix douce.

La maison, c'est Jesse pelotonné dans un coin du canapé de notre sous-sol, un bâton de réglisse dans la bouche, affirmant que choisir Kirby dans tous nos matchs de Smash Bros me donne un avantage injuste. La maison, c'est Kat passant me chercher au boulot avec une glace italienne arc-en-ciel, suivie par les gamins qu'elle garde l'été.

Je ne veux pas rentrer là-bas s'ils n'y sont pas. Mais je ne peux pas non plus rester ici.

Je lève les yeux. Mon père me tend la main. Je la prends et le laisse m'entraîner vers l'allée du garage.

Il ouvre la portière passager de la Civic, et je monte. Une dizaine de questions se bousculent sur le bout de ma langue, des questions dont je ne veux pas réellement connaître la réponse. Sait-il que le père de Kat me prend pour une menteuse ? Veut-il partir à cause de ce que McAuliffe a dit sur le rouquin ? Pourquoi ai-je l'impression qu'on s'enfuit ?

J'attache ma ceinture de sécurité, le cœur cognant contre mes côtes. En levant les yeux, j'aperçois Amos derrière la baie vitrée. Il me fait un signe de tête comme pour dire : *Fiche le camp d'ici pendant que tu peux encore.*

9

Aujourd'hui

On se retrouve pris dans les embouteillages estivaux de New York. Je passe tout le trajet le nez dans mon téléphone, à guetter des nouvelles des recherches du jour. Le bureau du shérif de Sunfish Creek donne une conférence de presse, mais le signal est trop faible pour que je puisse la regarder en streaming.

Je rafraîchis la page que le blog de CNN consacre à l'affaire. Plusieurs informations nouvelles s'affichent sous forme de liste :

« - Au 4e jour des recherches, toujours aucun signe du couple d'adolescents disparus.

- Un examen de la voiture de Kat Marcotte est en cours.

- L'ancienne membre du Congrès Marian Sullivan-Marcotte offre une récompense de 100 000 dollars pour toute information concernant la disparition de sa petite-fille. »

Les mots sur l'écran finissent par me donner la nausée ; je dois poser mon téléphone et incliner mon siège.

Quand je me réveille, la Civic ralentit et s'arrête. Je cligne des yeux jusqu'à distinguer notre maison, et ma mère debout derrière la porte vitrée. Le ciel est un tourbillon de bleu et de gris. La montre de mon père indique 19 h 17.

J'ai du mal à croire que j'étais encore à Sunfish Creek en début d'après-midi. Assise dans le bureau du shérif, puis au milieu du lac avec Amos. Mes paupières et mes membres sont lourds, comme si j'avais vécu trois mois depuis que je me suis levée ce matin.

Je rends faiblement son étreinte à ma mère et me glisse dans les toilettes. Tout en faisant pipi, je regarde mon téléphone de mes yeux encore embués de sommeil.

Quand je vois le nom de Ben Filipoff dans ma boîte de réception, je suis si surprise que je manque de tomber de la cuvette.

Salut. Je suis probablement la dernière personne
à qui tu veux parler en ce moment,
mais je voulais savoir si tu tiens le coup.
J'imagine que tu ne viens pas ce soir.

Je consulte l'heure. La cérémonie de remise des diplômes a commencé il y a une heure. Un frisson me parcourt tout le corps. En l'absence de cours cette semaine, personne n'a dû remarquer que j'ai disparu en même temps que Kat et Jesse. Mais en voyant ma chaise vide à la cérémonie, Ben s'est sans doute posé des questions.

Je réfléchis à ce que je veux répondre. *Je ne vais pas bien du tout. Je suis prise dans une histoire horrible et je ne peux même pas en parler.*

Au lieu de ça, je déglutis et tape :

Ça va.

Ben commence à répondre et s'interrompt. Au moment où je crois que l'échange va s'arrêter là, un message apparaît :

Où tu étais ces derniers jours ? Je suis passé chez toi
deux fois lundi, mais il n'y avait personne.

On frappe à la porte des toilettes.

— Claire ? Tout va bien ? lance ma mère à travers le battant.

— Ouais.

Je me lève, tire la chasse et ouvre le robinet du lavabo d'une main tremblante. Parfois, j'ai l'impression que Ben a un troisième testicule à la place du cerveau, mais il n'est pas débile. Ce n'est qu'une question de temps avant que les rumeurs démarrent et qu'il comprenne que j'étais à Sunfish Creek le week-end dernier. D'ailleurs, il l'a peut-être déjà compris. Il connaissait nos projets puisqu'il était censé nous accompagner. Pour ce qu'il en sait, j'y suis allée quand même malgré notre rupture.

Je prends une grande inspiration et tape :

Je suis montée à Sunfish Creek avec Kat et Jesse.

Quoi ?

Ouais.
Je ne me souviens pas de la journée de samedi.
On faisait une randonnée, je me suis cogné la tête
et… je suis sortie de l'hôpital hier.

Je traverse discrètement le couloir pour me réfugier dans ma chambre. Je referme la porte sur le murmure de mes parents dans la cuisine, me débarrasse de mes chaussures et me laisse tomber sur mon lit pendant que Ben répond :

Putain, Claire.
Donc, tu n'as aucune idée de ce qui leur est arrivé ?

Je ravale la boule d'anxiété dans ma gorge. Je pense aux journalistes dans le parking du bureau du shérif… Aux rumeurs que mes collègues du *Stellato* ont dû lancer quand je ne suis pas venue travailler… Brookport est une petite ville, où il est impossible de garder un secret.

Bientôt, tout le monde saura que j'étais avec eux dans la montagne. Tout le monde me posera la question dont j'ignore la réponse, la seule question qui importe à présent.

Pourquoi suis-je revenue et pas eux ?

Des coups frappés à ma porte me réveillent en sursaut.

Mes rideaux. *Mon* lit. Le réconfort qu'ils m'apportent se dissout immédiatement.

Je suis chez moi. Je suis rentrée de Sunfish Creek sans Kat et Jesse.

D'autres coups à ma porte et ma mère entre, luttant avec le fermoir de son bracelet.

— Comment tu te sens ?

Si elle se prépare à partir au travail, il doit être environ 8 heures du matin, ce qui signifie que j'ai dormi treize heures d'affilée. Je m'assois dans mon lit et fais craquer les vertèbres de mon cou.

— Des nouvelles ?

Maman secoue la tête. Son bracelet tombe. Elle se penche pour le ramasser sur la moquette et soupire.

— Je crois que tu ne devrais pas rester seule aujourd'hui. Tu es sûre que tu ne veux pas que Papa prenne un jour de congé ?

— Il a déjà suffisamment manqué le travail.

Ce n'est pas une attaque contre elle ; pourtant, Maman semble blessée.

— Tâche au moins de t'occuper. Tu pourrais peut-être mettre un peu d'ordre dans cette chambre. Papa rentrera de bonne heure pour t'emmener chez le docteur Wen.

Elle referme la porte, et je roule sur le côté pour échapper à la lumière du soleil qui entre à flots par la fenêtre. L'idée d'avoir la même conversation avec mon père avant qu'il parte au boulot m'épuise d'avance. Alors, je fais semblant de dormir encore quand il frappe à ma porte une demi-heure plus tard.

Dès que j'entends sa voiture s'éloigner, je prends mon téléphone et vais à la cuisine.

Papa m'a laissé un mug de café ; je le réchauffe au micro-ondes et me dirige vers le salon. Je pose mes affaires sur la table basse, puis m'accroupis devant le canapé pour extirper la télécommande d'entre les coussins.

Je fais défiler les chaînes tandis que la caféine se diffuse dans mes veines, me rendant encore plus nerveuse et de mauvais poil. Toute la semaine, j'ai voulu être seule, loin des docteurs et des infirmières. Dormir sans que mes parents me surveillent, lire les nouvelles sans que ceux de Kat m'observent. Et maintenant que mon vœu a été exaucé, le moindre bruit me fait sursauter : un coup de sonnette dans une pub, le grondement du camion des éboueurs dans la rue.

Je pose une main sur mon cœur qui bat beaucoup trop vite et baisse le son de la télé avec l'autre. Ma mère le met toujours trop fort. Je l'imagine assise à la même place que moi, seule devant la télé pendant que Papa et moi étions encore à Sunfish Creek, et j'éprouve un pincement de culpabilité.

Mon cœur manque un battement quand la coupure pub se termine et que les infos reprennent.

Eux.

Bien sûr. Ce sont les nouvelles locales, et il ne se passe jamais grand-chose dans le coin. La disparition de la petite-fille de notre ancienne représentante au Congrès, c'est beaucoup plus croustillant qu'un accident de la route provoqué par un ivrogne ou qu'une journée portes ouvertes au refuge de la SPA.

Une photo de Kat et Jesse s'affiche près du visage de la présentatrice Deanna Demarco. Je dois remonter le son pour entendre sa voix par-dessus le tonnerre de mon pouls à mes tympans.

— À Sunfish Creek, les recherches pour retrouver les deux adolescents de Brookport disparus entrent dans leur cinquième jour...

Deanna Demarco et le studio de News 12 cèdent la place à un montage vidéo – une vue du mont Bobcat filmée depuis un hélicoptère. Le parking est bondé de véhicules des services publics.

Une caméra se braque sur un homme qui se tient les bras croisés sur la poitrine. M. Marcotte.

— News 12 a parlé au père de Katherine Marcotte, qui participe aux recherches tous les jours depuis que sa fille et le petit ami de celle-ci, Jesse Salpietro, ne sont pas revenus de leur expédition de camping au pic du Diable.

Hors champ, une voix masculine lance :

— Monsieur Marcotte, que pouvez-vous nous dire de l'avancement des recherches ?

Le bandeau au bas de l'écran indique : « JOHNATHAN MARCOTTE, PÈRE DE L'ADOLESCENTE DISPARUE ET FILS DE L'EX-REPRÉSENTANTE MARIAN SULLIVAN-MARCOTTE. »

Il se penche vers le micro brandi sous son nez et essuie son front en sueur.

— Il reste encore beaucoup de terrain à couvrir, dont la plus grande partie est inaccessible à pied. Mais je ne perds pas espoir.

— Pourtant, plusieurs jours se sont écoulés. Ne pensez-vous pas que, si Kat est perdue et blessée quelque part, les probabilités ne jouent pas en sa faveur ?

M. Marcotte lève les yeux vers la caméra. Il cligne des paupières pour chasser ses larmes et déglutit.

— Si quelqu'un est capable de battre les probabilités, c'est bien ma fille.

Nouvelle vue d'ensemble du parking. Planté devant une camionnette au gyrophare allumé, les mains sur les hanches, le shérif McAuliffe toise d'un air de défi les journalistes qui se massent autour de lui. Au loin, le soleil se lève dans un ciel rose et orange au-dessus de la montagne.

La voix off de Deanna Demarco nous informe que :

— Ce matin, le shérif de Sunfish Creek s'est adressé à la presse avant la reprise des recherches.

McAuliffe se racle la gorge.

— On m'a demandé de donner des nouvelles. Tout ce que je peux révéler au sujet de la battue d'aujourd'hui, c'est que nous nous concentrerons sur la zone au pied du pic du Diable.

Ma tête me paraît soudain complètement vide. Le pied du pic du Diable. Le fond du ravin.

J'avais raison. Il pense que Kat et Jesse sont tombés dans le vide.

Mon téléphone vibre sur la table basse. Je me dépêche de le saisir et, d'un doigt tremblant, j'ouvre le texto que je viens de recevoir.

L'expéditeur ne figure pas dans mes contacts, et je ne reconnais pas son numéro.

Salut

Puis, très vite :

C'est Amos.

Mon cœur cogne à tout rompre dans ma poitrine. Amos Fornier m'écrit comme si c'était la chose la plus naturelle du monde. Mon pouce hésite un moment au-dessus du clavier avant que je réponde *Salut* et appuie sur « envoi ». J'attends en pianotant sur mes lèvres.

À la télé, Deanna Demarco est passée à un autre sujet. Sa voix m'irrite ; j'éteins le poste au moment où le message d'Amos apparaît sur l'écran de mon téléphone.

Je voulais juste savoir comment tu allais.

Je remonte mes pieds sur le canapé et les cale sous moi.

Bien, je suppose.

Je voudrais lui demander comment il a eu mon numéro, ou s'il a du nouveau à m'apprendre. Mais les trois petits points clignotent, signalant qu'il tape quelque chose. Je choisis de le laisser guider la conversation.

Tu es partie à cause de ce que mon oncle a dit ?

Sans doute un peu trop vite, je réponds :

Pas du tout.
J'ai rendez-vous avec un neurologue aujourd'hui.
Ici, à Long Island.

Je ne veux pas parler de ma blessure à la tête et de mon amnésie. Alors, avant qu'Amos puisse ajouter quoi que ce soit, je me dépêche de taper :

Tu crois que je devrais appeler le bureau du shérif et
leur parler du type qui me matait
au *Joyeux Maquereau* ?

Pas de réaction. Un long moment s'écoule avant qu'Amos finisse par répondre :

Tu peux garder un autre secret ?

Bien sûr.

Des agents du FBI sont passés hier soir.

Sérieux ?

Ouais. Ils « assistent les enquêteurs ».
Entre nous, je pense que Marian a fait jouer ses relations.

Je déglutis.

Pourquoi tu me racontes tout ça ?

Amos tape. Les trois petits points disparaissent, puis se remettent à clignoter. Quand son message apparaît, je suis surprise qu'il soit si bref.

Parce que Kat te fait confiance.
Et qu'elle est la seule personne que je ne déteste pas dans cette famille.

Je ferme les yeux contre les larmes qui menacent. Il parle de Kat comme si elle était toujours vivante. Ça ne veut rien dire – son espoir ne diminue pas la probabilité que Jesse et elle soient morts –, mais ça suffit à me faire lever du canapé. Et ça me suffira peut-être pour tenir le coup toute la journée.

Je remonte dans ma chambre. Alors que je relève mes cheveux en chignon, mon regard se pose sur un sac en plastique transparent posé à côté de mon panier de linge sale.

Je me fige. Je supposais que le shérif avait gardé les vêtements que je portais pendant la randonnée comme pièces à conviction, mais Maman a dû les rapporter à la maison.

Le cœur battant la chamade, j'ouvre le sac et en sors mon débardeur gris à côtes. Je l'examine et, prenant conscience que je cherche du sang, me hâte de le jeter dans le panier.

L'arrière de mon short est maculé de terre. Je ferme les yeux et tente de faire suffisamment le vide dans mon esprit pour revoir le chemin de randonnée quand j'ai repris connaissance.

Je jette aussi le short dans le panier. En atterrissant sur le tas de linge sale, il émet un léger tintement. Je me fige.

Il y a quelque chose dans la poche.

Je repêche le short et glisse une main à l'intérieur. J'en sors une clé de voiture frappée du logo Infiniti argenté. Mon cœur remonte dans ma gorge. Je déglutis et ferme les yeux tandis que mes doigts se crispent sur un ananas en émail.

On sonne à la porte d'entrée.

10

Aujourd'hui

Pourquoi j'avais la clé de voiture de Kat dans ma poche ? Un nouveau coup de sonnette m'arrache aux pensées qui tourbillonnent dans mon esprit. Priant en silence pour que ce soit juste un démarcheur, je fourre la clé dans le tiroir du haut de mon bureau.

En ouvrant la porte d'entrée, je découvre une femme noire mince et un homme blanc trapu sous mon porche. Elle a le visage lisse, tandis que celui de son collègue est plein de cicatrices et de rosacée. Quand il glisse une main dans la poche de son pantalon, un pan de sa veste s'écarte, révélant la crosse d'un flingue.

Ça m'étonnerait qu'ils vendent des cookies au chocolat.

— Claire Keough ? lance la femme de ses lèvres couvertes de gloss couleur raisin.

Ses cheveux sont attachés en chignon, et elle porte des anneaux d'oreille en argent.

— C'est moi.

Ma voix se brise sous la pression de ma culpabilité, comme si j'avais fait quelque chose de mal en existant. Je repense à la clé de voiture de Kat, vacille et dois me retenir au chambranle de la porte.

— Nous sommes envoyés par l'antenne locale du FBI, dit la femme. On pourrait vous parler de ce qui s'est passé le week-end dernier ?

Je me fige, mon bras tendu tenant toujours la porte, et me concentre pour que mon coude cesse de trembler.

— Je pourrais voir votre insigne ou quelque chose ?

L'homme jette un regard amusé à sa collègue, mais il ouvre sa veste et en sort son portefeuille. Elle l'imite. J'examine leurs insignes de mes mains tremblantes. Elle s'appelle Nicole Cummings et lui, William Novak.

Je m'écarte pour les laisser entrer et referme la porte derrière eux. L'agent Cummings sort une boîte de pastilles de menthe de sa poche et en glisse une dans sa bouche en examinant notre salon. L'agent Novak se dirige vers la cheminée, ses bras aussi épais que ceux de Popeye croisés sur sa poitrine.

Il détaille une photo posée sur le linteau de la cheminée, au niveau de ses yeux : Kat, Jamie Liu et moi, déguisées en trois mousquetaires pour le bal d'Halloween en Seconde.

Il y a des agents du FBI dans mon salon. Comment j'ai pu ne pas le voir venir ? Amos m'avait prévenue qu'ils reprenaient l'enquête.

— Nous travaillons en collaboration étroite avec nos collègues du nord de l'État, annonce Cummings.

— D'accord.

Je m'assois sur le petit côté de notre canapé en L, les pieds joints sur la moquette et les mains posées sur les genoux.

— Comment vous vous sentez ? interroge Cummings. Le docteur des urgences à qui nous avons parlé a dit que vous étiez plutôt amochée à votre arrivée.

— Ça va plus ou moins. J'ai rendez-vous avec un neurologue cet après-midi.

Je jette un coup d'œil vers la cheminée. Novak continue à examiner la photo. Cummings retire sa veste, révélant des épaules qu'on croirait sculptées dans le bronze.

— Je peux mettre la clim, je propose.

— Inutile, répond Novak en reposant le cadre sur la cheminée.

Je le dévisage, perplexe. Du menton, il désigne le thermostat connecté Nest fixé au mur du salon.

— Ça ne vaut pas la peine de faire râler votre père en touchant à ses réglages.

Je déglutis.

— Ce serait plutôt le genre de ma mère. Comment vous avez deviné ?

Novak hausse les épaules.

— Clim éteinte par une journée aussi chaude… Quelqu'un surveille la facture d'électricité.

Cummings lève les sourcils tandis que son partenaire va s'asseoir sur l'accoudoir de la causeuse en face du canapé.

— L'agent Novak torture ses filles de la même façon.

J'essaie de lui rendre son sourire amical, mais je suis beaucoup trop nerveuse, probablement à cause de la clé de voiture que j'ai planquée dans le tiroir de mon bureau. Combien de temps Novak mettra-t-il à renifler que je leur cache quelque chose ?

La voix de Cummings m'arrache à mes pensées.

— Claire, dit-elle sur un ton interrogateur, comme si ce n'était pas la première fois.

Je cligne des yeux.

— Désolée. J'ai encore des migraines.

Novak s'agite sur l'accoudoir de la causeuse, lève une cheville et la pose sur sa cuisse opposée. Cummings ressort sa boîte de pastilles de menthe de la veste roulée en boule près d'elle.

— On va tâcher de faire vite pour vous laisser vous reposer.

J'acquiesce, puis secoue la tête comme elle m'offre la boîte. Elle glisse un bonbon dans sa bouche et enchaîne :

— Nous savons que le shérif de Sunfish Creek vous a déjà interrogée, et nous ferons en sorte de ne pas vous obliger à vous répéter. Pourrait-on remonter un peu plus loin dans le temps ? À quel moment Kat et Jesse vous ont-ils annoncé qu'ils n'iraient pas au bal de promo ?

— Euh, en avril, je crois. J'ai proposé à Kat qu'on aille acheter nos robes ensemble, et elle m'a dit qu'ils ne pensaient pas assister au bal.

— Quand ont-ils arrêté leur décision ?

— Je ne sais pas exactement, je marmonne, la nuque en sueur. Il y a deux semaines, quand j'ai demandé à Kat ce qu'ils feraient ce week-end-là, elle m'a répondu que Jesse et elle allaient à la maison au bord du lac, et que Ben et moi devrions les accompagner.

Novak me dévisage en plissant les yeux.

— Elle a attendu la semaine précédant le bal de promo pour vous prévenir ? Vous n'aviez pas discuté robes, coiffures et manucures ou je ne sais quoi avant ça ?

Le sous-entendu est limpide : c'est le genre de choses dont deux meilleures amies parleraient entre elles.

Je hausse les épaules.

— Je crois qu'elle était gênée par la raison pour laquelle ils ne comptaient pas y aller. C'était trop cher pour Jesse, entre la location du smoking, les tickets et tout le reste.

Novak cligne des yeux.

— La petite-fille de Marian Sullivan-Marcotte a raté son bal de promo pour une question d'argent ?

Je presse ma paume sur mon arcade sourcilière. À présent, j'ai bel et bien une migraine.

— Jesse aurait préféré mourir plutôt que laisser Kat payer pour lui.

Je ne prends pas conscience de ce que j'ai dit jusqu'à ce que le silence s'épaississe à en devenir étouffant. Je laisse retomber ma main sur mes genoux.

— Pas littéralement. Je voulais juste dire que Jesse est très fier, et que l'argent est un sujet sensible avec lui.

Cummings avale une autre pastille de menthe et, comme si elle ne m'avait pas entendue, demande :

— Qui est Ben, et pourquoi n'est-il pas allé à Sunfish Creek avec vous comme prévu ?

Je passe une main sur ma nuque, brûlante d'embarras.

— Mon ex-petit ami.

Novak lève les yeux vers moi. J'ai peur qu'il m'oblige à leur raconter que j'ai surpris Ben en train de jouer à « Oups, j'ai laissé tomber ma serviette » avec Anna Markey, mais il se racle la gorge.

— Donc, Ben et vous étiez censés monter à Sunfish Creek en voiture après le bal de promo. Au lieu de ça, vous y êtes allée avec Kat et Jesse.

Je me revois sur le siège passager de l'Infiniti de Kat, avachie et somnolant à moitié, l'ananas en émail de son porte-clés se balançant sous le volant tel le pendule d'un hypnotiseur. J'opine et déglutis pour dégager ma gorge.

— Euh, à propos de vendredi soir… Il s'est passé quelque chose, mais je ne sais pas si c'est important.

Novak et Cummings me fixent.

— On a perdu le signal GPS, et on a dû s'arrêter pour demander notre chemin dans un bar appelé le *Joyeux Maquereau*. À l'intérieur, il y avait un type près de la table de billard. Je suis sûre qu'il m'écoutait quand j'ai donné l'adresse de la maison au bord du lac.

Les doigts de Cummings se figent sur sa boîte de pastilles.

— Vous vous souvenez à quoi il ressemblait ? Comment il était habillé ?

— Il était roux avec une barbe, et il portait un tee-shirt avec le drapeau confédéré. (Je me penche en avant, entrelace mes doigts et pose mon front sur mes mains.) L'homme que mon père et moi avons vu hier, celui qu'il me semblait avoir déjà rencontré, avait un autocollant avec le drapeau confédéré sur son pick-up.

Plusieurs secondes de silence. Je lève les yeux. Les deux agents m'observent en attendant la suite.

— Et si c'était le même homme ? Il aurait pu apercevoir la voiture de Kat et penser qu'on avait de l'argent. Il aurait pu nous suivre depuis le début.

— C'est une théorie intéressante, lâche enfin Novak, mais le randonneur ne peut pas être l'homme que tu as vu au *Joyeux Maquereau* vendredi soir.

Je déglutis.

— Qu'est-ce qui vous fait dire ça ?

— Le randonneur campait déjà sur le mont Bobcat vendredi soir. Il ne pouvait pas se trouver à deux endroits en même temps.

Je me renfonce dans les coussins du canapé, tout le sang refluant de ma tête. Il me faut un moment pour recouvrer l'usage de ma voix.

— Et les autres gens qui devaient se trouver dans la montagne ? Des témoins se sont manifestés ?

— Nous ne pensons pas qu'il y avait d'autres campeurs samedi soir, répond Novak en calant son poing sous son menton et en guettant ma réaction.

En détournant le regard, j'aperçois la télé par-dessus son épaule. Je repense à McAuliffe disant aux journalistes : « *Nous nous concentrerons sur la zone au pied du pic du Diable.* » Mon souffle accélère.

— Mais quand même… il devait bien y avoir quelqu'un, pas vrai ? En plus de l'homme dont je me souviens. Quelqu'un d'autre aurait pu…

Ma voix se brise. L'agent Cummings range sa boîte de pastilles dans la poche de sa veste sans me quitter des yeux.

— Quelqu'un d'autre aurait pu quoi, Claire ?

Faire ça. Est-ce que quelqu'un d'autre que Jesse aurait pu faire ça. Je jette un coup d'œil à Novak, aussi immobile qu'une statue sur l'accoudoir de la causeuse.

— Le shérif m'a posé un tas de questions sur Jesse, s'il était dépressif ou jaloux. Comme s'il pensait que Jesse avait poussé Kat dans le vide.

Je coince mes mains tremblantes entre mes genoux et guette la réaction des deux agents, le moindre signe qui m'indiquerait qu'ils partagent cet avis.

— Vous n'y croyez pas, lance Novak sur un ton égal. Pourquoi ?

Parce que je connais Jesse. Je sais que ça a l'air idiot. C'est exactement ce que disent toutes les femmes qui me font lever les yeux au ciel quand je regarde les émissions de faits divers, les sœurs, les mères et les épouses qui se fourrent le doigt dans l'œil. « Il ne ferait jamais de mal à personne, j'en suis certaine. »

Mais cette fois, ce n'est pas une émission de télé : c'est ma vie. Ce sont mes meilleurs amis. Ils s'aimaient – et pas du genre d'amour destructeur, alimenté par les hormones, qui se termine par une dispute terrible et deux corps brisés au bas d'une falaise.

Non. L'amour de Kat et Jesse était de ceux qu'on envie. Ils formaient un de ces couples qui vous serrent le cœur quand vous les voyez s'embrasser en public, parce que vous craignez que ça ne vous arrive jamais. Jesse n'était pas un mec jaloux et déprimé que sa copine parte à la fac de

Boston en l'abandonnant derrière elle. C'était très clair : ou il l'attendrait, ou il la suivrait.

Pourquoi Jesse aurait-il fichu tout ça en l'air ? Pourquoi aurait-il tué la personne qu'il aimait le plus au monde avant de se suicider ? Ça n'a pas de sens.

C'est forcément quelqu'un d'autre.

Je ferme les yeux et me revois aux urgences de Sunfish Creek, avec mon bras ensanglanté. Pourquoi, alors que je m'étais coupée à la main ?

— Claire ?

Une fois encore, la voix de Cummings m'arrache à mes ruminations.

Je tire sur le col du tee-shirt avec lequel j'ai dormi pour faire entrer un peu d'air. Je ne peux m'empêcher de jeter un coup d'œil à la porte de ma chambre.

— Tout va bien ? demande Novak.

Je me tords le cou comme si j'essayais de lire l'heure sur la box du câble.

— Je… Oui, mais il faut que je commence à me préparer pour mon rendez-vous chez le neurologue.

— Bien sûr. Encore une chose et on vous laisse tranquille. Vous connaissez votre groupe sanguin, par hasard ? interroge Cummings.

Mon estomac se retourne.

— Je ne m'en souviens pas. Pourquoi ?

— À ce stade, juste pour pouvoir procéder par élimination, répond Novak.

Pour faire la distinction entre mon sang et celui de quelqu'un d'autre. Ce qui signifie qu'ils ont du sang, qu'ils en ont trouvé et qu'ils doivent identifier son propriétaire. Je réprime la panique qui fleurit dans ma poitrine.

— Je, euh, j'ai donné du sang le printemps dernier. Je dois avoir une carte de donneur dans ma chambre. Je peux vérifier si vous me laissez une minute.

Cummings sourit.

— Ça nous aiderait beaucoup, dit-elle sur un ton apaisant, comme pour m'assurer que je n'ai rien à craindre.

Je me rends dans ma chambre et, d'une main tremblante, ouvre le tiroir du haut de mon bureau. J'espère presque avoir halluciné la clé de voiture de Kat, mais elle est toujours là. Le soleil qui entre par la fenêtre se reflète sur l'ananas en émail.

Pourquoi m'aurait-elle confié sa clé ?

Pour que je puisse m'enfuir ? Parce qu'on avait été attaqués, peut-être par le randonneur roux, peut-être par un autre inconnu ? Trois ados qui ne vivaient pas dans le coin, mais qui avaient débarqué dans une voiture de luxe et campaient dans une tente également de luxe... Des cibles parfaites pour un vol à main armée.

Pourquoi j'ai pu m'enfuir, et pas eux ?

Ça n'a pas de sens. Kat était une athlète, alors que moi, j'aurais pu feindre ma propre mort pour éviter de courir un kilomètre en cours de sport. Comment aurais-je pu échapper à notre agresseur – qu'il s'agisse de Jesse ou d'un inconnu – et pas elle ?

Pourquoi j'ai sa clé ?

Je la repousse au fond du tiroir et fouille dans les affaires entassées là. Une carte du métro de New York, quelques timbres, un vieux tube de baume à lèvres un peu collant. J'écarte une carte de bibliothèque périmée et aperçois ma carte de donneuse de sang.

Je m'écroule sur ma chaise de bureau en la serrant contre ma poitrine. Je pourrais dire que je ne l'ai pas trouvée, mais à quoi bon ? Ils n'auront qu'à demander à l'hôpital de Sunfish Creek.

Je me relève, repousse ma chaise et regagne le salon.

— A négatif, j'annonce en tendant la carte à Cummings.

Elle la regarde et me la rend.

— Vous êtes plus coriace que moi. Je m'évanouis à la vue d'une aiguille.

Elle jette un coup d'œil à son partenaire.

— Bon, je crois qu'on a tout ce qu'il nous faut, pas vrai, Bill ?

— Pour le moment, oui.

Elle me tend une carte de visite avec ses coordonnées.

— Si jamais vous pensez à autre chose et que vous avez besoin de nous joindre.

— D'accord.

J'ai dû le dire d'une façon bizarre, car Novak s'arrête sur le seuil, sa veste jetée sur l'épaule.

— Vous pensez à autre chose ? demande-t-il.

Je secoue lentement la tête et les raccompagne à la porte.

Dès que la serrure a cliqueté derrière eux, je cours aux toilettes et je vomis.

Assise à mon bureau, je fais tomber un comprimé d'Ativan dans ma paume tremblante.

Maman m'a dit que je ne devais en prendre que pour dormir, mais je suis au bord de l'attaque de panique. J'ai du mal à respirer, et l'anxiété me broie le cœur.

Mon pouls grondant à mes tympans, je me repasse la conversation avec les deux agents du FBI. Ils n'ont pas répondu à ma question sur les autres gens qui se trouvaient dans la montagne samedi dernier. C'était une belle journée de week-end, la nuit devait être claire. On ne peut pas avoir été les seuls à décider de partir en randonnée. On a forcément croisé d'autres personnes. Dont une qu'on n'aurait jamais dû rencontrer.

Parce que dans le cas contraire, et si le randonneur roux a été innocenté… ça ne laisse que nous trois.

Je fais les cent pas dans ma chambre, sans me souvenir du moment où je me suis levée de ma chaise. Mes doigts palpent ma nuque tandis que je me rappelle l'histoire qu'Amos m'a racontée, au sujet de son ami qui a eu un accident de voiture et qui avait tout oublié le lendemain matin.

Depuis le début, je suppose que je me suis assommée en tombant, ou parce que j'ai été attaquée à l'endroit où Sunshine m'a trouvée, à environ trois kilomètres du pic du Diable. Et si je me trompais ? Et si j'avais été blessée sur le site de camping, et que j'avais tenté de redescendre chercher de l'aide, mais que je m'étais perdue ? Et si j'avais fini par renoncer à la tombée de la nuit et par m'allonger par terre pour dormir, puis que je m'étais réveillée en ayant oublié les trente-six heures précédentes ?

Mais pourquoi Kat et Jesse m'auraient-ils laissée redescendre seule et blessée ?

Jamais ils n'auraient fait ça. Avant que je quitte le site de camping, il a dû leur arriver quelque chose qui les a empêchés de m'accompagner.

Je m'assois au bord de mon lit et enfouis mon visage dans mes mains. L'Ativan commence à ralentir le flot de panique dans mes veines. Mes épaules se détendent, et je prends mon téléphone.

Pas de nouveaux textos. Ma conversation avec Amos est toujours en haut de ma boîte de réception. Un malaise me saisit. Lui et Ben sont les deux seules personnes qui m'ont contactée cette semaine. J'ai d'abord pensé que c'était normal : pendant mon année de Terminale, j'ai laissé mon cercle d'intimes se réduire à mes deux meilleurs amis et mon copain, et je les ai perdus tous les trois en l'espace de quelques jours. Mais... et s'il y avait une autre raison pour laquelle personne ne s'est inquiété de savoir comment j'allais ?

Tu devrais jeter un coup d'œil à Facebook.

Cette pensée sort de nulle part. Je sais que c'est une mauvaise idée, probablement induite par l'Ativan, mais je reviens quand même vers mon bureau et ouvre mon ordinateur portable. De mes doigts tremblants, je fais défiler des robes de bal de toutes les teintes pastel de la création, des photos de lancer de toque. Des bribes de la vie que je mènerais si je n'avais pas accompagné Kat et Jesse à Sunfish Creek.

La remise des diplômes a eu lieu hier. Pendant que Papa et moi rentrions en voiture, mes camarades se sont rassemblés sur le terrain de foot pour recevoir la preuve qu'ils avaient terminé le lycée. Trois cents cerveaux réunis au même endroit, bourdonnant de théories au sujet des trois absents parmi eux.

Même si Ben n'a dit à personne que j'étais avec Kat et Jesse, les gens ont forcément vu ma chaise vide. Ils ont forcément dit quelque chose.

Et je veux savoir quoi.

Je m'arrête sur un statut qu'Anna Markey a publié hier soir. Deux photos : une d'elle et Shannon enlacées, joue contre joue et rayonnantes. Et une autre d'une chaise pliante vide, couverte de fleurs.

Je mets un moment à comprendre ce que je regarde. Marcotte, Markey. Kat était censée s'asseoir à côté d'Anna pendant la cérémonie. Cette chaise, c'est la sienne.

Ce soir, deux âmes lumineuses manquaient sur scène, mais elles étaient présentes dans nos pensées et dans nos cœurs. J'espère que Kat et Jesse rentreront bientôt pour fêter ça avec nous.

J'imagine Anna taper ça les dents serrées. Elle n'arrêtait pas de dire du mal de Kat dans son dos, parce que celle-ci était une meilleure joueuse de volley et de lacrosse qu'elle.

Plus d'une vingtaine de personnes ont laissé un commentaire.

Samantha Kellog à 22 h 25 : Je prie pour eux !

Priya Viswanathan à 22 h 39 : ♡♡♡♡♡

Je fais défiler, et la peur m'étreint à la vue du nom de Shannon DiClemente.

Quelqu'un d'autre se demande où était CK hier soir ?

CK. Claire Keough.

Noah McKenna : À l'asile, peut-être.

Noah McKenna : Elle était avec eux, mais elle ne se souvient de rien.

Shannon DiClemente : Oh, pitié. Elle se prépare à plaider la folie temporaire.

Shannon a écrit ça il y a trois heures. Cinq personnes ont liké son commentaire.

Le sang reflue de ma tête. Je palpe mes lèvres engourdies et continue à faire défiler.

Ce n'est pas un peu dégueulasse d'accuser Claire ? Qu'est-ce qu'elle vous a fait ?

Le message vient de Katy O'Connor, une fille de Première qui est avec moi dans le comité de rédaction du journal. C'est à peine si on a échangé deux phrases en dehors des réunions de travail.

Cinq minutes plus tard, Anna lui a répondu :

C'est à Ben Filipoff qu'il faut poser la question. Elle lui en a collé une parce que je l'emmenais dans ma chambre pour lui donner un tee-shirt propre. Une vraie psychopathe.

Quatre likes.

Puis Noah McKenna répond aux trois filles :

Keough n'aurait jamais buté Salpietro. Elle est amoureuse de lui.

Trois likes.

Mon corps est anesthésié par le choc de ces mots. Mon secret étalé sur Facebook depuis six heures, sans qu'aucun de mes camarades ne me le signale.

Parce qu'ils pensent tous que c'est moi qui l'ai fait.

Je ne me suis jamais battue avec personne. Ils croient vraiment que j'aurais été capable de pousser ma meilleure amie du haut d'une falaise ? Ou ils sont juste cruels par plaisir ?

Shannon et Anna… les amies de Ben. Des filles avec qui j'ai déjeuné tous les jours de lycée ces quatre derniers mois.

Je savais qu'elles ne m'appréciaient pas et que ça les gonflait de devoir m'inclure dans leur cercle uniquement parce que Ben avait décidé que j'en étais digne.

Mais quand même. M'accuser d'un crime à un endroit où elles savaient très bien que je le verrais ? Je croyais que les gens m'aimaient bien au lycée. Je ne me prenais pas pour une fille populaire, mais je me croyais suffisamment appréciée pour que si mes camarades me croyaient impliquée dans quelque chose d'aussi grave qu'un double meurtre, ils se contentent de chuchoter entre eux en privé.

Je ravale le tsunami de panique qui monte de nouveau en moi. Quand ma vision s'éclaircit, je m'aperçois que je malaxe la coupure cicatrisée dans ma paume droite.

Je revois le sang sur mon bras, le sang que j'ai lavé dans les toilettes des urgences, le sang dont, au fond de moi, je sais que ce n'était pas le mien.

11

Aujourd'hui

Le docteur Peter Wen est censé être le meilleur neurologue du comté de Suffolk, mais on dirait qu'il a décroché son bac hier. À la façon dont les sourcils de Papa ont jailli vers la racine de ses cheveux quand il est entré dans la pièce, je devine qu'il partage mon impression.

— Bon, commence le docteur Wen. Ton scanner montre que l'hématome s'est résorbé de manière significative. C'est une excellente nouvelle, ajoute-t-il face à mon manque de réaction.

Mon esprit n'est pas dans son cabinet : je l'ai laissé à la maison avec mon ordinateur portable et la clé de voiture de Kat. Le deuxième Ativan que j'ai avalé avant que Papa passe me chercher est la seule chose qui m'a permis de ne pas bouger pendant l'IRM qu'on m'a fait passer à mon arrivée.

J'ai entendu et compris environ vingt pour cent de ce que le docteur Wen a dit depuis que je me suis assise dans la prison de cuir et d'acajou de son bureau.

Comment ont-ils pu raconter des choses pareilles sur moi ? Me jugeraient-ils encore plus sévèrement s'ils entendaient un neurologue dire que je vais bien ?

Je demande :

— Donc, il va disparaître tout seul ?

— C'est généralement le cas chez les patients jeunes et en bonne santé, acquiesce le docteur Wen en faisant tourner un stylo entre ses doigts. On refera un scanner dans six semaines, mais tu as parfaitement réussi les tests cognitifs et de mémoire à court terme. Tu as des questions ?

J'agrippe l'accoudoir.

— Papa, je pourrais parler au docteur seule une minute ?

Mon père en reste bouche bée.

— Je… D'accord. Je vais aller prendre ton prochain rendez-vous au secrétariat.

Quand il est sorti, le docteur Wen penche la tête sur le côté.

— Tout va bien, Claire ?

— Tout ce que je vais vous dire restera entre nous, pas vrai ? À cause du secret médical ?

Le stylo qu'il fait tourner entre ses doigts lui échappe et tombe sur son bureau.

— Oui, à moins que tu envisages de te faire du mal ou d'en faire à quelqu'un d'autre.

J'inspire et expire à fond.

— D'après mon scanner, est-il possible de dire si quelqu'un m'a frappée à la tête ?

Le docteur Wen fait la moue. Je distingue l'ombre de la moustache qu'il doit tenter de faire pousser depuis la fac de médecine.

— Une agression aurait pu provoquer un hématome, oui, répond-il, mal à l'aise. Tu ne te sens pas en sécurité chez toi, peut-être ?

Je ravale la boule qui s'est formée dans ma gorge.

— Non, ce n'est pas ça du tout. J'ai juste besoin de savoir si quelqu'un m'a frappée ou si je me suis cogné la tête en tombant.

— À moins que la mémoire te revienne, il est impossible de dire…

— Elle pourrait revenir ? je l'interromps. Ce serait possible que je retrouve tous mes souvenirs ?

— Ça aussi, c'est impossible à dire. Chaque blessure à la tête est différente, répond prudemment le docteur Wen. Tu ne dois pas oublier que le cerveau est un organe incroyablement complexe.

J'inspire malgré le tremblement de ma poitrine.

— Complexe à quel point ? Par exemple, ma blessure à la tête aurait-elle pu me pousser à faire quelque chose que je n'aurais jamais fait en temps normal ?

Le docteur Wen cligne des yeux.

— Je ne suis pas sûr de comprendre où tu veux en venir.

— Je ne sais pas, je chuchote.

J'ai besoin de savoir si je leur ai fait du mal, et pourquoi.

Le docteur Wen continue à papilloter des yeux quand je me lève si brutalement que je manque de renverser ma chaise.

Papa m'attend près de la porte de la salle d'attente. Il ne dit rien jusqu'à ce qu'on soit montés en voiture.

— Tu veux m'expliquer ce qui s'est passé ?

Mon cœur bat toujours la chamade. Si j'ouvre la bouche, j'ai peur que toutes mes craintes en jaillissent telle une projection de vomi.

Et si c'était moi qui leur avais fait du mal ?

Si je parle à mon père de la clé de voiture dans ma poche, du sang sur mon bras aux urgences, je ne pourrai plus faire marche arrière. Il le dira à Maman, et ils se demanderont s'il faut en parler au FBI, et on saura que j'ai détruit des preuves potentielles, même s'il y avait une raison tout à fait innocente à la présence de ce sang.

Peut-être qu'un de mes amis a été blessé, et que l'autre est resté sur place pour lui tenir compagnie pendant que j'allais chercher les secours. Peut-être qu'il y avait du sang sur mon bras parce que j'ai tenté d'aider Kat ou Jesse.

C'est la seule explication possible.

Je les aime tous les deux.

Faire du mal aux gens, ça ne me ressemble pas.

Mais je n'étais pas moi-même, pas vrai ? Mes souvenirs de samedi appartiennent à une autre fille qui errait sur un chemin de randonnée, désorientée et couverte de sang.

Cette fille, ce n'était pas moi. Et j'ignore de quoi elle a été capable.

— Claire, dit Papa sur un ton tranchant qui me coupe les jambes. Je crois que tu dois parler de tout ça à quelqu'un. Peut-être quelqu'un du cabinet de Maman.

J'appuie ma tête contre la fenêtre. La vitre est fraîche contre ma tempe.

— C'est sans doute une bonne idée.

Papa ne répond pas. Il devait s'attendre à ce que je proteste, mais je n'en ai pas la force. Je dois juste survivre à ce trajet en voiture et réussir à me traîner jusqu'à ma chambre. Je compte presque les secondes jusqu'au moment où je pourrai m'enfouir sous ma couette.

Quand Papa tourne dans notre rue, je comprends que mes espoirs vont être déçus.

Une voiture est garée devant chez nous. La portière arrière du côté conducteur est un peu cabossée.

Papa remonte l'allée du garage et coupe le moteur.

— File à l'intérieur, Claire.

Le ton de sa voix m'indique qu'il pense la même chose que moi : notre visiteur est sans doute quelqu'un que j'aurai encore moins envie de voir qu'un shérif ou deux agents du FBI.

Papa claque sa portière et se dirige vers l'homme qui descend de voiture. Je le suis à deux pas en arrière. Je n'ai aucune intention de rentrer comme il me l'a ordonné.

Le type tend la main à mon père.

— Oliver Fucillo, se présente-t-il. Je suis journaliste au *Long Island Register*.

Il porte un jean trop moulant et une chemise aux manches retroussées jusqu'à ses coudes. Ses cheveux brillants de gel sont rabattus sur un côté, et ses lunettes lui donnent l'air d'un tueur en série.

Papa lui serre la main et croise les bras sur sa poitrine.

— Que puis-je faire pour vous ?

— Je couvre l'affaire Marcotte-Salpietro pour mon journal. Est-ce que Claire aurait quelques minutes à me consacrer ?

— Vous auriez pu appeler avant de passer.

— Je l'ai fait. Personne n'a répondu.

La mâchoire d'Oliver Fucillo est constellée d'acné. C'est sans doute un jeune diplômé qui cherche désespérément un scoop pour réaliser son rêve de devenir présentateur dans une grande station de radio.

— Claire, tu veux bien rentrer ? lance Papa par-dessus son épaule sans le quitter des yeux.

Mes pieds sont comme enracinés dans l'allée du garage. Oliver me fait coucou.

— J'espérais un commentaire sur le témoin potentiel.

Mon cœur cesse de battre. Papa en reste bouche bée.

— Nous n'étions même pas au courant qu'il y avait un témoin.

— Paul Santangelo, révèle Oliver. L'homme que Claire a accusé d'être impliqué dans la disparition de Kat et de Jesse.

Le rouquin. Il a un nom. Je dévisage Oliver.

— Je n'ai accusé personne de quoi que ce soit.

— Claire, ne dis rien. Veuillez partir avant que j'appelle la police, réclame Papa en faisant un pas vers Oliver.

Celui-ci pâlit et me jette un coup d'œil.

— Je pourrais peut-être laisser ma carte à Claire…

Le regard que Papa lui lance manque de me filer une crise cardiaque. Jamais je ne l'ai vu aussi furieux. Je me détourne et gagne la maison en hâte.

Papa me rejoint une minute plus tard. Il referme la porte derrière lui avec une expression étrangement sereine.

— Qu'est-ce que tu lui as dit ?

— Que j'allais appeler le *Register* pour me plaindre de sa conduite inappropriée à son chef.

Papa se masse les tempes du pouce et de l'index. Au même moment, le téléphone sonne dans la cuisine. Mon père se fige. Je fonce pour décrocher, mais il me prend de vitesse, saisit le combiné et pince les lèvres en écoutant la personne au bout du fil.

— Non, dit-il sèchement. Elle n'est pas là. Merci de ne pas rappeler.

Je chuchote :

— Qu'est-ce qui se passe ?

— Je n'en sais rien.

Papa raccroche, et le téléphone se remet aussitôt à sonner. Pendant que mon père est occupé à contenir ce flot d'appels, je me faufile dans ma chambre et m'assois à mon bureau.

J'ouvre Google en m'exhortant à respirer à fond. Ce journaliste, Oliver Quelque Chose, a dit que j'avais accusé le randonneur d'avoir tué Kat et Jesse. Il nous a donné un nom : Paul Santangelo.

Et apparemment, ce nom fait le buzz sur Internet grâce à un article dans le *Daily News.*

« L'AMIE DES ADOLESCENTS DISPARUS IDENTIFIE UN SUSPECT POTENTIEL »

Oh, merde.

Je me plaque une main sur la bouche et regarde l'heure de publication. À ce moment-là, je devais être dans le bureau du docteur Wen.

« Le *Daily News* a découvert que Paul Santangelo, trente-sept ans, domicilié à Sunfish Creek, a été interrogé dans le cadre de l'enquête sur la disparition de deux adolescents sur le mont Bobcat. Le bureau du shérif local a refusé de confirmer ou d'infirmer la nouvelle.

Néanmoins, des sources proches de l'investigation nous ont informés que l'amie qui accompagnait Katherine Marcotte et Jesse Salpietro durant cette funeste excursion avait suggéré aux autorités que M. Santangelo était peut-être responsable de la disparition du couple. Là encore, le bureau du shérif s'est refusé à tout commentaire sur la nature de cette déposition.

L'identité de l'amie en question n'a pas pu être vérifiée, mais un individu proche des parties impliquées a révélé au *Daily News* qu'il s'agit de la jeune femme retrouvée avec une blessure à la tête sur le mont Bobcat. Bien qu'elle coopère avec les autorités, elle affirme n'avoir aucun souvenir des heures ayant précédé la disparition de Mlle Marcotte et de M. Salpietro.

Le FBI a pris la direction de l'enquête et n'a pas non plus souhaité faire de commentaire. »

Ils ne donnent pas mon nom.

Mais le journaliste du *Register* et les gens qui appellent chez nous savent que j'étais là-bas.

Tout le monde est au courant. Comment ?

Ne te cherche pas sur Google.

Je suis forcée de me chercher sur Google.

« QUI EST CLAIRE KEOUGH ? 5 CHOSES À SAVOIR SUR LA MEILLEURE AMIE DE LA DISPARUE KAT MARCOTTE »

Je presse un poing sur mon abdomen pour réprimer la vive douleur qui me traverse et clique sur le lien vers l'article. Je ne suis pas certaine que je réussirais à trouver cinq choses à savoir sur moi, mais de toute évidence, Heavy.com y est parvenu.

« 1. Claire Keough ira à l'université de Geneseo l'an prochain.

2. Claire Keough est sortie de l'hôpital de Sunfish Creek mardi soir.

3. Claire Keough était rédactrice en chef du *Pigeonnier*, le journal du lycée de Brookport. »

Je n'ai pas le temps de lire les deux dernières choses à savoir sur moi : je suis trop distraite par les photos visiblement prises sur ma page Facebook. Je l'ai créée sous le nom de Claire Margaret et j'en ai restreint l'accès à mes contacts, mais ils l'ont trouvée quand même. Ils ont dû passer par un de mes amis aux paramètres de confidentialité moins stricts que les miens et qui avait partagé ces photos. Mais pourquoi quelqu'un aurait-il… ?

— Mon Dieu.

Jamie Liu et moi en train de boire des shots. J'ai le regard vitreux et la tête renversée en arrière. Jamie rit, et l'angle de la photo suggère qu'elle a été recadrée pour en éliminer le véritable sujet.

C'est à peine si je me reconnais. La fille que j'ai sous les yeux ressemble au genre de fêtarde que j'évite généralement, celle qui se suspend au cou des autres comme un petit singe en beuglant qu'elle est teeeeellement bourrée.

On dirait qu'elle a totalement perdu le contrôle.

Des gens vont la voir. Cette pensée déclenche une alarme dans ma tête.

Mes parents. Mes futurs profs de Geneseo. Toute personne qui me cherchera sur Google pendant le prochain demi-siècle tombera sur la pire version de moi.

Très vite, ma panique se mue en colère et ma colère en missile à tête chercheuse. J'ai besoin de tenir quelqu'un pour responsable d'avoir rapporté à la presse ma conversation avec McAuliffe au sujet du randonneur.

Un de ses subalternes ? Non, le bâtiment était vide quand on est arrivés, et la porte du bureau fermée pendant notre entretien. McAuliffe est trop à cheval sur les règles pour avoir dévoilé lui-même ce genre d'info à un journaliste.

Alors, qui d'autre était au courant ? Mon père, bien entendu, mais j'ai cru qu'il allait pousser Oliver Fucillo sous les roues d'une voiture. Jamais il n'attirerait la presse chez nous. Ce qui ne laisse qu'une seule possibilité.

— Espèce de salaud, je chuchote en boucle tout en sortant mon téléphone pour envoyer un texto à Amos Fornier.

Merci, sale connard.

Sa réponse est immédiate.

Qu'est-ce que j'ai fait ?

Mon père mis à part, tu étais le seul à savoir que j'avais parlé du rouquin à McAuliffe, et maintenant, c'est dans le *Daily News*.

Mon téléphone vibre dans ma main. Amos m'appelle. Je décroche et porte l'appareil à mon oreille. Amos parle avant que j'aie le temps d'ouvrir la bouche.

— En fait, je déteste les textos, murmure-t-il. Je n'ai rien dit au *Daily News*, ni à aucun autre journal.

— Dans ce cas, tu as rapporté notre conversation à quelqu'un, je siffle. Le bureau du shérif n'aurait jamais laissé fuiter…

— Oui, j'en ai parlé à quelqu'un, coupe Amos. Désolé, je n'avais pas le choix.

Je m'affaisse sur ma chaise de bureau, le cœur battant la chamade.

— Qui ?

— Il n'y a pas de secrets dans ma famille, Claire. Quand ma grand-mère est revenue à la maison au bord du lac ce matin, elle m'a demandé de quoi on avait discuté, toi et moi. Et cet homme dont tu t'étais souvenue… c'était trop important. Même si j'avais tenté de le lui cacher, elle aurait fini par me tirer les vers du nez.

Je ne réponds pas. Derrière la porte de ma chambre, le téléphone fixe se remet à sonner, et ça me donne la chair de poule.

— Claire. On veut juste retrouver Kat.

— Dans ce cas, pourquoi ta grand-mère a révélé des informations confidentielles ? Le shérif a bien dit que ça pouvait nuire à l'enquête.

— On n'est pas sûrs que ce soit ma grand-mère qui ait parlé au *Daily News*, rectifie Amos. Elle a pu faire confiance à la mauvaise personne. Ou bien… ce ne serait pas la première fois qu'un journaliste met la famille d'une fille disparue sur écoute.

— Mon nom est partout sur Internet, je chuchote. Qui a bien pu le donner à la presse ?

— Claire… Hormis ma famille et la tienne, qui savait que tu étais avec Kat et Jesse le week-end dernier ?

Mon sang se glace dans mes veines. Noah l'a écrit en toutes lettres sur Facebook. Mais une seule personne a pu lui dire que j'avais accompagné Kat et Jesse à Sunfish Creek malgré ma rupture avec Ben.

— Claire ? Ça va ? s'inquiète Amos.

— Je dois te laisser, dis-je.

Il faut que j'aille tuer mon ex.

La seule chose qui m'empêche d'envoyer un texto à Ben et de le traiter de sale con pour avoir raconté à ses amis que j'étais sur le mont Bobcat et que j'ai perdu la mémoire, c'est la perspective que mon message se retrouve sur Heavy.com ou autre site de ragots.

Je ne sais pas comment gérer une trahison pareille. L'humiliation publique n'a pas encore commencé, mais je ne peux pas échapper à ma propre honte. Toutes ces photos de moi bourrée sur Internet. Toutes ces horreurs que les copains de Ben ont dites à mon sujet. Mes sentiments pour Jesse.

Je dois limiter la casse.

Non. On limite la casse quand on se fait choper en train de se moquer du prof de sport dans les vestiaires, pas quand des camarades de classe vous accusent tranquillement de meurtre.

Ce que je dois faire, c'est l'équivalent de remettre la merde dans des toilettes bouchées qui ont débordé.

Je me masse les paupières. Qui était dans la cuisine avec Jamie et moi ? Je me souviens de quelques camarades de classe des jeunes Markey qui traînaient, leur téléphone à la main. Ce n'est pas ma faute si l'un d'eux a pris ces photos et les a mises en ligne, mais la culpabilité m'assaille à l'idée que M. et Mme Liu pourraient les voir.

Je commence à taper un texto pour Jamie.

> Coucou… J'espère que tu n'as pas eu d'ennuis avec tes parents à cause des photos.

Mais quelque chose me retient de l'envoyer. Pourquoi Jamie n'a-t-elle pas pris de mes nouvelles une seule fois ? On a toujours eu ce genre d'amitié où on pouvait rester des semaines sans se parler ou sans se voir, mais qu'elle ne m'ait pas contactée du tout dans les circonstances actuelles, c'est bizarre.

Je pense à la photo d'elle, Kat et moi sur la cheminée, celle qui a tant intéressé l'agent Novak. Quand les Marcotte sont rentrés d'Italie en fin de Troisième, on était virtuellement inséparables toutes les trois. Puis, vers la fin de notre année de Première, une certaine tension s'est installée entre Kat et Jamie. Elles étaient toutes les deux en lice pour le titre de major de promo et visaient les mêmes universités. Jamie a fini par cesser d'accepter nos invitations à faire des trucs ensemble ; chaque fois, elle prétextait qu'elle devait réviser ou travailler au resto de ses parents.

À la fin de l'été dernier, elle a dit qu'elle ne pouvait pas venir à l'anniversaire de Kat, qu'on devait fêter sur la plage, parce qu'elle suivait un stage de préparation aux examens. Mais quand on s'est arrêtées pour acheter des sandwichs, je l'ai aperçue qui sortait de la pharmacie avec Shannon DiClemente et Anna Markey.

Kat ne lui en a jamais parlé. Elle m'a juré qu'elle se fichait de ce que faisait Jamie et des gens avec qui elle traînait. Mais quand les vacances de février sont arrivées, Jamie et elle ne s'adressaient presque plus la parole.

Peut-être que Jamie ne m'a pas contactée parce qu'elle est trop occupée à gérer ses propres sentiments. Qu'elle culpabilise d'avoir laissé pourrir sa relation avec Kat.

Tu te berces d'illusions. Tu sais très bien pourquoi elle ne t'a pas contactée.

Je ravale la colère qui enfle dans ma gorge et envoie le message.

Ailleurs dans la maison, une guerre fait rage.

Maman a haussé la voix, mais je l'entends seulement dire « Ne vous avisez surtout pas de rappeler » avant de la trouver seule à la table de la cuisine. Je parierais que le verre qu'elle tient à la main ne contient pas que de l'eau pétillante, mais aussi de la vodka.

— Tu parlais à qui ?

— Personne d'important.

Un frisson me parcourt l'échine.

— Maman. Qui c'était ?

Elle pose son verre.

— Le producteur de l'émission de Brenda Dean.

Les jambes coupées, je suis forcée de m'asseoir. Brenda Dean figure sans doute encore plus haut que le FBI sur la liste des gens à qui je n'ai pas envie de parler en ce moment.

Il y a vingt ans, sa sœur cadette a été enlevée pendant qu'elle faisait du vélo, puis tuée. On n'a jamais retrouvé l'assassin. Brenda a dédié sa vie à la justice, d'abord en tant qu'avocate, puis comme présentatrice de sa propre émission sur le câble. Elle y fustige les suspects de crimes qui font la une des journaux, essentiellement des meurtres d'enfants ou de jolies joggeuses.

Depuis quelque temps, elle est obsédée par un certain Lawrence Cowen qui a laissé son fils de deux ans dans sa voiture par une journée de canicule. Maman et moi sommes toutes deux coupables de regarder ses commentaires furieux les soirs de semaine où il n'y a rien d'autre à la télé.

— Elle veut m'interviewer ?

— C'est absolument hors de question, tranche Maman en portant son verre à ses lèvres.

Il y a des années, Brenda Dean a interviewé la mère d'un bambin disparu en direct. Elle l'a accusée d'en savoir plus qu'elle ne voulait en dire sur le sort de son enfant. La femme a quitté le studio en larmes, est rentrée chez elle et s'est tranché les veines dans sa baignoire.

Je fixe ma mère.

— Tu ne me demandes même pas mon avis ?

— Ton avis importe peu. Cette interview n'aura pas lieu.

Je me lève d'un bond. De surprise, Maman manque de lâcher son verre. Quand je me détourne, elle me rappelle sur un ton sec.

— Tu ne veux pas que cette harpie te bombarde de questions auxquelles tu ne pourras pas répondre.

Mon cœur me tombe au fond de l'estomac. Je voudrais lui dire que je n'ai pas à avoir peur de Brenda Dean parce que je ne suis pas coupable. Je voudrais lui dire que je ne suis pas coupable même si en vérité je l'ignore, parce que c'est ma mère et que c'est son boulot d'arranger les problèmes.

— Tu crois que je leur ai fait quelque chose ?

— Bien sûr que non. Mais je ne peux pas contrôler ce que pensent les autres.

J'aboie :

— Dans ce cas, tu devrais peut-être me laisser me défendre.

Maman enfouit son visage dans ses mains. Au bout d'un long moment, elle relève la tête. Elle a les yeux rouges, et les joues aussi. Quand elle reprend la parole, sa voix n'est plus qu'un murmure :

— J'ai trouvé une avocate. Je veux que tu lui parles. Elle peut nous recevoir demain matin.

— Quoi ? Une avocate ? Tu l'as appelée quand ?

Sa mine honteuse, sa façon de détourner les yeux me disent que ce n'est pas en réaction aux appels des journalistes ou du producteur de Brenda Dean.

Elle avait pris ce rendez-vous bien avant. Peut-être hier, après que mon père l'a appelée pour lui raconter ce qui s'était passé dans le bureau du shérif, et que McAuliffe avait refusé de me dire où et quand j'avais rencontré le rouquin. Peut-être même depuis qu'elle est arrivée à l'hôpital de Sunfish Creek, qu'elle a compris que mes amis n'allaient pas réapparaître et que j'étais la seule qui détenait des réponses.

— Non.

Je me lève brutalement. Me dirige vers ma chambre tandis que ma mère crie mon nom derrière moi, et claque la porte si fort que ça fait vibrer tous les os de mon corps.

12

Aujourd'hui

La dispute avec ma mère me pousse à me jeter sur mon flacon d'Ativan. Un peu plus tard, je me réveille dans une mare de transpiration. Je m'assois et me frotte les yeux jusqu'à ce que je puisse lire l'heure sur l'horloge au-dessus de mon bureau. Il est plus de 19 heures.

Halte au crime avec Brenda Dean passe à 20 heures tous les jours de la semaine. Je n'ai jamais eu de télé dans ma chambre, et même si j'étais prête à affronter ma mère, je préférerais mater du porno avec mes parents plutôt que l'épisode de ce soir.

Je m'adosse à ma tête de lit le temps que mon corps achève de se réveiller. Les pulsations derrière mes yeux sont différentes de mes migraines de ces derniers jours. Peut-être à cause de l'Ativan.

Puis mon cerveau redémarre ; je me souviens de l'enfer qui s'est déchaîné aujourd'hui, et la peur me submerge. La clé de voiture de Kat dans ma poche. Le journaliste devant chez moi. Les agents du FBI dans mon salon. Les choses que Shannon, Anna et Noah ont écrites à mon sujet. Et ces photos…

J'attrape mon téléphone, et mon cœur se serre à la vue de l'écran vide. Jamie ne m'a pas répondu.

J'ouvre mon moteur de recherche et tape les noms de Kat et de Jesse mais ne trouve rien de nouveau. Brenda Dean n'a pas d'autre actualité que le dernier article du blog de son émission : « CE SOIR : JURÉ RÉCUSÉ DANS L'AFFAIRE DU PÈRE NÉGLIGENT, VERS UNE ANNULATION DU PROCÈS ? »

Tant mieux. Lawrence Cowen, alias le Père Négligent, est le sujet phare de Brenda en ce moment. Ce rebondissement judiciaire devrait lui donner un os à ronger assez gros pour l'occuper pendant la demi-heure de son émission. Avec un peu de chance, elle ne s'en prendra pas à moi ce soir.

Je mordille l'intérieur de ma lèvre en lorgnant le lien « Regarder en direct » en haut de la page du blog. Je clique dessus, me connecte à notre fournisseur de câble et cherche mes écouteurs dans ma table de nuit.

L'émission commence dans sept minutes. Incapable de supporter le jingle de *Walmart* et les célébrités de seconde zone qui vantent les mérites d'une assurance vie, je coupe le son des pubs qui tournent en boucle dans la fenêtre vidéo.

20 heures. La vidéo charge ; je disparais sous la couette avec mon téléphone.

À la vue de Brenda Dean assise derrière son bureau, un gouffre béant s'ouvre dans mon ventre. Elle a récemment teint son carré blond en acajou, une décision dont ma mère et moi avons longuement discuté quand mes amis n'avaient pas encore disparu et qu'on se divertissait des drames arrivés à d'autres gens.

Je monte le son de mon téléphone pour entendre Brenda malgré mes oreilles qui bourdonnent.

— La nouvelle vient juste de tomber : un des jurés du procès de Lawrence Cowen a été récusé pour avoir tweeté au sujet de l'affaire depuis un compte secret. Les avocats de la défense réclament une annulation du procès. Justice sera-t-elle faite au petit Braden ?

Ses lèvres luisantes de gloss rose grimacent.

Je me tourne sur le flanc et ferme les yeux, la laissant cracher à mon oreille quel épouvantable salopard est le Père Négligent. En silence, je remercie le ciel qu'elle soit obsédée par ce type au point de passer sous silence la disparition d'un couple d'ados.

— Après la coupure publicitaire, une révélation qui va faire l'effet d'une bombe dans l'affaire Kat Marcotte et Jesse Salpietro.

Je rouvre brusquement les yeux, juste à temps pour voir Brenda planter son regard dans l'objectif de la caméra avant le début des pubs.

Je m'assois, mon cœur cognant à tout rompre contre mes côtes. J'aurais dû me douter qu'elle ne renoncerait pas à parler de moi pour la seule raison qu'elle n'a pas pu me soutirer d'interview. Son expression dit clairement qu'elle se moque de mon témoignage, qu'elle a ferré un trop gros poisson pour s'en soucier.

— Si vous venez juste de nous rejoindre, nous sommes en ligne avec Paul Santangelo, un bon Samaritain.

Je vois son visage dans ma tête avant même qu'il apparaisse sur l'écran.

Le randonneur.

Paul Santangelo s'est rendu présentable pour ses débuts à la télé. Il a rasé la barbe qu'il arborait l'autre jour quand Papa et moi sommes passés chez lui, et ses cheveux sont rabattus sur un côté. Il porte un pull vert sapin dont dépasse le col d'une chemise. Il a l'air du genre de type qui distribue des tracts pour Greenpeace, pas de quelqu'un qui colle des drapeaux confédérés sur son pick-up.

Dans la fenêtre de droite, Brenda croise les mains sur son bureau et se penche vers la caméra.

— Paul, je voudrais vous remercier d'avoir accepté de nous parler. Je crois comprendre que vous avez eu une journée chargée.

— En effet, madame. Depuis que le *Daily News* a publié cet article, ça n'arrête pas.

— Vous parlez de l'article qui vous lie à tort à la disparition de Kat Marcotte et Jesse Salpietro ?

Paul Santangelo s'humecte les lèvres.

— Oui, madame. Et aussi, des tas de gens me traitent de raciste à cause d'un autocollant qui célèbre mon héritage familial.

— Paul… Ça ne vous dérange pas que je vous appelle Paul, j'espère ? De quelle façon êtes-vous impliqué dans cette affaire ?

Son regard part sur le côté.

— Je ne dirais pas que je suis impliqué…

Brenda Dean agite une main chargée de bagues.

— Bien sûr. Racontez-nous donc ce que vous avez vu sur le mont Bobcat samedi dernier, dans l'après-midi.

— Si vous voulez. Le vendredi soir, j'avais campé au panorama du Poète.

— Pour les téléspectateurs qui ne sont pas familiers avec la région, le panorama du Poète est un lieu-dit sur le mont Bobcat situé à l'ouest du pic du Diable où Kat et Jesse ont été vus pour la dernière fois.

Une carte grossière apparaît à l'écran. Deux gros X marqués « pic du Diable » et « panorama du Poète » ont été tracés de part et d'autre de la montagne. Leur signification est claire : Paul Santangelo campait sur le flanc opposé à celui où nous devions passer la nuit.

— Oui, madame, répond l'homme dont le visage stoïque vient de remplacer une moitié de la carte.

Brenda aussi est de retour.

— Ça vous arrive souvent d'aller passer la nuit seul dans la montagne ?

— Ouais. Je photographie les étoiles, et le week-end dernier, il devait y avoir deux nuits dégagées pour la première fois depuis un bail. Mais le samedi au coucher du soleil, j'ai vu arriver des nuages. J'ai décidé de remballer et de redescendre vers… cinq ou six heures du soir.

— Et qu'avez-vous vu en chemin ?

— Une fille. Elle était seule, et on aurait dit qu'elle essayait de téléphoner. Il n'y a pas de réseau dans la montagne ; donc, je lui ai demandé si ça allait. Elle a répondu que oui. Je lui ai demandé si elle avait besoin d'aide ; elle a répondu que non, qu'elle retournait au parking. Je lui ai dit que moi aussi, et qu'elle pouvait me suivre si elle était perdue.

— Elle avait l'air perdue ?

— Ouais, visiblement, elle ne savait pas où elle allait. Je savais qu'on n'était pas loin de l'endroit où le chemin du pic du Diable fait un genre de fourche. Il n'y a pas de marquage sur les arbres, et si vous vous trompez de côté, vous atterrissez au panorama du Poète, qui est vraiment loin du parking.

— Comment la fille a-t-elle réagi à votre proposition ?

— Elle m'a dit qu'elle attendait quelqu'un et qu'elle pouvait se débrouiller, répond Paul Santangelo, visiblement mal à l'aise. Je suis reparti, mais au bout de quelques minutes, comme je n'entendais personne derrière moi, mon instinct m'a poussé à rebrousser chemin. Elle n'avait pas l'air bien, effrayée ou peut-être bouleversée. On aurait dit qu'elle avait pleuré.

— Et l'avez-vous retrouvée ?

— Non, madame. Quand je suis arrivé à l'endroit où je l'avais vue, elle n'était plus là.

— Pour que tout soit bien clair, je précise que nous parlons de Claire Keough.

Brenda fait traîner mon nom, et mon cerveau semble se dissocier de mon corps.

— Je viens juste d'apprendre comment elle s'appelait. Je me suis dit : j'espère qu'elle sait ce qu'elle fait. Deux jours plus tard, quand j'ai appris que des ados avaient disparu dans la montagne, j'ai pensé que c'était elle, et j'ai appelé le bureau du shérif.

— Donc, vous avez volontairement témoigné, et quelques jours plus tard, le *Daily News* vous citait comme un suspect potentiel.

— Oui, madame. J'ai un peu de mal à comprendre.

— Et pendant que vous vous trouviez dans la montagne, à aucun moment vous n'avez croisé Jesse Salpietro et Kat Marcotte ?

— Non, madame. Juste Claire Keough.

Mon nom semble forcé dans la bouche de Paul Santangelo. Brenda Dean a dû l'encourager à l'utiliser pour que les téléspectateurs ne l'oublient pas. Elle pose les coudes sur son bureau et entrelace délicatement ses doigts.

— Pourquoi pensez-vous que Claire Keough a dit que vous étiez au *Joyeux Maquereau* quand elle est entrée pour demander son chemin vendredi soir ? D'après nos sources, elle dit que vous l'espionniez, malgré les photos de votre appareil dont les métadonnées confirment que vous vous trouviez bien au panorama du Poète à ce moment-là.

— Je suppose qu'elle m'a confondu avec quelqu'un d'autre, suggère Paul Santangelo. Je ne l'avais jamais vue de ma vie avant de la croiser dans la montagne.

J'ai regardé suffisamment d'émissions de Brenda Dean pour savoir qu'elle ne va pas s'arrêter là. Elle ne lâchera pas le morceau avant d'avoir fait couler le sang.

— Mais pourquoi aurait-elle déclaré au shérif de Sunfish Creek que vous étiez impliqué dans la disparition de ses amis ?

Paul Santangelo hésite.

— Aucune idée, m'dame. Comme je disais, elle avait l'air assez agitée.

M'dame. Jusqu'ici, il a fait attention à parler correctement, mais il est en train de se relâcher.

Et si l'idée n'était pas déjà en train de germer dans la tête des spectateurs, il vient d'y planter une graine. J'avais l'air agitée. J'étais seule, sans mes amis, quand il m'a rencontrée.

Je suis la nouvelle Lawrence Cowen de Brenda.

Celle-ci fixe la caméra.

— Merci, Paul, et je suis vraiment désolée pour le harcèlement dont vous faites l'objet. Après la coupure publicitaire, nous examinerons des photos trouvées sur les réseaux sociaux qui soulèvent davantage de questions au sujet de Claire Keough, la meilleure amie des tourtereaux disparus…

Je ferme la fenêtre vidéo et arrache mes écouteurs. Peu importe ce qu'elle dira sur les photos de moi bourrée. Ses fans ont entendu la seule chose que tout le monde retiendra de moi :

Je suis une menteuse.

Je m'extirpe de mon lit. Quand j'ouvre la porte de ma chambre, mes parents se tiennent de l'autre côté, le visage cendreux. Eux aussi ont vu l'émission.

— Finalement, je crois que je devrais parler à cette avocate.

13

Aujourd'hui
Vendredi

Le bureau de Michelle Yardley se trouve dans un immeuble de trois étages, coincé entre une agence de conseil financier *Wells Fargo* et un cabinet de gynécologie.

Maman affirme qu'il s'agit d'une simple consultation. Je ne veux pas savoir combien maître Yardley facture une heure de son temps, et à cause de l'Ativan que j'ai pris avant de partir, j'ai du mal à me concentrer sur ce qu'elle raconte.

Mon regard dérive depuis les diplômes encadrés au mur de son bureau – fac de droit à SUNY Binghamton, école d'avocats à Yeshiva – jusqu'au cadre orné d'oreilles de Mickey sur son bureau. Sur la photo, elle pose devant le château de Cendrillon avec deux fillettes. Le cliché a dû être pris il y a au moins dix ans et dix kilos, parce que la Michelle Yardley assise face à moi est une femme bien plus âgée et corpulente, avec des sourcils soigneusement dessinés au crayon.

Maman me donne un coup de coude.

— Pardon, quoi ?

— J'ai dit : ça ne me plaît pas du tout que le FBI se soit précipité pour vous interroger sans la présence d'un avocat, ou à tout le moins de vos parents.

Je n'ose pas regarder ma mère pour ne pas relancer cette dispute. Depuis hier soir, elle ne s'est évidemment pas privée de me faire remarquer cinquante mille fois que j'aurais dû l'appeler au boulot dès que j'ai trouvé la clé de voiture de Kat, à la minute où le FBI a frappé à notre porte.

Mais je ne l'ai pas fait. J'ai merdé de tellement de façons que je ne peux plus les compter – d'où ma présence ici.

Michelle Yardley croise les mains devant elle et me dévisage derrière ses lunettes à monture d'écaille Kate Spade.

— D'un autre côté, ça aurait eu l'air louche que vous refusiez de leur parler.

Je déglutis.

— Ce n'était pas un interrogatoire à proprement parler. Ils n'ont même pas pris de notes.

— Peu importe. En repartant, ils connaissaient votre groupe sanguin.

— Pourquoi lui ont-ils demandé ça ? murmure Maman. S'ils ont trouvé du sang mais pas de corps, ont-ils quand même le droit de l'accuser...

Je plante mes ongles dans ma cuisse, sous l'ourlet de mon short. Là tout de suite, je déteste ma mère. Je la déteste d'envisager que j'aie pu faire une chose pareille, et encore plus de penser que, si c'était le cas, je devrais m'en tirer sans être poursuivie.

Michelle Yardley n'a pas levé la tête des formulaires d'hôpital posés devant elle.

— Si on découvre les corps de Kat et de Jesse dans le ravin, il sera difficile de convaincre un jury qu'une fille du gabarit de Claire aurait pu les pousser tous les deux. Si on ne les retrouve pas, il sera encore plus difficile de faire croire qu'elle a réussi à les dissimuler assez bien pour que personne ne les ait retrouvés à ce stade.

Je m'autorise à respirer un peu plus librement. Bien entendu : l'idée que j'aie pu les tuer n'a aucun sens. Je m'attends à ce que Michelle Yardley fasse remarquer que je n'avais aucun mobile, mais elle se contente d'entourer quelque chose avec son stylo sur un formulaire d'hôpital.

— Et la clé de voiture ? demande Maman en posant le bout de ses doigts sur ses lèvres. Qu'est-ce qu'on en fait ?

Michelle lève les yeux vers ma mère, les sourcils froncés.

— Vous allez appeler le FBI et leur dire que c'est Claire qui l'a.

Maman ouvre la bouche pour protester. Michelle l'arrête d'un geste qui déplace le cadre photo Mickey Mouse sur son bureau. Elle le redresse et tourne son attention vers moi, ignorant ma mère.

— Vous allez leur dire exactement la même chose qu'à moi : que vous l'avez trouvée en faisant votre lessive, et que vous ignorez pourquoi elle était dans votre poche. Votre position, c'est que vous ne savez rien parce que vous ne vous souvenez pas de ce qui s'est passé.

Ma position ? Je cligne des yeux.

— Mais c'est la vérité. Je ne m'en souviens pas.

Elle hausse les épaules. La vérité lui importe peu : son boulot, c'est de m'éviter la prison.

— Voici ce que je vous suggère, dit-elle d'une voix légèrement radoucie. Déconnectez-vous. Ne parlez à la presse sous aucun prétexte jusqu'à ce que toute cette agitation se calme – et elle finira par le faire. Si le FBI a d'autres questions, dites-leur que vous avez décidé de m'engager en réponse à la campagne de diffamation de Brenda Dean, et que toute communication doit passer par moi.

— Ça n'aura pas l'air louche ?

Maître Yardley me dévisage comme si elle avait pitié de moi. Comme si elle voulait me rappeler que c'était déjà le cas, mais qu'elle craignait que ça compromette ses chances de toucher ses honoraires.

Nous sortons de son bureau et prenons l'ascenseur. Ma mère regarde droit devant elle. Elle se demande sans doute où elle a merdé avec moi. Sa seule règle, c'est que je devais être honnête avec elle, et je n'ai pas été fichue de la respecter. Je lui ai menti quant à mes plans du week-end dernier, et j'ai foutu ma vie en l'air.

Parce que c'est bien ce qui vient de se passer, non ? Même si je n'ai rien à voir avec la disparition de Kat et de Jesse, je suis finie. J'ai accusé un innocent. C'est le genre de chose dont on ne se relève pas. Des gens qui ne me connaissent même pas me détestent. Mes propres parents peuvent à peine me regarder en face.

Kat et Jesse sont morts. Tout le monde le pense, parce que ça fait presque une semaine qu'on n'a aucun signe d'eux.

Le téléphone de Maman se met à sonner, et je sursaute violemment. *Who are you* de The Who. Les deux types en costard et la femme enceinte avec qui on partage l'ascenseur nous jettent un coup d'œil. Le rouge me monte aux joues pendant que Maman cherche son portable dans son sac.

— C'est sans doute Papa, marmonne-t-elle.

Un des hommes continue à nous fixer. Je détourne les yeux. A-t-il vu les photos de moi dans la cuisine des Markey ? Sait-il qui je suis, et que cet immeuble abrite le cabinet d'une avocate en droit pénal ?

La porte de l'ascenseur s'ouvre sur le parking souterrain. Maman et moi laissons sortir les autres avant nous. Elle me suit en continuant à fouiller dans son sac. Son foutu portable a cessé de sonner, mais son répondeur émet des bips stridents.

— Je crois qu'il est dans la poche de devant.

Au lieu de me remercier, Maman pousse un soupir étranglé et sort enfin son téléphone. J'aperçois son écran, et un rideau noir s'abat sur mon esprit.

Elizabeth Marcotte : 1 appel manqué

Non !

Non, on ne peut pas avoir retrouvé les corps de Kat et de Jesse. Même si c'est la seule issue plausible à ce stade, je refuse de l'accepter. Même si on me montrait leurs cadavres, j'aurais du mal à y croire, comme si j'étais une de ces personnes persuadées que la Terre est plate ou autre connerie dénuée de fondement.

Maman fixe son téléphone dans sa main comme si sa seule vue lui donnait la nausée.

— Écoute, dis-je sans pouvoir m'en empêcher.

— Dans la voiture.

Sa Civic est garée de l'autre côté du parking. J'ignore comment mes jambes me portent jusque-là, comment j'arrive à me glisser sur le siège passager sans qu'elles cèdent sous moi.

Maman boucle sa ceinture de sécurité avant d'appuyer sur le bouton de lecture et de porter le téléphone à son oreille. Mon cœur bat si fort que je n'entends pas un seul mot du message.

Quand elle baisse son téléphone d'une main tremblante, je me force à demander :

— Ils ont trouvé Kat et Jesse ?

Maman pâlit.

— Non. C'est M. Marcotte.

« Christine, c'est Beth. Il est arrivé quelque chose à Johnathan. Un terrible accident. »

C'est tout ce qu'a dit Mme Marcotte. J'ai demandé à Maman de repasser son message deux fois sur haut-parleur, parce que je n'arrivais pas à y croire.

Quand Maman rappelle Mme Marcotte, elle tombe directement sur son répondeur. Machinalement, je porte une main à ma poche. *Je dois raconter ça à Kat.*

Mais ma poche est vide : Maman a confisqué mon téléphone hier. Et même si je pouvais faire le numéro de Kat, elle ne décrocherait pas.

— Que se passe-t-il ?

— Je n'en sais rien, répond Maman en démarrant. Je n'en sais rien, Claire.

Le FBI donne une conférence de presse à 15 heures. CNN a matraqué l'annonce toute la journée, promettant des nouvelles majeures dans l'affaire de la disparition de Katherine Marcotte et Jesse Salpietro.

J'allume la télé une heure avant. Vautrée sur le canapé du salon depuis qu'on est rentrées, j'écoute Maman appeler toute sa liste de contacts pour tenter d'obtenir plus de précisions sur le message énigmatique de Beth.

— Claire.

J'ouvre les yeux alors qu'elle se perche sur l'accoudoir du canapé, près de moi.

— J'ai réussi à joindre Erin, la tante de Kat.

Erin Fornier est la mère d'Amos. J'ai la tête trop lourde pour paniquer à l'idée que Maman apprenne ce qui s'est passé entre nous. En appui sur un coude, je lève la tête vers elle. Ses yeux brillent de fatigue, et ses cheveux sont relevés en chignon brouillon comme si elle avait vécu mille ans depuis hier soir.

— Et alors ?

— Elle sait juste que Johnathan a été percuté par une voiture à Sunfish Creek, et qu'on l'a transporté en hélicoptère jusqu'à Columbia-Presbyterian pour y être opéré. Il est sur le billard depuis plusieurs heures. Ça se présente mal, dit Maman d'une voix tremblante.

Elle me prend la main et la presse. Quelque chose a changé entre nous depuis hier. Elle ne m'en veut plus pour ce que j'ai fait parce que Kat et Jesse ont disparu, que M. Marcotte va peut-être mourir et que plus rien n'a d'importance.

À 15 h 10, les informations diffusent un reportage en direct depuis l'antenne du FBI à Long Island. Derrière une estrade flanquée d'un drapeau américain et d'un drapeau du ministère de la Justice, un grand homme maigre qui ressemble à une mante religieuse attend en évitant de regarder les caméras. Près de lui, des hommes et des femmes en costume s'alignent contre un mur couleur de soupe de pois.

L'agent Novak se trouve parmi eux, les mâchoires crispées comme s'il tentait de dissimuler qu'il a un chewing-gum dans la bouche. L'agent Cummings se tient près de lui, sans boucles d'oreilles mais avec un brushing impeccable.

Les journalistes s'agitent et murmurent entre eux jusqu'à ce que le grand type maigre qu'un bandeau identifie comme le chef du bureau local tripote sa cravate et prenne la parole.

— Hier soir, à 23 h 57, un suspect dans la disparition de Katherine Marcotte et Jesse Salpietro a été tué alors qu'il fuyait les lieux d'un accident de voiture à Sunfish Creek, dans l'État de New York.

Des dizaines d'appareils photo se déclenchent en même temps. *Suspect*. Le mot me poignarde. Près de moi, ma mère se couvre la bouche d'une main.

— Avant cet accident, Johnathan Marcotte, le père de Katherine, avait été grièvement blessé au cours d'une altercation avec le conducteur. Il a été transporté en hélicoptère aux urgences de l'hôpital Columbia-Presbyterian. L'identité du suspect sera révélée dans les jours à venir. Mais pour le moment, dans l'intérêt de l'enquête, nous ne répondrons à aucune question concernant cet accident.

Les journalistes protestent bruyamment. Le directeur lève une main tel un prof qui veut faire taire des élèves agités.

— M. Marcotte venait-il de verser une rançon au suspect ? crie quelqu'un.

Le directeur s'empourpre.

— Je ne répondrai pas non plus aux questions concernant les circonstances qui ont précédé l'accident. Si vous voulez bien me laisser finir…

Les journalistes se calment, et il se racle la gorge.

— Notre objectif principal est de retrouver Katherine et Jesse. Les données GPS fournies par le véhicule du suspect nous ont incités à abandonner les recherches sur le mont Bobcat.

Mon cœur fait une embardée. Donc, le FBI pense qu'ils ont été enlevés. Qu'ils ont quitté la montagne vivants.

— Êtes-vous en train de fouiller la carrière de Rocnoir ? lance une voix dans la foule.

C'est comme si le sol s'ouvrait sous mes pieds. J'agrippe l'accoudoir du canapé tandis qu'une sueur froide me picote la nuque. *Non. Ils n'ont pas quitté la montagne vivants juste pour qu'on jette leurs corps un peu plus loin…*

Au-dessus du col de sa chemise, le cou du directeur est écarlate, comme s'il allait faire une attaque parce qu'on l'a privé de la révélation qui devait conclure sa conférence de presse.

— En effet, nous concentrons désormais nos efforts sur la carrière de Rocnoir, située cinq kilomètres à l'ouest du mont Bobcat.

De nouveau, ma mère me prend la main.

— Est-il exact qu'un objet appartenant à Kat Marcotte a été découvert là-bas ? lance une voix de femme quelque part dans la foule.

Les narines de Novak frémissent. Il secoue la tête tandis que le directeur s'essuie le front.

— Nous avons retrouvé un accessoire, et nous sommes en train de vérifier s'il appartenait à Katherine. Encore une question.

Des cris. Il désigne quelqu'un hors champ.

— Si nous supposons que Johnathan Marcotte était dans ce parking pour verser une rançon en échange de sa fille, pourquoi n'avez-vous retrouvé ni Katherine ni Jesse ?

Le directeur déglutit et serre les dents.

— Je ne ferai pas d'autre commentaire jusqu'à ce que nous ayons terminé de fouiller la carrière. Mais je dois vous prévenir que ce que nous cherchons, ce sont des corps.

Le lendemain matin, c'est la sonnette qui me tire de l'hébétude induite par l'Ativan. J'ignore quelle heure il est ou comment je suis censée mesurer le temps. Le directeur du FBI a dit qu'ils fouillaient la carrière de Rocnoir. C'est un trou de soixante mètres de profondeur, sans aucune visibilité. Selon les têtes parlantes qui se sont exprimées sur CNN après la conférence de presse, y retrouver quoi que ce soit pourrait prendre plusieurs semaines.

Plusieurs semaines pourraient s'écouler avant qu'on sache si les corps de Kat et de Jesse sont bien là.

Ma mère va ouvrir. Moi, je n'ai pas bougé de mon cocon sur le canapé depuis la conférence de presse. J'entends des murmures dans le couloir, puis les agents Cummings et Novak entrent dans le salon, et je n'arrive toujours pas à bouger ou à émettre le moindre son.

Cummings s'installe dans le fauteuil ; Novak reste debout derrière elle. Il ne s'assoit jamais, à croire qu'il a un furoncle douloureux sur une fesse.

— Des nouvelles de Johnathan Marcotte ? interroge ma mère.

— Il a survécu à sa première opération, et on doit lui en faire une autre aujourd'hui, répond Cummings sur un ton qui indique qu'elle ne nous dit pas tout. Madame Keough, je peux vous demander un café ?

— Bien entendu.

Maman a porté une main à sa gorge ; on dirait qu'elle est au bord des larmes.

Quelque chose me souffle que Cummings lui a réclamé un café pour se débarrasser d'elle. Maman doit avoir la même impression, car elle nous surveille depuis l'arche de la cuisine.

Novak croise les bras et me dévisage.

—Nous savons que vous avez pris une avocate, mais je ne crois pas que sa présence soit nécessaire cette fois.

J'acquiesce. Je ne suis plus suspecte. Ils tiennent quelqu'un d'autre : un homme mort. Je demande :

—Qui était l'homme qui a renversé M. Marcotte ?

Cummings ouvre un dossier sur ses genoux et me tend une photo imprimée. Une photo de permis de conduire ou d'identité judiciaire, allez savoir. L'homme a des yeux bleu vif et un demi-sourire encore juvénile, mais son visage est buriné par les intempéries.

—Vous l'avez déjà vu ? s'enquiert Cummings.

Je lâche la photo comme si elle me brûlait.

—Jamais.

—Il s'appelle Michael Vincent Dorsey. Ça vous dit quelque chose ?

Je secoue la tête.

—Il connaissait Kat et Jesse ?

—Nous n'avons pas pu établir de lien entre eux, répond Cummings. Pour l'instant, ça ressemble plutôt à un crime d'opportunité.

—Mais il les a enlevés ?

Les mots se coincent dans ma gorge. Le directeur du FBI a dit qu'ils cherchaient des corps ; donc, ils pensent que le suspect a tué Kat et Jesse.

Ma poitrine est pareille à un élastique étiré jusqu'à son point de rupture. J'ai du mal à respirer. Je me concentre sur les mots qui sortent de la bouche de Novak.

— Nous pensons que le suspect est monté au site de camping pour chercher quelqu'un à détrousser. Mais en découvrant qui était Kat, il a changé d'avis.

— Je ne comprends pas. J'étais seule quand Paul Santangelo m'a croisée sur le chemin de randonnée. Si nous avons été attaqués et si Kat a été enlevée, pourquoi j'étais si calme au moment où on s'est croisés ? Pourquoi je ne lui ai pas raconté ce qui s'était passé ?

Cummings et Novak échangent un regard.

— Nous n'en savons rien, finit par lâcher Cummings. Peut-être que vous vous étiez déjà cogné la tête et que vous aviez perdu la mémoire. Santangelo a dit que vous sembliez effrayée.

— Il se peut également que vous ne lui ayez pas fait confiance, suggère Novak. Que vous ayez voulu attendre d'être sur le parking pour prévenir la police.

Je déglutis.

— J'ai trouvé sa clé de voiture dans ma poche. Mon avocate m'a dit de vous appeler pour vous le dire.

La voix de Kat résonne soudain dans ma tête. Je sais que ce n'est pas un souvenir, mais j'imagine exactement ce qu'elle aurait dit, comment elle aurait réagi si quelqu'un nous avait agressés.

Je vous en supplie, ne me tuez pas. Ma grand-mère a de l'argent. Elle paiera.

Si elle avait vu une arme à feu, elle aurait fait n'importe quoi pour nous sauver. Je ferme les yeux et la vois me glisser sa clé dans la main, m'ordonner de courir pendant qu'elle suivra Michael Dorsey.

Mais pourquoi Jesse ne m'aurait-il pas accompagnée ?

Parce que jamais il n'aurait laissé Kat seule avec un criminel.

— Claire, dit doucement Cummings. Vous pourriez regarder encore la photo ?

Je déglutis et hoche la tête. Je n'ai aucune envie de le faire, mais je dois bien ça à mes amis, pas vrai ? Parce que d'une façon ou d'une autre, je m'en suis sortie.

Je reprends la photo. Michael Dorsey n'a vraiment pas l'air menaçant. Et il me semble impossible que j'aie pu oublier des yeux d'un bleu pareil.

— Claire, dit Novak, ramenant mon attention vers lui. On a fait des prélèvements sur les arbres à l'endroit où on vous a trouvée. On a découvert des cheveux et des cellules cutanées.

Je mets un moment à comprendre ce que ça signifie.

— Les miens ?

— L'ADN ne correspond ni à Kat ni à Jesse, donc, il faudrait qu'on prélève le vôtre pour vérifier. Mais d'après votre blessure, on pourrait vous avoir cogné la tête contre un tronc.

Donc, j'ai bel et bien été agressée. Je ne me suis pas fait mal toute seule en m'enfuyant après avoir commis un geste horrible. Pourtant, cette pensée ne me réconforte pas du tout.

— Ce Michael Dorsey, dis-je d'une voix tremblante. Il m'a attaquée ?

— Tant que vous ne pourrez pas l'identifier, nous n'aurons aucune certitude. Mais nous pouvons le situer sur le mont Bobcat ce jour-là, et il détenait le téléphone de Kat.

Pourquoi je ne me souviens pas de lui ? Je me suis rappelé Paul Santangelo, rappelé avoir été terrifiée par un randonneur qui tentait juste de m'aider – mais quand je regarde la photo de Michael Dorsey, je ne ressens rien.

Faisait-il trop noir pour que je voie son visage ? Ou était-il masqué quand il m'a cogné la tête contre un arbre ?

À moins que mon cerveau tente de me protéger, d'éviter qu'il hante mes cauchemars chaque nuit.

Je rends la photo à Cummings et joins mes mains tremblantes.

— Quand je suis arrivée aux urgences, j'avais du sang sur les mains.

— Dorsey avait une blessure par arme blanche à l'épaule quand on a récupéré son corps. Une blessure vieille de plusieurs jours, révèle Cummings.

Je baisse les mains.

— J'avais son sang sur moi. J'avais une preuve que c'était lui, et maintenant, on ne pourra jamais être sûrs...

Cummings me touche le genou.

— Claire, c'est très fréquent que des victimes détruisent des preuves sans le savoir. Ne culpabilisez pas pour ça.

Des victimes. Je me retiens de palper l'endroit encore douloureux à la base de mon crâne.

Mais Michael Dorsey est mort. J'ai du mal à assimiler cette nouvelle. Il existait quelqu'un qui aurait pu combler les trous de ma mémoire, nous dire ce qui est arrivé à Kat et Jesse... sauf qu'il est mort.

— Je comprends ce que vous devez ressentir, dit Cummings tandis que j'essuie une larme.

Une vive colère jaillit de nulle part, une envie de hurler sur quelqu'un aussi impérieuse que mon besoin de respirer.

— Je ne vois vraiment pas comment vous pourriez comprendre.

Novak baisse les yeux vers ses mains posées sur son ventre.

— Je vais voir où en est le café.

Cummings s'avance au bord de son fauteuil pour se rapprocher de moi.

— Je sais que vous n'étiez pas née, mais vous avez entendu parler de l'avion qui s'est écrasé dans le Queens après le 11-Septembre ?

Je secoue la tête.

— Ma mère et ma tante se trouvaient à bord de ce vol. Elles partaient rendre visite à notre famille en République dominicaine.

Trente secondes plus tôt, je voulais mourir. Maintenant, je veux mourir et qu'on brûle mon corps avant de jeter mes cendres dans les toilettes, parce que c'est tout ce que je mérite.

— Je suis désolée. C'est horrible.

— En effet. J'étais un peu plus jeune que vous à l'époque. Vingt ans se sont écoulés depuis, et il y a encore des jours où je n'ai pas envie de me lever le matin.

Le nœud dans ma poitrine se resserre.

— Comment vous faites pour continuer ? je chuchote.

Cummings jette un coup d'œil à l'arche de la cuisine par laquelle Novak vient de disparaître. De l'autre côté, j'entends mon père murmurer quelque chose que je ne comprends pas.

— Vous n'avez pas vraiment le choix. Si vous ne le faites pas pour vous, vous le faites pour les gens qui vous aiment.

Je frotte mes yeux pleins de larmes. Cummings rouvre le dossier sur ses genoux, et mon cœur se serre.

— Je sais que c'est dur, compatit-elle. Mais regardez ça et dites-moi si vous reconnaissez quelque chose.

Mon souffle s'étrangle. Quand elle pose une photo sur la table basse, un gémissement monte de ma gorge.

C'est le bandana fuchsia de Kat, celui qu'elle portait aux matchs de volley et avec lequel elle a attaché ses cheveux mouillés le vendredi soir.

Au premier regard, je crois que les traces sombres sur le tissu sont de la terre ou de la boue. En les examinant de plus près, je vois qu'elles ne sont pas brunes mais plutôt couleur rouille, comme une tache de sang laissée trop longtemps dans l'eau.

L'image se grave dans mon cerveau. Même après le départ de Cummings et Novak, après les trois Ativan que j'avale en douce quand Maman me laisse seule pour que je prenne un bain, je vois encore le sang sur le bandana quand je ferme les yeux.

Il est toujours là quand je m'enfonce sous la surface. Toutes mes autres perceptions émoussées le font paraître encore plus vivace.

Combien de temps je devrais rester sous l'eau pour qu'il disparaisse ? je songe.

Combien de temps pour que je disparaisse moi aussi ?

Deuxième partie

À la maison

14

Six mois plus tard
Décembre

L'été après notre dernière année d'école primaire, quand mes parents m'ont annoncé que M. Marcotte avait accepté une mutation à la base aérienne d'Aviano en Italie et qu'il emmenait sa famille, je me suis enfermée dans ma chambre et j'ai refusé d'en sortir pour quiconque, surtout pour Kat.

J'avais conscience de faire un gros caprice, mais on allait commencer le collège. Kat et moi avions fait des tas de projets pendant les grandes vacances : on s'inscrirait toutes les deux au club de journalisme, on passerait peut-être des auditions pour jouer dans une pièce de théâtre et on déjeunerait enfin avec Anna Markey. Et voilà qu'elle renonçait à tout ça pour partir en Italie.

Entrer au collège sans elle me semblait la fin du monde. Maman m'a suppliée de penser à ce que Kat devait ressentir, obligée de poursuivre sa scolarité dans un pays où elle ne connaissait personne, mais impossible de passer outre mon sentiment d'abandon.

Si j'avais su qu'un jour, je la perdrais pour de bon, j'espère que je ne me serais pas conduite aussi bêtement. Mais c'est plus facile d'en vouloir à quelqu'un que de pleurer son absence.

Kat me manque. Ils me manquent tous les deux, tout le temps. Mais je leur en veux plus souvent que je ne voudrais l'admettre. Parfois, je pense à un truc idiot que m'a dit Jesse, à une dispute où j'ai fini par laisser gagner Kat alors que j'étais sûre d'avoir raison, et je me laisse de nouveau aller à la colère.

C'est plus facile que de me demander pourquoi je m'en suis sortie et pas eux.

Bien entendu, j'ai eu des tas d'occasions d'en discuter en thérapie. Maman m'a trouvé un psy à vingt minutes de bus de la fac, et je vais le voir tous les quinze jours. Et puis, il y a eu tous les docteurs à qui j'ai parlé pendant mon séjour de deux semaines à *Twin Oaks*, peu de temps après que la police commence à chercher les corps de Kat et de Jesse et que je pète complètement les plombs.

Bref, il s'est passé beaucoup de choses depuis lors. Mais tout ce qui compte, c'est que je vais bien.

Il faut que j'aille bien, parce que je rentre chez moi pour quatre semaines.

Je ne suis pas retournée à Long Island depuis Thanksgiving. C'est trop loin de Geneseo pour que je rentre le week-end, et franchement, je n'ai pas envie de passer une seconde de plus à Brookport que strictement nécessaire.

Deux jours avant le réveillon de Noël, mon père vient me chercher en voiture. J'ai dit que ça ne me dérangeait pas de prendre le bus, mais il a prétendu qu'il était trop content de me voir et que ça lui ferait plaisir de passer six heures enfermé dans une voiture avec moi.

La vraie raison, c'est que mes parents doivent craindre que je voyage seule. C'est un miracle qu'ils m'aient laissée partir à la fac au terme d'un été où j'ai eu du mal à fonctionner au niveau le plus basique.

Je repousse cette pensée dans un coin de mon esprit et me laisse bercer par la voix du livre audio qu'écoute Papa. Quand on arrive à la maison, la nuit tombe. Mon cœur se gonfle de nostalgie à la vue du sapin dont les lumières arc-en-ciel se reflètent sur la baie vitrée du salon.

Maman est occupée à redresser les andouillers en fil de fer de l'ornement en forme de renne que j'ai fabriqué à la maternelle.

— Désolée de ne pas t'avoir attendue pour décorer le sapin : Papa pensait que ce serait plus sympa si tout était déjà prêt pour t'accueillir.

— Maman, j'étais à la fac, pas…

Entre les mains d'un ravisseur.

— À la guerre, j'achève en laissant mon sac à dos glisser de mon épaule.

Mais trop tard : le sourire de ma mère s'est déjà flétri. Elle le dissimule en m'embrassant sur le front.

— Tu veux qu'on commande chez *Mama Lenora* ou au *Panda Garden* ? demande-t-elle sans me regarder en face. On est à un contre un pour le moment ; à toi de trancher.

Je n'ai pas faim du tout, mais si je lui dis ça, elle creusera et découvrira que j'ai également dit à Papa que je n'avais pas faim quand il s'est arrêté au *McDonald's* sur le chemin du retour.

C'est très difficile de planquer votre dépression quand vous avez une mère psy. J'ai essayé une fois, et ça s'est mal terminé. Ou bien terminé, selon le point de vue, puisque je suis chez moi pendant les vacances de Noël après un trimestre de fac plutôt que toujours à *Twin Oaks*.

— *Panda Garden*. Tu me prends la même chose que d'habitude ? Je vais défaire mon sac.

Elle acquiesce, la mâchoire crispée par l'inquiétude, mais le temps que je m'enferme dans ma chambre, elle a déjà appelé le restaurant et commande sur un ton normal, presque joyeux.

Je me perche sur le bord de mon lit, le cœur serré. Je savais que ce serait dur de rentrer à la maison. Mais je ne m'attendais pas à avoir autant de mal à reconnaître notre sapin de Noël, celui que nous avons depuis que je suis toute petite, comme si c'était un accessoire de la vie de quelqu'un d'autre.

Je dois faire quelque chose pour m'ancrer, et vite.

Je sors mon ordinateur portable et tape le nom de Mike Dorsey dans le moteur de recherche.

C'est la première chose que je fais à mon réveil et la dernière que je fais avant de me coucher. Parfois, je le fais aussi entre deux cours, quand je m'ennuie. La seule personne qui est au courant, c'est mon psy. Il dit que céder à la tentation de googler l'homme qui a tué mes amis et failli me tuer aussi, c'est un peu comme gratter une croûte : c'est gratifiant sur le moment, mais ça m'empêche de guérir.

Et même si je trouve sa métaphore idiote, je ne me donne pas la peine de lui expliquer pourquoi. De lui dire que googler Mike Dorsey n'a rien de gratifiant parce que je n'en retire absolument rien.

Il n'y a pas eu de nouveau dans l'affaire depuis des mois. Les faits sont là, connus de tous, mais il manque quelque chose pour les relier entre eux, une preuve irréfutable que Kat et Jesse sont morts et que Mike Dorsey est bien le meurtrier.

Personne ne sait exactement ce qui s'est passé sur ce parking entre lui et Johnathan Marcotte. Le FBI refuse d'en parler, et tout le monde pense que c'est parce qu'ils ont tellement merdé qu'ils préfèrent protéger leurs arrières. Qu'ils étaient censés se tenir prêts à intervenir pendant la remise de rançon et faire en sorte que personne ne soit blessé.

Pourtant, d'une façon ou d'une autre, Mike Dorsey a compris que les flics étaient au courant et qu'ils attendaient qu'il tente de partir avec le fric pour le coffrer.

Dans sa panique, il a voulu s'enfuir, et M. Marcotte a sauté devant sa voiture pour l'arrêter.

Mike Dorsey a traîné le corps du père de Kat sur cent mètres avec sa Dodge Charger. Puis il est parvenu à gagner le sommet de la carrière, où on pense qu'il a abattu Kat et Jesse avant de jeter leurs corps dans l'eau. Il aurait peut-être réussi à s'échapper si, en tentant d'éviter l'agent du FBI qui l'attendait à la sortie de la carrière, il n'avait pas foncé tout droit dans un tracteur qui passait par là.

Le FBI a dit qu'on avait retrouvé l'ADN de Kat et de Jesse dans le coffre de la Dodge Charger, et des traces de pneus correspondant à la voiture du côté nord de la carrière. Dans l'eau, ils ont repêché le bandana de Kat, des trucs qui provenaient du portefeuille de Jesse et un couteau suisse qu'Elizabeth Marcotte a identifié comme appartenant à son mari. Il ne restait pas de traces d'ADN sur la lame après tout le temps passé dans l'eau, mais le FBI pense que Mike Dorsey s'en est débarrassé pour dissimuler les traces de sang après que je l'ai frappé avec pour me défendre.

Marian Sullivan-Marcotte offre toujours une récompense de 100 000 dollars à qui lui ramènera Kat morte ou vive. Quand les autorités ont annoncé qu'elles suspendaient les recherches jusqu'au printemps parce que l'eau était trop profonde et qu'on n'y voyait pas suffisamment pour chercher sans risque, des tas de plongeurs appâtés par le fric ont afflué sur les lieux. Mais après que l'un d'eux a failli se noyer coincé dans une crevasse, la ville de Sunfish Creek a interdit l'accès de la carrière au public.

Bien entendu, je sais déjà tout ça.

Je sais que Michael Vincent Dorsey, l'homme responsable de ce qui s'est passé sur le mont Bobcat, est né à Tampa, en Floride, et qu'il s'est installé à Sunfish Creek avec sa mère quand il avait quinze ans. Il a été arrêté deux fois par la suite, la première pour avoir piqué dans la caisse de l'animalerie où il bossait, la seconde pour détention de marijuana.

Son profil Facebook est privé, mais d'après les statuts dont ses amis ont fourni une copie à la presse, il aimait les bagnoles, sa mère et leur chat roux, Briscoe. Il répétait tout le temps qu'il faudrait légaliser la weed, que la fin de *Game of Thrones* était nulle, que les riches étaient la lie de l'humanité et qu'une vraie guerre des classes serait la seule solution.

Les gens prêts à admettre qu'ils étaient amis avec lui pour passer trente secondes aux infos de 20 heures le décrivaient comme un magouilleur un peu naïf. Il cherchait constamment un moyen de gagner assez d'argent pour quitter Sunfish Creek et son boulot de mécanicien. Il voulait vivre comme les rappeurs et les influenceurs qu'il suivait sur son compte Instagram privé. Faute de talent ou d'intelligence, il s'était tourné vers le crime.

Au vu de ce portrait, il ne semble pas incongru que Michael Dorsey ait pu, pour 100 000 dollars, assassiner la petite-fille d'une riche politicienne et son petit ami.

Une telle somme serait un mobile suffisant pour la plupart des gens. Mais pas pour moi.

C'est une explication, pas une réponse.

On sonne à la porte, et Papa crie que le livreur est là. Je referme mon ordinateur et range Mike Dorsey dans un coin de mon esprit. Sinon, je vais commencer à me torturer avec la question qui n'aura jamais, jamais de réponse.

Que faisait-il au pic du Diable ce jour-là ?

Comment nous a-t-il trouvés dans le dernier endroit où nous étions censés être ?

Alors que je révisais pour mes examens, Serg m'a appelée pour me demander si ça m'intéresserait de travailler pendant les vacances de Noël. Jamais je n'avais rien accepté aussi vite de toute ma vie. J'ai bien vu que mes parents étaient déçus que je doive bosser le 24, mais ils ont changé d'avis quand je suis rentrée du *Stellato* avec un beau billet de 100 dollars – mes pourboires de serveuse.

Ce soir, c'est le réveillon du nouvel an, un des seuls jours de l'année où il y a assez de monde pour ouvrir la salle de l'étage. Le bar prend tellement de retard sur les commandes qu'on me charge d'apporter les boissons en haut.

Je cherche du regard « un vieux tout sec avec une nana trop jeune pour lui », tels qu'une des barmaids m'a décrit le couple qui avait commandé deux old fashioned. Une de mes ballerines se prend dans le tapis et je manque de m'étaler de tout mon long en renversant mon plateau. Parce que la nana trop jeune, c'est Pam Filipoff, la mère de ce connard de Ben. Bien entendu, son fils est assis à côté d'elle, face au vieux tout sec.

Celui-ci, qui a des cheveux argentés lissés en arrière et appartient vraisemblablement à une des familles riches de Brookport, me fait signe.

— Par ici, ma belle.

Ben vire au rouge pivoine tandis que je pose un des cocktails devant le vieux tout sec. Pam Filipoff lève les yeux de son poulet marsala et s'écrie :

— Claire ! Je ne savais pas que tu travaillais ici !

Pitié, achevez-moi. Je souris de toutes mes dents.

— Bonne année !

Mais Mme Filipoff a les joues et le nez rosis par le champagne, et elle refuse de me laisser partir. Elle me présente le vieux tout sec, qui s'appelle Frank et qui semble fort contrarié de devoir faire la conversation au personnel.

Alors que je débarrasse les verres vides, Ben touche ma main.

— Où sont les toilettes ?

Il sait très bien qu'elles sont en bas. Il cherche peut-être une excuse pour me parler en privé ou pour échapper au vieux tout sec qui chuchote à l'oreille de sa mère.

— Je vais te montrer, dis-je en calant le plateau contre ma hanche.

Quand on atteint l'escalier, Ben s'efface pour me laisser descendre la première.

— Tu as l'air en forme, dit-il.

Et je regrette qu'il soit derrière moi, ce qui m'empêche de voir son visage et de décider s'il est sincère.

— Toi aussi. Sympa, le nouveau copain de ta mère.

— C'est un connard.

Les toilettes sont à droite au bas de l'escalier, et le bar à gauche. Mais au moment où nous devrions nous séparer, Ben lance :

— Tu fais quoi après ton service ?

Je rougis parce qu'il m'a posé la question, mais aussi parce que la réponse m'embarrasse. Mes parents sont à une soirée chez des amis dans le comté de Nassau ; ils ne devraient être à la maison qu'après minuit. J'avais l'intention de rentrer chez moi avec une soupe aux boulettes de viande et de m'endormir avant le compte à rebours.

— Rien.

— Pareil. Ma mère va dormir chez Frank ce soir. Si jamais tu t'ennuies, tu sais où me trouver, dit Ben, son regard planté dans le mien.

Au fil des deux heures suivantes, je repasse son invitation dans ma tête une bonne dizaine de fois. Vers 22 h 30, le chaos diminue. Les clients ont reçu le dernier service de leur menu à prix fixe, et il n'est arrivé personne depuis une heure. Serg me relève de mes devoirs d'hôtesse, et je me glisse dans la cuisine pour récupérer mon manteau.

Assis sur le comptoir, Carlos ouvre une bouteille de champagne californien. Le bouchon jaillit sous les vivats du personnel. Il boit une gorgée au goulot et me tend la bouteille.

Je secoue la tête et il me hue.

— J'espère au moins que tu viens à l'allumage du sapin.

Il parle de la tradition annuelle qui consiste à mettre le feu à son sapin dans son jardin, devant tous nos collègues qu'il a invités pour leur servir une coupe de mousseux.

Une des serveuses passe devant moi avec un plateau de crèmes brûlées et lance :

— Elle doit rejoindre un gars chez lui. Je les ai entendus dans l'escalier.

Mes joues s'enflamment tandis que Carlos et les autres poussent des sifflements salaces.

— Profite, petite ! s'écrie-t-il. Ça te décoincera un peu.

Je brandis les deux majeurs tout en poussant la porte de derrière avec l'épaule. Mais une fois dehors, je touche mes lèvres de mes doigts déjà engourdis par le froid, et je souris.

Cela ne dure pas. Comme chaque soir en sortant du parking, je passe devant le panneau qui indique Idledale Road, la rue où habitait Kat.

Ce n'est pas normal que tout le monde fasse la même chose que l'an dernier, comme si rien n'avait changé. Comme si Kat et Jesse n'avaient pas disparu.

Mais toi, tu es là. Tu es toujours là.

Assis sur le canapé, Ben et moi mangeons le pop-corn au caramel que sa mère a préparé cet après-midi « au cas où il voudrait inviter une amie ». Je ne crois pas qu'elle pensait à son ex, mais elle est aussi décontractée que mes parents par rapport à ces choses-là.

Quand Ben se lève pour aller nous chercher des sodas, j'envoie un texto à ma mère pour la prévenir que j'ai changé d'avis et que je suis chez un ami.

Elle répond immédiatement :

Quel ami ?

Ben Filipoff

Claire, c'est Papa. Ta mère est complètement soûle. Je vois que tu es avec Ben Filipoff, et j'espère que tu seras prudente.

Le rouge me monte aux joues tandis que je tape :

SÉRIEUSEMENT, PAPA ?
POURQUOI ?

Parce que tu es ma petite fille, voilà pourquoi !

Ben revient au salon avec deux Coca light.

— Qu'est-ce qu'il y a de si drôle ?

— Ma mère est bourrée le soir du réveillon du nouvel an, et sa fille étudiante n'a pas bu une goutte d'alcool.

Forcément, on parle de la fac. Ben est à l'université de Virginie, mais il envisage de se faire transférer : il trouve le campus trop grand, et il a du mal à se faire des amis. Sans le sport, il peine à trouver sa place, d'autant que la plupart de ses camarades sont plus riches, plus intelligents et qu'ils se moquent de son accent de Long Island.

— Ce qui te manque, c'est d'être populaire.

Il rit.

— Je crois que tu as raison.

Après quelques instants durant lesquels on n'entend que le craquement du pop-corn sous nos dents, je bois une gorgée de Coca et demande :

— Et le reste de la bande, ils font quoi ce soir ?

Je ne peux me défendre contre une pointe d'amertume en me souvenant de la façon dont Noah, Shannon et Anna se sont empressés de me traîner dans la boue il y a six mois. De la facilité avec laquelle Jamie a disparu de ma vie dès que le vent a tourné contre moi.

Ben décapsule sa canette.

— Aucune idée. Je ne leur ai pratiquement pas parlé depuis le début de l'année scolaire.

— Vraiment ? Pourquoi ?

Je me rends bien compte que ma surprise va donner l'impression que je me soucie des fréquentations de Ben, mais tant pis : je suis trop curieuse.

— Parce que ce sont des connards.

Ben n'ajoute rien. J'essaie de ne pas faire ce truc d'enfant unique où je suppose automatiquement que tout me concerne, mais je me demande quand même si c'est à cause de moi. S'il a lu les commentaires sur Facebook et qu'il les a engueulés ; s'il s'est enfin décidé à prendre mon parti, même si c'était trop tard pour que ça fasse une différence.

— Alors, dit-il en se laissant tomber sur le canapé et en posant ses pieds sur la table basse. Je t'ai envoyé un texto après l'accident de M. Marcotte. Je voulais juste que tu saches que ce n'était pas moi – je n'ai pas dit à Noah, ni à personne du lycée, que tu étais avec eux ce week-end.

— Je l'ai lu, et je te crois.

Ben n'avait aucune raison de me mentir, et rien qu'en Terminale, il y avait trois cents jeunes qui auraient pu apprendre n'importe comment que Kat et Jesse n'étaient pas partis seuls. Peu importe qui m'a dénoncée : la seule chose qui compte, c'est l'état dans lequel ça m'a mise et où ça m'a envoyée.

— Je voulais te répondre, dis-je en coulant un regard de biais à Ben. Mais je n'ai pas pu.

Il n'existe aucun moyen de lui expliquer pourquoi qui ne soit pas atrocement embarrassant. Quand je suis entrée à *Twin Oaks*, on m'a confisqué mon téléphone pour la durée de mon séjour. Je ne devais être en contact avec personne hormis mes parents le temps que mon état se stabilise. Que je n'aie plus de pensées suicidaires.

Je me revois en train de pleurer et de supplier dans la salle d'attente. *« Ne me forcez pas à rester. Je n'ai rien à faire ici. »* À ce souvenir, un gouffre s'ouvre dans ma poitrine.

— Tu as probablement entendu des rumeurs sur l'endroit où j'étais, dis-je en m'efforçant de garder un ton égal.

— Oui. Mais tu n'es pas obligée d'en parler si tu n'en as pas envie.

Je suis surprise de m'apercevoir que si, j'en ai envie. Alors, je lui raconte comment, après que M. Marcotte a été blessé et Mike Dorsey tué, les médias m'ont fichu la paix un petit moment.

Puis Brenda Dean est entrée en scène. Elle a été la première à suggérer que Dorsey n'avait peut-être pas agi seul. Elle n'a pas prononcé mon nom, mais elle n'en a pas eu besoin. Un de ses invités a avancé que j'avais pu pointer le doigt sur Paul Santangelo pour détourner l'attention de ma propre complicité dans l'enlèvement.

Car comment un crime aussi affreux aurait-il pu être le fruit du hasard ? Mike Dorsey devait savoir qu'on serait là. Les meurtres sont spontanés ; les enlèvements se planifient.

J'ai lu tous les fils de discussion Reddit qui me mentionnaient. Il y en avait des dizaines, où les gens spéculaient que j'avais aidé Mike Dorsey et promis de partager la rançon avec lui.

Les gens ont posté des commentaires à une étoile pour le cabinet de ma mère. « Elle prétend aider ses patients, mais elle a élevé une menteuse. »

Maman a dit que ça passerait, qu'ils finiraient par se trouver un autre sujet d'indignation, qu'il fallait juste attendre la fin de la tempête. Mais je ne pouvais pas m'empêcher de lire ces conneries. Me googler était devenu une obsession.

Je n'avais pas dormi depuis près d'une semaine quand mes parents m'ont amenée à *Twin Oaks*.

Quand je termine mon récit, Ben garde le silence. Je regarde droit devant moi pour ne pas voir la tête qu'il fait. À la télé, la boule s'apprête à tomber au douzième coup de minuit dans Times Square. Nous avons coupé le son pour discuter.

Chaque fois que je mentionne mon séjour à *Twin Oaks*, les gens mettent une seconde ou deux à effacer la pitié de leur visage avant de répondre un truc du genre : « Il n'y a pas de honte à se faire aider. »

Quand je reporte mon attention sur Ben, il m'observe. Mes lèvres s'entrouvrent lorsqu'il tend la main pour faire tomber une miette de pop-corn prise dans mes cheveux. Sans ciller, il pose sa main sur ma joue.

Je grimpe sur ses genoux, face à lui. Il attire mon visage vers le sien et m'embrasse comme si j'étais la seule fille qu'il avait jamais embrassée – et je sais que c'est faux, parce qu'il est beaucoup plus doué qu'à l'époque où on sortait ensemble ; donc, je suppose qu'il s'est beaucoup entraîné à la fac…

Ses mains descendent vers mes reins, et je me plaque contre lui. Quand j'attrape la boucle de sa ceinture, il souffle à mon oreille :

— Claire, ce n'est pas pour ça que je t'ai proposé de venir.

Je me fige.

— Tu n'as pas envie ?

— Bien sûr que si. Mais je n'ai pas de capotes, avoue-t-il en virant au cramoisi.

La dernière chose dont j'ai envie, c'est de lui laisser voir combien je suis déçue. Je reste à califourchon sur lui, les doigts toujours glissés dans la ceinture de son jean.

— Tu les as tous utilisés pendant le premier trimestre ?

Sa peau est chaude contre la mienne.

— J'ai probablement fait un pour cent des trucs que tu imagines que j'ai faits.

Je ricane.

— C'est toujours plus que ce que j'ai fait moi, même en comptant ce soir.

— J'ai du mal à y croire.

Ben entortille une mèche de mes cheveux autour de son doigt. Je les ai coupés aux épaules – jamais je ne les ai eus aussi courts de toute ma vie – et j'ai fait un balayage brun plus clair sur le dessus.

— J'adore ta nouvelle coiffure, c'est super sexy.

Je ris, et Ben me renverse sur le canapé.

Il soulève mon tee-shirt pour m'embrasser le nombril. Puis il descend plus bas, et je ferme les yeux. Le vide se fait dans mon esprit. Pour la première fois depuis six mois, je n'ai pas besoin de me rappeler que je suis toujours en vie. Je suis, point.

Mes parents rentrent de leur soirée du nouvel an avant moi, ce qui ne m'arrange pas du tout : je préférerais intégrer le programme de protection des témoins plutôt que de répondre à leurs questions sur ce que Ben et moi avons fait chez lui.

Par la baie vitrée, je vois que le sapin est éteint, mais que les lumières du salon sont allumées.

Un malaise me saisit comme je pousse la porte d'entrée. Maman est assise sur le canapé, le visage enfoui entre ses mains. Quand elle les laisse retomber, je vois que son visage est rouge et que son mascara a coulé.

— Qu'est-ce qui ne va pas ?

Elle secoue la tête, incapable de me répondre.

Papa sort de la cuisine avec un verre d'eau. Il s'arrête en me voyant.

Je me force à articuler :
— Que s'est-il passé ?
D'une voix rauque, il lâche :
— Johnathan est mort.

15

Aujourd'hui

Quand je retrouve l'usage de la parole, ma voix est toute tremblante.

— Je ne comprends pas. Je croyais que son état était stable.

M. Marcotte est à l'hôpital depuis le mois de juin. Aux dernières nouvelles, il n'avait pas recouvré ses fonctions cérébrales. Il n'avait pas parlé ni bougé les bras ou les jambes depuis son réveil, et il ne pourrait sans doute plus jamais le faire, mais il était en vie.

Maman utilise un Kleenex froissé pour s'essuyer les yeux.

— Apparemment, il était sous respirateur depuis qu'il avait fait une infection le mois dernier. Beth a décidé de le débrancher hier matin.

Ma gorge se noue.

— Tu as parlé à Mme Marcotte ?

Papa se dandine, gêné. Oh. Bien sûr que non.

La dernière fois que la mère de Kat nous a parlé, c'est quand elle a laissé un message sur le répondeur de ma mère en juin. *« Il est arrivé quelque chose à Johnathan. Un terrible accident. »*

Le souvenir de sa voix étranglée s'échappant du haut-parleur me retourne l'estomac. Cet automne, quand M. Marcotte a été transféré dans une maison de repos à Westchester, à vingt minutes du pensionnat de la sœur de Kat, Emma, Beth a immédiatement déménagé avec Elmo pour se rapprocher d'eux. Depuis, nous sommes sans nouvelles. Aucun des Marcotte ne nous en a donné – Marian et Amos non plus.

Papa s'assoit près de Maman et pose le verre d'eau sur la table basse avant de lui toucher le genou. Elle lui agrippe la main.

— Nous l'avons appris à la soirée, dit-il tout bas. Un ami proche des Sullivan a été prévenu par téléphone juste avant notre départ.

Je retourne cette information dans ma tête jusqu'à ce qu'elle me semble réelle. Le père de Kat est mort.

Il faut que je l'appelle.

C'est un réflexe aussi incontrôlable que cligner des yeux. Je suis choquée et honteuse. Six mois se sont écoulés, mais une partie de moi refuse toujours d'admettre que Kat ne répondra plus jamais au téléphone.

— Claire, ça va ? s'inquiète Maman.

Elle irradie la peur. Elle doit se demander dans quel état la nouvelle va me mettre.

— Oui. Je suis juste crevée. Il faut que j'aille dormir. Je bosse encore demain.

Elle jette un coup d'œil à Papa, et sa main se crispe sur la sienne. Mon père me dévisage tristement. Il comprend peut-être que si je ne pleure pas, c'est parce que je m'y attendais plus ou moins. Je me doutais qu'il n'y aurait pas de fin heureuse pour M. Marcotte.

— Je suis sûre que Serg comprendrait si tu prenais un jour de congé.

Je cligne des yeux.

— Non. Je dois aller travailler.

Je les sens me suivre du regard tandis que je me dirige vers ma chambre.

Quand je me retourne pour fermer la porte, je vois qu'ils m'observent toujours depuis le canapé.

— Je vous aime, dis-je avec plus de sincérité que jamais. Bonne nuit.

Ces six derniers mois, je suis devenue droguée aux trente premières secondes après mon réveil, ces moments précieux où je me sens en sécurité dans le confort de mon lit et où je ne pense à rien d'autre.

Puis la réalité reprend ses droits.

M. Marcotte est mort, mais un rapide balayage des nouvelles m'apprend que le reste du monde n'est pas encore au courant. Je me douche pour laver les traces de Ben sur ma peau et remonte mes cheveux en chignon. Aujourd'hui, je porterai une robe pull grise, des boots noires et un sourire forcé, parce que si quelqu'un écrit sur Yelp que l'hôtesse du *Stellato* tirait la gueule, je me ferai engueuler par la femme de Serg.

Je ne suis pas censée utiliser mon téléphone pendant mes heures de service ; du coup, d'habitude, je le planque derrière les menus de mon pupitre. Aujourd'hui, je préfère le laisser dans mon sac, à la cuisine, parce que je ne sais toujours pas ce que la mort de M. Marcotte signifie pour moi.

Je sais que ça paraît affreusement égoïste, mais je dois l'être pour me protéger. Chaque fois que les journaux parlent de Kat et de Jesse, il existe un risque que mon nom apparaisse à côté des leurs. Que l'article rappelle aux gens que je vais à la fac, que je bosse, que je fais toutes ces choses désormais impossibles à mes amis. Que je suis redescendue vivante de la montagne, et qu'ils ne savent toujours pas quoi en penser.

Je ne vais pas beaucoup à la cuisine, excepté pour utiliser les toilettes du personnel dans le fond. Quand je passe en coup de vent, Carlos et les autres sont trop occupés pour me lancer des vannes au sujet de Ben et moi hier soir.

La journée file vite. Je finis de bosser à 15 heures.

Le soleil d'hiver tiédit ma nuque quand je regagne ma voiture. Je boucle ma ceinture de sécurité, sors mon téléphone de mon sac, fais défiler quelques textos en attente et tape « Johnathan Marcotte » dans Google.

Toute la presse nationale en parle. Je clique sur un article de l'Associated Press.

« MORT DU PÈRE DE l'ADOLESCENTE DISPARUE KATHERINE MARCOTTE

Johnathan Marcotte, quarante-cinq ans, s'est éteint à l'hôpital Columbia-Presbyterian suite à la décision de débrancher son respirateur artificiel. Des sources proches de la famille disent qu'il n'avait jamais repris connaissance après avoir été renversé par une voiture à Sunfish Creek où sa fille Katherine, dix-sept ans, avait disparu alors qu'elle campait sur le mont Bobcat avec son petit ami Jesse Salpietro, dix-huit ans.

Le conducteur du véhicule, Michael Dorsey, a été tué en tentant de fuir. Sa Dodge Charger de 2003 a percuté un tracteur non loin du parking où gisait sa victime grièvement blessée.

Ce matin, le FBI a fait la déclaration suivante : "L'enquête sur la disparition de Kat Marcotte et Jesse Salpietro se poursuit activement, tout comme nos investigations sur la mort du suspect Michael Dorsey. Toute personne détenant des informations sur l'un ou l'autre de ces sujets est priée d'appeler le numéro dédié. Nous continuons à recevoir des témoignages chaque semaine."

Le porte-parole de la famille a confirmé que Johnathan Marcotte était décédé hier, et demandé qu'on respecte l'intimité de ses proches. »

Je me radosse à mon siège et ferme les yeux pour contenir mes larmes. Je m'essuie avec ma manche et me force à regarder par le pare-brise. C'est une technique d'ancrage que m'a apprise un des docteurs de *Twin Oaks* : nommer cinq choses que je peux voir autour de moi.

Je bloque après une seule – le ciel d'un bleu vif et sans nuage. C'est le genre de premier de l'an qui vous fait croire que cette année, il n'y aura peut-être pas d'hiver.

Mais impossible de faire l'économie d'une saison longue et froide. On ne peut que prendre son mal en patience et attendre qu'elle se termine.

Mes parents ont repris le travail le lendemain du nouvel an. Mon service du soir ne commence pas avant 15 h 45. Je ne sais pas comment tuer une journée entière sans amis et sans devoirs à faire pour la fac.

Maman est déjà en route pour son cabinet quand je m'extirpe de mon lit, vers 9 heures. Je suis en train de fouiller dans le tiroir à bordel quand Papa entre dans la cuisine, son mug de voyage à la main. Visiblement, il veut le remplir avant de partir.

— Tu as vu mes écouteurs ? je lui demande.

Il baisse les yeux vers mes baskets.

— Tu veux aller courir ?

— Pas sans mes écouteurs.

— Je crois avoir vu Maman les mettre dans ton sac à main.

Il me regarde fouiller dans celui-ci, qui est posé sur la table.

— Depuis quand tu fais du jogging ?

Je glisse un des écouteurs dans mon oreille en évitant son regard.

— J'ai commencé à la fac.

— Oh, lâche-t-il, la tête penchée sur le côté.

Je n'ai jamais couru volontairement de toute ma vie, mais c'est plus facile de mentir que de lui dire que ça m'a prise juste ce matin. Il serait convaincu que je lui cache quelque chose.

Depuis que mes amis sont morts et que j'ai survécu, chacun de mes gestes est censé obéir à une motivation ou posséder une signification.

— Tu vas où ? lance mon père en ajustant le col de sa chemise sous son pull.

Il a pris un ton désinvolte, comme s'il demandait juste par curiosité. Ça doit être difficile, pour un parent, de regarder son enfant faire sa vie sans pouvoir s'assurer qu'il ou elle lui reviendra en un seul morceau.

— Juste au Village. Je ferai attention aux voitures et aux plaques de verglas.

Il verse le fond de la cafetière dans son mug, fronçant les sourcils quand il voit qu'il ne reste presque rien. Maman et lui ne se sont pas ajustés à ma présence ; ils ne se souviennent pas qu'ils doivent mettre une cuillère de café en plus dans la cafetière, le matin.

— Tu ne seras sans doute pas rentrée avant que je m'en aille.

— Probablement pas, dis-je en l'embrassant sur la joue. Passe une bonne journée.

Je le sens m'observer depuis la fenêtre tandis que je descends l'allée et tourne à droite en direction du Village.

Janvier a repris ses mauvaises habitudes. Je remonte ma capuche pour me protéger contre le froid, mais alors que j'allonge ma foulée, de la sueur perle le long de ma colonne vertébrale, et le sang me monte au visage en me réchauffant les joues.

La musique dans mes oreilles est une liste de lecture que Jesse m'a faite quand on était au collège. À l'époque, il les gravait sur CD parce qu'il n'avait ni smartphone ni lecteur de MP3. Certains des instrumentaux sont de lui ; il avait toujours des paroles à mettre dessus, mais ne s'enregistrait jamais en train de chanter parce qu'il n'osait pas.

Je ne voulais pas que sa musique soit la bande-son de mon jogging. Mais j'ai mis le mode aléatoire, et l'univers a la sale manie de me lancer Jesse Salpietro à la figure quand j'essaie de l'oublier.

J'arrache les écouteurs et les fourre dans ma poche. Arrivée au stop au bout de ma rue, je tourne à gauche avant de prendre conscience que mon compas interne me fait prendre le chemin de chez Jesse.

Son oncle et sa tante habitent dans Main Road, juste avant le panneau qui sépare West Brookport du Village. Je ralentis en approchant du virage dangereux marqué par une croix en bois et un nounours à moitié décomposé.

Des voitures filent sur ma droite, couvrant le rugissement du sang à mes oreilles tandis que je cesse de courir pour marcher de plus en plus lentement. *C'est juste une putain de maison. Tu es capable de passer devant.*

Dans l'allée du garage, j'aperçois une vieille Thunderbird : la voiture que Donald, l'oncle de Jesse, prend deux fois par jour pour aller se chercher de la bière, des clopes et des tickets à gratter au *7-Eleven* au bout de la rue. Je ne vois pas la voiture de sa tante Andrea ; elle doit être au travail.

La vue de la place vide sur le côté de la maison me tord le cœur comme une serpillière.

Jesse avait acheté sa Jetta à la fin de notre année de Première. Il l'avait dénichée sur Craiglist et payée 2 000 dollars. Je suis allée la chercher avec lui pour qu'il ne se fasse pas détrousser ou assassiner. Quand il l'a essayée sur le parking, la radio diffusait *Born to run*. Pour rire, j'ai baptisé la voiture Bruce, et ce surnom lui est resté.

Bien entendu, l'oncle et la tante de Jesse ont préféré se débarrasser de Bruce plutôt que de continuer à payer l'assurance.

Le feu de mes poumons s'intensifie. Je ne peux pas traîner là, parce que si Donald s'approche de la fenêtre et qu'il me voit, ce sera trop gênant. Alors, je reprends mon souffle et me remets à courir en direction du Village.

Andrea travaille chez *Fast n' Fresh*, l'épicerie du quartier. Jesse préférait qu'on traîne chez moi. La dernière fois que j'ai croisé sa tante, c'était la semaine avant le bal de promo, pendant que j'achetais des bonbons Twizzlers durant une de mes pauses au restaurant.

J'aurais dû passer la voir avant de partir à la fac, mais je n'ai pas eu le courage. Je me suis dit qu'à sa place, je serais la dernière personne que j'aurais envie de voir. Parce que même si elle pensait que je n'étais pour rien dans la disparition de Jesse, elle ne pourrait s'empêcher de se demander pourquoi j'étais revenue et pas lui.

C'est le raisonnement que j'ai tenu, mais au fond, je sais qu'Andrea aurait aimé me voir. Je me suis menti par lâcheté, parce que je n'avais pas le courage de l'affronter.

Du coup, il me semble approprié de passer lui faire coucou maintenant.

Il ne me faut pas longtemps pour la trouver. Je l'aperçois dans la ruelle entre l'épicerie et la pharmacie *CVS*, petite femme en uniforme bleu qui fait semblant de ne pas s'être réfugiée là pour en griller une.

— Madame Kelly ?

Mon souffle court forme un nuage de vapeur blanche devant mon visage.

Andrea fait volte-face et cligne des yeux plusieurs fois avant de me reconnaître.

— Claire. Oh mon Dieu.

Soudain, je n'ai plus de voix. Andrea fourre son paquet de clopes dans la poche de son tablier et s'approche de moi. Elle a laissé pousser son carré court ; ses cheveux sont teints en noir brillant, mais on aperçoit ses racines grises au niveau de la raie.

Je lui rends son étreinte avec raideur. Quand elle me lâche et recule d'un pas, ses grands yeux bruns si semblables à ceux de Jesse sont pleins de larmes.

— Tu as l'air si adulte !

La morsure du froid ne m'aide pas à réprimer mes propres larmes.

— Désolée d'avoir mis si longtemps à venir vous voir.

— Tu n'as aucune raison de t'excuser.

Elle presse brièvement ma main avant de lisser le devant de son tablier. Ses doigts hésitent au bord de la poche.

— Vous pouvez fumer, ça ne me dérange pas.

Je sens son soulagement comme elle sort une cigarette et l'allume d'un pouce tremblant.

— J'avais arrêté, mais après…

Elle n'achève pas sa phrase. Elle n'en a pas besoin. Je devine que l'absence de Jesse l'a fait rechuter. Son absence, et peut-être l'attente du coup de fil qui n'est jamais venu. En tout cas, moi, c'est ça qui me torture.

— Vous avez eu des nouvelles du FBI ?

Je n'ai pas parlé aux agents Cummings et Novak depuis des mois. Cummings m'a appelée au début de l'automne, pendant que j'étais à la fac. Quand j'ai compris qu'elle n'avait rien à m'annoncer, qu'elle voulait juste savoir comment j'allais, ça m'a mise dans une telle colère que j'ai fait semblant de ne pas avoir de réseau à la cafétéria pour pouvoir raccrocher.

— Pas depuis un moment, répond Andrea en tirant sur sa clope. Au début, je les appelais tous les jours, mais je ne me souviens même plus de la dernière fois que je leur ai parlé.

Elle renverse la tête en arrière et souffle de la fumée.

— Je sais que ça a l'air terrible, comme si je m'en foutais, dit-elle en me jetant un coup d'œil pour voir ma réaction.

Andrea a toujours voulu des enfants. Donald et elle ont dépensé toutes leurs maigres économies en traitements de fertilité – pour rien. Puis sa petite sœur Diana est tombée enceinte par accident à la fin de sa dernière année de fac. D'où la froideur de sa tante envers Jesse – du moins, il en était convaincu. Il m'a toujours dit que même sur les photos où elle le tient alors qu'il était bébé, elle le regarde comme un invité qui s'incruste trop longtemps.

Il n'arrêtait pas de se plaindre qu'elle ne se souciait que de son bon à rien de mari. Elle ne prenait jamais sa défense quand Donald lui reprochait de jouer de la guitare trop fort, ou de laisser traîner ses chaussures dans le couloir. Ou quand il lui criait dessus pour la seule raison qu'il s'était levé du mauvais pied et qu'il avait besoin de passer ses nerfs sur quelqu'un.

Mais la douleur que je lis sur le visage de sa tante maintenant… elle n'est pas feinte.

— Je sais bien que ce n'est pas vrai, lui dis-je.

Andrea s'essuie le coin de l'œil d'un index replié avant de faire tomber la cendre de sa cigarette.

— J'étais si dure avec lui, et son oncle… Je ne sais pas ce que j'essaie de dire. Je suis juste contente qu'il ait eu une amie comme toi.

Je ne crois pas qu'il soit possible de se sentir plus nulle que moi en ce moment. Une véritable amie n'aurait pas abandonné Kat et Jesse sur le site de camping pour retourner à la maison au bord du lac. Une véritable amie aurait su que le groupe de Jesse s'était séparé.

— On s'était un peu éloignés la dernière année, je lui avoue. Je ne m'étais pas rendu compte…

Les mots meurent sur mes lèvres. Andrea m'observe en clignant des yeux dans le froid jusqu'à ce que je parvienne à articuler :

— Le shérif m'a dit que vous pensiez que Jesse était dépressif.

Elle laisse tomber son mégot et l'écrase avec le talon de sa basket.

— Je ne crois pas avoir employé ce mot.

— Je regrette juste de… de ne pas avoir été plus attentive.

Andrea hésite à me parler de quelque chose, je le sens. Elle lève les yeux et me dévisage. Ce qu'elle voit la convainc de lâcher :

— C'était à cause d'elle. À cause de Kat.

— Comment ça ?

— Je me disais bien qu'il devait te le cacher, à toi aussi. (Elle regarde par-dessus son épaule.) Ils étaient tout le temps pendus au téléphone, à faire des messes basses et à se disputer. Je lui ai dit qu'aucune fille, même aussi jolie, ne valait la peine de se mettre dans des états pareils.

Un bourdonnement sourd à mes oreilles. Je n'arrive pas à croire qu'Andrea décrive ainsi la relation de Jesse et de Kat.

— Et qu'est-ce qu'il vous a répondu ?

Elle hausse les épaules.

— Que ce n'était pas la faute de Kat. Qu'il l'aimait.

Sans savoir pourquoi, je pense à l'affichette que j'ai distribuée avec mon père. La photo de Kat, et seulement d'elle, même si c'était à Jesse qu'elle souriait depuis le comptoir de *Dolce Vita*. Les nuages s'écartent dans mon cerveau.

— Les Marcotte ne l'appréciaient pas, c'est ça ?

— Jesse ne voulait pas le dire, mais je sais que c'était ce qui le préoccupait. (Andrea me détaille de la tête aux pieds.) Tu te souviens de la soirée en mai, celle qu'ils ont organisée pour la grand-mère ?

« La grand-mère », comme si Marian était une espèce à elle toute seule. Et d'une certaine manière, c'est le cas. Je déglutis.

— Je n'ai pas pu y aller ; je travaillais. Il s'est passé quelque chose à cette soirée ?

— Jesse n'a pas voulu me raconter. Mais après être rentré à la maison… (Elle secoue la tête.) Il n'est pas sorti de sa chambre pendant deux jours. Il refusait de parler à quiconque, Kat y compris.

—Il ne vous a jamais expliqué pourquoi ?

—Non. Le matin, il était nerveux. J'avais réussi à lui faire admettre qu'il angoissait à l'idée de rencontrer le père et la grand-mère de Kat pour la première fois. Il m'a même demandé de lui raccourcir les cheveux, et tu sais qu'il ne me demandait jamais rien.

Elle me fixe de ses yeux brillants.

—J'imagine que les Marcotte n'ont pas été impressionnés.

Je déglutis pour m'éclaircir la gorge. Ni Kat ni Jesse ne m'ont rien dit. Quand j'ai demandé à Kat comment la soirée s'était passée, elle a répondu « Bien » et vite enchaîné sur l'examen d'anglais renforcé qu'on devait passer ce jour-là.

—C'est pour ça que vous n'avez pas voulu loger à la maison au bord du lac avec nous, en juin dernier ?

Andrea fronce les sourcils.

—Comment ça, pas voulu ? Les Marcotte ne me l'ont pas proposé. J'ai dû prendre une chambre de motel en ville.

Les mots se bousculent dans ma tête : *Comment ? Pourquoi ?* quand Andrea aperçoit quelque chose derrière moi. Un garçon en sweat à capuche noir passe près de nous en rasant le mur de la pharmacie, comme pour ne pas se faire voir.

—C'est la troisième fois qu'il arrive en retard cette semaine, marmonne Andrea en posant une main sur mon épaule. Il faut que je m'en occupe.

—Bien sûr, allez-y.

Je suis tellement choquée par sa révélation que c'est à peine si je lui rends son étreinte avant qu'elle se dirige vers l'épicerie en me disant de donner des nouvelles à l'occasion.

D'épais nuages gris bloquent le soleil quand je regagne la route. Je devrais rentrer chez moi avant qu'il se mette à pleuvoir, mais je n'ai pas envie de retourner m'enfermer dans une maison vide.

Je profite d'une pause dans la circulation pour traverser South Country Road, et je laisse mes pieds m'emporter vers le cœur du Village.

Marian m'a menti. À l'hôpital, elle m'a dit que la tante de Jesse avait refusé de loger chez elle. Mais d'après Andrea, elle ne le lui a jamais proposé.

Pourquoi un mensonge aussi inutile en apparence? Marian ne pensait sans doute pas que je demanderais à la tante de Jesse pourquoi elle avait pris une chambre de motel. Elle devait se dire – à juste titre – que je n'étais pas au courant que le rejet de la famille Marcotte avait créé des tensions entre Kat et Jesse.

Si elle n'a pas proposé à Andrea de l'héberger, ce n'était pas forcément à cause de ce qui s'était passé à la soirée de mai dernier. Depuis le début, les parents de Kat tenaient Jesse pour responsable de la disparition de leur fille. Ils ne supportaient peut-être pas l'idée que sa tante dorme sous le même toit qu'eux.

Mais les Marcotte sont très attachés aux apparences. Leur nom figure partout sur les bancs et terrains de jeux de la ville; une route a même été baptisée d'après le défunt époux de Marian. La fondation de celle-ci distribue des millions de dollars aux enfants nécessiteux. Il aurait semblé logique qu'ils veuillent avoir l'air généreux envers la tante du petit ami de Kat.

Je ralentis et me remets à marcher au coin d'Idledale Road. Quand j'étais plus jeune, je rêvais d'habiter ici, dans le Village, comme Anna, comme Ben et comme Kat.

Tout en reprenant mon souffle, je pense à la maison des Marcotte. La piscine au bord de laquelle je suis tombée et me suis ouvert le menton quand j'avais six ans. Le jardin de derrière où Kat voulait se marier un jour.

À travers le bourdonnement dans ma tête, j'entends mon nom déformé comme si la personne qui m'appelait se trouvait sous l'eau. Quelqu'un cogne contre un panneau vitré de la maison devant laquelle je me suis arrêtée.

Je lève un regard horrifié vers Ben Filipoff qui me fait signe à travers la porte d'entrée. Il porte un bas de jogging gris et un tee-shirt des New York Giants assorti au drapeau qui flotte au-dessus de la porte de son garage.

Il ouvre et lance :

— Coucou !

J'ordonne à mon corps de remonter l'allée pour le rejoindre : c'est déjà assez bizarre qu'il m'ait surprise plantée devant chez lui ; ce serait encore plus bizarre que je lui réponde qu'en fait, j'allais chez ma meilleure amie morte et que je n'ai pas le temps de lui parler.

— Salut.

Je monte les marches du porche en haletant et fourre les mains dans la poche ventrale de mon sweat.

— J'étais sortie courir. (Ben me dévisage.) Quoi ?

— Tu ne m'as pas répondu hier. J'ai cru que tu recommençais à m'ignorer.

Je connais ses textos par cœur.

> Salut… J'imagine que tu es au courant pour
> M. Marcotte. C'est triste. Tu vas bien ?
> Je sais que c'est malvenu de te dire ça dans
> ces circonstances, mais…
> J'étais content de te voir hier soir.

Je demande :

— On peut parler à l'intérieur ?

Bien que sa voiture soit dans l'allée du garage, la mère de Ben ne se manifeste pas tandis qu'il fait chauffer deux mugs de chocolat en poudre au micro-ondes et m'entraîne dans son antre, au sous-sol. Je sais d'expérience que Mme Filipoff lui fiche une paix royale, essentiellement parce qu'elle n'a pas le choix. Infirmière dans une unité de soins intensifs néonataux, elle travaille de nuit et fait souvent des heures sup depuis le départ de son mari, il y a quelques années.

Je suis Ben dans l'escalier et attends de voir où il s'assoit : sur son lit, sur le vieux canapé, sur un des deux poufs poire ? J'essaie de ne pas penser à ce qu'on a fait sur chacun d'eux tandis qu'il se laisse tomber sur un des poufs. Dès que je suis installée près de lui, il me tend un des mugs de chocolat chaud.

— J'aurais dû te répondre. Je suis désolée.

— Pas de souci. Je me suis dit que tu étais occupée à digérer la nouvelle. J'ai encore du mal à y croire, avoue-t-il en portant son mug à ses lèvres.

— Moi aussi.

— Je n'imagine pas ce que traversent sa mère et sa sœur. Sa grand-mère.

Je sens que Ben m'observe. Je me tortille sur mon pouf poire pour mieux le voir.

— J'ai parlé à la tante de Jesse ce matin. Je voulais voir comment elle allait.

Ben baisse les yeux, et je vois papilloter ses longs cils noirs.

— Et alors, comment elle va ?

— Je ne sais pas trop. On a eu une drôle de conversation.

— Drôle comment ?

Ben ne me regarde pas. Même mort, Jesse Salpietro sera toujours l'équivalent d'une mine prête à sauter entre nous. Je repousse le souvenir de Ben, les cheveux encore mouillés et collés à son front, quand il a dévisagé Jesse qui venait à mon secours avant de secouer la tête. « *Évidemment.* »

— Quand j'étais à l'hôpital, la grand-mère de Kat est venue me voir. Je lui ai demandé si la tante de Jesse logeait à la maison au bord du lac, et elle a menti. Elle a prétendu qu'Andrea ne voulait pas s'imposer, mais aujourd'hui,

Andrea elle-même m'a dit que les Marcotte ne lui avaient jamais proposé de l'héberger.

Ben reste silencieux. Je regarde les marshmallows fondre et former une seule masse indistincte à la surface de mon chocolat. Je regrette d'avoir parlé de ma conversation avec Andrea. Je cherche à donner une signification à des choses qui n'en ont pas forcément. Je veux que Marian ait une bonne raison de m'avoir menti. Sinon, rien n'a de sens. Nous avons juste été les cibles d'une attaque à main armée aléatoire qui a dégénéré en enlèvement, et j'ai réussi à m'échapper parce que j'ai eu de la chance.

Près de moi, j'entends le pouf poire remuer sous Ben tandis qu'il change de position.

— Claire… Tu avais une autre raison d'aller voir la tante de Jesse ?

— Hein ? Pourquoi tu me demandes ça ?

Un petit sourire relève les coins de sa bouche.

— Tu m'as dit que tu voulais voir comment elle allait. Tu te justifies toujours quand tu mens.

Le rouge me monte aux joues pendant qu'il boit une gorgée de chocolat chaud. Je pose mon mug sur la table basse derrière nous.

— D'accord. Peut-être que je suis allée la voir pour lui demander si elle avait des nouvelles du FBI. S'ils continuaient à chercher un lien entre Kat, Jesse et Mike Dorsey.

Ben penche la tête sur le côté.

— Mais ils ont déjà dit qu'il n'y en avait pas.

— Ils ont dit qu'ils n'en avaient pas trouvé. Ce n'est pas pareil. Je sais que ça paraît dingue, mais… j'ai l'intuition que Mike Dorsey savait qu'on serait au pic du Diable, et qu'il savait aussi qui on était.

Il doit exister une explication. Même si elle est très simple, du genre, Dorsey a vu l'Infiniti de Kat quand on s'est arrêtés pour faire le plein à Sunfish Creek le samedi matin.

Je reprends mon mug pour boire.

— Les Marcotte vont souvent là-bas depuis des années. Peut-être que Dorsey avait déjà croisé Kat avec sa grand-mère, et qu'il s'est dit… Je ne sais pas. J'ai juste besoin de savoir.

Ben garde le silence un moment.

— Si la tante de Jesse n'a pas logé à la maison au bord du lac, c'est peut-être parce que…

Je tourne la tête vers lui juste à temps pour le voir se raviser et secouer la tête.

— Non, rien.

— Si, qu'est-ce que tu allais dire ?

Je me prépare au pire. J'ai entendu tous les commentaires désagréables sur la famille de Jesse. J'ai lu les réactions à l'interview qu'Andrea a donnée à un site d'information local pour les six mois de la disparition de Jesse. « Je connais Andrea Kelly. C'est une brave femme qui bosse dur. » Et quelqu'un avait répondu : « Ouais, pour que son mari puisse se tourner les pouces. »

Mais Ben prend une grande inspiration et lâche :

— Les Marcotte. Ils sont bizarres.

Surprise, je me redresse.

— Comment ça ?

— Je ne sais pas. Tout le monde dans cette rue est assez proche. Mais les Marcotte, qui habitaient ici depuis plus longtemps que les autres familles, sont toujours restés à l'écart, comme s'ils voulaient éviter qu'on mette le nez dans leurs affaires. (Ben hausse les épaules.) Et le père de Kat me foutait la trouille.

Je pense à la cafetière que Beth a laissée tomber, à sa réaction quand son mari l'a foudroyée du regard.

Ben me dévisage.

— Tu n'as jamais rien remarqué d'étrange chez lui ?

— Il a toujours été sympa avec moi. Je sais qu'il était assez sévère et exigeant.

Je n'avais pas pu manquer de le remarquer. Il suffisait de passer cinq minutes avec Johnathan Marcotte pour comprendre qu'il était militaire. Tout devait toujours être parfait avec lui.

Mais ça n'avait pas l'air d'embêter Kat que son père la tanne avec ses notes ou son service au volley. Personne ne pouvait être plus dur avec elle qu'elle-même.

— Depuis tout petit, je faisais attention à être très sage quand je le croisais dehors. Puis quand Kat a disparu, je l'ai vu pleurer à la télé et… je ne sais pas. On aurait dit qu'il jouait un rôle devant les caméras. J'ai trouvé ça flippant.

Je tourne et retourne l'idée dans ma tête : la famille de Kat cache quelque chose. Son père cachait quelque chose. Mais il travaillait le week-end où Kat et Jesse ont disparu ; il pilotait un avion au-dessus de l'Atlantique, à des centaines de kilomètres du mont Bobcat.

Les doigts de Ben se crispent sur l'anse de son mug.

— La nuit où le ravisseur l'a renversé, il s'est passé un drôle de truc chez eux.

— Quoi donc ?

Il s'agite sur le pouf poire pour se redresser.

— L'alarme s'est déclenchée. Comme il n'y avait personne chez eux, ma mère est sortie pour parler aux flics qui sont venus.

Mon pouls accélère.

— Quelqu'un est entré par effraction chez les Marcotte ?

— Justement, non. C'est ça le plus bizarre. D'après les flics, toutes les portes étaient verrouillées. Et comme il n'y avait pas de véhicules inconnus dans le quartier, ils ont dit à ma mère que le vent avait dû déclencher les capteurs de mouvement. Que ce n'était probablement rien.

Il hausse les épaules. J'acquiesce.

— Ouais, ce n'était probablement rien.

Quand on remonte du sous-sol, un peu de neige s'est mise à tomber. Ben insiste pour me raccompagner chez moi et je ne proteste pas, parce que je déteste vraiment courir.

Et puis, je songe en montant dans sa voiture, *je ne suis pas prête à refermer la porte sur ce qui se passe entre nous.* Même s'il ne nous reste que quelques semaines avant de retourner à la fac et que la porte finira bien par se refermer toute seule, je me sens davantage capable de survivre à Brookport avec lui à mon côté.

Il se gare dans l'allée de notre garage. Je me fais peut-être des idées, mais il me semble que le trajet a duré bien plus longtemps que nécessaire, et que si Ben roulait aussi lentement, ce n'était pas seulement à cause de quelques flocons sur la chaussée.

Il coupe le moteur et se tourne vers moi.

— Bon…

— Je sors généralement du boulot à 22 heures, dis-je.

Il cligne des yeux.

— D'accord. Tu m'envoies un texto ?

Pour toute réponse, j'effleure ses lèvres avec les miennes. C'est sans doute une mauvaise idée étant donné le mal qu'il m'a fait et le peu de temps dont on dispose, mais l'empressement avec lequel il me rend mon baiser dit bien qu'il est partant aussi, et que cette fois, c'est moi qui décide.

J'en ai assez de me laisser ballotter par les événements.

À en juger par les tables vides au *Stellato* le dimanche soir, les gens n'ont pas encore renoncé à leurs bonnes résolutions de manger plus sainement en cette nouvelle année. J'ai vendu des dizaines de bons cadeaux la semaine précédant Noël, mais j'imagine que personne ne viendra les utiliser avant d'avoir perdu les kilos pris pendant les fêtes.

Résultat, Serg me libère à 21 heures. Je serre mon caban contre moi en traversant le parking verglacé, et le vent manque de m'arracher ma clé de la main quand j'ouvre ma voiture.

Frissonnant de froid, je démarre et monte le chauffage. Quelque chose m'empêche de sortir mon téléphone pour envoyer un texto à Ben.

Mon cœur accélère tandis que je sors du parking et tourne à droite en direction d'Idledale Road.

Je dépasse la maison des Filipoff et continue jusqu'à ce que j'atteigne celle des Marcotte. Je tourne à droite et me gare près des haies qui bordent la propriété. Les mains tremblantes, je coupe le contact et les phares.

Je ne sais pas ce que je fais ici.

Je sais exactement ce que je fais ici.

La seule raison pour laquelle je ne suis pas encore descendue de voiture, c'est que j'attends qu'une voix s'élève dans ma tête pour m'en dissuader. Peut-être celle de mon psy, me demandant comment je me sens chaque fois que je vais chercher des réponses sur Internet et que je reviens les mains vides.

En colère.

Je suis en colère car il doit y avoir des réponses enfermées quelque part dans ma tête, des souvenirs auxquels je ne parviens toujours pas à accéder six mois plus tard. Le reste de l'histoire s'y trouve peut-être encore.

Je sais ce que dirait mon psy : si j'ai besoin du reste de l'histoire, c'est parce que je déteste les morceaux qu'on m'a donnés. Kat a été enlevée parce que sa grand-mère était riche ; Jesse et elle ont été tués sans raison. Comment puis-je accepter que la pire chose qui me soit jamais arrivée n'ait aucun sens ?

Des aboiements me font sursauter dans mon siège. *Elmo*, me dis-je avant de comprendre que ça ne peut pas être lui : il est à Westchester avec Beth et Emma.

Il y a deux ans, les Marcotte sont allés passer un week-end à Montauk pour une réunion de famille. L'hôtel n'acceptait pas les animaux ; alors, la mère de Kat m'a payée 40 dollars par jour pour le nourrir et le promener. Elle m'a prêté une clé de chez eux et dit de faire attention à l'alarme. Au cas où j'oublierais comment l'éteindre, elle m'a même écrit le code sur un Post-it qu'elle a laissé sur le frigo : 1311, la date de naissance de Kat.

J'ai oublié de lui rendre la clé, et Beth a dû oublier de me la réclamer parce que je l'ai toujours. Elle n'a pas bougé de ma boîte à gants. Je m'en suis souvenue quand Ben m'a parlé de la fausse alerte.

Toute personne en qui les Marcotte avaient suffisamment confiance pour lui donner une clé de chez eux aurait également connu le code de l'alarme. Les flics avaient sans doute raison : ce doit être le vent qui l'a déclenchée.

Je me penche et fouille dans le bordel qui encombre ma boîte à gants jusqu'à ce que je touche du métal froid. Le pouls battant à mes oreilles, je replie mes doigts dessus. Je peux entrer chez les Marcotte.

Je descends de voiture et referme ma portière le plus doucement possible pour ne pas attirer l'attention des voisins – même si leurs rideaux sont tirés et qu'aucune lumière ne brille derrière leurs fenêtres. Je remonte le col de mon caban pour me protéger contre le froid et me faufile par le portail derrière la maison des Marcotte.

La piscine est couverte, les meubles de jardin probablement rangés dans le garage. Mais alors que personne n'habite plus ici depuis des mois, les haies sont bien taillées. Même vide et à l'abandon, le jardin des Marcotte reste magique avec son arche en bois et les pierres joliment disposées sur lesquelles on jouait à la marelle quand on était petites.

Kat disait toujours que si elle se mariait, ce serait ici. Et bientôt, cet endroit appartiendra à quelqu'un d'autre.

Je déglutis avant d'introduire la clé dans la serrure de la porte de la cuisine. Je me glisse à l'intérieur et tâtonne dans le noir en quête du clavier de l'alarme avant de m'apercevoir que celle-ci n'émet pas de bip d'avertissement. Elle a été désactivée, sans doute pour les agents immobiliers.

Même dans la maigre lueur de la demi-lune qui entre par les fenêtres, la maison est exactement comme la dernière fois que je suis venue. Le porte-courrier est toujours plein sur le comptoir de granit. Le seul signe que plus personne n'habite ici, c'est la température : il fait à peine dix degrés selon le thermostat du couloir.

Je m'enfonce dans la pénombre en marchant le plus légèrement possible. La maison est vieille – une ancienne ferme du XIXe, je crois – et craque à chacun de mes pas, grince chaque fois que j'ouvre une porte.

Je suis venue à la chasse aux souvenirs. Pas juste de Kat et de moi installant notre repaire secret dans le grenier, ou coiffant Elmo de tous les chapeaux de poupée qu'il voulait bien supporter. J'espère que la maison a conservé une trace d'elle, son odeur ou autre chose, qui pourrait déverrouiller l'accès à mes souvenirs du 23 juin.

Je pousse la porte de sa chambre, ferme les yeux et inspire à fond avant d'entrer.

Même si je m'y attendais à moitié, j'ai le souffle coupé en découvrant la pièce.

Kat en a totalement disparu. Sa penderie est vide, et son bureau a été remplacé par un fauteuil couvert de coussins – sans doute pour la mise en vente de la maison. Tout ce qui aurait pu crier *Kat Marcotte a vécu ici !* n'aurait fait que décourager les acheteurs potentiels.

Je jette un coup d'œil sous le lit mais ne trouve rien d'autre que de la moquette et une bouche d'aération sur le mur du fond.

Je me fige comme une image me traverse l'esprit. Kat âgée de huit ans, se tapotant le menton avec un stylo tandis qu'on écrivait dans nos journaux intimes, allongées côte à côte sur son lit. J'emportais le mien partout parce que quand votre mère est psy, vous n'avez pas de secrets. Au moment de cacher le sien, Kat se faufilait toujours sous son lit.

Je me mets à plat ventre et tends le bras vers la bouche d'aération. Glissant une main entre les lamelles, je tâtonne sur le sol de l'autre côté, et mes doigts touchent du plastique dur.

Je serre les dents et enfonce ma main plus loin. Mais en essayant d'attraper l'objet, je ne réussis qu'à le pousser hors de ma portée. Quand je tente de dégager ma main, toute la grille vient avec.

Mon cœur accélère. Ça ne serait pas arrivé si la grille était correctement vissée.

Je plonge ma main dans la cavité et ne tarde pas à trouver l'objet que je cherche. Je le sors et essuie mes doigts couverts de poussière sur mon pantalon tout en l'examinant. C'est un téléphone à clapet, très vieux et pas plus gros qu'une carte de crédit. Je n'ai jamais vu Kat s'en servir.

J'ouvre l'appareil et appuie sur le bouton de mise en marche. Le téléphone s'allume et se met aussitôt à clignoter, me signalant qu'il ne lui reste que 10 % de batterie. Dans un coin de l'écran, un (1) signale un texto non lu. J'essuie mon pouce en sueur et clique sur le message.

Décroche, putain

16

Aujourd'hui

Quand je rentre à la maison, mes parents sont dans leur chambre, la porte fermée, et seuls les rires enregistrés d'une sitcom indiquent qu'ils ne dorment pas déjà. Je me réfugie dans ma propre chambre, tremblant encore de la tête aux pieds.

Pendant le trajet, j'ai éteint le téléphone pour économiser sa batterie.

Le téléphone de Kat. Le téléphone *secret* de Kat.

Je m'assois à mon bureau et le rallume. Sur le chemin du retour, j'ai presque réussi à me convaincre que j'avais imaginé le texto, mais non : il est bien là, sous mes yeux dans la lumière vive du plafonnier.

Décroche, putain

Envoyé le 19 mai de l'an dernier. Un mois avant le week-end du bal de promo.

L'indicatif, 631, est celui de Long Island, mais je ne reconnais pas le numéro et il n'y a pas de nom associé, aucun contact enregistré dans le répertoire. En revanche, le journal contient des dizaines d'appels entrants et sortants dont les premiers remontent à plus d'un an.

Je reviens dans la boîte de réception pour lire les autres textos échangés avec le mystérieux correspondant. Le fil commence le 28 avril de l'an dernier, quand « Décroche, Putain » écrit à Kat :

Yoooo t là ?

Ouais, désolé mec. chez ma chérie

Sa chérie ? Un téléphone secret, c'est une chose, mais une petite amie secrète… J'ai du mal à y croire. Ce qui signifie que ce n'était pas Kat qui utilisait ce portable. Je continue à lire, le cœur battant.

On peut se voir à la marina de brookport dans 10 mn ?

Lol en plein jour ? sérieux ?

Je serai avec ma copine et son chien. Personne ne fera gaffe.

Je pose le téléphone, les mains moites de sueur. Ce n'était pas celui de Kat ; elle se contentait de le planquer dans sa chambre.

Pour Jesse.

Prise de nausée, je les revois main dans la main. Kat tire sur la laisse d'Elmo qui gambade au bord du ponton en protestant : *« Non, on ne va pas nager maintenant ! »*

Pourquoi Jesse avait-il un téléphone secret ? Je sais bien qu'il existe des gens qui ont besoin d'organiser des rendez-vous sans se faire repérer, mais Jesse n'était pas un putain de dealer. Il était capable de façonner une rose parfaite avec de la crème au beurre et de jouer *Sweet Child o' Mine* à la guitare.

Il gardait une photo de sa mère défunte dans son portefeuille. Il ne vendait pas de drogue.

Le portable bipe, indiquant qu'il ne reste que 3 % de batterie. Mon cœur remonte dans ma gorge. Je retourne dans le journal des appels et les fais défiler en prenant des photos de l'écran avec mon propre téléphone.

Puis je fouille dans le tiroir du haut de mon bureau jusqu'à ce que je retrouve la carte de visite de l'agent Cummings. Je compose son numéro sur mon portable.

Deux sonneries, trois sonneries. Je suis sur le point de raccrocher quand une voix essoufflée lance :

— Cummings, qui est à l'appareil ?

— Hum, c'est Claire Keough. Vous vous souvenez de moi ? Ça fait un bail.

— Bien sûr. Salut, Claire. Tout va bien ?

Je me pince l'arête du nez.

— Je ne sais pas trop. Pardon d'appeler aussi tard, mais j'ai trouvé quelque chose, et il me semblait que je devais vous mettre au courant.

— Vous êtes où ? Vous êtes en sécurité ?

Il est presque 22 h 30 ; pourtant, Cummings semble parfaitement alerte.

— Oui, ne vous en faites pas. Je suis chez moi. On pourrait se voir pour que je vous le donne ? Désolée, je sais qu'il est très tard.

— Le problème, ce n'est pas l'heure. C'est que je suis en déplacement pour quelques jours.

J'entends un froissement, comme si elle dépliait un bout de papier.

— Une minute. Je vais appeler Novak et lui demander s'il peut passer vous voir.

— Il dort peut-être déjà.

— Eh bien, je le réveillerai. Il habite à dix minutes de chez vous.

— Attendez.

Je jette un coup d'œil vers la porte de ma chambre. Mes parents sont en train de regarder la télé de l'autre côté du couloir. J'imagine leur réaction si un agent du FBI vient frapper à notre porte à une heure aussi indue.

— On pourrait plutôt se voir ailleurs ? Je veux dire, s'il est disponible.

Cummings hésite.

— Je vous rappelle.

Il est presque 23 heures quand j'arrive au *McDonald's* sur l'autoroute de Montauk. J'ai dit à mes parents que j'avais oublié mon portefeuille au *Stellato* et que je devais retourner le chercher. Maman m'a conseillé de faire plus attention ; j'ai opiné et foncé vers ma voiture avant qu'elle puisse sortir de son lit et voir que je tenais mon portefeuille à la main.

Novak est assis à une table pour deux personnes, un gobelet de café posé devant lui. En me voyant, il lève les sourcils. Je me coule sur la chaise en face de lui, les mains fourrées dans les poches de mon caban.

Il glisse un comprimé pour l'estomac dans sa bouche et range le tube dans son blouson.

— Alors, mademoiselle Keough. Qu'est-ce qui me vaut ce plaisir ?

Je pose le téléphone à clapet sur la table.

— J'ai trouvé ça dans la chambre de Kat.

— Kat Marcotte ?

Je le dévisage.

— Évidemment.

Il fixe l'appareil entre nous. Je coince mes mains tremblantes entre mes cuisses tandis qu'il le prend et l'ouvre. Il appuie sur quelques touches et fronce les sourcils, puis lève les yeux vers moi.

— La batterie est morte.

— Je sais.

— Je peux vous demander quand vous l'avez trouvé ? lance-t-il, impassible.

— Un peu plus tôt dans la soirée.

— Et comment vous êtes entrée chez les Marcotte ?

Je déglutis.

— J'avais la clé. Il y a une bouche d'aération sous le lit de Kat. Le téléphone était planqué là.

Je crois que Jesse dealait de la drogue.

— D'accord, dit Novak.

C'est tout ? *D'accord ?*

— Je me suis introduite dans leur maison, j'insiste.

— Je peux vous arrêter, si vous y tenez vraiment.

Je me mordille l'intérieur de la joue.

— Vous allez… regarder ce qu'il y a dedans ? Si Kat le cachait, il contient peut-être quelque chose d'important…

— On regardera.

Novak a reposé le téléphone sur la table. Il croise ses mains sur son ventre enveloppé d'un pull marin à torsades et me fixe.

— Comment ça va, Claire ?

Sa question me paraît tellement bizarre que je ne peux pas m'empêcher de répondre :

— Pourquoi vous me demandez ça ?

Il lève les sourcils.

— Parce que je veux savoir comment vous allez.

Quelqu'un qui va bien ne fouillerait pas la maison de sa meilleure amie morte. Mes doigts se crispent sur le bord de la table. *Pas bien. J'ai besoin qu'il existe une raison à ce qui nous est arrivé, et maintenant que j'en ai peut-être trouvé une, je suis incapable de gérer.*

J'essuie une larme du dos de ma main.

Novak me tend une serviette en papier. Comme je ne fais pas un geste pour la prendre, il la pose sur la table entre nous.

— Claire, vous ne vous sentirez pas toujours aussi mal.

— Si, je réplique avec force. Jusqu'à ce que je sache ce qui leur est réellement arrivé.

Novak cligne des yeux.

— Je peux vous dire quelque chose ?

J'attrape enfin la serviette en papier. Quand j'ai fini de me tamponner les yeux, il lance :

— Je pense que même si j'avais les réponses que vous cherchez, même si je pouvais vous dire qui et pourquoi, vous ne vous sentiriez pas mieux.

Je froisse la serviette dans mon poing.

— N'importe quoi.

Novak hausse les épaules, et tout son corps bouge avec elles comme s'il était d'un bloc. Je parierais que c'est un ancien militaire.

— Ou peut-être que si, je ne vous connais pas. Mais j'ai vu des gens attendre des années pour découvrir ce qui était arrivé à leurs proches, et le jour où ils l'ont enfin appris, ça ne leur a pas suffi. Ça n'a pas comblé le vide en eux. Parfois, ça l'a même rendu encore plus profond.

— Donc, je devrais me réjouir de ne pas me rappeler ? Me réjouir que vous n'ayez toujours pas retrouvé leurs corps ?

— Je n'ai pas dit ça. Mais vous semblez convaincue qu'une réponse vous apporterait la paix, alors que ce serait peut-être le contraire.

Je soutiens son regard, cherchant sur son visage un signe qu'il en sait plus qu'il ne veut bien me dire. Même en l'absence de Kat et de Jesse, le FBI a dû avoir accès beaucoup plus facilement que moi à toutes leurs affaires, à chacune des composantes de leur vie. S'il existe un lien entre le contenu de ce téléphone et ce qui s'est passé le 23 juin, Novak doit déjà le connaître.

Mais j'en ai assez d'avoir toujours un temps de retard sur tout le monde à propos de ce qui s'est passé sur cette montagne. Une étincelle jaillit en moi.

— S'il vous plaît, dites-moi quelque chose qui n'a pas été divulgué à la presse.

Novak me dévisage un moment. Je jurerais qu'il a pitié de moi.

— Quoi par exemple ?

Je croise mes mains tremblantes sur la table.

— Je ne sais pas. N'importe quoi. Vous avez trouvé autre chose à la carrière, à part le portefeuille de Jesse et le bandana de Kat ? Et le téléphone de Jesse, il est devenu quoi ? Il était dans la tente ?

— Vous savez que je ne peux pas vous révéler ce genre d'information, Claire.

— Et les autres gens qui se trouvaient peut-être sur le mont Bobcat ce week-end-là ? j'insiste désespérément pour ne pas le voir se lever et partir. Ceux qui campaient ou randonnaient dans le coin, ceux qui auraient pu croiser Mike Dorsey ? Le shérif a peut-être préféré ne pas en parler, comme il a préféré ne pas parler du vol à main armée qui avait eu lieu l'été précédent.

Novak fronce les sourcils.

— Qui vous a dit qu'il y avait eu un vol à main armée sur le mont Bobcat ?

— Amos, le cousin de Kat. Quelqu'un du coin lui en a parlé pendant qu'il distribuait des affichettes.

Il se rembrunit.

— Il n'est fait mention nulle part d'un incident de ce type.

— Normal, si le shérif ne voulait pas que ça se sache.

— Peut-être.

Novak ouvre la bouche comme pour ajouter quelque chose. Mais il se ravise, repousse sa chaise et se contente de dire :

— Prenez soin de vous, Claire. (Il pose une main sur mon épaule.) Et pour l'amour du ciel, plus de cambriolages.

Dès que je rentre chez moi, j'enlève ma tenue de boulot, enfile un pyjama et me fourre sous la couette avec mon ordinateur portable. J'ai peut-être remis le téléphone au FBI, mais grâce aux photos que j'ai prises, je connais tous les numéros que Jesse a appelés avec.

Je les tape dans Google, espérant découvrir à qui ils appartiennent. Pas de bol : je ne trouve que les villes où habitent leurs propriétaires, et pas grand-chose d'autre.

Les indicatifs vont de Boston à Westchester en passant par le Vermont. Ou bien Jesse avait beaucoup de contacts un peu partout dans le nord-est du pays, ou bien les appels provenaient de téléphones jetables. Ou encore, peut-être que je regarde trop de films pour connaître ne serait-ce que l'existence de téléphones jetables.

Je suis en train de googler un nouveau numéro quand quelque chose me fait sursauter. L'indicatif – c'est le même que celui de la pharmacie qui m'a appelée pendant des mois après ma sortie de l'hôpital pour me demander si j'avais besoin d'un renouvellement d'ordonnance.

Google me le confirme : le numéro est celui d'un utilisateur enregistré à Sunfish Creek.

Je parcours le journal des appels. Entre le mois d'août de l'année précédente et la disparition de mes amis, Jesse et cette personne se sont appelés quatre fois.

J'ai besoin de savoir à qui appartient ce numéro. Je me mets à taper aussi frénétiquement que si je tentais d'étancher le flot de sang d'une blessure ouverte.

J'essaie plusieurs sites de recherche inversée, mais ils ne veulent rien me dire à moins que je leur donne mon numéro de carte de crédit. Changeant de tactique, je tape

« comment trouver le propriétaire d'un numéro de portable » et trouve l'adresse d'un forum d'usagers mécontents.

Le commentaire le plus liké dit : « Vous pouvez toujours chercher sur Facebook. Si la personne a lié son numéro à son compte, vous tomberez sur son profil. »

Je fais un bond comme si mon lit m'avait mordue. Je n'ai pas utilisé Facebook depuis le début de l'été précédent. À contrecœur, je réactive mon compte et ronge ce qui reste de l'ongle de mon pouce gauche pendant que la page d'accueil se charge.

Faites que ça marche. Je tape le numéro de téléphone et attends. Il n'y a aucune chance que ça fonctionne, si ?

Le numéro correspond à un profil.

Les paramètres de sécurité ne me permettent de voir que la photo de l'utilisateur et l'endroit où il s'est enregistré. Mais j'ai déjà visité son profil des centaines de fois, espérant que quelque chose aurait magiquement changé depuis ma visite précédente et que ça me donnerait une idée du genre de personne qu'il était, de la raison pour laquelle il a fait ça.

Michael V. Dorsey.

17

Aujourd'hui

Lundi matin. Entre les lamelles des stores, j'aperçois des tranches de ciel gris, marbré de nuages encore plus sombres. D'après mon téléphone, il est 7 h 30. Je pourrais me rendormir, mais si je fais ça, Dieu seul sait quand je finirai par me lever. Jamais, peut-être.

Ben. *Merde.*

Avec tout ça, je l'ai complètement oublié.

Désolée pour hier. Je suis sortie super tard et je suis rentrée direct me coucher. Tu fais quoi ce soir ?

J'appuie sur envoi, et immédiatement, mes pensées se tournent vers le téléphone que j'ai remis à Novak. La personne à qui il appartenait était en contact avec Mike Dorsey depuis août il y a un an et demi.

Donc, l'enlèvement n'était pas le fruit du hasard. Mike Dorsey savait qu'on serait là parce qu'il connaissait soit Kat, soit un de ses proches qui aurait eu ensuite l'occasion de planquer le téléphone dans sa chambre.

Quelqu'un d'autre que Jesse. Je cherche une preuve que ça ne pouvait pas être Jesse, parce que si c'était lui, je ne le supporterais pas.

Mon estomac se noue. Comment Mike Dorsey a-t-il pu organiser l'enlèvement sans aide ? Sans informations venues de l'intérieur ?

D'un autre côté, ça n'aurait pas de sens que Jesse l'ait aidé. Il serait mort plutôt que de laisser quelqu'un faire du mal à Kat. Et puis, s'il avait été là cette nuit sur le parking, à attendre l'arrivée de M. Marcotte avec Mike Dorsey, comment se serait-il enfui sans argent et sans voiture ? Le FBI a dit qu'on avait retrouvé la rançon dans le Highlander noir du père de Kat.

Jesse n'aurait pas pu s'en aller à pied et échapper à toutes les recherches pendant six mois.

L'autre explication, c'est que Jesse n'avait jamais adressé la parole à Mike Dorsey de toute sa vie avant l'enlèvement, qu'il ne l'a pas informé que nous camperions au pic du Diable ce week-end-là parce que c'est un autre membre de l'entourage de Kat qui l'a fait.

Prise de vertige, je ferme les yeux. La voix de l'agent Novak résonne dans ma tête par-dessus le bourdonnement de mon pouls.

Qui vous a dit qu'il y avait eu un vol à main armée sur le mont Bobcat ?

Novak semblait sincèrement perplexe quand j'ai mentionné l'agression de ces filles dont Amos m'a parlé en juin dernier. Non pas perplexe quant à la manière dont j'avais pu me procurer cette information, mais perplexe parce que, peut-être, il n'y a jamais eu de vol à main armée.

Mais pourquoi Amos m'aurait-il menti ? Pourquoi aurait-il inventé cette histoire ? Juste pour me faire croire qu'un inconnu était responsable de la disparition de Kat et de Jesse ?

Je sens mon pouls battre jusqu'au bout de mes doigts. Je rouvre le dossier photos de mon téléphone et agrandis celle du fil de discussion qui se termine par *décroche, putain*.

Un des textos, envoyé par le propriétaire du téléphone à clapet, se détache des autres.

> Je serai avec ma copine et son chien.
> Personne ne fera gaffe.

Il a été envoyé le 28 avril il y a presque deux ans, à 12 h 57.

Je ne saurais pas où chercher pour trouver ce que fichait Jesse un samedi après-midi il y a plus de dix-huit mois. Il aurait pu bosser à la boulangerie, répéter avec son groupe ou faire la grasse matinée, pour ce que j'en sais.

Mais Kat… son emploi du temps était réglé à la minute près, surtout durant la saison sportive. Et le 28 avril, c'était en plein milieu du championnat de lacrosse.

Sur mon téléphone, je tape « Brookport matchs lacrosse filles ». Puis je fouille dans les résultats de ma recherche pour trouver le planning exact.

Le 28 avril à 13 heures, l'équipe féminine de Brookport affrontait celle du lycée John Glenn. Nous avons gagné, et d'après le site Internet, Kat Marcotte a mis deux buts.

Donc, Kat ne pouvait pas être à la marina avec Jesse et Elmo dix minutes après l'envoi du texto. À moins que Jesse ait eu une copine secrète avec qui il était prêt à se montrer en pleine journée, à deux pâtés de maison de chez sa petite amie officielle, ce téléphone n'était effectivement pas le sien.

De la sueur me picote la nuque. Je repousse ma couette, me lève, m'approche de la fenêtre et appuie mon front sur la vitre, essayant de me rappeler ce qu'Amos m'a dit d'autre dans le canoë.

Je me concentre sur son visage, mais mes souvenirs sont flous, comme si j'observais la scène sous l'eau. J'ai dit que jamais Jesse n'aurait fait de mal à Kat, et Amos a acquiescé. Pas juste acquiescé : il a dit *« Je sais »*. C'était beaucoup de confiance à placer dans le copain de sa cousine, qu'il connaissait à peine.

Je ne vois qu'une seule raison pour laquelle Amos aurait inventé un vol à main armée pour me faire croire à une agression aléatoire et convenu si facilement que Jesse n'était pas responsable. Il connaissait le vrai coupable.

Mais comment serait-il entré en contact avec Mike Dorsey ? Amos est un gosse de riches qui vit à Long Island. Mike Dorsey était un petit criminel qui approchait de la trentaine et travaillait dans un garage au nord de l'État. Les gens du FBI ont dit qu'à leur connaissance, Mike Dorsey n'avait jamais mis les pieds à Long Island. Sunfish Creek est le seul endroit où son chemin aurait pu croiser celui d'Amos ou du reste de la famille Marcotte.

Et il n'existe qu'une seule explication logique à la présence du numéro de Mike Dorsey dans le téléphone d'Amos. Je me souviens du nœud dans mon ventre hier soir quand j'ai compris à quoi ce portable avait probablement servi. Tous ces numéros avec des indicatifs différents mais aucun nom associé. Ces appels à toutes les heures du jour ou de la nuit. Ces textos avec une heure et un lieu.

Selon la presse, Mike Dorsey avait été arrêté pour détention de drogue en Floride, où il était né. Un de ses amis a dit à un journaliste que sa mère avait décidé de s'installer avec lui à Sunfish Creek pour qu'il reparte à zéro, loin des tentations de son ancienne vie. On peut imaginer que des années plus tard, il y a rencontré un gosse de riches en ville pour les grandes vacances – un gosse de riches qui vendait de la drogue.

Mes jambes manquent de céder sous moi. Je m'approche de mon bureau et me laisse tomber sur ma chaise. Je ne sais pas si Amos fait un coupable plus crédible que Jesse, ou si je souhaite juste désespérément que ce *ne soit pas* Jesse. Je n'ai plus confiance en mon propre cerveau depuis six mois.

Une vague de colère me submerge, si forte que j'agrippe le bord de mon bureau. Colère à l'idée qu'Amos savait depuis le début. Qu'il ait juste dit innocemment à Mike Dorsey qu'on serait en ville ce week-end-là ou qu'il ait participé à l'enlèvement, il est le chaînon manquant.

Je me lève d'un bond et récupère mon téléphone sous ma couette. Mon échange de textos avec Amos, en juin dernier, est tout au fond de ma boîte de réception. Les doigts au-dessus du clavier, je relis le dernier message qu'il m'a envoyé.

Qu'est-ce que j'ai fait ?

Après ça, il m'a appelée et dit que ce n'était pas lui qui avait parlé au *Daily News*. Depuis, silence radio. Il ne m'a pas contactée après la conférence de presse du FBI au sujet de la carrière.

Il n'a aucune raison de penser que je soupçonne quoi que ce soit au sujet du téléphone, de ses liens avec Mike Dorsey ou de son mensonge à propos du vol à main armée. Et je ne vais pas lui en donner.

Je réfléchis soigneusement avant de taper :

Salut… tu es en ville ?

J'appuie sur envoi, le cœur battant.

Quelques instants plus tard, un point d'exclamation apparaît à côté de mon message.

Le message n'a pas pu être distribué.

Amos n'a pas bloqué mon numéro. Pour vérifier, j'ai appelé deux fois : une depuis notre ligne fixe, l'autre avec le téléphone que ma mère utilise pour dialoguer avec les gens qui appellent le numéro vert de prévention du suicide pour lequel elle fait du bénévolat.

Pas de répondeur, pas de sonnerie : juste un message automatique qui m'informe que ce numéro n'est plus en service actuellement. Amos en a changé.

Il avait peut-être une raison tout à fait innocente pour ça – par exemple, trop de journalistes l'appelaient pour lui poser des questions sur Kat et sa famille.

Mais peut-être pas.

Pendant ma phase Amos Fornier, l'été avant mon entrée en Seconde, j'aurais pu tout vous raconter sur le cousin de Kat. Je n'arrêtais pas de me renseigner sur lui, d'interroger Kat sur les filles qu'il fréquentait et ce qu'il faisait après les cours.

Le point entre mes yeux se met à pulser. J'ai dû rééduquer mon cerveau pour ne pas trop penser à Amos ces six derniers mois. Même s'il n'avait pas conscience de ce qu'il faisait sur le coup, il m'a trahie en disant à sa grand-mère que je me souvenais de Paul Santangelo, le randonneur. Grâce aux Marcotte, je suis devenue la fille qui avait accusé un bon Samaritain de meurtre. La raison pour laquelle les gens harcelaient ce pauvre type dont l'unique crime avait été d'aider une ado perdue après avoir collé un drapeau confédéré sur son pick-up.

Ça m'était revenu dans la figure comme un boomerang. Impossible de séparer ce qui m'arrivait de la raison pour laquelle ça m'arrivait. J'avais fait confiance à la mauvaise personne.

Impossible de revenir en arrière et d'effacer cette erreur. Tout ce que je peux faire, c'est employer ma colère de façon utile : par exemple, en établissant sans l'ombre d'un doute que le téléphone à clapet appartenait bien à Amos.

Mais je ne vois pas comment prouver qu'il se trouvait à la marina de Brookport ce fameux samedi après-midi. D'après Internet, c'est comme s'il n'existait pas. Au bout d'un quart d'heure de recherches, tout ce que j'ai trouvé, c'est un compte Instagram privé sous le pseudo de *famousam0s*. La photo de profil, un gros plan d'un visage bronzé à moitié dissimulé par des Ray-Ban, pourrait être celle de n'importe quel connard friqué. Mais nous avons un contact en commun : Kat.

C'est lui. C'est la seule trace de lui, et je ne peux pas y accéder. Je ne peux pas découvrir si, en avril d'il y a un an et demi, il sortait avec une fille qui avait un chien, et encore moins ce qu'il fichait un samedi après-midi.

Mon estomac se retourne. Les gens du FBI ont dit qu'ils avaient interrogé tous les membres de la famille de Kat, et que chacun d'eux avait un alibi. Amos se trouvait forcément dans le lot, non ?

Réfléchis. Quelqu'un parmi les fréquentations d'Amos a bien dû publier des indices sur ce qu'il fait depuis la disparition de Kat et de Jesse. Si Amos est réellement le chaînon manquant entre Mike Dorsey et ce qui nous est arrivé sur le mont Bobcat, comment peut-il continuer à affronter sa famille jour après jour ? Si je trouve une photo de lui en train de sourire un gobelet à la main dans une soirée étudiante, son regard me dira-t-il qu'il est coupable ou non ?

Réfléchis, Claire. Amos avait un meilleur ami au lycée, ou du moins, il en avait un à l'époque où j'ai failli coucher avec lui. Le type s'appelait Erik, et un peu plus tôt ce soir-là, alors que j'étais assise sur le canapé avec Amos, Erik avait capté son regard à travers la pièce et désigné son téléphone. Amos avait lu le texto qu'il venait de lui envoyer : *Ta cousine est trop bonne.*

Amos avait levé les yeux vers Erik et articulé : *N'y pense même pas.*

C'était quoi son nom de famille, déjà ? Erik… Erik Carlson. Je suis vaguement dégoûtée de m'en souvenir encore. Si je dédiais cet espace mental à quelque chose d'utile, je serais peut-être meilleure en maths.

Mais c'est une information importante, car je trouve immédiatement le profil d'un Erik Carlson sur Instagram.

D'après sa biographie, il est étudiant à l'université Pepperdyne, à Malibu. Et il suit *famousam0s*, mais Amos ne figure dans aucune des photos qu'il a publiées ces six derniers mois. Ces dernières le montrent toutes au bord de la mer ou au volant d'une décapotable noire, ses cheveux bruns ondulés fixés en arrière par du gel. Je continue à remonter dans le temps. Et là, en août il y a un an et demi, je tombe sur un cliché de lui, Amos et une fille aux cheveux dorés. Ils sont à la plage. La fille, en Bikini rouge vif, dépose un baiser sur la joue d'Amos qui a passé un bras autour de ses épaules. Erik l'a taguée : elle s'appelle Zoe-Grace, et sa biographie contient un lien vers son blog.

Je fais défiler sa page Instagram. Zoe-Grace ne pourrait pas être plus différente d'Erik, du moins selon la version d'elle-même qu'elle a choisi d'afficher sur les réseaux sociaux.

Elle photographie des gens. Un homme avec un énorme casque audio, sur le quai de la gare ferroviaire de Long Island. Une ado en robe du même jaune que les taxis, posant devant l'entrée de Penn Station avec des boucles d'oreilles fuchsia triangulaires et un sac-banane assorti. Un garçon qui marche dans la rue, serrant deux chatons contre lui. Une vieille dame assise sous son porche, une bonbonne d'oxygène à ses pieds. Je dois remonter plusieurs semaines en arrière avant de trouver un selfie.

Zoe-Grace a la tête baissée, et un rideau de cheveux tombe par-dessus son épaule nue. Elle pourrait être à poil, pour ce que j'en sais. Le soleil filtrant à travers une vitre crée un prisme qui la baigne d'une lueur arc-en-ciel.

Cette fille est sublime.

Même si Amos ne figure sur aucune de ses photos, je continue à les faire défiler. Le temps d'atteindre l'été dernier, j'ai la nuque raide d'être restée penchée sur mon téléphone pendant si longtemps.

Et soudain, je le vois. Ça me fait l'effet d'une agression, alors que je ne connais absolument pas Zoe-Grace.

Ils se tiennent au bout d'un ponton. Ils sont très bronzés tous les deux, et Amos a passé un bras autour de sa taille nue. Elle porte un short en jean et un top crocheté blanc. Sous sa casquette de base-ball, l'eau salée fait onduler ses cheveux.

Amos a des Ray-Ban et un tee-shirt turquoise éclatant dans la lumière du soleil. Un terrier de Boston est assis à leurs pieds.

Zoe-Grace a publié cette photo le 23 juin à 19 h 37.

Tout l'air déserte mes poumons.

Je zoome sur la photo. Le ponton se termine abruptement à trente centimètres de leurs pieds, mais trois poteaux couverts d'algues sortent encore de l'eau là où il se poursuivait avant qu'un ouragan n'en emporte une partie, il y a deux ans.

Mon cœur accélère. Cette photo a été prise à Brookport Bay. Autrefois, j'allais souvent m'y promener avec Kat et Elmo. Kat rouspétait tout le temps qu'elle aurait bien voulu qu'on se décide à réparer ce fichu ponton, et notamment qu'on remplace la balustrade pour éviter qu'Elmo tire sur sa laisse et tente de se jeter à l'eau.

Mais le Village a bel et bien fini par effectuer les réparations. Il y a presque un an et demi.

Donc, Zoe-Grace a publié une photo d'Amos et elle qui, à l'époque, datait déjà de plus d'un an. En soi, ça n'a rien d'inhabituel : peut-être que c'était leur anniversaire et qu'elle voulait marquer le coup avec un vieux cliché de l'époque où ils avaient commencé à sortir ensemble.

Mais cette date, le 23 juin…

Je ne peux m'empêcher de penser qu'il y a une autre raison pour laquelle la petite amie d'Amos a publié une photo d'eux deux ensemble à Long Island, pile le jour où Kat et Jesse ont disparu sur une montagne à plus de trois cents kilomètres de là.

Pister Zoe-Grace sur Internet m'a occupée la plus grande partie de la journée ; c'est une distraction bienvenue pour m'empêcher de ruminer l'absence de réponse de Ben. J'ai passé tout son profil Instagram au peigne fin, et même si je n'ai pas réussi à découvrir son nom de famille, ses publications les plus anciennes – celles qui datent d'avant sa phase « portraits de rue » – contiennent quelques indices. Elle est entrée à l'académie Ste Genevieve il y a trois ans, ce qui signifie qu'elle doit être en Terminale à présent.

Les premières photos d'Amos et elle apparaissent à la fin de son année de Seconde, à l'époque où lui-même devait être en Terminale. Elle ne le désigne jamais comme son petit ami dans les légendes, mais elle l'a accompagné à son bal de promo et a posé à son bras telle Blake Lively avec Ryan Reynolds.

Mais il n'apparaît plus du tout après la photo du ponton publiée en juin dernier.

J'ouvre une nouvelle fenêtre dans mon moteur de recherche et déniche le planning des cours de Ste Genevieve. Ils se terminent à 14 heures.

Je jette un coup d'œil à l'horloge de mon téléphone. Il est presque 13 h 30. Si je pars tout de suite, je peux y être dans vingt-cinq minutes.

Je me fais l'effet d'être un vieux pervers tandis que, assise dans ma voiture devant l'académie Ste Genevieve, je scrute le flot de lycéennes qui dévale les marches de l'entrée après la dernière sonnerie. La plupart d'entre elles se dirigent vers le parking des élèves, où les voitures sont bien plus belles que celles du parking des profs. Certaines partent sur la gauche et se mélangent aux garçons de l'école jumelle, celle dont Amos est sorti diplômé il y a deux ans.

Je continue à fixer la porte d'entrée. Une fille avec un carré blond descend rapidement les marches. D'une main, elle tient l'immense écharpe enroulée autour de son cou. Elle s'arrête au bord du trottoir, le nez dans son téléphone.

Malgré la jupe grise et les collants noirs que j'aperçois sous son manteau, elle ne ressemble pas aux autres filles de Ste Genevieve avec leurs cheveux lissés au fer, leurs ballerines Tory Burch et le sac à main Kate Spade calé au creux de leur coude. Elle, elle porte des bottes marron en cuir usé et un sac à dos noir.

Toutes les dix secondes, elle lève les yeux et balaie la rue du regard. Elle attend quelqu'un qui doit passer la chercher. Mon estomac se noue comme j'imagine Amos se garer derrière moi avec sa BMW et me découvrir en train d'espionner sa petite amie.

J'inspire à fond – le froid me pique le nez – et coupe mon moteur. Puis je descends de voiture et fourre les mains dans mes poches.

Zoe-Grace lève de nouveau les yeux de son téléphone pour guetter son chauffeur. Son regard ne s'arrête sur moi que lorsque j'arrive tout près d'elle.

— Salut, je lance, parce que je n'ai pas vraiment réfléchi à ce que j'allais dire.

La perplexité fronce ses sourcils soigneusement épilés, plus foncés d'un ton que ses cheveux.

— Salut, répond-elle sur un ton interrogateur.

— Tu es bien Zoe-Grace ?

Elle ajuste son écharpe.

— Oui, pourquoi ?

— Je me demandais si je pourrais te parler au sujet d'Amos.

Elle observe un trio de filles sur sa droite qui nous écoutent visiblement. Une Mercedes blanche se range le long du trottoir, et elles montent à bord dans une envolée de cabans noirs.

Quand Zoe-Grace reporte son attention sur moi, les jointures de ses doigts crispés sur son écharpe ont blanchi.

— Qui tu es ? Qui t'a envoyée ?

— Personne. Je veux juste te parler d'Amos.

— Je ne sais pas où il est. Je ne l'ai pas vu depuis des mois.

Elle se tord le cou comme pour chercher une échappatoire alors que je ne la bloque même pas.

— Attends, dis-je quand elle se détourne pour remonter les marches de son école. Est-ce que tu as raconté qu'Amos était avec toi le soir de la disparition de Kat Marcotte ?

Zoe-Grace s'immobilise. Elle pose une main sur la rambarde et pivote vers moi, mais attend que le flot de filles qui descend se soit tari pour répondre sur un ton égal :

— Je ne sais pas qui tu es ni ce que tu veux, mais ne t'approche plus jamais de moi.

18

Aujourd'hui

Je pianote sur le volant, les yeux rivés au pare-chocs de la voiture devant moi. Nous n'avons pas bougé depuis dix minutes – un accident sur l'autoroute Sunrise.

Je m'attendais à ce que Zoe-Grace me trouve flippante de débarquer à la sortie de son lycée. Je m'attendais à ce qu'elle soit furieuse et sur la défensive quand je lui demanderais si elle avait menti pour fournir un alibi à Amos. Je m'attendais à ce qu'elle m'envoie promener…

Mais sa peur, je ne m'y attendais pas.

Qui t'a envoyée ?

Une réaction clairement paranoïaque. Pourtant, à ce moment-là de notre brève conversation, je n'avais même pas évoqué la question de l'alibi.

Je ne sais pas où il est. Je ne l'ai pas vu depuis des mois.

Encore plus bizarre.

Zoe-Grace a supposé que j'étais venue la voir parce que je cherchais Amos, et apparemment, je n'étais pas la première. Elle a visiblement peur des contacts de son ex, peut-être à cause des activités illicites auxquelles il se livrait grâce au téléphone à clapet, peut-être parce que Novak et Cummings la soupçonnent d'avoir menti.

Mon pouls accélère à la pensée du FBI enquêtant sur Amos. Je serais ravie qu'il doive répondre de toutes les conneries qu'il a faites. Je lui en veux d'avoir raconté que j'avais reconnu Paul Santangelo pour donner l'impression que Kat et Jesse avaient été enlevés par un inconnu.

Puis mon cœur se serre.

Si Amos est impliqué dans la disparition de mes amis, Marian appellera des renforts pour le protéger : des avocats, des attachés de presse qui tenteront de détourner les soupçons. Pour ce que j'en sais, elle l'a déjà fait.

Mais quelle raison Amos aurait-il bien pu avoir pour enlever sa propre cousine ? Tout le monde sait qu'il a un fonds fiduciaire, comme Kat et sa sœur Emma. Marian ne vivra pas éternellement, et elle pèse près de 20 millions de dollars.

La somme que M. Marcotte a pu réunir en si peu de temps pour une rançon ne doit pas représenter grand-chose en comparaison. Alors, pourquoi ?

Peut-être parce que ça n'était pas une question d'argent. Peut-être parce que le plus gros mensonge d'Amos, c'est de m'avoir dit que Kat était la seule personne qu'il ne détestait pas dans cette famille.

Deux jours, trois jours. Une semaine s'écoule après ma rencontre avec Novak au *McDonald's*. Les vacances de Noël touchent à leur fin, et l'idée de repartir avec plus de questions que quand je suis arrivée m'est presque insupportable.

Zoe-Grace a passé son profil Instagram en privé, mais j'ai toujours le lien vers son blog sur mon téléphone. J'ai étudié chaque photo et chaque légende, comme s'il y avait la moindre chance que j'y trouve une indication sur la véracité de l'alibi qu'elle a fourni à Amos Fornier.

Jeudi, je dois bosser une dernière fois au *Stellato* avant de retourner à la fac dimanche. C'est tellement mort que Serg me laisse partir à 19 heures, gardant ma dernière paie en otage jusqu'à ce que je lui promette de revenir travailler en mai, après la fin de l'année scolaire.

Le ciel est noir et sans étoiles. Une silhouette plantée près de ma voiture m'arrache un petit cri.

Ben Filipoff s'avance dans la lumière d'un des lampadaires du parking. Il tient un sac blanc de traiteur de chez *Mama Lenora*. Il le brandit.

— Des pizzas et du pain à l'ail.

Je resserre le nœud de mon écharpe.

— Pour quoi faire ?

Il a un demi-sourire.

— Je crois que tu le sais.

— J'aimerais quand même l'entendre de ta bouche.

Il se gratte le cou sous sa propre écharpe.

— Je suis désolé. Je n'ai jamais été doué pour présenter des excuses. À qui que ce soit.

Je déverrouille ma voiture et lui fais signe de grimper. Je mets le contact et monte le chauffage. Ben s'installe dans le siège passager, sort une part de pizza et me tend le sac. J'y pêche une spirale molle et grasse de pain à l'ail.

— Je bossais le soir où on était censés se voir, dit-il enfin. J'ai fini à la même heure que toi. Je t'ai appelée, je t'ai fait signe de l'autre côté de la rue, mais tu ne m'as même pas vu.

Mon ventre se noue. Il m'a vue sortir du boulot à 21 heures. À l'idée qu'il m'a peut-être suivie jusque chez les Marcotte, la panique me saisit.

Je déglutis.

— J'avais... des trucs à régler.

— Tu ne me dois pas d'explication. Mais moi, je t'en dois peut-être une.

— À propos de quoi ?

Ben se laisse aller contre le dossier et tourne la tête vers moi.

— Quand on sortait ensemble, je souhaitais tout le temps que Jesse disparaisse. Je savais que je ne pourrais jamais rivaliser avec lui.

— J'ignorais que tu tenais suffisamment à moi pour être jaloux de lui.

— J'ai fait beaucoup de choses de travers avec toi, et visiblement, je continue. L'autre soir, j'ai pensé que si tu m'avais planté, c'était encore à cause de Jesse. J'ai toujours cru que le problème, c'était lui. Alors que de toute évidence, c'était moi.

Ma gorge se serre.

— Mon Dieu, Keough, tu ne vas pas te mettre à pleurer ?

— La ferme, dis-je en essuyant mes larmes avec la manche de mon caban avant d'enfourner le reste du pain à l'ail dans ma bouche. Je t'en veux.

Ben me fait des yeux de chiot.

— Mais je me suis excusé. Et je t'ai apporté de la pizza.

— Je t'en veux de recommencer à me plaire alors que je m'en vais ce week-end.

Il me lève le menton d'un doigt, m'attire vers lui et effleure mes lèvres avec les siennes.

— J'espère que je te plairai toujours quand tu reviendras.

Je rentre chez moi, transie jusqu'aux os mais la bouche encore tiède des baisers de Ben. En attendant de me réchauffer suffisamment pour prendre une douche, je m'assois à mon bureau et ouvre mon ordinateur.

J'ai reçu de nouveaux mails, essentiellement de mes profs qui m'indiquent quels bouquins hors de prix je devrai acheter pour le deuxième trimestre. Et un de Facebook, m'informant que j'ai une nouvelle notification Messenger.

Non, non, non. De nouveau, la panique s'empare de moi. Je n'ai plus Facebook. Je suis censée être introuvable.

Puis je me souviens que j'ai réactivé mon compte la semaine dernière. Dans le chaos qui a suivi l'identification du numéro de téléphone de Mike Dorsey, j'ai oublié de le désactiver de nouveau.

Calme-toi, Claire. C'est probablement juste un de mes anciens camarades de lycée qui me demande des nouvelles, et pas un journaliste ou un troll de Reddit.

Je me connecte et ouvre ma boîte de réception.

Message de Zoe-Grace Palermo

Jeudi, 01 h 37

Il faut qu'on parle.

19

Aujourd'hui

Zoe-Grace et moi nous sommes donné rendez-vous au *Dunkin' Donuts* de Main Street à Islip, à deux pâtés de maisons de Ste Genevieve, après la fin des cours le vendredi après-midi.

Je passe la journée à essayer d'arranger mes cheveux et à changer de tenue trois fois pour ne pas trop me demander ce qui l'a finalement décidée à me parler.

J'arrive en avance, en sueur sous mes fringues. Le *latte* qui me réchauffe les mains ne m'aide pas. À 14 h 40, dix minutes après l'heure convenue, je retire mon caban et mon écharpe.

Elle a peut-être changé d'avis.

Je suis assise à une table près de la vitrine. Des voix dehors me font lever la tête. Une bande de garçons en sweat-shirt et short de Ste Genevieve passe en courant devant le *Dunkin' Donuts*. Ils font probablement partie du club d'athlétisme. Je détourne les yeux, honteuse d'avoir maté leurs jambes musclées.

La porte s'ouvre, et Zoe-Grace entre au moment où un des coureurs lui crie quelque chose. Elle secoue la tête tandis que fondent les flocons accrochés au bout de ses cheveux.

Je lève la main au moment où elle me repère. Sans rien dire, elle se glisse sur la chaise en face de moi et pose son sac à dos sur le siège voisin.

— Désolée, dit-elle en ôtant son béret en tricot et en passant une main dans ses cheveux. J'ai dû rester après la fin des cours pour parler à mon prof de photo.

— Pas de souci.

J'étudie les patchs sur son sac à dos. L'un d'eux représente une boussole accompagnée des mots « TOUS CEUX QUI ERRENT NE SONT PAS PERDUS ».

— J'adore Tolkien, je commente.

— Pardon ?

Zoe-Grace coince une mèche de cheveux derrière son oreille, révélant l'anneau d'argent qui transperce son cartilage.

— Cette citation. Elle vient d'un bouquin.

— Oh. Je ne savais pas. Je l'aime bien, c'est tout.

Elle jette un coup d'œil vers le comptoir comme si elle envisageait de commander quelque chose. Hésite un moment, reporte son attention sur moi et semble décider d'en finir au plus vite.

— D'abord, si tu répètes ce que je vais te dire à qui que ce soit, je nierai. C'est compris ?

J'acquiesce, parce que même si elle dépasse à peine le mètre cinquante, Zoe-Grace me fout un peu la trouille. J'ai du mal à croire qu'elle soit encore au lycée.

— L'autre jour, tu m'as fait flipper quand tu m'as parlé d'Amos. Plus tard, je me suis souvenue où je t'avais déjà vue.

— Je veux juste savoir ce qui leur est arrivé. Et ce qui m'est arrivé aussi, je suppose.

Une lueur de compassion passe dans ses yeux.

— Je te jure que je ne suis pas au courant.

— Mais Amos n'était pas avec toi ce jour-là, dis-je à voix basse.

— Non, en effet. Il m'a demandé de dire qu'il avait dormi chez moi. J'ai pensé que c'était la police ou quelqu'un d'autre qui t'avait envoyée me parler parce que je leur avais menti.

— Tu sais où il était, en réalité ?

— Aucune idée. Je te jure. On avait rompu pendant l'hiver, mais début juin, il était en ville, et on s'est remis à traîner ensemble, explique Zoe-Grace, l'air gêné. J'étais pourtant bien placée pour savoir qu'Amos ne contacte les gens que quand il a besoin de quelque chose.

Je le revois assis à la table de la cuisine, à la maison au bord du lac. Sur le coup, j'ai pensé qu'il était venu pour soutenir sa famille, mais peut-être voulait-il vérifier par lui-même ce dont je me souvenais ou pas.

— Il t'a dit pourquoi il avait besoin que tu mentes pour lui ?

Zoe-Grace baisse les yeux.

Pitié, dis-moi la vérité.

— Il avait des ennuis, répond-elle tout bas. Il n'a pas voulu me donner de détails, mais il m'a dit qu'il devait beaucoup d'argent à quelqu'un et qu'il avait peur. Et qu'il avait besoin que je publie une photo de nous ensemble à Brookport pour que le type qui le cherchait pense qu'il était à Long Island.

— Donc, il n'était pas ici le 23 juin ?

— Je ne sais pas où il était. J'ai supposé qu'il était retourné dans le Vermont.

— Pourquoi il serait retourné à la fac alors que les cours étaient terminés ?

Zoe-Grace ricane.

— Pour affaires. Il n'allait plus en cours depuis l'hiver précédent. Il s'était fait virer.

— Quoi ?

Kat ne m'a jamais dit ça. D'un autre côté, pourquoi l'aurait-elle fait ? On était toutes les deux trop gênées pour parler d'Amos. Moi, à cause de ce qui s'était passé chez lui pendant la fameuse soirée, et Kat, parce qu'Amos était tout ce pour quoi elle ne voulait pas qu'on la prenne : un gosse de riches à qui le nom de sa grand-mère ouvrait toutes les portes.

Zoe-Grace baisse la voix.

— Il s'est fait choper en train de dealer sur le campus. Ça a été un beau bordel. Sa famille est intervenue pour éviter que la fac porte plainte contre lui, mais ils l'ont quand même viré. Sa grand-mère s'est foutue en rogne, et elle l'a retiré de son testament.

Marian Sullivan-Marcotte pèse près de 20 millions de dollars.

— Elle l'a déshérité parce qu'il s'est fait virer de la fac ? C'est un peu radical, même pour elle.

— C'est la goutte d'eau qui a fait déborder le vase après ce qui s'était passé à Sunfish Creek l'été précédent.

— Qu'est-ce qui s'était passé ?

— Amos m'avait emmenée à la maison au bord du lac. Des amis à lui nous ont rejoints sur place. Il est parti chercher de la bière, et il est revenu complètement flippé. Tout l'avant de sa voiture était défoncé. Il nous a dit qu'il avait percuté un chevreuil, mais il avait fumé, donc Dieu seul sait si c'est vrai. Bref, il a demandé à sa mère de virer du fric sur son compte pour qu'il puisse faire réparer sa bagnole dans un garage local. Et sa grand-mère l'a appris.

» Tout le monde commet parfois des erreurs, mais quand il m'a dit qu'il s'était fait choper pour avoir dealé de la drogue, j'ai rompu avec lui. Franchement, j'aurais dû l'envoyer se faire foutre quand il a voulu renouer début juin, mais il semblait sincèrement effrayé, et… je ne sais pas.

Zoe-Grace pétrit son pouce sous sa bague en argent.

— C'est difficile de cesser de te soucier de quelqu'un qui a beaucoup compté pour toi.

— Si Amos n'était pas avec toi ce jour-là, il n'a pas d'alibi pour la disparition de Kat et de Jesse.

Zoe-Grace fixe ses mains d'un air déprimé.

— Je sais. Mais si j'ai dit qu'il était avec moi, c'est parce que je suis certaine qu'il n'a rien à voir avec ce qui est arrivé à sa cousine. Il disait toujours que c'était la seule personne fréquentable dans sa famille. Puis son oncle a été blessé, et la police a dit que le type qui l'avait renversé était le ravisseur de Kat, et comme il était mort… J'ai cru que j'étais la seule qui aurait des ennuis si j'avouais avoir menti pour Amos.

Je la crois, et pas seulement parce que ça signifie qu'Amos n'avait pas d'alibi pour le 23 juin – mais parce qu'elle vient de me révéler qu'il avait une raison d'enlever Kat. Il avait salement besoin de fric, et quel meilleur moyen de se venger de Marian pour l'avoir déshérité ?

Je la crois, et pas juste parce que la culpabilité d'Amos explique tout. Je la crois parce que je vois le mal qu'il lui a fait.

— Tu as dit qu'il avait fait réparer sa voiture dans un garage local. Tu te souviens du nom ?

— Non, mais ça ne devrait pas être difficile à trouver. Il n'y en a qu'un seul dans cette ville.

Je ne sais pas pourquoi j'ai posé la question alors que je connais déjà la réponse. Amos a dû faire réparer sa voiture là où travaillait Mike Dorsey.

Il est un peu plus de 22 heures. La maison est silencieuse, hormis pour le sifflement qui s'échappe de la bouche d'aération au ras du sol de ma chambre. Je n'arrive pas à dormir – comment trouver le sommeil maintenant que je sais ?

Amos est la seule chose qui relie Mike Dorsey à Kat, à Jesse et à moi. Il n'a pas d'alibi pour ce samedi, et il était peut-être même sur la montagne avec Mike Dorsey.

Novak avait raison : avoir une réponse ne me suffit pas. Je ne me sens pas mieux du tout. Au contraire, je suis furieuse qu'Amos n'ait pas été inquiété ces six derniers mois.

J'ai donné son téléphone au FBI ; ils disposent de tous les éléments et des ressources nécessaires pour les assembler entre eux. Ils parviendront à la même conclusion que moi. Je ne peux rien faire d'autre qu'attendre.

Et ensuite ? S'ils arrêtent Amos, est-ce que ça me suffira ? S'il les conduit aux corps de Kat et de Jesse, pourrai-je enfin accepter qu'ils sont morts ?

Ou est-ce que je continuerai à me torturer tant que je ne me souviendrai pas de ce qui s'est passé, de la raison pour laquelle je me suis enfuie comme une lâche pendant que mes amis étaient enlevés et assassinés ?

Je me tourne de l'autre côté en regrettant de ne plus avoir d'Ativan quand mon téléphone vibre. J'ai reçu un texto d'un numéro inconnu.

Tu peux m'appeler ?
(c'est Zo)

Avant de quitter le *Dunkin' Donuts*, j'ai enregistré mon numéro dans son téléphone et je lui ai demandé de me prévenir si elle avait des nouvelles d'Amos. Mon cœur fait la culbute tandis que j'appuie sur le bouton d'appel.

Elle décroche en lançant :

— Désolée, c'était trop long pour un texto.

— Ne t'en fais pas, je chuchote même si mes parents dorment sans doute déjà de l'autre côté du couloir. Qu'est-ce qui se passe ?

— Ça va te paraître super bizarre, mais deux ou trois fois par semaine, je regarde les statistiques de mon blog. Il y a quelque temps, j'ai repéré une adresse IP depuis laquelle quelqu'un me rend visite chaque jour depuis des mois.

Mon pouls accélère.

— Tu peux voir qui vient sur ton blog ?

— Ouais. Là, je vérifiais si quelqu'un des facs auxquelles j'ai postulé était passé voir mon travail. J'ai trouvé ça étrange qu'un utilisateur de l'État de New York consulte mon blog tous les jours, mais après t'avoir parlé… j'ai pensé que c'était peut-être Amos.

— Où exactement dans l'État de New York ?

— J'ai cherché la ville. Elle est pile à la frontière avec le Vermont.

— L'adresse IP t'a fourni d'autres informations ?

Zoe-Grace hésite un instant.

— Ouais. J'ai la localisation exacte. Tu la veux ?

— S'il te plaît.

— 352 Townline Road, à Timsbury. Tu vas appeler le FBI ?

— Je ne sais pas. On n'est même pas sûres qu'il s'agisse bien d'Amos.

Malgré le téléphone, ils ne le considèrent peut-être pas encore comme suspect. Si c'est le cas et que je les appelle pour leur donner une adresse à Timsbury, ils ne me prendront pas davantage au sérieux que les timbrés qui affirment avoir croisé Kat et Jesse au Costa Rica.

— J'ai vraiment merdé, soupire Zoe-Grace. Je n'aurais jamais dû dire qu'il était avec moi. Et si tout ce qui est arrivé au père de Kat était ma faute ?

— Ne fais pas ça. Moi aussi, j'ai beaucoup culpabilisé, et…

Au risque d'avoir l'air naïve, je sais combien c'est dangereux de faire une fixation sur un pas de travers, une mauvaise décision. On finit par croire qu'on a plus d'influence que ce n'est réellement le cas.

— Je pourrais avoir des tas d'ennuis pour avoir menti à la police, se lamente Zoe-Grace.

— Peut-être. Franchement, je n'en sais rien.

Elle hésite.

— Hé, Claire… Tout ce que je t'ai dit… Je sais que je dois avouer. Mais je ne suis pas encore prête.

J'acquiesce même si elle ne peut pas me voir.

— Je n'en parlerai à personne.

— Merci, dit-elle tout bas.

On raccroche. Je tape 352 Townline Road, Timsbury, dans Google, et je suis un lien vers un site de location de logements de vacances.

« Nous sommes désolés, ce bien n'est plus disponible. »

D'après la description, il s'agit d'une maison avec trois chambres. Les photos ont été retirées, mais il reste le numéro de téléphone du propriétaire.

Je le tape sur le clavier de mon téléphone, et mon cœur accélère un peu plus à chaque sonnerie. À la quatrième, un homme décroche.

— Allô ?

— Bonjour, j'appelle au sujet de votre maison en location à Timsbury.

— Quoi ? Vous avez vu l'heure ? Et où avez-vous eu ce numéro ?

— Sur LocationsDeVacances.com. Je travaille pour le site. Je voulais savoir si vous envisagiez de mettre votre annonce à jour.

L'homme fait taire un chien qui aboie quelque part près de lui.

— Cette maison n'est plus à louer depuis l'été dernier.

— C'est la même personne qui l'occupe depuis six mois ?

Silence à l'autre bout du fil. Puis :

— Je ne vois pas en quoi ça vous concerne.

— C'est juste une question administrative, monsieur. Vous voulez que je retire l'annonce ?

— Oui, et effacez aussi mon numéro.

Il raccroche sans dire au revoir.

Samedi matin. Mon père est planté face au mur de la cuisine, une main posée sur sa nuque. Je mets un moment à comprendre ce qu'il fixe : deux traînées de peinture orange par-dessus le jaune que ma mère parle de changer depuis des mois.

—Qu'est-ce que tu fais?

Il se tourne vers moi et cligne des yeux.

—J'essaie de choisir entre ces deux couleurs.

—Je ne vois aucune différence.

—La première, c'est Tarte à la citrouille, et la seconde, Lune des moissons, répond-il comme si j'étais aveugle.

—J'aime bien Lune des moissons, dis-je ne me laissant tomber sur une chaise. Papa, je voudrais rentrer seule à la fac. En voiture.

—Ça fait beaucoup de route pour une personne seule.

—Ça fait beaucoup de route pour quelqu'un qui devrait être en train de repeindre sa cuisine.

Il ôte ses lunettes de lecture et me dévisage.

—Je ne sais pas, Claire. Tu devrais comprendre que j'hésite à te laisser conduire seule.

—Ce n'est pas très féministe de ta part.

—Mais c'est très manipulateur de la tienne. Pourquoi tu ne veux pas que je te ramène?

—Ce n'est pas le problème. J'aimerais juste avoir ma voiture à Geneseo. Ça me permettrait de faire plus de trucs à côté de la fac. Me trouver un boulot, par exemple.

Papa soupire.

—Je ne sais pas trop…

Mais je sens qu'il va craquer.

—Papa… Tu ne pourras pas me protéger de tout éternellement à cause de ce qui est arrivé à mes amis.

Je lui prends la main. Il la serre dans la sienne, la porte à ses lèvres et ferme les yeux.

—D'accord. Je changerai ton huile et j'irai refaire la pression de tes pneus cet après-midi.

Je pars le dimanche matin.

J'ai un audiobook pour m'aider à passer le temps, un des ouvrages sur ma liste de lecture pour le cours de fiction contemporaine que je vais suivre ce trimestre, mais je l'arrête au bout d'une heure en prenant conscience que je n'ai pas écouté un seul mot du début.

J'ai réglé mon GPS pour qu'il me conduise au 352 Townline Road, Timsbury. J'en ai pour cinq heures, le même laps de temps que pour retourner à Geneseo. Après ça, il me faudra quatre heures de plus pour atteindre le campus. Ça fait beaucoup de route et un sacré gaspillage d'essence, mais je dois savoir si Amos est là-bas.

Le ciel a la couleur d'une ecchymose quand j'atteins la frontière qui sépare l'État de New York du Vermont. D'après le GPS, je suis encore à une demi-heure de ma destination. Je m'arrête sur la dernière aire de repos avant de quitter l'autoroute et achète un café hors de prix dont je n'ai pas réellement envie avant de reprendre le volant.

Le temps qu'il ait refroidi, le GPS m'indique de tourner à droite dans Townline Road. Il n'y a pas de panneau « BIENVENUE À TIMSBURY ». Je dépasse une épicerie et une église. Devant celle-ci, un affichage clame « KLAXONNEZ SI VOUS AIMEZ JÉSUS – TÉLÉPHONEZ EN CONDUISANT SI VOUS ÊTES PRESSÉ DE LE RENCONTRER ».

Un kilomètre et demi sépare le 352 de la maison précédente. Je ralentis en approchant.

L'ancienne ferme se dresse au sommet d'une colline. L'allée du garage est vide. Je la dépasse et continue à rouler. Le GPS recalcule en m'informant que j'ai dépassé ma destination et en m'invitant à faire demi-tour.

Le cœur battant la chamade, j'ôte mon pied de l'accélérateur. Il commence à neiger ; j'allume mes essuie-glaces.

Je passe et repasse trois fois devant le 352 avant que mon pouls se calme. Puis je rebrousse chemin vers le centre de Timsbury et me gare dans le parking du bureau de poste.

Cinq heures et demie se sont écoulées depuis mon départ. J'appelle ma mère et tombe sur son répondeur.

— Coucou. (Je déglutis pour masquer la déception dans ma voix.) Je suis arrivée. Bon, ben on se parlera demain.

Je raccroche et entre l'adresse de la fac dans mon GPS. C'était idiot de venir ici. J'espérais quoi ? Qu'Amos Fornier m'attendrait sous le porche ; qu'il m'inviterait à entrer et avouerait qu'il était coupable de complicité d'enlèvement et de meurtre ?

La neige tombe plus dru. En sortant du parking, je règle mes essuie-glaces sur la vitesse supérieure. Mais au lieu de suivre les indications du GPS et de tourner à droite, je prends à gauche en direction de Townline Road.

La ferme est toujours plongée dans le noir.

Je secoue la tête et entreprends de faire demi-tour pour regagner l'autoroute.

Je suis en train de passer la marche arrière quand une violente secousse agite ma voiture. Je me cogne le front sur le volant.

Sonnée, je porte une main à ma tête. Quelqu'un vient de me rentrer dedans. Je dois descendre de voiture et appeler la police qui signalera l'accident à mon assurance. Comment je vais expliquer à mes parents ce que je fichais ici ?

Alors que je m'apprête à détacher ma ceinture de sécurité, une seconde secousse ébranle ma voiture. Dans le rétroviseur, j'aperçois une forme argentée qui fait marche arrière.

Une voix résonne à travers le chaos de mon esprit. *Ce n'est pas un accident. Fiche le camp.*

J'enfonce l'accélérateur, mais trop tard. J'ai quitté la route. Quelqu'un ouvre la portière à la volée. Je tente de saisir la poignée pour la refermer, mais l'homme au visage dissimulé par la capuche de son sweat ne me laisse pas faire.

Un cri s'étrangle dans ma gorge tandis qu'Amos Fornier m'empoigne pour me tirer hors de ma voiture et me jeter à terre. Mon dos heurte la neige et la glace avec un choc qui l'engourdit immédiatement. Puis je vois une pelle s'abattre vers ma tête.

Troisième partie

De l'autre côté

20

KAT

L'ANNÉE DERNIÈRE
23 JUIN

Quand j'ouvris les yeux, une lumière dorée se déversait entre les lamelles des stores de la maison au bord du lac. Désorientée, je m'assis brusquement. Quelque chose avait changé, et ce n'était pas seulement le fait que je ne me trouvais pas chez moi, dans mon propre lit. J'avais la désagréable impression d'oublier un truc.

Près de moi, Jesse s'agita. Il se redressa en posant la tête sur sa main, son coude replié s'enfonçant dans le matelas.

— Tout va bien ?

Je me laissai retomber sur mon oreiller, le cœur battant. Mon rêve. Voilà ce qui avait changé. Je n'avais pas rêvé pendant la nuit.

Je faisais le même rêve depuis des années, depuis notre retour d'Italie. Dans ce rêve, je regardais l'avion décoller, et je savais qu'ils se trouvaient à bord. Mes parents et Emma étaient *toujours* à bord, et moi pas.

J'ignore d'où j'étais censée regarder la scène, mais quand l'avion explosait dans une boule de flammes et de fumée, je savais qu'ils étaient morts et que je ne pouvais rien y faire.

Mais la nuit précédente, il n'y avait eu que l'obscurité et la paix. Les bras de Jesse.

« *Tout va bien ?* »

— Oui, répondis-je en me blottissant contre lui.

Tout allait plus que bien. Tout était parfait.

Parce que d'ici la fin du week-end, je serais morte.

Tout le monde voudrait savoir pourquoi. Comment une telle chose avait-elle pu arriver à Kat Marcotte, la fille qui avait tout ?

Je sais que c'est ce que les gens ont toujours pensé de moi en secret. Première clarinette dans la fanfare du lycée, capitaine de l'équipe de volley, lauréate du National Merit, premier rôle dans la pièce de théâtre de ma classe de CM2… Toute ma vie n'a été qu'une longue suite de victoires.

À l'automne précédent, après un entraînement, j'avais entendu Shannon DiClemente et Anna Markey discuter dans les vestiaires de l'acharnement avec lequel Jamie Liu et moi nous disputions la place de major de promo. Ça allait se jouer à moins d'un point.

— J'espère que c'est Jamie qui l'emportera, avait dit Shannon en s'épongeant le visage et le cou avec une serviette.

Elle n'avait pas eu besoin d'ajouter quoi que ce soit. Je devinais à quoi elle pensait. Techniquement, elle était meilleure joueuse que moi, mais elle passait son temps à s'engueuler avec l'entraîneuse. Son mauvais caractère lui avait coûté le poste de capitaine.

Kat obtient toujours tout.

Pendant qu'elles discutaient, Anna et Shannon ne m'avaient pas vue sortir du bureau de l'entraîneuse en me massant le poignet. Mes tendons me faisaient mal, et je ne parvenais plus à le cacher quand je servais. Inquiète, l'entraîneuse m'avait fait promettre d'aller chez le docteur. Anna et Shannon ne s'étaient pas aperçues que je les entendais, que je savais qu'elles souhaitaient que quelqu'un d'autre devienne major de promo parce que j'avais déjà tout.

Je m'étais glissée dans la douche en pressant deux doigts sur mon poignet douloureux.

Elle avait tout, diraient les gens lorsque j'aurais disparu. *Et en un clin d'œil, pouf! Plus rien.*

Comment c'est possible ? se demanderaient-ils. Et la seule chose qui compte à mes yeux maintenant, c'est que personne ne puisse jamais répondre à cette question.

Mais j'anticipe.

21

Imaginez New York vue par les yeux d'une fillette qui la découvre pour la première fois. L'énergie, les lumières, les gens qui marchent dans les rues comme s'ils avaient décidé d'être eux-mêmes et au diable les attentes de la société. Dans cette ville, on peut être n'importe qui sans que nul n'y regarde à deux fois. Et tout le monde veut être quelqu'un, mais tout le monde échoue.

Imaginez quel effet ça pouvait produire sur une fillette qui, depuis aussi loin que remontaient ses souvenirs, ne désirait qu'une seule chose : n'être plus personne. Depuis qu'elle avait mis les pieds à Manhattan pour la première fois, sa main gantée serrant celle de sa grand-mère qui l'emmenait dans un salon de thé russe, c'était toujours là qu'elle se réfugiait quand elle avait besoin de disparaître.

Quand les cris commençaient et que les postillons volaient, elle s'imaginait se faufilant par les portes du métro. Quand elle se barricadait dans sa chambre, d'abord seule et plus tard avec sa petite sœur, elle se projetait dans un appartement du Village pas plus grand que le placard dans lequel elle se tapissait.

Son père disait que New York était une ville sale, grouillante de pervers et autres rebuts de la société, mais quand elle se voyait se fondre parmi eux, cela l'emplissait d'un désir si puissant qu'elle serait morte plutôt que de renoncer à ce rêve.

Un jour, elle lui échapperait. Elle leur échapperait à tous, et elle deviendrait quelqu'un dans cette ville. Elle se débrouillerait pour que son rêve devienne réalité. Mais à l'époque, elle ne se rendait pas compte que New York ne serait pas encore assez loin.

Imaginez cette fille alors qu'elle vient juste d'avoir dix-sept ans, en novembre de son année de Terminale. Son anniversaire tombe plusieurs mois après celui de la plupart de ses camarades. Ce qui ne l'a jamais empêchée d'être plus intelligente et plus mature qu'eux – meilleure en tout, d'après sa famille.

Elle est sur le point d'obtenir tout ce pour quoi elle a travaillé ces dernières années. Tout ce qu'elle mérite. Son père, à qui on a tout donné, pense que personne ne mérite rien. Mais sa grand-mère, qui est née sans rien, n'est pas de cet avis.

Sa grand-mère dit à cette fille qu'elle est exceptionnelle, qu'elle a sa place dans une des meilleures universités du pays – celle qu'elle a fréquentée elle-même presque cinquante ans plus tôt. Boston College, située à cinq heures de route de la crasse et des paillettes de Manhattan, de ces hippies de la fac de NYU. La fille a également postulé pour Columbia, bien entendu, parce que c'est une institution respectable qui appartient à l'Ivy League et que sa famille ne peut rien trouver à y redire. Mais elle rêve d'aller à NYU depuis son année de Quatrième.

Bien décidée à ce qu'elle aille à Boston College, sa grand-mère lui fait une proposition. Elle passera des coups de fil, organisera un entretien, paiera tous les frais de scolarité – mais seulement si la fille renonce à intégrer toute autre fac.

Y compris NYU. Surtout NYU.

La fille sait qu'elle n'a pas le choix. Elle n'a jamais eu le choix : ni des cours qu'elle suit, ni des sports qu'elle pratique, pas même de l'heure à laquelle elle se réveille le matin. Elle sait ce qui se passera si elle le défie. Elle ne veut pas savoir ce qui se passera si elle défie la femme qui a fait de lui ce qu'il est.

Alors, elle échange tout ce qui lui tient à cœur contre cette fameuse place au Boston College : son rêve d'aller à NYU, et un avenir avec le garçon qu'elle a laissé entrer dans sa vie tout en sachant que c'était une erreur.

Enfin, dans certaines parties de sa vie. Il ignore ce qui se passe chez elle parce que la fille n'en a parlé à personne, pas même à sa meilleure amie. Dans son lit, il se love contre elle pour la réchauffer au cœur de l'hiver, et lui chuchote à l'oreille tout ce qu'ils feront ensemble quand elle sera étudiante à New York, à un quart d'heure de l'appartement qu'il louera avec les autres membres de son groupe dès l'automne. La fille le laisse y croire, même si elle sait que ça n'arrivera pas. Il ne se rend pas compte qu'elle a menti à sa famille à propos de lui, qu'elle a minimisé le sérieux de leur relation.

Seule sa mère l'a rencontré, seule sa mère sait combien de temps ils passent réellement ensemble. Bien entendu, son père et sa grand-mère ne le trouveront pas assez bien pour elle ; peut-être même qu'ils le détesteront, parce qu'ils détestent tout ce qui la rend heureuse.

Alors, elle lui ment encore et encore. Quand elle reçoit le mail d'acceptation de NYU, elle l'efface et lui dit qu'elle n'a pas été prise. Quand le garçon se décompose, elle lui dit qu'elle ne comprend pas non plus comment c'est possible. Ils pensent tous les deux la même chose : qu'elle obtient toujours tout ce qu'elle désire, alors pourquoi pas ça ?

Le problème quand vous mentez, c'est que si vous le faites assez souvent, ça finit par devenir un automatisme. Comme respirer.

Je suis bien placée pour le savoir. J'ai menti toute ma vie.

J'ai menti à ma famille.

22

KAT
L'année dernière
Mai

Tout commença – ou se termina, selon le point de vue – deux semaines avant l'anniversaire de ma grand-mère, un dimanche alors qu'elle était passée chez nous pour prendre le café. Elle imposait cette visite hebdomadaire à ma mère depuis que mes parents s'étaient installés dans la maison d'Idledale Road, juste après ma naissance.

Ma grand-mère me regardait par-dessus le bord de sa tasse, attendant que ma mère ait fini de jacasser au sujet des festivités prochaines au country club de Brookport. À la première occasion, elle lança :

— Ta mère m'a dit que ça devenait sérieux avec le garçon que tu vois.

Les yeux baissés, ma mère ajouta de la crème dans son café. La seule raison pour laquelle elles osaient aborder le sujet, c'est que mon père se trouvait quelque part à dix mille pieds d'altitude.

Je dévisageai ma mère, le cœur dans la gorge. La peur me saisit comme je me demandais ce qu'elle avait raconté sur Jesse et ses raisons pour avoir attendu maintenant, alors qu'il ne me restait que quelques mois avant de partir à la fac, pour dire à Marian que c'était sérieux entre nous.

Ma grand-mère me toisait comme si j'étais un serveur qui lui aurait apporté le mauvais plat. Quelque chose se rebiffa en moi.

— Ça ne date pas d'aujourd'hui, répondis-je sur un ton glacial. On est amis depuis la Seconde.

Marian grimaça comme si elle venait de mordre dans quelque chose d'acide. Tout ce qui lui rappelait que je fréquentais un lycée public produisait cet effet. Je m'étais battue comme une lionne pour éviter que mes parents m'envoient à Barton dans le nord de l'État, comme Emma. Je n'avais tenu que six mois dans l'école d'Amos, Ste Genevieve, que tous les gens qui la connaissaient surnommaient affectueusement « St Joint ».

— Il est très gentil, intervint ma mère.

Mais comme chaque fois qu'elle s'exprimait en présence de Marian, elle avait monté la voix à la fin de sa phrase, lui donnant le ton d'une question.

Ma grand-mère saisit la cafetière en porcelaine Royal Albert du service qu'elle avait offert à ma mère, même si ma tante Erin le convoitait depuis toujours.

— Tu ne crois pas qu'il serait temps de me le présenter ?

J'ajoutai du lait dans ma tasse en m'imaginant dire non à ma grand-mère. Celle qui allait payer mes études supérieures, et qui quelques jours plus tôt était arrivée chez nous au volant d'un cadeau beaucoup trop coûteux pour fêter l'obtention de mon bac.

Non. Je ne te laisserai pas l'approcher à moins de trois mètres.

Marian reporta son attention sur ma mère comme si je n'étais plus là.

— Et la soirée ? On pourrait sûrement lui trouver une place à table.

— Il travaille tous les week-ends, répliquai-je un peu trop vite.

Marian sirota une gorgée de café, laissant une trace de rouge à lèvres beige rosé sur le bord de sa tasse. Le Rouge Coco de Chanel dans la teinte Marie. Gamine, je me faufilais dans sa salle de bains ; je débouchais le tube, je faisais sortir le bâton complètement et je m'imaginais écrire des choses terribles sur le miroir, des choses que je n'avais jamais entendues que dans la bouche de mon père.

— La soirée est dans deux semaines. Ça lui laisse tout le temps de poser un après-midi, contra Marian.

Quand elle se leva pour aller aux toilettes, ma mère me jeta un coup d'œil paniqué avant de murmurer :

— Pitié, dis-lui de porter une cravate.

Il n'y avait pas moyen d'y échapper. Ma mère envoya même une invitation à Jesse par mail. Peut-être craignait-elle que je ne lui en parle pas, que je continue à le cacher au reste de ma famille – pas seulement à Marian et à mon père, mais à tous les autres Sullivan-Marcotte. Les Sullivan, dont descendait ma grand-mère, me dégoûtaient : une bande de crétins arrogants nés et élevés à Brookport. Ils avaient tous réussi dans la vie, devenant avocats, docteurs ou traders à Wall Street, mais aucun autant que Marian, qui avait siégé au Congrès.

Je ne pouvais pas les supporter. Ils étaient toujours en train d'essayer de se damer le pion les uns les autres, en se servant de leurs enfants si beaux et si brillants comme de vulgaires accessoires. J'imaginais Jesse débarquant au country club au volant de Bruce et découvrant toute une flottille de BMW, d'Audi et de Corvette vintage. Je me souciais moins de ce que ma famille penserait de lui que de ce qu'il penserait de moi.

Depuis que je sortais avec lui, je me donnais beaucoup de mal pour être quelqu'un d'autre. Quelqu'un comme Claire, qui ne restait pas éveillée toute la nuit à craindre d'avoir coché une mauvaise case dans le dernier QCM de maths. Parce que je me sentais en sécurité auprès de Jesse, je m'étais convaincue que je pouvais devenir quelqu'un qui ne vivait pas constamment dans la peur.

Une peur si puissante à présent qu'il me semblait que j'allais vomir dans le vase plein de pivoines au centre de la table. Parce que Jesse avait un quart d'heure de retard, et que mes deux mondes étaient sur le point d'entrer en collision.

Je vidai un demi-verre de Coca light avant de quitter la table pour m'échapper dans le vestibule, loin de la voix de Sinatra qui roucoulait par les haut-parleurs. Je sortis mon téléphone et envoyai un texto à Jesse, *où tu es ?*

Il devait venir après le boulot, et même s'il avait promis de partir une heure plus tôt pour avoir le temps de passer chez lui se doucher et se changer, il avait quand même un quart d'heure de retard.

— Kat ?

Je levai les yeux. Il se tenait là, près du collage de photos que ma tante Erin avait réalisé en hommage à Marian. Les cheveux encore humides, en chemise bleue et pantalon de toile. Il ne portait pas de cravate, et je dus grimacer car il me demanda :

— Quoi ? Qu'est-ce qui ne va pas ?

Au lieu de répondre, je déposai un baiser rapide sur ses lèvres.

— Rien. Prêt à rencontrer une bande de riches connards ?

Ma voix monta dans les aigus, et je sentis mon pouls battre au bout de mes doigts tandis que je prenais Jesse par la main et l'entraînais vers la salle à manger. Je balayai la pièce du regard. Mon père se tenait au bar avec ses cousins, dans le fond de la pièce. Par chance, il nous tournait le dos et ne pouvait pas nous voir.

Ma grand-mère trônait à sa table, vêtue d'une élégante robe-portefeuille à fleurs, ses cheveux lissés et relevés en chignon-banane. Mon pouls rugit à mes tympans tandis que je m'approchais d'elle, Jesse à ma suite.

Marian nous aperçut et baissa sa flûte de champagne avec une expression interrogatrice.

— Grand-Mère, je te présente Jesse, mon petit ami.

Elle serra la main qu'il lui tendait. La sienne était d'un blanc de lys, marbré de veines bleues ; celle de Jesse était bronzée et pleine de cals causés par sa guitare.

— Jesse... ?

— Salpietro, répondit-il.

Marian leva les sourcils.

— Un nom peu commun. C'est italien ?

Jesse glissa les mains dans les poches de son pantalon. *Ne voûte pas les épaules*, le suppliai-je mentalement. *Elle déteste ça.*

— Oui. Ma mère était italienne et mexicaine-américaine.

Ce fut rapide comme l'éclair, mais nous le vîmes tous les deux – l'air contrarié de ma grand-mère. Pas à cause du mot *italienne*, évidemment, puisque mon grand-père l'était aussi.

Mexicaine-Américaine.

Je ravalai ma nausée tandis que ma grand-mère murmurait « Excusez-moi » et tournait le dos à Jesse pour saluer un autre invité.

— Reviens me parler plus tard, Katherine, dit-elle, son sourire s'évanouissant comme ses yeux se posaient de nouveau sur Jesse.

Je l'entraînai à l'écart, mais il continua à fixer ma grand-mère. Quand je lui pressai l'épaule, il marmonna qu'il devait aller aux toilettes et rebroussa chemin vers le vestibule. Alors que les toilettes se trouvaient de l'autre côté.

— Jesse.

Je le rattrapai comme il s'apprêtait à sortir.

Il se retourna avec l'expression la plus triste que je lui aie jamais vue.

— Tu pars déjà ?

— Je ne crois pas que ma place soit ici, répondit-il.

J'ouvris la bouche et la refermai. Rien ne justifiait la façon dont Marian venait de le traiter.

— Je suis désolée, chuchotai-je. Reste, je t'en supplie.

Des larmes lui montèrent aux yeux.

— Kat, je ne peux pas faire ça.

Ce fut comme si on m'avait crevé les poumons.

— Tu es en train de rompre avec moi ?

— Non. Je ne sais pas. Kat, pour le moment, il faut juste que je m'en aille.

Il se passa une main sur le visage.

— À cause de ma grand-mère ? Je sais qu'elle est horrible. Comme toute ma famille. C'est pour ça que je ne voulais pas te les présenter. Tu sais que je ne suis pas comme eux, non ? dis-je en lui prenant les mains.

Elles tremblaient. Je les pressai avec force.

— Jesse. Tu crois sérieusement que ça change quoi que ce soit entre nous ?

— Je ne sais pas. J'ai besoin de réfléchir, d'accord ?

— Comment ça ?

Jesse se dégagea. Il tira sur le col de sa chemise en regardant autour de lui comme s'il voyait la pièce pour la première fois. Les lustres en cristal, le sol en marbre, les serveurs avec leurs gants blancs.

— Je ne peux pas rester ici. On parlera plus tard, d'accord ?

Et il disparut.

J'avais besoin de boire quelque chose. Non : j'avais besoin de quelque chose de plus fort que de l'alcool, et par chance, je connaissais quelqu'un qui pouvait me le procurer.

Avachi sur une chaise à la table familiale, Amos tenait un couteau à beurre en équilibre sur ses jointures. Ne pas sortir son briquet pour le tripoter lui pompait sans doute toutes ses réserves de self-control. Je me glissai sur la chaise vide près de lui.

— C'est quoi, ton problème ? me lança-t-il.

Je fixai ma grand-mère qui se penchait en avant pour parler à une femme en lui touchant le poignet. Sans savoir pourquoi, je repensai à la fois où, quand on était encore petits, Amos m'avait trouvée en train de bouder sur le ponton de la maison de Sunfish Creek. Marian venait de me gronder si sévèrement pour avoir refusé de manger mes choux de Bruxelles que j'avais quitté la table du dîner en larmes.

Quand j'avais claironné « Grand-Mère est trop méchante ! », Amos avait fait la tête du chat qui vient d'avaler un canari. Ce soir-là, une fois que tout le monde s'était endormi, il m'avait attirée hors de ma chambre avec un paquet de salami. Je l'avais suivi tandis qu'il planquait des tranches à des endroits stratégiques de la maison. Quand Marian reviendrait en automne, la puanteur serait insupportable.

À présent, Amos nous dévisageait tour à tour, Marian et moi, comme si nous étions une équation qu'il avait du mal à résoudre. Au bout d'un moment, il renonça, saisit une flûte de champagne sur la table et la vida d'un trait.

— Je déteste cette famille, putain.

— Moi aussi.

Il leva les sourcils et ricana :

— Si tu le dis, Boston College.

Bien entendu, il avait découvert que Marian paierait mes études – alors qu'elle avait refusé de financer les siennes parce qu'il n'avait pas été admis dans une meilleure fac que l'université du Vermont. Il n'y avait pas de secrets dans notre famille.

— Hé, lançai-je soudain. Tu veux qu'on se casse ?

Amos jeta un coup d'œil à mon père.

— Tu déconnes. Sérieusement ?

Je savais que mon père criserait si on s'en allait sans prévenir et qu'Erin et lui devraient expliquer nos deux chaises vides aux autres invités. Mais subitement, je n'en avais plus rien à faire.

— Sérieusement. Viens.

On éteignit tous les deux nos téléphones. Amos me laissa conduire sa BMW. Près d'une heure plus tard, on filait sur la voie express qui menait à Jones Beach, à l'ouest de Brookport en direction de New York. Un bras posé sur le bord de la fenêtre passager ouverte, Amos fumait un joint pendant que je partageais mon attention entre la route devant moi et le compteur de vitesse. Cent, cent dix, cent vingt kilomètres/heure.

Quand on se gara près de la plage, il me demanda :

— À ton avis, ils sont en train de faire quoi ?

Je fixai un point droit devant moi à travers le pare-brise.

— De servir le gâteau en faisant comme si de rien n'était.

Au bout d'un moment, Amos ajouta :

— Tu sais que Marian m'a coupé les vivres, pas vrai ?

Je savais qu'il s'était attiré des ennuis à la fac et qu'il « prenait six mois sabbatiques » pour se remettre sur les rails. De là à lui couper les vivres…

— Sérieusement ?

— Ouais. Plus de fonds fiduciaire, plus d'héritage, que dalle, dit-il en claquant des doigts.

— Tu as de la chance.

Il laissa sa main retomber sur sa cuisse et tourna la tête vers moi avec un sourire narquois.

— Tu trouves ? Pourquoi ?
— Parce qu'au moins, tu ne lui appartiens plus.

J'étais bien obligée de rentrer à la maison. Je n'avais pas d'autre endroit où aller. Oh, j'aurais pu me réfugier chez Claire et tout raconter à ses parents, mais ça aurait fait du vilain. Mon père n'avait jamais aimé Mme Keough ; il n'y avait de place que pour une seule femme forte dans sa vie, et c'était sa mère. Si Christine tentait de m'aider en citant les lois de protection de l'enfance et en parlant de traumatisme psychique, ça équivaudrait à une déclaration de guerre.

Peu importe ce qui s'est passé quand je suis rentrée chez moi. Bien entendu, il y a eu des cris et des accusations.

« Humilié toute notre famille… »

« … gamins trop gâtés ! »

« On a failli appeler la police… »

Mais cette fois, je suis restée calme, ce qui n'a fait que l'énerver davantage. Quand j'ai voulu le contourner pour aller dans ma chambre, il m'a attrapée par l'épaule.

— Katherine, ne t'avise surtout pas…

J'ai hurlé :

— Lâche-moi, putain !

Ça lui a fait péter les plombs. Je savais que ce serait le cas, et je m'en fichais. Je suis restée molle et passive pendant qu'il me jetait sur mon lit. Dans le couloir, ma mère s'époumonait :

— Johnathan, qu'est-ce que tu fais ?

Quand ma tête a heurté le mur, le monde a viré au noir. Un instant, j'ai cru que je ne reprendrais pas connaissance, que j'allais mourir…

Je suis revenue à moi parce qu'il me secouait. La peur avait remplacé la fureur sur son visage, et sur le seuil de ma chambre, ma mère gémissait :

— Oh mon Dieu, oh mon Dieu, oh mon Dieu.

J'aurais voulu que tu me tues, ai-je tenté de lui dire avec mes yeux. *Parce que si tu me tuais, quelqu'un finirait peut-être par t'arrêter.*

Le lendemain matin, mon père partit au travail comme si de rien n'était. Il resterait absent trois jours, le temps d'aller en Irlande puis en Grande-Bretagne et de revenir. C'était un schéma que je connaissais par cœur. Chaque fois, il perdait le contrôle, s'enfuyait au travail et revenait tout sourires comme s'il se prenait pour un patriarche bienveillant.

Mais quelque chose était différent cette fois. Ma mère ne mangeait presque plus, et chaque fois qu'elle me regardait, ses yeux se remplissaient de larmes.

En guise de punition pour avoir déserté la soirée de Marian, mon père m'avait confisqué ma clé de voiture. Le lundi matin, ma mère proposa de me conduire à l'école.

— J'irai à pied, dis-je froidement avant de lui refermer la porte de ma chambre au nez.

J'envisageai d'envoyer un texto à Claire pour lui demander de passer me chercher, mais je ne voulais pas lui expliquer pourquoi je m'adressais à elle plutôt qu'à Jesse. Je me demandais s'il lui avait raconté ce qui s'était passé à la soirée, même si au fond, je me doutais que non. En fait, je ne comprenais toujours pas ce qui s'était passé, comment il pouvait me tenir pour responsable de la grossièreté de Marian. Après tout ce temps passé ensemble, il ne comprenait toujours pas que je considérais mon nom de famille comme une malédiction et non comme un privilège.

Après la dernière sonnerie de la journée, j'envisageais de sécher la réunion de la société honorifique et l'entraînement de lacrosse quand Jesse me rejoignit près de mon casier. Il ne s'était pas rasé, et ses yeux étaient cernés.

Bien fait. Tu mérites de te sentir aussi mal que moi, pensai-je.

— Salut, lança-t-il d'une voix rauque, les yeux baissés. On peut parler ?

Je le suivis jusqu'à Bruce. Même dans sa voiture, avec moins de trente centimètres entre nous, il ne parvint pas à me regarder en face.

— Dépêche-toi de me plaquer pour que je n'arrive pas en retard à ma réunion, lui dis-je.

— Tu crois vraiment que c'est ce que je veux ? Rompre avec toi ? me demanda-t-il.

— Je ne sais pas ce que tu veux, Jesse. Que ma famille soit différente ? Jamais je n'ai pensé que tu n'étais pas assez bien pour moi.

Il garda le silence un long moment avant de répliquer :

— Mais si je n'étais pas la bonne personne pour toi ?

Mes yeux se remplirent de larmes.

— Si tu m'aimes, tu es la bonne personne pour moi.

Il se pencha en avant, les coudes posés sur le volant.

— Je t'aime plus que tout, Kat.

Ce fut alors que le barrage céda.

Je lui racontai ce qui s'était passé après qu'Amos et moi avions quitté la réception. Je lui parlai des chambres saccagées quand j'étais enfant. Je lui expliquai comment j'avais appris à me barricader dans un placard dès l'âge de sept ans. Je lui dévoilai la provenance réelle de la cicatrice sur mon sourcil et la raison pour laquelle on était rentrés d'Italie. Je lui avouai qu'à l'instant où ma tête avait heurté le mur samedi soir, j'avais pensé : *Je vais mourir, et je m'en fous.*

Il me tint contre lui pendant que je sanglotais sur son épaule, mouillant son tee-shirt préféré de Led Zeppelin avec mes larmes et ma morve.

— Comment je peux t'aider ? demanda-t-il sur un ton suppliant. Dis-moi ce que je dois faire. J'appellerai les services de protection de l'enfance, je…

— Tu ne peux pas, coupai-je, le cœur serré.

Je n'avais aucune preuve concrète de ce que mon père m'avait fait l'autre soir. Ma mère mentirait comme une arracheuse de dents pour lui, et Emma serait trop terrifiée pour prendre mon parti. Mon père contrôlait *tout*.

La seule personne qui pouvait le contrôler *lui*, la seule personne en mesure de m'aider était la dernière personne à qui je voulais demander de l'aide.

Quand elle vint ouvrir la porte cet après-midi-là, ma grand-mère n'eut pas l'air surprise de me voir.

Son expression placide me mit en rage. Mon propre visage était rouge et strié de larmes. Je n'avais pas dormi depuis plusieurs jours. Et au lieu de me demander si j'allais bien, Marian lâcha :

— Ravie de voir que tu as enfin décidé de t'excuser pour ton comportement de ce week-end.

Je la suivis au salon. Elle s'assit sur la causeuse pendant que je prenais le fauteuil de l'autre côté de la table basse, et on se fixa en silence un long moment avant qu'elle lance :

— Tu sais qu'on était tous très inquiets pour toi et pour Amos ?

— Pas assez pour quitter la réception et vous mettre à notre recherche.

Elle fit la moue. Ses lèvres étaient pâles et nues, et je m'aperçus que c'était la première fois de ma vie que je la voyais sans maquillage.

— Depuis combien de temps tu vois ce garçon que tu as amené à la soirée ?

— Il s'appelle Jesse. Tu t'en souviendrais peut-être si tu avais fait semblant de ne pas être une sale raciste et daigné lui parler cinq minutes.

Je tremblais de tout mon corps. Jamais encore je n'avais manqué de respect à ma grand-mère.

— Toute cette agressivité, murmura-t-elle. Je ne sais pas d'où tu la tiens.

— Tu devrais le demander à ton fils la prochaine fois qu'il me cognera la tête contre le mur.

Elle cligna des yeux.

— C'est une accusation très grave.

— Une accusation ? C'est la vérité, Grand-Mère !

Elle éleva la voix.

— Je te connais, et je connais ton père. Je sais que ce qui s'est passé entre vous n'était que la conséquence malheureuse de deux tempéraments volcaniques.

Un rire monta dans ma poitrine. Donc, c'était ma faute parce que je l'avais provoqué. Marian avait peut-être besoin de le croire pour pouvoir se regarder dans une glace, parce que franchement, quel genre de femme élève un homme qui tabasse d'autres femmes ?

— Je crois qu'on n'a plus rien à se dire.

— Katherine, aboya-t-elle comme je me levais.

Je la fixai, les yeux pleins de larmes brûlantes.

— Quoi ?

— Tu vas étudier dans une des meilleures universités du pays. J'aimerais que tu ne te laisses pas distraire par une relation à distance.

— Et moi, j'aimerais ne pas avoir peur de rentrer chez moi où m'attend mon père abusif.

— Romps avec ce garçon, Katherine.

Mes pieds me semblaient collés au tapis. Marian me fixait, impassible, comme si elle m'avait ordonné de faire réparer mon feu avant cassé. Finalement, je parvins à articuler :

— Non.

Elle croisa les jambes et pencha la tête sur le côté.

— Non quoi ?

— Non, je ne romprai pas avec Jesse.

— Si, ou j'appelle Boston College pour annuler ton inscription.

Elle me rappelait tant mon père ! « *Si tu ne ranges pas tes jouets, je les donne à quelqu'un d'autre.* » Une fois où Emma et moi nous disputions le camping-car de Barbie, il nous avait mises d'accord en le fracassant contre le mur.

— Il est trop tard pour que je m'inscrive ailleurs. Tu me forcerais vraiment à rester à la maison ? demandai-je, effrayée.

— Je ne te forcerais à rien du tout, répliqua Marian. Tu as le choix.

Ce mot me cassa en deux telle une brindille. Jamais je n'avais eu le moindre contrôle sur ma vie. Jamais je n'avais reçu quoi que ce soit sans obligations en contrepartie. *Profite de toutes ces belles choses, et surtout, ne parle à personne de ce qui se passe réellement dans cette famille.*

— Tu es comme mon père, hurlai-je. Un monstre. Tu sais forcément comment il nous traite ! Je ne passerai pas une minute de plus…

Ma voix s'étrangla tandis que son regard se faisait glacial.

— Dans ce cas, je te suggère de mettre un terme à cette relation le plus vite possible.

— Tu dois partir, me dit Jesse quand je le rejoignis dans le parking de la marina où il m'attendait. Tu dois t'éloigner de lui, Kat, même si ça t'oblige à obéir à ta grand-mère.

— Autrement dit, je ne serai jamais libre.

Je pleurais si fort que Jesse tenait ma tête sur sa poitrine. Son cœur battait follement sous mon oreille.

— Elle me forcera à rentrer chez moi pendant toutes les vacances, et rien que d'y penser, j'ai envie de me tuer.

Jesse se redressa brusquement.

— Kat. Ne dis jamais de connerie pareille.

Il me serra fort pendant que je sanglotais sur son épaule et trempais son tee-shirt.

— Je ne sais pas quoi faire. Je ne veux pas retourner dans cette maison. C'est fini. Boston College n'en vaut pas la peine. Ce n'était même pas la fac où je voulais aller.

Mon corps tremblait de l'effort qu'il devait faire pour respirer à travers mes larmes, mais peu à peu, je me calmai. Je venais de le dire : je ne voulais pas aller à Boston College. Je ne voulais pas devenir avocate et avoir une dette envers ma grand-mère pour le restant de mes jours. Je ne voulais même plus être une Marcotte.

Le désespoir revint à la charge, et l'envie d'en finir aussi. Mais je ne pouvais pas faire ça à Jesse.

— Tu as confiance en moi ? me chuchota-t-il à l'oreille.

Comme je ne répondais pas, il glissa un doigt sous mon menton et me fit lever la tête vers lui.

— Kat, tu as confiance en moi ? répéta-t-il sur un ton plus pressant.

J'acquiesçai, la tête lourde, le corps affaibli par le reflux de l'adrénaline.

— Enfuyons-nous ensemble, dit-il en prenant mon visage entre ses mains. Il n'y a rien pour moi ici, excepté toi.

Je déglutis.

— Mais ta tante… Tu as ton travail. Tu as Claire.

— Ils survivront sans moi. Et je peux survivre sans eux. (Il inclina son front pour le presser contre le mien.) Tu es la seule personne qui compte pour moi.

Je fis mine de l'envisager. M'enfuir avec Jesse. Où irions-nous ? Existait-il un endroit où ma famille ne nous retrouverait pas ?

— Je n'aurai dix-huit ans qu'en novembre, objectai-je. Mes parents diraient que tu m'as enlevée. Tu aurais de gros ennuis.

— Il suffit de ne pas se faire prendre. J'ai assez d'argent de côté pour nous permettre de quitter l'État.

Son ton se faisait de plus en plus pressant, comme si ce n'était pas la première fois qu'il caressait cette idée.

Ma bouche refusait de prononcer les mots. *S'il nous retrouvait, il nous tuerait.*

— S'il te plaît, insista Jesse.

Il me prit les mains, les porta à sa bouche et embrassa mes jointures.

— Dis oui. On trouvera un moyen. La seule chose qui compte, c'est qu'on soit ensemble.

Il m'attira vers lui, le cœur battant follement, mais à mon contact, tout son corps se détendit. Comme s'il savait déjà quelle serait ma réponse. Je le suivrais n'importe où, du moment que c'était loin d'ici.

Au moment même où j'ai accepté, je savais déjà qu'il n'existait pas d'endroit assez lointain. Qu'aucune distance ne me mettrait à l'abri. L'Italie l'avait déjà prouvé.

La raison pour laquelle mon père a craqué ce jour-là, c'était… une boîte d'œufs. Ma mère était allée au marché d'Aviano et en avait rapporté une douzaine. Quand mon père a découvert que l'un d'eux était fêlé, j'ai vu passer sur son visage cette expression que je connaissais bien. J'ai enfermé Emma dans notre chambre, et je suis retournée à la cuisine pour vérifier que ma mère allait bien.

J'avais peur qu'il lui fasse du mal – j'avais toujours peur qu'il lui fasse du mal, même s'il ne nous visait jamais quand il jetait des trucs. Non parce qu'il ne voulait pas nous blesser, mais parce qu'il ne voulait pas laisser de traces.

Quand je suis revenue, il était toujours en train de hurler à propos des œufs. Il ne m'a pas vue me précipiter vers ma mère au moment où il lançait une assiette contre le mur. Un éclat de céramique a ricoché et m'a atteinte au-dessus de l'œil.

Deux jours plus tard, ma mère a réservé nos billets de retour aux États-Unis. J'ai cru que ça voulait dire qu'elle avait fini de le couvrir, et que cette fois, elle allait faire le nécessaire pour nous mettre en sécurité.

Et puis la semaine avant notre départ, quelqu'un des services familiaux de la base aérienne est passé chez nous. Des gens s'inquiétaient. Mon père n'était pas là, mais assise à la table de la cuisine, ma mère a affiché un petit sourire et nié qu'il avait un tempérament explosif, nié qu'elle se sentait en danger avec lui, nié que la coupure au-dessus de mon œil qui avait nécessité quatre points de suture était autre chose qu'un accident résultant d'une maladresse.

« Nous sommes une famille très aimante », a-t-elle affirmé. Et j'ai compris que si on rentrait, c'était pour le protéger, *lui*.

Au moment des au revoir, mon père nous a fait asseoir, Emma et moi, nous clouant sur place avec ces yeux gris acier qui hantent mes rêves depuis lors.

— Tout ce que je fais, c'est pour vous deux, a-t-il affirmé. Tout ce que je fais, c'est pour ma famille.

Et j'ai eu encore plus peur de lui à partir de là, parce que rien n'est plus terrifiant qu'un méchant qui se prend pour un héros. Il laissait peut-être ma mère nous ramener aux États-Unis pour le sauver de lui-même, mais nous lui appartenions toujours.

Nous étions sa famille. Il nous méritait – n'avait-il pas perdu son propre père alors qu'il était très jeune ? Nous lui appartenions, et personne ne nous enlèverait jamais à lui.

Voilà pourquoi je n'aurais jamais pu lui échapper. Pour me libérer de lui, je devais cesser d'être Kat Marcotte.

Voilà pourquoi je devais, nous devions mourir.

23

KAT
L'année dernière
Mai

Impossible de me voiler la face : si ma famille savait que je m'étais enfuie avec Jesse, elle remuerait ciel et terre pour nous retrouver et nous punir. Nous voir ensemble avait tellement dégoûté ma grand-mère qu'elle était prête à me priver d'études supérieures ; comment réagirait-elle si je renonçais à tout mon avenir soigneusement planifié pour partir avec lui ?

Le seul moyen d'avoir la paix, c'était que tout le monde nous croie morts.

Nous passâmes les jours suivants à préparer notre mystérieuse disparition. Bien entendu, il n'y aurait pas de corps, juste une découverte macabre qui ne laisserait que peu d'espoir de les retrouver. Jesse suggéra de pousser ma voiture dans un ravin envahi par la végétation, quelque part loin de Brookport. Peut-être au nord de l'État, où ma grand-mère possédait une maison au bord du lac de Sunfish Creek. Après un accident de voiture, combien de gens errent dans les bois en quête de réseau et finissent par succomber aux éléments ?

Mais ce plan me semblait un peu léger. Espérer que tout le monde finirait par nous oublier, par accepter que Jesse et moi n'étions plus qu'un tas d'ossements sur lequel quelqu'un finirait par tomber en cherchant des morilles, d'ici quelques années… Le capitaine Johnathan Marcotte en personne passerait au peigne fin chaque kilomètre carré des Catskill jusqu'à ce qu'il ait retrouvé mes restes pour leur donner une sépulture.

D'où l'idée de recourir à l'un des seuls moyens connus de faire véritablement disparaître un corps humain : l'eau.

Ironiquement, elle me vint de mon père.

Quand ma sœur et moi étions enfants, il nous avait emmenées à la carrière de Rocnoir pendant un de nos séjours à Sunfish Creek, et il nous avait barbées en nous récitant tout un tas de faits ennuyeux à son sujet – sa profondeur et sa largeur, notamment. Il nous avait raconté que, dans sa jeunesse, un couple d'ados inconscients était venu plonger du haut des falaises. Mais l'eau était si noire, si froide, si pleine de crevasses qu'ils s'étaient noyés et qu'on n'avait jamais retrouvé leurs corps. Emma et moi ferions bien d'avoir un peu plus de jugeote si nous ne voulions pas finir de la même façon.

Kat Marcotte et son petit ami effectuant un plongeon mortel dans la carrière de Rocnoir – voilà qui choquerait tout notre entourage, et qui nous vaudrait peut-être même une couverture du magazine *People* avec le mot « POURQUOI ? » écrit au-dessus de notre photo.

Marian et mon père ne se poseraient pas cette question. Ils sauraient qu'ils étaient responsables de ma mort. Ils devraient vivre avec le fait que tout le fric du monde ne permettrait pas de sonder chaque recoin de la carrière pour y repêcher nos corps.

C'était un plan quasi parfait. Sauf en ce qui concernait l'argent.

À nous deux, Jesse et moi possédions royalement 2 500 dollars. Toutes ses économies avaient été englouties dans l'achat de l'épave qui lui servait de voiture.

Moi, je disposais d'un compte en banque depuis l'année de mes dix ans. Tout l'argent que je recevais pour mes anniversaires ou que je gagnais en faisant du baby-sitting allait dessus, pour me rapporter un taux d'intérêt pathétique et me donner l'impression d'être responsable.

Mais je ne pourrais pas le retirer sans déclencher d'alarmes. Une des premières choses que feraient les enquêteurs serait de vérifier le solde de mon compte ; ils rigoleraient bien en voyant que la petite-fille de Marian Marcotte n'avait que 667 dollars à son nom.

Nous avions besoin d'argent pour nous enfuir. Pour commencer, il nous faudrait une voiture et un logement. Et de quoi tenir jusqu'à ce qu'on puisse sans danger chercher du travail sous une nouvelle identité, dans une ville à plusieurs centaines de kilomètres de chez nous.

Ce problème menaçait de faire capoter tout notre plan. Et même si on avait de quoi acheter une bagnole sur Craiglist et louer un appartement en ligne, comment aurait-on pu y arriver sans laisser de traces ?

Plus encore que d'argent, nous avions besoin d'une personne de confiance.

Le lendemain après-midi – un samedi –, Amos accepta de me retrouver devant le café du Village. L'été était arrivé d'un coup ; à l'intérieur, la plupart des tables étaient occupées par des clients désireux de profiter de la clim. On s'assit donc en terrasse.

Je regardais autour de moi, guettant les passants qui risquaient d'entendre notre conversation. Amos m'écouta lui expliquer ce que j'attendais de lui, le bout des doigts joints sur son menton, un croissant et un verre de thé glacé intacts devant lui.

— Je trouverai un moyen de te rembourser, promis-je.

Mon cœur se serra à la vue de son expression.

— Si je pouvais, je te donnerais tout mon fric. Mais je suis complètement fauché.

— Quoi ?

J'avais entendu des gens de la famille murmurer que le père d'Amos n'envoyait plus de pension à son ex-femme depuis que leur fils était majeur. Mais même si ma tante Erin avait cessé de travailler à la naissance d'Amos, elle restait une Marcotte.

— Tu es sérieux ? Et ta mère ?

Amos sirota son thé glacé.

— Son Audi est en leasing ; elle a atteint le plafond de toutes ses cartes de crédit, et c'est Marian qui paie le crédit de la maison.

Je plaquai une main sur ma bouche. La panique me picotait le bout des doigts. Amos, qui portait des Ray-Ban à 250 dollars, était en train de me dire qu'il n'avait pas un sou.

— Et l'argent que tu gagnes en vendant... ? Tu sais.

— Kat, j'ai quelques centaines de dollars sous mon matelas. Et j'en dois 1 000 à un fournisseur pour de la came que les agents de sécurité du Village m'ont confisquée quand ils m'ont arrêté le mois dernier.

On se tut pendant qu'une femme qui promenait ses deux boxers passait près de nous. L'un des chiens tira sur sa laisse pour renifler les géraniums dans la jardinière voisine. Lorsqu'elle se fut éloignée, Amos reprit :

— Tu es vraiment sérieuse ? Tu te rends compte le mal que ça ferait à ta mère ? À Emma ?

— Je ne peux pas continuer comme ça, dis-je en resserrant mon gilet fin autour de moi. Tu sais que Grand-Mère ne me lâchera jamais.

— Tu la détestes à quel point ?

— Encore plus que mon père.

Amos pressa la tranche de citron en équilibre sur le bord de son verre.

— Dans ce cas, je crois que j'ai une idée.

Je retins mon souffle pendant qu'il sortait un téléphone de sa poche, un vieux Motorola à clapet avec lequel il aurait dû avoir honte qu'on le voie. Il le couvrit de sa main et le poussa vers moi.

— À partir de maintenant, je te contacterai là-dessus. Planque-le bien. Il m'a servi à parler à des gens avec qui tu ne voudrais pas qu'on t'associe.

Je déglutis et levai les yeux vers lui.

— C'est quoi, ton idée ?

Amos sourit, et mon pouls battit encore plus fort à mes tympans. Il but une gorgée de thé glacé et renversa la tête en arrière pour laisser le soleil de la fin d'après-midi lui caresser le visage.

— On va la faire payer.

24

KAT
L'année dernière
Ce week-end-là

Ça n'avait pas été difficile de convaincre Claire de nous accompagner. Elle ne voulait pas passer le week-end du bal de promo avec les amis de Ben Filipoff : des filles qui faisaient semblant d'aimer la Bud light, des garçons qui prenaient le risque de se briser le cou au fond d'une piscine juste pour susciter quelques rires. Bien entendu, la maison au bord du lac était la meilleure option. Ben, en revanche, ne s'était pas montré très enthousiaste jusqu'à ce qu'il comprenne que venir avec nous était sa seule chance de baiser Claire tout le week-end.

La Camry achetée sur Craiglist était déjà planquée dans les bois à quelques centaines de mètres du mont Bobcat. Mike, qui connaissait le coin, nous avait dit que personne ne la repérerait avant des jours, voire des semaines. On avait juste besoin qu'elle reste là vingt-quatre heures.

Bien entendu, il y avait eu un accroc avec la voiture, et c'était à Ben que nous le devions. (Ma fuite et mon avenir, menacés par le crétin de fils de mes voisins !)

Pendant que Claire et Ben iraient au bal de promo, Jesse et moi étions censés rencontrer Mike Dorsey pour la première fois. Amos avait tout arrangé pour qu'on se retrouve dans le parking d'un *Burger King*, non loin du garage de Sunfish Creek, le vendredi après-midi. On lui donnerait le fric, et il irait voir le type qui vendait la Camry plus tard dans la soirée.

Mais grâce à Ben, donc, Claire était avec nous, et il ne fallait absolument pas qu'elle voie Mike. À aucun moment. Amos avait bien insisté sur le fait que la participation de celui-ci en dépendait.

Du coup, en allant chercher les pizzas, Jesse était passé au garage pour lui remettre l'argent. Problème résolu. Tout était en place.

Pourtant, quelque chose clochait.

Le samedi matin, Claire, qui était assise sur le siège passager, ne dit pas un mot pendant qu'on roulait vers le mont Bobcat.

— Tu vas bien ? finis-je par lui demander au bout de dix minutes de silence.

Elle ne semblait pas contrariée la veille au soir quand je m'étais endormie sur le canapé.

— Oui, répondit-elle sèchement. J'ai juste un peu mal au cœur.

Je jetai un coup d'œil à Jesse dans le rétroviseur. Il haussa les épaules comme pour dire qu'il ne savait pas non plus quel était son problème.

Je me garai au bord du parking, le plus près possible de l'entrée du chemin de randonnée. Dans le coin opposé, j'aperçus un pick-up avec un autocollant du drapeau confédéré sur le pare-brise arrière. Il y avait quelqu'un d'autre dans la montagne.

J'avais envisagé cette possibilité, et je n'étais pas inquiète. Personne ne camperait au pic du Diable ; c'était pour ça que j'avais choisi cet endroit.

Claire se planta devant la carte affichée au bord du parking.

— Tu es sûre qu'il faut prendre le chemin rouge ?

— C'est celui qui monte au pic du Diable, répondis-je en clipant les lanières de mon sac à dos sous ma poitrine.

— Ici, ils disent que les campeurs doivent prendre le chemin vert, insista Claire en désignant le panorama du Poète, plusieurs kilomètres à l'ouest du pic du Diable. Regarde. « Site de camping ».

— Je sais. Mais j'y suis déjà allée, et la vue est plus belle depuis le pic du Diable.

Et surtout, il n'y aura personne. Pas de témoins.

Claire tira sur les bretelles de son sac à dos, qui mordaient ses épaules par-dessus celles de son débardeur.

— Mais ils disent qu'on n'est pas censés camper là-bas.

— Ça ira, lui assurai-je. Le poste des rangers ferme à quatre heures. Ils ne patrouillent pas après la tombée de la nuit.

— Je ne veux pas me faire choper juste pour une meilleure vue, grommela Claire en continuant à tripoter ses bretelles sans me regarder en face.

Mon ventre se noua. Ce n'était pas la Claire que je connaissais, accommodante et toujours partante pour tout. Si elle mettait mon jugement en doute, c'était par pur esprit de contrariété.

Elle m'en voulait pour quelque chose. Sauf que je ne lui avais rien fait.

Donc…

Jesse s'approcha de nous, courbé sous le poids de son paquetage qui contenait les tentes et nos réserves d'eau. Le sac de couchage attaché dessous lui battait les reins.

— Qu'est-ce qui se passe ?

— Rien, dis-je en parvenant enfin à accrocher le regard de Claire pour la mettre au défi de me contredire. Viens, laisse-moi t'aider.

Ses joues rosirent.

— Je me débrouille.

— Claire. Laisse-moi t'aider à mettre ton putain de sac à dos.

Elle me fixa, les lèvres entrouvertes et l'air incrédule. Je jurais rarement, et jamais contre elle. Je m'avançai et ajustai la longueur de ses bretelles pour que le poids du sac repose sur ses hanches. Dès l'instant où je la lâchai, elle s'écarta de moi, se détourna et s'engagea sur le chemin.

Jesse n'avait rien dit.

— Il s'est passé quelque chose ce matin ? demandai-je assez bas pour que Claire ne nous entende pas.

Il secoua la tête.

— Je ne sais pas ce qu'elle a.

Je faillis aboyer : *Eh bien, il va falloir le découvrir.* Lui laisser voir – pour une fois – comment je réagissais quand les choses échappaient à mon contrôle. J'avais besoin que Claire se conduise normalement. Qu'elle reste dans la tente. Qu'elle m'obéisse.

La veille au soir, elle allait bien. Qu'est-ce qui avait pu lui arriver pendant la nuit pour qu'elle ne supporte pas notre présence ce matin ?

Je tentai de respirer malgré l'étau que la pente de plus en plus abrupte resserrait sur mes poumons. Les arbres s'épaissirent de part et d'autre du chemin, bloquant le soleil.

Hier soir…

Au milieu de la nuit, Jesse m'avait réveillée en revenant dans notre lit. Il s'était excusé et m'avait dit qu'il s'était juste levé pour faire pipi. Mais j'aurais juré avoir vu les lumières du ponton briller derrière la maison, juste avant que je me retourne et me rendorme.

Impossible qu'il lui ait parlé hier soir. Il connaissait les enjeux pour moi – pour nous deux.

Mais peut-être avait-il changé d'avis depuis mercredi, quand il m'avait dit que c'était cruel de laisser Claire seule dans sa tente, sans Ben.

J'avais réussi à le convaincre qu'on avait besoin d'elle. Il ne connaissait pas ma grand-mère, l'étendue de sa cruauté. Il ne savait pas jusqu'où elle irait pour protéger ce qui lui appartenait. Son argent, sa famille.

Elle ne verserait pas la rançon à moins de croire qu'elle avait une bonne chance de me récupérer.

Résistant à l'envie de me retourner vers Jesse, j'agrippai les bretelles de mon sac à dos et continuai à avancer.

On atteignit le sommet vers 14 heures. Une heure plus tard, notre campement était dressé.

Claire se laissa tomber sur une chaise pliante près de la fosse à feu et vida la moitié d'une bouteille d'eau.

—Je croyais que d'ici, la vue était sublime.

Je ravalai mon irritation.

—Le panorama est à quelques minutes de marche. Je ne voulais pas traîner tout l'équipement jusque-là.

Quand Jesse revint avec un tas de branches mortes, je lançai :

—Montons au pic.

Derrière moi, Claire soupira. On traversa une clairière, monta un escalier de pierre plutôt raide et émergea sur une corniche.

—Ouah, lâcha Jesse en escaladant un rocher.

La bouche entrouverte, il admirait le paysage.

Claire s'assit en tailleur, fixant un point dans le vide. Je me laissai tomber près d'elle tandis que Jesse sortait son téléphone et prenait des photos.

— Dis-moi ce que tu as. J'ai l'impression que tu es fâchée contre moi.

— Je n'ai rien du tout, répliqua Claire avant de boire une autre gorgée d'eau. Pour quelqu'un qui me reproche toujours de manquer de confiance en moi, tu sembles bien préoccupée par ce que je pense de toi.

Je me mordis l'intérieur de la joue.

— Tu trouves ça bizarre que je veuille savoir si ma meilleure amie est fâchée contre moi ?

Son regard coléreux m'évitait obstinément, mais il évitait aussi Jesse, ce qui n'apaisa pas du tout ma paranoïa grandissante.

Je jetai un coup d'œil à mon petit ami. Lui avait-il dit quelque chose ? Impossible, avec tout ce qui était en jeu…

— Claire, insistai-je. Tu es fâchée contre moi, oui ou non ?

— Franchement, je n'en sais rien.

Elle essuya une larme du dos de sa main. Alors, je sus que Jesse ne lui avait pas parlé de notre plan : il avait dit ou fait quelque chose qui lui avait brisé le cœur.

Je laissai le silence enfler entre nous. Je ne savais pas comment réagir, et mon cœur battait si fort que je ne m'entendais plus penser.

Claire se redressa.

— Tu te souviens de cette soirée où on était allées, chez Amos ?

Je déglutis. On n'en avait jamais vraiment parlé toutes les deux, alors, pourquoi maintenant ? Pourquoi pensait-elle à Amos ?

Claire m'avait suppliée d'aller à cette soirée, et même si je n'avais aucune envie de passer des heures avec une bande d'élèves de Ste Genevieve qui vomiraient dans les vases en cristal de ma tante, j'avais cédé. Je m'étais soûlée pour la première fois de ma vie. Le lendemain matin, j'avais eu du mal à m'extirper du lit de Claire, et j'avais dû mentir à ma mère. Mais elle s'était probablement doutée que ma migraine était en réalité une belle gueule de bois.

— Tu as dit quelque chose à Jesse, au sujet de ce qui avait pu se passer entre Amos et moi ce soir-là ?

Mon cœur manqua un battement.

— Non. Enfin, je ne crois pas. C'était il y a longtemps.

— D'accord. (Claire se leva et tira sur le bas de son short.) Je retourne au campement.

— Attends.

Elle se figea, une brindille craquant sous sa basket, puis croisa les bras sur sa poitrine comme si elle avait froid.

— Oui ?

— Je crois que Jesse m'a demandé comment ça c'était passé, et que je lui ai répondu un truc du genre : la soirée était naze, mais Claire et Amos se sont bien amusés.

Elle acquiesça, les dents serrées.

— Tu ne lui as pas dit que j'avais couché avec Amos ?

— Pourquoi je lui aurais dit ça ?

J'avais demandé à Claire ce qui s'était passé dans la chambre de mon cousin, et elle m'avait répondu qu'ils s'étaient juste embrassés.

Elle planta son regard dans le mien.

— Je vois bien une raison.

Avant que je puisse recouvrer mes esprits, elle avait disparu.

Après avoir fini de prendre des photos, Jesse me rejoignit. Il se laissa tomber près de moi et posa sa tête sur mon épaule.

— Où est passée Claire ?

— Elle avait laissé son téléphone au campement, mentis-je en le repoussant pour me lever. Je devrais vérifier qu'elle ne s'est pas perdue : le chemin est mal balisé, et…

Jesse tira sur ma main.

— Tu veux que je t'accompagne ?

— Non. Reste ici et profite de la vue. (Je déposai un baiser sur sa joue.) On revient tout de suite.

Il me pressa la main, et je pressai la sienne en retour. Puis je reculai lentement jusqu'à ce que seul le bout de nos doigts se touche encore, et je le lâchai complètement.

Au campement, je trouvai Claire penchée sur le sac à dos bleu ciel de ma sœur, les joues rouges et le front en sueur.

— Qu'est-ce que tu fais ? lançai-je.

— Je retourne à la maison.

— Hein ? Pourquoi ?

Elle se redressa et posa une main sur sa hanche.

— Pourquoi tu m'as demandé de venir ?

— Euh… parce que je voulais que tu viennes ?

Elle ricana et s'accroupit de nouveau près de son sac.

— Pourquoi tu voulais que Jesse croie qu'il y avait un truc entre ton cousin et moi ?

Je clignai des yeux.

— Parce que je pensais que c'était le cas ! Désolée d'avoir parlé de toi dans ton dos il y a trois ans.

— Les commérages, ce n'est pas ton genre, sauf quand tu as quelque chose à y gagner, répliqua Claire en me fixant. Alors, qu'est-ce que tu y as gagné ? Tu voulais faire croire à Jesse que j'étais une fille facile qui en pinçait pour les garçons des écoles privées ?

— C'est n'importe quoi ! protestai-je. (Puis, sans réfléchir :) Je sais que ça doit être dur de nous voir ensemble.

Son regard se fit glacial.

— Pourquoi tu dis ça ?

Je déglutis.

— Parce que tu as rompu avec Ben et que tu es venue seule…

Elle secoua la tête, et un petit rire lugubre s'échappa de sa bouche.

— Non, ce n'est pas ce que tu as voulu dire. Avoue. Tu as déjà gagné. Tu n'as plus besoin de mentir.

Ce commentaire me coupa les jambes. Je me laissai tomber sur une bûche près de la fosse à feu. Alors, c'était comme ça qu'elle voyait ma relation avec Jesse ? Comme un trophée qui lui avait échappé ?

— Nous sommes adultes à présent, répondis-je d'une voix tremblante. Si tu tiens à m'en vouloir pour une bêtise que j'ai faite quand on avait quinze ans, je ne peux pas t'en empêcher.

— Ce n'était pas juste une bêtise, Kat. Après ça, Jesse a complètement changé d'attitude envers moi.

— Il a changé d'attitude envers toi après la mort de sa mère. Tu me l'as dit toi-même.

Elle secoua la tête.

— Ce n'était pas pour ça. C'était à cause de toi. J'espère que ça en valait la peine.

Mon cœur remonta dans ma gorge comme elle empoignait son sac à dos.

— Claire. Tu ne peux pas partir.

— C'est quoi, le code pour entrer dans la maison ?

— C'est ridicule, aboyai-je.

— D'accord, ne me dis rien. Je dormirai sur une des chaises longues du ponton.

— Je m'excuse, d'accord ? Tu veux bien rester ?

Elle tira la fermeture Éclair de son sac.

— Le code, Kat.

Je jetai un coup d'œil à la ronde.

— Tu vas nous laisser redescendre seuls avec tout ce bazar ?

— Jesse a porté les tentes à l'aller. J'avais juste la bouffe dans mon sac. Il ne sera pas plus chargé au retour.

— Mais qu'est-ce que je vais lui dire ?

— Je ne sais pas. Que j'ai eu mes règles.

— S'il te plaît, suppliai-je. Dis-moi ce que je dois faire pour que tu restes.

Elle se mordilla la lèvre inférieure.

— J'ai besoin de temps pour digérer.

J'étais incapable de bouger ou de dire quoi que ce soit. Je ne la contrôlais plus du tout. Face à mon silence, elle soupira et se dirigea vers mon paquetage.

— Dans quelle poche tu as mis ta clé de voiture ?

— La droite.

Elle sortit mon porte-clés et passa un doigt dans l'anneau.

— Appelez-moi quand vous voudrez que je vienne vous chercher demain matin.

Quand Jesse revint au campement, sans doute parce qu'il se demandait pourquoi on tardait tant, il me trouva seule près de la fosse à feu, en train d'éventer la pile fumante de petit-bois pour en faire jaillir des flammes.

Il s'arrêta net et regarda autour de lui.

— Où est Claire ?

Je cassai une branche sur mon genou et en disposai les deux morceaux autour de la structure pyramidale.

— Elle est rentrée à la maison.

— Hein ? Pourquoi ?

Le vent se leva, me soufflant de la fumée au visage et faisant écrouler mon soigneux échafaudage. Bizarrement, ce fut la goutte d'eau proverbiale.

— Kat, que s'est-il passé ? demanda Jesse.

Il fit un pas vers moi et s'arrêta. Je m'essuyai les yeux avec le dos de ma main.

— On s'est disputées. Elle ne voulait pas rester.

Il me fixa, bouche bée.

— Et tu l'as laissée partir ?

— Tu voulais que je fasse quoi ? Que je l'attache à un arbre ?

Il s'assit par terre près de moi.

— Pourquoi tu n'es pas venue me chercher ? J'aurais pu lui parler…

— Trop tard.

— Il lui faudra une heure et demie pour redescendre. On peut encore la rattraper…

Je baissai la voix.

— Pour quoi faire, lui dire qu'on a besoin qu'elle revienne ? Ça n'aura pas l'air louche du tout, quelques heures avant qu'on soit enlevés sous la menace d'un flingue.

— Comment tu peux dire ça alors que c'était ton idée de…

Jesse s'interrompit et passa une main sur son visage. Mais trop tard. Je savais très bien ce qu'il avait voulu dire.

— C'était mon idée d'impliquer Claire.

On garda le silence un long moment, les yeux rivés sur mon feu qui refusait de prendre. Finalement, Jesse passa un bras autour de mes épaules et m'attira vers lui. Une branche d'olivier pour m'avoir subtilement accusée de tout foutre en l'air en me disputant avec Claire.

Mais il avait raison. C'était mon idée d'inviter Claire pour qu'elle soit témoin. À présent, si personne ne croyait qu'on avait été enlevés, ce serait ma faute. Si Marian jugeait que la demande de rançon n'était pas crédible, si elle refusait de casquer, ce serait ma faute.

— C'est peut-être mieux comme ça.

Jesse retira son bras, se pencha en avant et posa son front sur ses mains entrelacées.

— Elle passera la nuit au chaud, et si elle ne se rend compte de rien avant de venir nous chercher demain matin, ça nous laissera quelques heures d'avance.

Je ne voulais pas avoir quelques heures d'avance. Je voulais que ma grand-mère se sente obligée de cracher 100 000,00 dollars en échange de sa précieuse petite-fille.

Je voulais voir son visage quand elle comprendrait qu'elle avait perdu les deux.

Nous étions allongés sous la tente, le corps de Jesse plaqué contre mon dos, nos mains jointes sur mon ventre. La température avait baissé après la tombée de la nuit, mais il faisait encore trop chaud pour nous glisser dans nos sacs de couchage.

Dans le silence, nous entendions les battements de nos cœurs. Dehors, il n'y avait pas d'autres bruits que le craquement occasionnel d'une branche, ou les pas d'un écureuil qui ramassait les miettes de barres aux céréales que j'avais laissé tomber.

Jesse roula sur le côté pour regarder l'heure sur son téléphone. 23 h 12.

— Ils ne devraient pas être déjà là ?

— Mon cousin est toujours en retard.

Quant à Mike… Impossible de savoir si ce type dont je ne connaissais même pas le nom de famille était du genre ponctuel. Tout ce que je savais sur lui, c'est qu'Amos lui faisait confiance.

Mais plus les minutes s'égrenaient, plus mes doutes grandissaient. Et s'ils ne venaient pas ? Amos aurait été capable de vendre la plupart de ses amis au diable pour un sachet de chips, mais j'étais sa cousine. Il faisait partie des rares personnes qui connaissaient la vérité au sujet de mon père, et il avait promis de m'aider.

Serait-il vraiment capable de me doubler pour 3 000,00 dollars ?

Jesse se redressa. Je l'imitai, et ce fut alors que j'entendis des éclats de voix.

Je tirai sur la fermeture Éclair de la tente au moment où Amos criait :

— Putain, mais qu'est-ce qui s'est passé ?

Mon cerveau enclencha le surrégime. *Il n'était pas censé parler. Et si Claire reconnaissait sa v… ?*

Il doit savoir qu'elle n'est pas ici.

— Qu'est-ce qui te prend ? lançai-je en levant la lanterne, qui projeta une lumière jaune sur le visage de mon cousin.

Il avait un regard fou, au point que je me demandai s'il n'était pas drogué. Je tentai de l'imaginer faisant quelque chose de plus sérieux que gober un Xanax ou fumer un joint. Mike se tenait près de lui.

— Pourquoi elle campait au milieu des bois, bordel ? aboya Amos.

Tout mon sang reflua de ma tête.

— Hein ?

Un froissement dans la tente derrière moi. Jesse sortit en titubant, le regard rivé sur Amos.

— De quoi tu parles ? Claire est rentrée à la maison au bord du lac.

— Elle était censée être *ici*, gronda Mike.

Sa voix rauque me fit frissonner jusqu'au bout des orteils. Il se tortilla pour retirer son sac à dos. Avec la main qui ne tenait pas son flingue, il fouilla dans ses affaires pour en sortir une bouteille de vodka.

Frémissant, il releva la manche de son tee-shirt, et je hoquetai. Du sang dégoulinait d'une vilaine entaille sur son épaule. Il dévissa le bouchon avec les dents, puis versa l'alcool sur sa plaie.

— Qu'est-ce qui vous est arrivé ? demandai-je.

Il me fixa.

— Ta copine m'a poignardé.

Amos s'avança dans la lumière de la lampe, tenant un couteau suisse par le manche. Mon père en accrochait toujours un sur le côté de nos sacs à dos.

Je me laissai tomber par terre.

— Oh mon Dieu. Oh mon Dieu…

Jesse fit un pas vers Amos et demanda d'une voix tremblante :

— Où elle est maintenant ?

— La vraie question, c'est qu'est-ce qu'on fout encore ici à bavasser ? répliqua Amos. Il faut y aller tout de suite.

— Qu'est-ce que vous lui avez fait, putain ?

Jesse saisit Amos par le col de son tee-shirt, et je laissai échapper un glapissement tandis que Mike aboyait :

— Du calme.

Un cliquetis. Il venait d'ôter la sécurité de son flingue et de le lever vers la poitrine de Jesse. Celui-ci lâcha Amos et recula, livide.

— Elle est toujours vivante, lâcha enfin Mike avec un regard de reproche pour Amos.

— Je crois qu'elle nous a entendus parler sur le chemin, expliqua mon cousin. Il y a une chance qu'elle ait reconnu ma voix et qu'elle s'en souvienne quand elle se réveillera.

Je m'autorisai enfin à le regarder dans les yeux. La colère que j'y lus m'effraya davantage que le flingue toujours braqué sur Jesse.

— Pourquoi tu l'as laissée partir ? demanda-t-il en soutenant mon regard.

Je sentais que tout le monde m'observait, attendant des réponses que je ne détenais pas.

Amos finit par se détourner.

— Tu as salement merdé, Kat.

Ce fut en silence qu'on redescendit de la montagne. Amos ouvrait la marche, brandissant la lanterne en quête des marques rouges qui nous conduiraient vers le parking où nous attendait la Camry achetée sur Craiglist.

En bout de file, son flingue braqué sur Jesse et moi, Mike haletait.

— Attendez une seconde.

Je me retournai. Accroupi, il examinait sa plaie dans la maigre lueur du clair de lune qui filtrait entre les arbres. Mon bandana, dont on s'était servi pour confectionner un garrot, ne suffisait pas à arrêter le flot du sang. J'imaginai Claire plantant la lame du couteau suisse dans sa chair, toutes ces traces biologiques…

Il faudrait faire disparaître le couteau. Mike avait accepté de jouer le rôle du ravisseur à deux conditions : 10 000,00 dollars de la rançon, et zéro preuve permettant de remonter jusqu'à lui.

— Kat…, chuchota Jesse en posant une main sur mon épaule. On ne peut pas abandonner Claire.

Mon sang se figea dans mes veines comme la panique menaçait de me submerger. Un peu parce que si on renonçait maintenant, on ne s'échapperait jamais. Mais surtout parce que, pendant que Jesse s'inquiétait du sort de Claire blessée et seule dans les bois, je ne pensais à elle qu'avec un détachement clinique – en termes d'indices qui risquaient de foutre notre plan en l'air.

Qu'est-ce qui clochait chez moi ? Ma meilleure amie était en danger de mort, et tout ce qui m'importait, c'était ma fuite. *Notre* fuite.

Je me tournai vers Jesse et me forçai à articuler malgré ma gorge nouée :

— On ira en prison.

— Mais si elle est grièvement blessée et qu'on l'abandonne, elle risque de mourir, siffla-t-il.

Amos fit volte-face, braquant la lumière de la lanterne sur nous deux.

— C'est quoi, ces cachotteries ?

Jesse cligna des yeux.

— On n'a pas le droit de parler entre nous ?

Un craquement de brindilles derrière nous. Mike s'était relevé, et il nous rejoignait.

— Toi, dit-il en me faisant un signe de tête. Marche à côté de moi.

— Pourquoi ?

Son regard fit la navette entre Jesse et moi.

— Parce que je n'ai pas confiance en lui.

Jesse me fixa d'un air implorant, et la colère me saisit. Qu'est-ce qu'il voulait que je fasse avec un flingue braqué sur moi ?

Il finit par se détourner et par se remettre en marche derrière Amos. Il me sembla que tout mon être se fendait en deux.

Même si notre plan fonctionnait, même si Jesse et moi on s'en tirait, je l'avais déjà perdu.

Amos et Mike avaient garé la Camry près d'un point de vue, à cinq cents mètres du parking. Le froid nocturne me pinçait les bras. La banquette arrière de la voiture disparaissait sous les sacs *Walmart* pleins de produits de première nécessité que j'avais glissés dans mon chariot en allant faire les courses pour notre excursion. Des pâtes, des fruits secs, des brosses à dents, des tee-shirts et des culottes bon marché. Un kit de démarrage pour notre nouvelle vie. Amos nous apporterait le reste dans quelques semaines en prétextant une visite à des amis dans le Vermont.

L'ancienne ferme nous attendait ; mon cousin s'était déjà rendu à Timsbury pour accomplir les formalités. Entre la vieille bagnole et le premier mois de loyer, on avait dépensé presque tout notre argent.

Quand Amos fut assez près de moi pour m'entendre chuchoter, je soufflai :

— La demande de rançon, c'est trop risqué. Et si Claire avait vu le visage de Mike ?

Amos serra ses mâchoires mal rasées, couvertes de petits poils dorés.

— Tu crois vraiment que Mike le prendra bien si je lui dis qu'en fin de compte, il ne touchera pas un sou ?

Je savais que mon cousin pensait à sa propre part de la rançon. Quarante-cinq mille dollars. Des cacahouètes, comparé à la somme dont il aurait hérité un jour s'il ne s'était pas si bien appliqué à faire sortir Marian de ses gonds.

— Tu pourrais peut-être rentrer dans ses bonnes grâces si tu t'excusais, dis-je doucement.

Amos ricana et secoua la tête.

— Tu sais très bien qu'elle ne bluffe jamais. C'est pour ça qu'on est là.

— On pourrait accélérer un peu ? lança Mike qui montait la garde derrière la Camry.

Amos me dévisagea comme s'il envisageait de me serrer dans ses bras alors qu'il ne l'avait jamais fait une seule fois de toute sa vie. Au lieu de ça, il désigna Jesse du menton. Assis seul dans la voiture, mon petit ami avait posé le front sur le volant.

— Fais gaffe, me recommanda Amos.

— À Jesse ? m'étonnai-je. Pourquoi ?

Il réfléchit quelques instants avant de hausser les épaules.

— Visiblement, il adore jouer les héros.

On arriva à la ferme juste avant l'aube. Des semaines voire des mois s'écouleraient avant qu'Amos puisse sans danger venir nous apporter les faux papiers et les téléphones jetables qu'il nous avait promis.

Notre plan consistait à rester là un an, jusqu'à ce qu'on puisse réintégrer le monde sous une nouvelle identité. Jusqu'à ce qu'Amos nous trouve des passeports canadiens assez bien contrefaits pour nous permettre de passer la frontière.

Du moins, c'était notre plan jusqu'à ce qu'Amos débarque à la ferme et tambourine à la porte.

— Mike est mort, cria-t-il à travers le battant. Je ne peux pas rentrer chez moi. Ils vont parler à ses collègues du garage et s'apercevoir qu'il me connaissait.

Le lendemain matin, on apprit que le FBI cherchait nos corps.

Avant d'appeler chez ma grand-mère et de donner rendez-vous à mon père, Mike avait jeté le portefeuille de Jesse, mon bandana ensanglanté et le couteau suisse dans l'eau de la carrière. Quand mon père lui remettrait l'argent, il lui dirait que Jesse et moi étions là-bas, ligotés à un arbre.

Nous ignorons toujours comment et pourquoi notre plan a dérapé. Peut-être que mon père ne s'est pas satisfait des réponses de Mike, et qu'il a refusé de lui remettre le fric tant qu'il ne m'aurait pas vue. Le FBI pense qu'il a sauté devant la Dodge Charger et cogné au pare-brise pour le retenir.

Mais peu importait. Mike était mort, et mon père ne valait guère mieux.

Et tout le monde s'accordait à dire que notre ravisseur nous avait probablement tués.

Souvent, je pense à une chose que j'ai lue à mon sujet.

« Kat Marcotte était capable de tout. » C'est mon entraîneuse de volley qui l'a dit à un journaliste de *People*, pour un article paru dans les semaines qui ont suivi l'accident.

Elle a raison, ai-je pensé en repliant le magazine et en le remettant sur l'étagère de l'épicerie où je vais faire les courses une fois par semaine. *J'ai réussi. On a réussi. Je me suis échappée.*

Mais même Kat Marcotte ne pouvait pas revenir d'entre les morts.

Quatrième partie

La frontière

25

CLAIRE
Aujourd'hui

Quand je reviens à moi, on me porte dans un escalier. Mes pieds heurtent la balustrade comme Amos pivote brusquement. J'entends grincer les gonds d'une porte, puis je m'écrase sur la surface ferme d'un matelas. J'ai l'impression d'avoir le crâne fendu en deux.

Je roule sur le côté en grognant.

— N'essaie pas de te lever, aboie Amos.

J'ouvre les yeux et redresse la tête. Assis au pied du lit, il braque un pistolet sur moi. Je sais que c'est Amos parce que je connais sa voix, mais il ne se ressemble plus. Une barbe touffue lui mange le bas du visage, et ses cheveux gras sont attachés en chignon sur sa nuque.

Une voix très douce s'élève d'un coin de la pièce.

— Tu as vraiment tapé fort.

Une femme brune entre dans mon champ de vision. On se fixe un moment avant qu'elle s'assoie au bord du lit, du côté opposé à celui d'Amos.

Je sais que c'est elle, mais mon cerveau proteste que c'est impossible. Son visage a maigri, et ses taches de rousseur se sont estompées. Ses cheveux sont maladroitement coupés en un carré inégal, comme si elle les avait tailladés elle-même.

Je ne sais pas quoi dire. *Je te croyais morte* resterait trop en surface de ce qui se passe dans ma tête en ce moment.

— Comment tu as su qu'on était là ? demande-t-elle tout bas.

Comment tu as su qu'on était là ? Comme si je m'étais pointée à une soirée sans invitation. Comme si le monde entier n'était pas persuadé depuis six mois que Kat Marcotte est morte.

Je me rallonge. Mon crâne palpite de douleur sur l'oreiller. Kat se rapproche de moi, et le lit grince sous son poids.

— Amos, va lui chercher de la glace, ordonne-t-elle.

— Hein ?

— De la glace. Pour sa tête.

Amos se lève si brusquement que je frémis. Il sort de la pièce et referme la porte derrière lui.

— Quelqu'un sait que tu es ici ? demande Kat en se penchant vers moi.

Je mens.

— Ma camarade de chambre.

— Comment elle s'appelle ?

— Alexis. Je lui ai dit que je venais ici.

On se dévisage pendant quelques secondes. J'attends la sensation de chute avant de m'arracher à mon cauchemar et de me réveiller couverte de sueur dans mon lit.

— Je te croyais morte, je chuchote. Tout le monde te croit morte.

Kat détourne les yeux sans répondre. Que pourrait-elle bien dire ?

La colère me submerge tandis que le souvenir des derniers mois me frappe tel un coup de poing dans le ventre. Tout ce que j'ai perdu : mon anonymat, mes amis, ma tranquillité d'esprit. Tout ce que j'ai risqué pour découvrir ce qui lui était arrivé.

Et pendant que ma vie tombait en morceaux, elle faisait quoi ? Elle se planquait dans les bois avec son cousin ?

Pourquoi ? Comment ?

Et où est Jesse ?

Ma voix tremble quand je parviens enfin à articuler :

— Jesse est toujours en vie ?

Kat s'assombrit.

— Bien sûr que oui.

Elle se lève et s'approche de la porte. Elle s'immobilise une main sur la poignée.

— On sait toutes les deux que c'est pour lui que tu as fait tout ce chemin.

Puis elle sort en claquant la porte.

26

KAT
Aujourd'hui

Forcément, j'imagine ce genre de situation depuis des mois. Notre plan foutu en l'air parce que quelqu'un a compris qu'on était toujours en vie. Dans ma tête, c'est la femme qui travaille à l'épicerie, celle dont le regard s'attarde parfois sur moi comme si elle voulait me poser une question.

Six mois. On a tenu six mois sans que personne ne nous trouve ni ne nous reconnaisse. Je me suis donné un mal de chien pour qu'on ne se fasse pas repérer ; j'ai mémorisé tous les commerces de la ville qui ont une caméra de sécurité pour qu'on ne soit pas filmés.

Comment ? Comment ? Comment ?

Ça ne peut pas être ma faute, puisque je ne commets pas d'erreurs.

Je sais que ça a l'air arrogant, mais c'est une qualité que je ne souhaite à personne. Je ne commets pas d'erreur parce que je ne peux pas me le permettre. Si je laisse mes chaussures dans le couloir, on me le reprochera pendant une semaine. Je n'ai pas entendu mon père m'appeler pour le dîner ? Il risque de balancer mon ordinateur contre le mur, et adieu l'essai sur lequel je bossais depuis une semaine.

Cette fois non plus, je n'ai pas commis d'erreur. Oui, j'ai laissé partir Claire. Mais je n'ai jamais regardé en arrière. Je n'ai laissé aucun indice susceptible d'expliquer pourquoi elle a débarqué à Timsbury.

Amos m'attend dans le couloir. Visiblement, il nous écoutait. Il n'est pas du tout parti chercher de la glace pour Claire. Je le prends par le bras et le pousse à l'intérieur de sa chambre.

— Comment elle nous a trouvés ?

Il se rembrunit et se dirige vers sa commode, dont il ouvre un tiroir.

— Pourquoi tu me demandes ça ?

— Parce que tu as merdé, j'aboie.

— Tu es un peu gonflée de partir du principe que c'est moi.

Il troque son flingue contre une bouteille de Jack Daniels à moitié vide et la débouche.

— Donc, tu penses que c'était moi ou Jesse ?

— Je ne pense rien du tout. Je ne sais pas ce qui s'est passé.

Amos se laisse tomber sur son lit. Sa chambre sent le fennec ; des vêtements sales s'entassent dans un coin, et des bouteilles d'alcool vides s'alignent sur le rebord de la fenêtre.

Depuis quelques mois, il boit beaucoup plus que d'habitude. J'ai d'abord cru qu'il voulait s'anesthésier pour oublier sa culpabilité à cause de ce qui était arrivé à Mike et à mon père. Puis il s'est mis à disparaître pour un jour ou deux, et à revenir avec plus de fric et plus d'alcool. Je l'ai harcelé, et il a fini par avouer qu'il se rendait à Burlington pour vendre à certains de ses anciens contacts.

Il m'a juré qu'il était prudent, qu'aucun d'eux ne connaissait son vrai nom et que c'était le genre de personnes qui n'iraient jamais parler à la police. Il leur avait dit qu'il s'appelait Devin, le nom qui figure sur son faux permis de conduire. Grâce à Devin et à ses contacts de Burlington, nous avons un assortiment de faux papiers et tout le fric dont nous avons besoin, même si Amos en dépense la plus grande partie chez le caviste local.

Je passe une main sur mon visage.

— Qu'est-ce qu'on va faire ?

— C'est évident, non ? réplique Amos. Il faut la tuer.

— Sois sérieux ! j'aboie.

Il fronce les sourcils sans me quitter des yeux, et mon estomac se soulève.

— Non, je proteste. Il n'en est pas question.

— Tu veux faire quoi ? La laisser partir et attendre que les flics viennent nous arrêter ?

— Je peux essayer de lui parler. Elle ne sait rien.

Amos baisse sa bouteille.

— Comment ça ?

Je m'assois sur le bord de son lit.

— Je ne lui ai jamais dit, pour mon père.

Il cligne des yeux.

— D'accord, dit-il en se tournant de nouveau vers sa commode pour fouiller dans le tiroir du haut. Voyons si j'ai bien compris. Mike a failli la tuer ; tu lui as fait croire que tu étais morte, et elle ne sait pas pourquoi. Mais tu crois que si on la laisse partir, elle va garder notre secret ? Qu'elle ne racontera à personne ce qui s'est passé ici ?

— Il ne se serait rien passé si tu ne l'avais pas frappée avec une pelle.

— Elle nous avait trouvés ! (Amos baisse la voix.) Tu veux vraiment aller en prison ? Parce qu'une fois qu'on nous aura arrêtés et qu'à la télé on t'aura consacré un épisode spécial, on sera inculpés de tentative d'extorsion. Et peut-être d'homicide involontaire, s'ils peuvent nous mettre la mort de Mike et de ton père sur le dos.

Je laisse retomber mes mains et le dévisage.

— Quoi ? Ce n'est pas notre faute si Mike a renversé mon père.

Amos ricane :

— Cherche « homicide concomitant d'une infraction majeure » sur Internet.

Le nœud coulant de la peur se resserre sur moi. Sans rien à faire ces six derniers mois, j'ai eu beaucoup de temps pour me rejouer ce qui s'est passé dans la montagne, pour revoir le coup d'œil que Mike a jeté à Amos quand il a dit que Claire était vivante.

J'ai toujours supposé que c'était Amos qui avait convaincu Mike de ne pas tuer Claire quand ils l'avaient croisée sur le chemin. D'après Amos, Mike avait paniqué en la trouvant tapie derrière un rocher, et il avait décidé de lui courir après quand elle s'était enfuie en hurlant.

Mais parfois, je me demande si ce coup d'œil n'était pas chargé de reproche. Si ce n'était pas Mike qui avait dû convaincre Amos d'épargner Claire. Après tout, c'est mon cousin qui semblait inquiet à l'idée qu'elle ait reconnu sa voix. Si inquiet qu'il a eu l'idée débile de se rendre à la maison au bord du lac pour lui parler et vérifier par lui-même ce dont elle se souvenait…

— Tu ne la toucheras pas, dis-je fermement.

Du tiroir de sa commode, Amos sort quelque chose qui ressemble à un patch à la nicotine. Il le pince entre deux doigts et le lève entre nous.

— Tu sais ce que c'est ?

— Je ne suis pas d'humeur à jouer aux devinettes.

— Du fentanyl, dit-il en me l'agitant sous le nez. Tu la fais boire, tu lui colles ça pendant qu'elle comate, et boum ! Overdose.

Je déglutis, le regard rivé au carré emballé de film plastique.

— Non.

Amos cligne de ses yeux injectés de sang comme s'il ne m'avait pas entendue.

— On n'aura qu'à se débarrasser de sa caisse et de son corps près de sa fac. Tout le monde croira qu'elle ne se remettait pas de ce qui lui était arrivé et qu'elle a décidé de, tu sais…

— *Non.*

Amos repose brutalement le patch de fentanyl sur sa commode, faisant trembler le miroir accroché au-dessus.

— Alors, qu'est-ce qu'on fait, Kat ? On la garde enfermée dans sa chambre pour toujours, façon Elizabeth Smart ?

— *Amos.* Je trouverai une solution.

De nouveau, cette pulsation douloureuse derrière la cicatrice de mon sourcil.

— Tu ferais bien de la trouver avant le retour de Jesse, réplique Amos en se dirigeant vers la porte. Parce que quand il saura qu'elle est là, il va péter les plombs.

27

CLAIRE
Aujourd'hui

Ils se disputent dans la pièce voisine. Je capte un seul mot, « merdé », avant qu'ils baissent légèrement la voix.

La panique me saisit. Je me lève et me dirige vers la porte. Une main sur la poignée, j'hésite. Ils sont deux, et ils ont un flingue. Mes clés et mon téléphone sont dans mon manteau, que je ne vois nulle part. Et ils m'ont retiré mes chaussures. J'ignore où ils les ont mises. Au meilleur de ma forme, je ne pourrais pas courir plus vite que Kat ; alors, pieds nus et après avoir reçu un coup de pelle sur la tête…

Désorientée, je manque de retomber sur le lit. C'est Kat dans la pièce voisine. Kat qui m'a confisqué mes affaires et tout moyen de m'échapper de cette maison.

Ma meilleure amie, qui venait toujours à mon secours quand j'étais bourrée et que j'avais besoin qu'on me ramène chez moi, ou que j'allais être choisie en dernier dans la composition des équipes en cours de sport. Mais la fille dans la pièce voisine n'est pas Kat, et elle n'est certainement plus mon amie.

Quelque chose de primitif monte en moi, piétinant mon instinct de fuite et de survie.

Serrant le poing, je cogne au mur qui me sépare d'Amos et de Kat. Leurs voix indistinctes se taisent. Je cogne plus fort et hurle :

— Kat ! Reviens ici tout de suite !

La porte de ma chambre s'ouvre à la volée, et je bondis en arrière.

— Qu'est-ce que tu fous ? gueule Amos en faisant irruption dans la pièce.

Cette fois, il a les mains vides. Sans réfléchir, je charge. Il bascule en arrière et s'écroule contre la commode. Il tend les bras pour me retenir alors que je l'enjambe.

Puis Kat crie mon nom.

Plantée sur le seuil, elle me barre le chemin. Quand elle m'attrape par le bras, quelque chose se brise en moi.

Je veux lui faire du mal. Alors, je l'empoigne par les cheveux et tire jusqu'à ce qu'elle se tortille comme un chat. Amos se relève et fonce dans le couloir. Je sais que je devrais m'enfuir, mais impossible de lâcher Kat.

— Claire, arrête ! Aïe !

Elle tente de me griffer. Je tire plus fort jusqu'à ce qu'elle tombe à genoux et lui cogne le visage contre le bord de la commode. Elle pousse un cri de douleur juste avant qu'Amos n'aboie :

— Plus un geste.

Le canon de son pistolet s'agite à quelques centimètres de mon visage.

— Maintenant, halète-t-il, on peut l'attacher ?

— Putain, mais qu'est-ce qui se passe ?

Quand j'entends cette voix, toute ma combativité s'évapore. Je lâche Kat et me tourne vers Jesse.

Planté dans le couloir, il fixe le visage ensanglanté de Kat puis reporte son attention sur moi. Ses lèvres s'entrouvrent. Une larme perle au coin de mon œil, mais je ne lève pas la main pour l'essuyer.

Jesse s'approche et pose une main sur mon épaule.

— Hé, ça va ?

Hé ? Je me dégage.

— Ça a l'air d'aller ?

Il se tourne vers Amos, les yeux lançant des éclairs.

— Qu'est-ce qui te prend ? Pose ce flingue.

— Je crois qu'elle m'a cassé le nez, articule Kat.

— Je ne t'ai rien cassé du tout.

Jesse nous observe, bouche bée.

— Quelqu'un peut m'expliquer ce qui s'est passé ?

Du pouce, Kat essuie une trace de sang sur sa lèvre supérieure.

— On pourrait éviter d'en parler devant elle ?

— Non, vous allez en parler devant moi, je réplique d'une voix vibrante d'adrénaline.

— Claire, comment tu nous as trouvés ? demande Jesse.

Kat s'assoit sur le bord du lit et se tamponne le nez avec le col de son tee-shirt.

— Par Amos, j'imagine.

— Ouais, par Amos.

L'intéressé s'adosse au mur.

— Je ne vois vraiment pas comment.

L'expression de Jesse dit clairement ce qu'il a envie de lui faire, mais il doit décider que mieux vaut se retenir tant qu'Amos est armé.

— Jesse, Amos, insiste Kat. On peut parler en privé ?

Jesse me fixe toujours. Il hésite avant de se lever. Je jette un coup d'œil vers la fenêtre.

— Tu es à dix mètres du sol, lance Amos. Ne t'avise pas de sauter.

— Je reviens tout de suite, me dit Jesse.

— Pour quoi faire ? j'aboie. Pour qu'on rattrape les six derniers mois ?

Sur le seuil, Kat me regarde avec une expression indéchiffrable. Quand Jesse et Amos sont sortis, elle referme la porte derrière eux.

Je bondis et secoue la poignée.

—Jesse, ne fais pas ça!

Ne recevant pas de réponse, je cogne avec mon poing sur le battant.

—JESSE!

Dans le couloir, une détonation résonne.

28

KAT
Aujourd'hui

Amos laisse retomber le flingue encore fumant.

Plaqué contre le mur, les yeux écarquillés, Jesse fixe le trou qu'il vient de faire dans le plancher.

— Putain mais c'est quoi, ton problème ? je hurle.

Amos hausse les épaules.

— Ça l'a calmée.

— Tu as tiré dans le plancher.

Il remet le cran de sûreté.

— Je ne suis pas certain que récupérer notre caution soit notre plus gros souci pour le moment.

Je jette un coup d'œil à Jesse. Il est blême, et on dirait qu'il cherche à se fondre dans le mur.

Je m'humecte les lèvres. Combiné à la douleur derrière mes yeux, le goût de mon sang me donne envie de vomir. J'entre dans la salle de bains de l'autre côté du couloir et écoute Jesse se disputer avec Amos tout en faisant couler de l'eau dans le lavabo.

— Et si quelqu'un avait entendu le coup de feu ?

Amos ricane.

— Ouais, je suis sûre que la famille Chevreuil qui vit dans les bois à côté est en train d'appeler la police.

J'ouvre le placard et cherche un gant de toilette. Amos est le seul qui utilise cette salle de bains. Je ne trouve pas de serviettes, et je n'en suis pas surprise. Si j'en juge par son odeur et son apparence, mon cousin n'a pas dû se doucher depuis le premier de l'an. Je referme la porte du placard et le robinet.

Je ressors dans le couloir et désigne le flingue du menton.

— Donne-moi les balles.

— Hein ? Pourquoi ?

— Pour que tu ne les utilises pas, évidemment.

Amos me jette un regard qui me perturbe. Oui, il a bu, mais il boit tous les jours. Il n'y a pas grand-chose d'autre à faire ici.

Pour la première fois, je vois qu'il ne me fait pas confiance.

Je baisse la voix et chuchote :

— De toute évidence, on n'est pas d'accord sur la manière de gérer ce problème. Jusqu'à ce qu'on trouve une solution, je préférerais que tu évites de tirer dans des trucs. Claire ne saura pas qu'il n'est pas chargé.

Sans me quitter des yeux, Amos lève le pistolet, éjecte le chargeur et me le tend. Je le glisse dans ma poche et me dirige vers l'escalier. Arrivée en bas, je m'aperçois que Jesse ne m'a toujours pas demandé si ça allait.

Je presse une serviette d'invité sur mon nez tandis que de l'eau rosâtre s'écoule par la bonde du lavabo. *Il faudrait vraiment que je fasse le ménage dans cette salle de bains.* Si elle voyait la saleté de cette pièce – de toute la maison, en fait –, ma mère aurait un haut-le-cœur.

Le propriétaire est un vieil homme bancal qui passe une fois par mois chercher ses 1 500 dollars et se plaindre de son arthrite. Pendant ses visites, je reste à l'étage parce que je le trouve flippant. Une fois où Amos était parti voir ses copains à Burlington, Jesse a dû se montrer pour lui remettre l'argent du loyer. Mais le type se vante toujours de ne plus avoir le câble depuis vingt ans, donc, je suis raisonnablement certaine qu'il ignore qui nous sommes.

Je rince la serviette dans l'eau chaude qui coule du robinet. Comme je la presse de nouveau sur mon nez, j'aperçois mon reflet dans le miroir. Une grosse ecchymose violacée se forme déjà autour de mon œil, et je comprends tout à coup que j'ai un gros problème.

Je suis censée garder les petites Dolan ce soir.

Les Dolan sont nos voisines les plus proches. Tous les matins, je me rends chez elles à pied avant que Mme Dolan parte au travail, pour faire petit-déjeuner ses deux filles et les accompagner à l'arrêt de bus scolaire. J'y retourne à 15 heures pour les récupérer à la descente du bus et les surveiller trois quarts d'heure avant que Mme Dolan revienne avec un billet de 20 dollars pour moi. Si on tient compte du temps de trajet, je suis payée moins de 10 dollars de l'heure.

Mais bien entendu, on a besoin de ce fric.

Ce soir, Mme Dolan m'a demandé de les garder de 19 à 22 heures pour 50 dollars. « *Je vais juste dîner avec un ami* », m'a-t-elle expliqué. Autrement dit : elle a un rencard.

Bref, j'ai accepté en pensant au tas de fric qui diminue dans ma valise. Presque toutes nos économies ont servi à payer la voiture et le premier mois de loyer.

On était censés avoir 100 000,00 dollars à partager en trois : 45 000 pour Jesse et moi, 45 000 pour Amos et 10 000 pour Mike. Ça aurait suffi pour nous planquer à la ferme le temps de dégotter des passeports canadiens et de trouver un endroit où loger de l'autre côté de la frontière.

Amos nous a promis qu'il avait un contact, mais les passeports coûteront plusieurs milliers de dollars. Et même si Jesse s'est trouvé un boulot – il conduit un chasse-neige –, il nous faudra plusieurs mois pour réunir une telle somme.

Bref, on a besoin de ces 50 dollars. Le salaire de Jesse couvre à peine nos frais divers. Je soupçonne qu'Amos gagne beaucoup plus, lors de ses excursions à Burlington, que la part de loyer qu'il nous verse consciencieusement chaque mois, mais je ne peux pas l'accuser de quoi que ce soit. Il n'est même pas censé être ici avec nous : à la base, il devait prendre sa part de la rançon et disparaître à bord d'un yacht à destination des Caraïbes, ou un truc du genre.

Malheureusement, je ne peux pas aller garder les petites Dolan et faire comme si de rien n'était pendant que Jesse et Amos gardent Claire prisonnière ici. Surtout avec un œil au beurre noir.

Mais si j'annule en prétextant que je suis malade, il se peut que Mme Dolan passe me rendre visite.

Sous le lavabo, à côté des produits d'entretien et de ma boîte de tampons, il y a un panier plein de vieux produits de maquillage Mary Kay. Je n'ai pas osé les jeter au cas où ils appartiendraient à l'épouse défunte du proprio – son sujet de conversation préféré, selon Amos. Je fouille dedans jusqu'à ce que je trouve un tube de fond de teint à moitié desséché.

Je suis en train d'en appliquer sur mon ecchymose quand j'entends la porte de la chambre s'ouvrir. Je sors de la salle de bains, le cœur battant la chamade, au moment où Jesse se laisse tomber sur le bord du lit et pose une main sur sa nuque. C'est nous qui sommes censés être morts, mais tout à l'heure, il a regardé Claire comme s'il venait de voir un fantôme.

Je m'assois près de lui, prends sa main et entrelace mes doigts avec les siens. Il les serre avec force.

— Il faut qu'on fiche le camp, dit-il. Qu'on trouve un autre endroit où aller, et vite.

— Impossible.

Les pulsations derrière mes yeux s'intensifient. Je presse deux doigts sur mon sourcil, imagine la cicatrice que mes poils ne parviennent pas à dissimuler. Bien que toute petite, elle constitue un excellent moyen de m'identifier.

— On ne trouvera pas à temps.

Pour qu'on ne puisse pas remonter jusqu'à nous, Jesse et moi avons dû laisser Amos gérer toute l'organisation. Il s'est connecté depuis différentes bibliothèques et quelques cafés qui avaient le wifi, toujours avec un téléphone jetable. Trouver un propriétaire prêt à ne pas vérifier nos antécédents fut beaucoup plus difficile que je ne l'avais anticipé.

On a eu de la chance de dégotter cette ferme : le vieux type bancal ne pose pas de questions, et il nous rabat 100 dollars sur le loyer en échange des quelques travaux d'entretien que font Jesse et Amos.

Je serre la main de Jesse plus fort.

— Et puis, tout le monde nous cherchera.

Je le dévisage. Je vois sa pomme d'Adam monter et descendre, ses épaules se crisper.

— On ne peut pas revenir en arrière.

Mon sang se glace dans mes veines. J'espérais quoi ? Qu'il me mente et me dise que tout irait bien si on se rendait à la police ? Qu'on nous pardonnerait notre tentative d'extorsion ? Que les gens qui ont risqué leur vie en nous cherchant dans la montagne passeraient l'éponge si j'expliquais en pleurant que j'ai fait ça parce que mon père était un connard et que ma grand-mère exigeait que je quitte mon copain ?

Sans parler de ce qu'on a fait à Claire. Amos vient de l'agresser physiquement et, à ce stade, je suis à peu près sûre qu'on pourrait aussi nous accuser de séquestration.

Mais il est mort.

Je n'ai plus à craindre mon père. Quant à ma grand-mère, elle était prête à payer pour me récupérer. J'imagine qu'elle claquerait toute sa fortune en frais d'avocats pour retrouver ses deux petits-enfants disparus et empêcher que le déshonneur s'abatte sur le nom des Marcotte.

Il était la seule chose dont elle refusait de me protéger.

Et il n'est plus là.

Jesse se dégage. Il soupire, se penche en avant et enfouit son visage dans ses mains.

— Comment ça a pu arriver ?

— Amos a dû merder. Peut-être qu'il a parlé à quelqu'un de Brookport, ou même qu'il est retourné là-bas une fois où il était censé aller dans le Vermont.

Jesse semble accablé. Une pensée hideuse se forme dans mon esprit : je ne suis peut-être pas la seule à qui la situation actuelle pèse. Et si, dans un moment de faiblesse, il avait… ?

Non, impossible. Jesse a autant à perdre qu'Amos et moi si on se fait prendre. Il ne voulait pas soutirer de fric à Marian, mais il a laissé faire Amos et Mike parce qu'il savait qu'on avait besoin d'argent.

Il est dedans jusqu'au cou, comme Amos et moi. Il n'a pas pu contacter Claire en secret ces six derniers mois, ou lui laisser des indices qui l'ont conduite jusqu'ici.

Je retire ma main de son dos et la pose sur sa cuisse. Il se raidit à mon contact – c'est devenu sa réaction naturelle ces derniers temps.

Quelque chose cloche. Je veux dire, en plus du fait que notre vie a complètement déraillé. Qu'on est toujours crevés, toujours stressés, et qu'on se demande si un jour, on aura assez d'argent pour obtenir les passeports canadiens qui nous permettront de repartir à zéro de l'autre côté de la frontière.

Je savais que notre nouvelle vie ne serait pas un conte de fées, mais ça n'était pas censé se passer ainsi. La colère enfle en moi ; toutes les choses que j'ai voulu dire à Jesse ces derniers mois remontent dans ma gorge. J'en ai assez de prendre toutes les décisions, de devoir tout gérer. J'ai besoin qu'il me donne un signe, qu'il dise ou fasse quelque chose pour me convaincre que notre vie ici vaut la peine qu'on se batte pour elle.

Qu'on tue pour elle.

Mais tout ce que je réussis à articuler, c'est :

— C'est à cause de Claire ?

— De quoi tu parles ?

— C'est pour ça que tu te détaches de moi ?

Au début, j'ai cru que je me faisais des idées. Que j'imaginais que ses mains ne s'aventuraient plus jamais sous ma taille. Il était toujours trop fatigué, trop inquiet. J'ai fini par me trouver pathétique d'en vouloir plus. Chaque soir quand on se couche, il se plaque derrière moi, m'entoure la taille de ses bras et s'accroche à moi comme si j'étais une bouée de sauvetage.

Comme s'il avait besoin de moi mais qu'il ne me désirait plus.

Et je n'ai plus le temps de chercher pourquoi.

— Ne nie pas, je chuchote. Tu n'as jamais renoncé à elle, pas vrai ?

— Ce n'est pas ça. Ça n'a rien à voir avec Claire.

La réponse de Jesse semble le surprendre presque autant que moi.

— Alors, c'est quoi ?

Il me dévisage.

— Si ta famille ne s'était jamais interposée entre nous, tu crois qu'on serait toujours ensemble ?

— Quelle question idiote ! Bien sûr qu'on serait toujours ensemble ! On avait décidé qu'on se débrouillerait pendant mes études…

— Je sais qu'on en avait parlé, mais comment tu peux être sûre qu'une fois à la fac, tu n'aurais pas rencontré quelqu'un avec qui tu aurais eu plus de choses en commun ? Comment tu peux être sûre que tu n'aurais pas changé d'avis, que tu ne m'aurais pas abandonné ?

Mon ventre se noue. Il dit que ça n'a rien à voir avec Claire, mais je crois que si. Il pense forcément à ce qui s'est passé dans la montagne. Quand la situation a commencé à déraper, j'ai échoué au test le plus important. Alors que Claire était blessée, perdue et seule, tout ce qui comptait à mes yeux, c'était notre plan et ce qui m'arriverait si on ne s'y tenait pas. Si je ne parvenais pas à m'échapper.

Jesse doit se demander si je serais capable de le traiter de la même façon.

— Kat, insiste-t-il. Comment tu peux en être sûre ?

— Je ne peux pas, je chuchote. Je n'ai jamais eu l'occasion de vérifier. Pour ce que j'en sais, on aurait pu s'éloigner l'un de l'autre. C'est sûrement naïf de faire des promesses alors qu'on ignore ce que nous réserve l'avenir. Les gens changent...

Jesse se décompose.

— Mais pas les sentiments. Tu es en train de me dire que tu n'es pas à cent pour cent certaine que tu m'aimeras toujours.

Je le fixe.

— Parce que toi, tu en es certain ?

— Bien sûr que oui !

Son regard ne fait rien pour apaiser les battements affolés de mon cœur. Il y a quelques mois, j'aurais trouvé sa déclaration très romantique. Maintenant, je doute de tout. De quoi essaie-t-il de se convaincre ? Qu'il a fait le bon choix en s'abstenant de partir à la recherche de Claire pour la seule raison que je lui avais dit de ne pas y aller ? Veut-il être sûr de mes sentiments parce que s'ils ne sont pas fiables, il regrettera d'être resté avec moi ?

La voix d'Amos s'insinue dans ma tête – ce qu'il m'a dit à la carrière, juste avant qu'on monte dans la Camry pour laisser nos vies derrière nous. *« Visiblement, il adore jouer les héros. »*

Chaque jour ces six derniers mois, je me suis repassé ces mots en boucle. Je me suis demandé si Amos avait raison. Jesse agirait-il différemment s'il pouvait revenir en arrière ?

Sauverait-il Claire plutôt que moi ? La seule chose qui me rassurait jusqu'ici, c'était de me dire qu'il n'en aurait pas l'occasion.

Ce qui s'est passé dans la montagne appartient au passé. Nous avons réussi à nous enfuir.

Jesse n'était pas censé avoir une seconde chance de revenir en arrière.

29

CLAIRE
Aujourd'hui

La porte de la chambre s'ouvre, et mon cœur remonte immédiatement dans ma gorge. Amos entre, une bouteille de Jack Daniels fourrée sous le bras. Il a pris du poids ces derniers mois, et son bronzage s'est estompé.

Je demande :

— Où est Kat ?

— Sous la douche. Elle lave sa honte de s'être pris une raclée.

— Je ne lui ai pas mis de raclée, je marmonne.

Amos débouche le whisky.

— Bien sûr que si. Pour un peu, ça m'aurait filé une érection.

Mes joues s'empourprent. Amos boit au goulot et me tend la bouteille. Sans le pistolet qu'il tient dans l'autre main, je la saisirais et je la lui casserais sur la tête.

— C'est quoi, ton problème ?

Il hausse les épaules.

— Mes parents m'ont très mal élevé, et ma génération croit qu'elle a tous les droits.

C'est sa tête que j'aurais voulu cogner sur la commode, son nez que j'aurais voulu éclater. Il s'assoit sur le coffre en bois dans un coin de la chambre et me détaille par-dessus sa bouteille.

— Tout ton cinéma à la maison au bord du lac… quand tu as été si sympa avec moi. Tu voulais juste découvrir ce que je savais, dis-je sur un ton accusateur. Ce dont je me souvenais.

Amos se lève. J'ai un mouvement de recul tandis qu'il s'approche de moi, mais il se contente d'attraper un oreiller et d'aller se rasseoir sur le coffre en le glissant derrière son dos.

— J'avoue : je suis impressionné que tu nous aies trouvés. Je ne comprends pas pourquoi Kat te prend pour une idiote.

Je ravale la brûlure de ma rage.

— Tu étais là. Dans la montagne.

— Donc, tu te souviens, dit-il en examinant l'étiquette de sa bouteille. Bravo. J'étais quasi certain que tu allais mourir quand Mike t'a fracassé la tête sur ce tronc d'arbre.

Je passe mes options en revue. Si je lui dis la vérité – que je n'ai pas recouvré la mémoire –, je constituerai une moindre menace à ses yeux.

Mais faire semblant de me souvenir est peut-être ma seule chance de découvrir ce qui s'est réellement passé après tout ce temps. Et quelque chose me dit que, de toute façon, Amos ne compte pas me laisser partir.

Je me force à acquiescer faiblement.

— Pourquoi ils voulaient que je vienne ?

Il s'essuie la bouche avec le dos de la main.

— Pour avoir un témoin. Si tu disais à tout le monde qu'un type armé avait enlevé Kat au milieu de la nuit, Marian aurait été plus encline à payer pour la récupérer. Tu comprends, ma grand-mère est peut-être un monstre, mais c'est un monstre intelligent et radin. Il ne fallait pas qu'elle se doute que Kat et Jesse s'étaient enfuis. Elle devait penser qu'il leur était arrivé quelque chose de terrible.

— Tu as dit « enlevé Kat ». Et Jesse, vous aviez prévu quoi pour lui ?

— Il aurait été abattu et jeté dans le vide pour avoir tenté de s'interposer entre Kat et son ravisseur, répond Amos. Du moins, c'est ce que toi et ton copain deviez croire. Mike aurait agité son flingue en vous ordonnant à tous les trois de rester dans vos tentes. Bien entendu, Jesse l'aurait ignoré et aurait tenté de protéger Kat, et « bang » !

Il mime un pistolet de deux doigts tendus.

Je le fixe.

— Et tu pensais vraiment que je goberais ça ?

Il hausse les épaules d'un air sombre.

— Tu aurais entendu le coup de feu.

Le plancher craque dans le couloir. Amos baisse sa bouteille comme Jesse entre dans la chambre.

— Sors d'ici, Amos, ordonne-t-il.

— Pas question, *Jeremy*.

Jesse s'assoit au bord du lit. Il a changé, et pas juste parce qu'il s'est coupé les cheveux et que ses bras sont plus musclés qu'avant. Jamais je ne l'avais entendu s'exprimer avec autant de force.

— J'ai pris le premier tour de garde, lance Amos.

Jesse vire à l'écarlate.

— Je ne te laisserai pas seul avec elle.

— Et je serais stupide de te laisser seul avec elle, réplique Amos.

— Du coup, j'imagine qu'on va rester tous les deux.

— J'imagine, oui.

Jesse et moi nous dévisageons un moment.

— Je déteste ta nouvelle coupe, dis-je.

— Moi, j'aime bien la tienne.

Je le foudroie du regard.

— Pourquoi il t'appelle Jeremy ?

Il baisse le nez d'un air gêné. Oh. C'est son nouveau nom.

Je me tourne sur le côté en tirant le couvre-lit sur moi, et je fixe le mur.

—Claire, appelle doucement Jesse. Parle-moi.

—Je n'ai rien à te dire.

—Alors, trouve quelque chose. Même si c'est juste que tu me détestes.

Je me redresse en appui sur un coude.

—Tu veux vraiment savoir ce que j'ai envie de te dire ?

Jesse déglutit.

—Quoi que ce soit, je suis sûr que je le mérite.

—Si elle savait ce que tu as fait, ta mère serait dégoûtée.

Ses mâchoires se crispent. Dans le coin, Amos part d'un rire dur.

—Putain, tu tapes fort.

Le cœur battant à tout rompre, je roule de l'autre côté.

Au bout d'un long moment, Jesse murmure :

—Je suis désolé. Pour tout.

Je remonte le couvre-lit sous mon nez d'un coup sec, respirant par la bouche pour ne pas sentir son odeur de moisi.

—Mike aurait pu me tuer.

—Il n'était pas censé te faire de mal. Tu n'étais pas censée être sur le chemin au moment où on redescendrait. On pensait que tu étais rentrée à la maison au bord du lac.

Je serre les dents si fort qu'il me semble que mes molaires vont se briser.

—Donc, c'est ma faute ?

—Non, ce n'est pas ce que j'ai voulu dire. (Jesse s'agite sur le lit près de moi.) Je ne sais pas ce que Kat et Amos t'ont raconté, mais on n'a pas fait ça pour le fric.

—Je me fiche de savoir pourquoi vous l'avez fait, dis-je même si c'est un mensonge.

En réalité, je veux utiliser tous les outils à ma disposition pour lui faire mal.

— Son père était abusif, lâche enfin Jesse. Kat n'en pouvait plus, et quand elle a demandé de l'aide à sa grand-mère, Marian lui a dit qu'elle ne paierait pas ses études à moins que Kat rompe avec moi.

Les pulsations derrière mes yeux s'intensifient. Même si Amos ne m'avait pas donné un coup de pelle sur la tête, j'ignore si je serais capable d'assimiler les révélations de Jesse.

— Reviens un peu en arrière. Son père était abusif?

C'est Amos qui répond :

— Tu n'avais vraiment rien remarqué ?

Quand je me tourne vers lui, il a les sourcils froncés et la bouteille de Jack Daniels coincée entre les jambes. Ma bouche s'assèche instantanément.

— Mais abusif comment ? Vous voulez dire… sexuellement ?

— Tu regardes trop la télé, ricane Amos.

— Alors, qu'est-ce qu'il lui faisait ? j'insiste en cherchant le regard de Jesse.

Je me demande s'il existe une réponse suffisante pour moi, quelque chose qui justifierait ce qui s'est passé.

Jesse détourne les yeux. Amos sort un briquet de sa poche et commence à jouer avec. Leur silence me fait sortir de mes gonds.

— Pourquoi elle ne m'a rien dit ? Si son père était abusif, pourquoi elle n'en a jamais parlé à sa meilleure amie ?

— Elle ne m'a rien dit non plus, répond Jesse tout bas. Pas avant d'y être forcée.

— Personne n'a eu besoin de me le dire. Je l'ai vu de mes propres yeux, déclare Amos.

Je rembobine treize ans de souvenirs de M. Marcotte. Oui, il était dur avec Kat.

— Une fois, quand on était gamins, on s'amusait avec les affaires de son père, reprend Amos en tripotant son briquet. Il avait un allume-cigare gravé à son nom que je trouvais magnifique. Il m'a surpris en train de jouer avec. Il nous a pris par la peau du cou, Kat et moi ; il nous a traînés dehors, et il m'a plaqué contre la rambarde de la terrasse en disant : « Tu veux voir ce que le feu fait à la chair humaine ? » Puis il a approché la flamme de mon visage.

Il pose le briquet sans nous regarder, Jesse et moi.

Mon estomac se retourne. Si M. Marcotte était prêt à faire ça à son neveu, quelles punitions infligeait-il à Kat ?

— Mais si c'était si grave, pourquoi n'a-t-elle pas parlé il y a des années ? On aurait pu appeler les services de protection de l'enfance…

Amos éclata d'un rire sans joie.

— Tu sais à quel point c'est dur de retirer un enfant à sa famille ? Surtout si c'est une famille riche dont tous les membres sont en plein déni, comme ma tante Beth, ou capables de mentir sans ciller, comme ma grand-mère.

Je le fixe, les yeux écarquillés.

— Marian savait ? Et elle n'a rien fait ?

Amos ricane.

— Elle le couvrait depuis qu'il était tout petit. À ton avis, pourquoi personne ne connaît la véritable raison pour laquelle Johnny avait quitté l'armée de l'air ?

La véritable raison ?

— Je croyais qu'il avait pris sa retraite.

— Il a été forcé de le faire. Il se comportait si mal que ses subordonnés ont menacé de le poursuivre pour harcèlement. Ses chefs se sont débarrassés de lui discrètement, histoire d'éviter un scandale.

Je jette un coup d'œil à Jesse pour qu'il confirme. Il fixe ses mains croisées devant lui, un pouce sur l'autre comme s'il priait. La peur me submerge, si puissante qu'elle balaie tout : M. Marcotte, Marian, Kat, ce qu'ils m'ont fait dans la montagne.

Je dois foutre le camp d'ici.

— Qu'est-ce que vous allez faire de moi ?

Amos boit et pose la bouteille en équilibre sur son genou.

— On n'a pas encore décidé.

— Qu'est-ce que vous attendez ? Qu'on commence à se demander où je suis ?

— Ça n'arrivera pas avant un moment. J'ai regardé ton téléphone : tes parents te croient à la fac.

— Où est Kat ?

— Elle a dû sortir. Elle reviendra bientôt.

— Tu en es sûr ?

Jesse se décide enfin à sortir de son silence.

— Qu'est-ce que tu veux dire ?

Je hausse les épaules.

— Visiblement, elle se fiche de qui elle doit abandonner pour s'en sortir.

Puis je me tourne de nouveau face au mur en tirant le couvre-lit sur moi. Mais j'ai eu le temps de voir la lueur d'inquiétude dans les yeux de Jesse.

Ils se relaient pour me surveiller. J'ignore ce qu'ils craignent que je fasse s'ils me laissent seule dans cette chambre. Pensent-ils que je sauterai par la fenêtre, quitte à m'écraser dix mètres plus bas sur de la neige gelée en me brisant tous les os du corps ?

Amos, Jesse, Amos, Jesse, Amos. J'ai l'impression qu'il ne s'éloigne jamais beaucoup de cette pièce.

Le ciel est indigo strié de nuages gris quand Jesse revient. Il m'apporte un plateau-repas congelé qu'il a dû réchauffer au micro-ondes. De la fumée monte des petits compartiments.

— Il était temps, grogne Amos. Il faut que j'aille pisser.

Jesse ne me quitte pas du regard tandis que l'autre garçon se lève, fait craquer son épaule et sort sans refermer ni la porte de la chambre ni celle de la salle de bains. Quand Jesse prend enfin la parole, sa voix ne couvre pas tout à fait le bruit du jet d'urine.

— Tu as faim ?

— Je ne vais pas manger ce truc.

— Ce n'est pas si mauvais. On ne se nourrit presque que de ça depuis six mois.

— Ce n'est pas le goût qui m'inquiète.

Jesse en reste bouche bée.

— Tu crois que j'essaierais de t'empoisonner ? Sérieusement, Claire ?

— Tu m'as laissée pour morte dans la montagne.

— Je voulais retourner te chercher. Vérifier que tu allais bien. Mais Mike et Amos…

Il jette un coup d'œil par-dessus son épaule. De l'autre côté du couloir, Amos tire la chasse.

— Il a perdu la tête, dit Jesse tout bas.

— Tu veux me faire croire que c'est lui le chef de bande ?

— Qu'est-ce que ça signifie ?

— De vous trois, Kat est la seule assez maligne pour avoir organisé tout ça.

Jesse baisse les yeux vers ses mains.

— Je sais.

Je le fixe, ma colère montant un peu plus à chaque seconde.

— Tu crois que ce que tu as fait, ce que tu *m'as* fait, n'est pas grave parce que c'est elle qui l'a décidé ?

— Ce n'est pas ce qu'elle voulait. On n'a pas eu le choix.

Je me redresse.

— Conneries. Vous auriez pu attendre qu'elle ait dix-huit ans et qu'elle soit libre de faire ce qu'elle voulait.

— Ça n'aurait rien changé tant que son père aurait été dans sa vie, répond Jesse en se massant les paupières avec la paume de ses mains. Claire, tu n'as aucune idée de ce qu'il lui faisait. De ce dont il était capable.

Sa voix se brise. Il finit par baisser ses mains et par me regarder en face.

— C'était un monstre, Claire. Mieux vaut qu'il soit mort.

— Comment tu peux savoir que ça n'était pas l'objectif de Kat : se débarrasser de lui sans se salir les mains ?

— Je t'assure que ce n'était pas son objectif.

— Comment tu peux en être si sûr ?

— Parce que je la connais.

Le sous-entendu est clair comme de l'eau de roche : moi pas. Et elle l'a changé, ou peut-être que je ne l'ai jamais vraiment connu, lui non plus.

— On était amies depuis l'âge de cinq ans, et elle était prête à me laisser mourir pour obtenir ce qu'elle voulait. Si tu crois qu'elle ne serait pas prête à te sacrifier aussi, tu te fais des illusions.

Jesse joint le bout de ses doigts devant sa bouche et fixe le mur.

— Dans ce cas, je n'ai plus qu'à espérer qu'elle ne se lasse jamais de moi.

— Merci pour cette réponse, ça m'arrange, dis-je en me tournant vers le mur.

— Pourquoi ?

— Parce que je vais enfin pouvoir t'oublier.

30

KAT
Aujourd'hui

Les Dolan croient que je m'appelle Kaylee Brewer, le nom indiqué sur le permis de conduire qu'Amos m'a dégotté à Burlington. L'hologramme de l'État de New York est trop détaillé pour être faux. J'ai demandé à Amos qui était la vraie Kaylee Brewer et si son permis de conduire ne lui manquerait pas ; il a ricané que c'était l'amie d'un ami qui était morte d'une overdose il y a des années.

Non que ça ait la moindre importance. Mme Dolan et moi ne passons jamais plus de cinq minutes d'affilée ensemble. Et jamais elle ne dévie suffisamment de ses sujets favoris (la précocité d'Ellie, le mépris qu'elle voue au père de ses filles) pour me demander dans quelle fac j'étudie – à plus forte raison pour me réclamer une pièce d'identité.

— Tu me sauves la vie, dit-elle en m'ouvrant la porte. Jamais je ne pourrai assez te remercier.

Elle tourne la tête vers ses filles qui me foncent dessus en hurlant *KayleeKayleeKaylee.* Maddy me jette ses bras autour du cou et enfonce sa petite épaule dans mon nez encore meurtri jusqu'à ce que mes yeux s'emplissent de larmes.

Mme Dolan sort son portefeuille tandis que j'accroche mon manteau dans le vestibule.

— Je vous laisse de l'argent pour commander des pizzas.

Les filles s'arrachent à moi en scandant *pizzaspizzaspizzas*. Mme Dolan hausse la voix pour me dire de lui envoyer un texto en cas de problème et disparaît si vite qu'aucun doute n'est permis : elle va se faire sauter.

Ça va aller, je pense en laissant Maddy me prendre par la main et m'entraîner vers la cuisine. Je ne serai absente que quelques heures. Amos ne touchera pas à Claire tant que Jesse sera là.

Après le dîner, je suggère qu'on regarde un film – comme ça, les filles se tairont assez longtemps pour que je cherche une solution à notre problème. Ellie dit qu'elle veut voir *Toy Story*, et Maddy se met à pleurer et à hurler qu'elle ne veut pas.

— Alors, tu veux voir quoi ? je demande avec une patience qui s'amenuise.

Elle renifle et s'essuie le nez avec le col de son pyjama *Reine des neiges*.

— Je sais pas.

— Il y a d'autres DVD en haut, dans le bureau de Maman, avance Ellie. Elle aime bien *Le Monde de Nemo*.

J'éprouve un élan de gratitude, suivie par une brusque tristesse. Chaque jour, je vois comment Ellie gère les caprices de sa sœur. C'est un rôle qu'elle n'a pas demandé, et qui lui collera à la peau toute sa vie.

« Ramasse tes jouets, ou Papa se mettra en colère. Ne le dérange pas quand il est au téléphone. Et ne lui dis jamais de ne pas crier sur Maman. »

Le temps de monter l'escalier et d'entrer dans le bureau, je tremble si fort que je dois m'asseoir. Je m'écroule sur la chaise et enfouis mon visage dans mes mains.

Je ne suis pas une meurtrière. Mais si je rentre chez moi, c'est comme ça qu'on me verra – à cause de ce qui est arrivé à Mike et à mon père.

J'irai en prison. Parce que maintenant, Claire sait tout.

Au rez-de-chaussée, Maddy pousse un cri perçant, comme celui d'un animal blessé. Puis elle proteste :

— Ellie, c'est MON SODA !

Je me redresse et cligne des yeux pour chasser les taches de lumière dans mon champ de vision.

— J'arrive tout de suite, je crie en pivotant sur la chaise de bureau pour faire face à l'ordinateur.

Mme Dolan m'a donné son mot de passe au cas où j'aurais besoin de l'utiliser. « EleanorNoelle », au cas où sa préférence ne serait pas assez évidente.

Je me mordille l'intérieur de la joue jusqu'à ce que je sente le goût du sang. Puis j'ouvre le moteur de recherche et tape : « overdose fentanyl ».

Mme Dolan m'a promis de rentrer avant 22 heures, mais il est déjà 22 h 15 quand j'entends sa clé tourner dans la serrure. Maddy dort, la tête sur mes genoux et le pouce dans la bouche. Ellie est roulée en boule à l'autre bout du canapé ; sa poitrine se soulève et s'abaisse à un rythme régulier sous son haut de pyjama orné d'émojis caca.

Des pas dans le couloir. Mme Dolan entre dans le salon en déboutonnant son manteau. En découvrant la scène qui l'attend, elle porte une main à son cœur d'un air attendri.

Je me tortille pour me dégager, pose la tête blonde de Maddy sur le coussin et suis sa mère dans la cuisine.

— Vous vous êtes bien amusée ? je chuchote parce que je n'ai rien d'autre à lui dire.

— Ça allait, dit-elle en retirant son manteau. Elles ont été sages ?

— Très.

Ellie et Maddy ont été tellement horribles que j'ai envisagé de me rendre au FBI juste pour leur échapper. Mais en regardant Mme Dolan secouer son écharpe pour en faire tomber les flocons de neige, je me sens subitement très triste. Je ne les reverrai sans doute jamais, les filles et elle. Lundi matin, Maddy ne se jettera pas sur moi, le menton constellé de miettes de Lucky Charms, en hurlant qu'elle a besoin d'aide pour finir ses devoirs avant le passage du bus de ramassage scolaire.

— Tu ne veux vraiment pas que je te raccompagne en voiture ? demande Mme Dolan en me détaillant de la tête aux pieds.

Je me détourne pour me soustraire à son regard avant qu'elle remarque mon œil au beurre noir mal dissimulé.

— J'ai déjà envoyé un texto à mon frère pour qu'il vienne me chercher, mais merci.

Une fois, Mme Dolan a aperçu Amos qui sortait de la ferme. Je lui ai dit que c'était mon jumeau, et elle m'a demandé s'il accepterait de déblayer la neige de son allée. Je ne parle de lui que quand elle insiste pour me raccompagner.

Elle fronce les sourcils, et un instant, je crois qu'elle va me poser une question embarrassante, du genre « Et tu vis seule avec lui dans cette maison ? ». Au lieu de ça, elle ouvre son portefeuille et en sort un billet de 50 dollars tout neuf.

— Rentre bien, Kaylee.

Quand j'arrive, les lumières de la ferme sont éteintes, et mon ventre se noue. Je ferme la porte à clé derrière moi, tape des pieds pour faire tomber la neige de mes chaussures et frémis en sentant l'odeur caractéristique de la marijuana.

Amos est assis à la table de la salle à manger. Devant lui, j'aperçois une bouteille de Coca light, une de Jack Daniels et deux verres. Je lance :

— Tu attends quelqu'un ?

Il renverse la tête en arrière et souffle un anneau de fumée.

— Bois un coup avec moi, Katherine.

— Les autres sont où ?

— Claire dort, ou elle fait semblant. Jesse monte la garde devant sa porte.

Alors que je m'assois face à Amos, il jette quelque chose sur la table entre nous. Le téléphone de Claire.

— C'était très instructif, dit-il en versant deux doigts de whisky dans un des verres.

Il boit cul sec pendant que j'examine le téléphone.

— Elle t'a donné son code ?

— Elle n'en a pas. Certaines personnes manquent de l'instinct de survie le plus élémentaire.

Le nœud de mon ventre s'accentue tandis qu'Amos se ressert puis, après réflexion, remplit l'autre verre et le pousse vers moi.

— Elle a parlé à mon ex, et elles ont retrouvé l'adresse IP du téléphone jetable que j'utilise pour me connecter au blog de Zoe.

J'en reste muette de stupéfaction. Comment a-t-il pu faire un truc aussi stupide ? Comment peut-il me l'avouer sans la moindre honte ? J'ai envie de saisir le verre et de le jeter contre le mur. Au lieu de ça, je prends une grande inspiration.

— Tu m'as dit que tu avais dissimulé nos traces. Y a-t-il autre chose que je devrais savoir ?

Amos sirote son whisky en évitant mon regard. Je ferme les yeux et repense à toutes les précautions que nous avons prises. Amos s'est débarrassé du téléphone jetable qu'il m'avait prêté. J'avais tellement peur que quelqu'un me voie faire, même si je le jetais à l'eau au milieu de la nuit ! Du coup, on a convenu qu'il irait le chercher dans la bouche d'aération où je l'avais planqué, sous prétexte d'aller nourrir le chien pendant que mes parents seraient à Sunfish Creek pour participer aux recherches.

J'écarquille brusquement les yeux.

— Amos. Tu t'es bien débarrassé du téléphone, pas vrai ?

Il vide son verre sans rien dire tandis que mon sang se glace dans mes veines.

—Amos. Réponds à ma question.

Il pose le verre et me dévisage de ses yeux injectés de sang.

—Je n'ai pas pu. La première fois que je suis passé chez toi, la police du comté était en train de fouiller ta chambre. Je pensais que j'aurais le temps plus tard. Puis Mike s'est fait tuer, et j'ai su que je devais quitter la ville tout de suite. Je suis retourné chez toi, mais j'étais secoué, et je me suis trompé de code. L'alarme s'est déclenchée. J'ai dû m'enfuir.

—Tu m'as dit que tu l'avais récupéré et détruit, dis-je, ma vision se brouillant sur les bords.

—Parce que je ne voulais pas que tu t'inquiètes et que tu fasses un truc stupide du genre te rendre à la police, aboie Amos.

—Tu avais peur que moi, je fasse un truc stupide ?

—Je n'avais pas les idées claires, d'accord ? J'ai merdé. Qu'est-ce que ça peut faire maintenant ?

Beaucoup de choses. Nos erreurs reviennent toujours nous hanter.

—Quand Claire sera absente en cours lundi matin, on la cherchera, et ce ne sera qu'une question de temps avant que... Tu sais qu'il faut le faire, Kat, dit Amos sur un ton de regret en fixant le bord de son verre.

Je ne réponds pas. La mort de Claire remédierait à l'erreur d'Amos.

—Elle ne sentira rien, promet mon cousin, prenant mon silence pour de l'assentiment. Elle ne se rendra même pas compte de ce qui se passe.

—Personne d'autre ne mourra par notre faute.

—Je refuse d'aller en taule, Kat.

La voix d'Amos s'est durcie comme si la prison était pire que la mort. Il secoue la tête et se ressert du whisky.

— Qu'est-ce que tu ferais si j'essayais de t'arrêter ?
Il vide son verre et le repose.
— Tu n'essaieras pas. Parce que je suis de ta famille.

31

CLAIRE
Aujourd'hui

Des pas dans la neige. Sans doute Kat qui revient. Mon cœur remonte dans ma gorge tandis que je m'approche de la fenêtre, mais je ne vois rien dehors, ni lumière allumée sous le porche, ni lampadaire.

Les veines gorgées de panique, je me rassois sur le lit. La maison la plus proche doit se trouver à plus de cinq cents mètres.

Je sursaute quand Amos entre dans la chambre, une bouteille de whisky à moitié pleine sous le bras. Il reprend sa place habituelle sur le coffre dans le coin et me tend quelque chose. Un petit carré de la taille d'un timbre-poste, emballé dans du film plastique.

— Un antidouleur, me dit-il. Pour ta tête.

— Non merci.

— Comme tu veux.

Il remet le patch dans sa poche et porte la bouteille à sa bouche.

— Kat vient de rentrer. Elle était où ? je demande.

Amos déglutit et observe la bouteille dans sa main.

— Je répondrai à une question pour chaque shot que tu boiras avec moi.

—Tu surestimes mon besoin de réponses.

—Je suis un peu vexé, Claire. Je croyais qu'on s'était rapprochés, toi et moi.

—Ce n'est pas toi qui as parlé du randonneur à la presse, pas vrai ?

Il boit une autre gorgée de whisky.

—Non. On ne voulait pas faire croire que tu étais impliquée. C'est la faute de Marian : elle pensait que tu mentais pour protéger Jesse. Tout le monde le pensait. Elle espérait que tu craques sous la pression et que tu finisses par tout avouer.

—Mais tu lui as répété ce que je t'avais dit sur le lac : que je m'étais souvenue du randonneur et que je l'avais pris pour le type du bar.

—Je n'avais pas le choix.

—Vraiment ?

Il me tend la bouteille. Je la lui arrache de la main et bois au goulot sans le quitter des yeux. Un sourire carnassier fleurit sur son visage.

—Marian n'est pas idiote, dit-il. Au bout de quelques jours sans qu'on retrouve de corps dans la montagne, ma tante Beth a soulevé l'hypothèse qu'ils avaient peut-être été enlevés. C'est à ce moment-là que Marian m'a fait asseoir pour me cuisiner. Elle voulait savoir si j'étais au courant de sa dispute avec Kat, quelques semaines plus tôt.

—La fois où elle a menacé de ne pas payer ses études à moins que Kat rompe avec Jesse ?

Du menton, Amos désigne la bouteille dans ma main.

—Autre question, autre gorgée.

—Ce n'est pas une nouvelle question, c'est une demande de précision.

Il récupère le whisky.

—Ouais. Il n'avait pas échappé à ma grand-mère que Kat avait mystérieusement disparu avec son copain peu de temps après qu'elle lui avait posé cet ultimatum. Pour qu'elle me lâche, je lui ai répété ce que tu m'avais dit, et raconté l'histoire que j'avais inventée au sujet de l'agression des campeuses. Ça a eu l'effet escompté : elle s'est mise à croire qu'il était arrivé quelque chose à Kat.

— Donc, cette agression, c'était du pipeau ?

Amos hausse les épaules. *Oups.*

— Sans toi pour témoigner, on avait besoin d'un autre moyen d'implanter l'idée que Kat et Jesse avaient été enlevés.

Je remonte mes genoux contre ma poitrine. Mon cœur cogne à coups sourds contre mes côtes. Ils se sont servis de moi. Ils se fichaient de ce qui m'arriverait du moment qu'ils réussissaient à s'échapper. Pour eux, je n'étais qu'un dommage collatéral. Une perte acceptable.

Je reprends la bouteille.

La porte s'ouvre avec un grincement, et la voix de Kat résonne dans l'obscurité du couloir.

— Sors de là, Amos.

— Je suis bien installé, réplique son cousin alors qu'elle entre dans la pièce.

La flamme de son regard s'est éteinte, comme douchée par ce qu'elle a fait ces dernières heures. En me voyant boire une gorgée de whisky, elle se fige.

— Qu'est-ce que tu fais ?

— À ton avis ? répond Amos.

Kat me prend la bouteille. Sa main tremble autour du goulot.

— N'accepte rien de sa part, aboie-t-elle.

La peur que je lis dans ses yeux me tord le ventre. Pourtant, Amos a bu lui aussi. Je repense au patch antidouleur qu'il m'a proposé, et mon pouls accélère.

Kat tourne les talons, fourre la bouteille dans les bras d'Amos et se ressaisit.

— Jesse m'a dit que tu n'avais rien mangé. Tu ne devrais pas boire l'estomac vide ; tu vas être malade.

— J'adore que tout le monde se soucie autant de mon bien-être, je raille. Au fait, je ne crois pas que le coup de pelle que j'ai reçu ait causé de dommages cérébraux.

— Désolé, marmonne Amos avant de se remettre à boire.

Kat se perche au bord de mon lit.

— Tu ne te souviens vraiment pas de ce qui s'est passé dans la montagne ?

Un gouffre béant s'ouvre dans ma poitrine comme chaque fois que je pense au mont Bobcat et à ces heures disparues.

— Je ne me souviens même pas de m'être réveillée le samedi matin.

— Donc, tu ne sais pas pourquoi tu n'es jamais rentrée à la maison au bord du lac ?

Ma gorge se noue.

— Je me rappelle avoir croisé Paul Santangelo, le randonneur, mais je ne me souviens pas de lui avoir parlé, et je ne sais pas pourquoi j'ai refusé son aide.

J'ai eu six mois pour m'interroger sur mes propres choix. La seule explication que j'ai trouvée, c'est que j'avais peur. J'étais perdue ; je ne pouvais pas faire confiance à un inconnu.

— J'ai dû m'éloigner davantage du bon chemin en tentant de me cacher pour qu'il ne puisse pas me retrouver. À la tombée de la nuit, j'ai dû renoncer et décider d'attendre des secours.

Mais les secours ne sont jamais venus. Je ferme les yeux pour contenir mes larmes alors que leur trahison me frappe de plein fouet. J'étais seule et terrifiée, et au lieu de m'aider, ils ont permis à Mike Dorsey de m'attaquer et de me laisser pour morte.

L'agent Novak avait raison. Avoir une réponse ne m'aide pas du tout.

Kat me dévisage toujours quand je finis de m'essuyer les yeux. Je lutte pour articuler :

— Pourquoi j'ai quitté le campement ?

Elle réfléchit avant de répondre :

— Tu étais fâchée contre moi.

— Pourquoi ?

Ses joues s'empourprent dans la maigre lumière de la lampe de chevet.

— Qu'est-ce que ça peut faire ?

Dans le coin, Amos s'est figé, la bouteille à mi-chemin de sa bouche. Kat n'a jamais dû lui dire pourquoi j'étais partie.

Elle a honte de ce qu'elle a dit ou fait.

Je déglutis.

— Jesse t'a dit qu'on avait parlé tous les deux, la nuit précédente sur le ponton ?

— Non, répond-elle sur un ton sec.

Autrement dit, elle le savait quand même. Peut-être qu'elle nous a vus, ou peut-être que ma façon d'éviter le regard de Jesse le lendemain matin lui a mis la puce à l'oreille. Rien n'échappe jamais à Kat Marcotte.

— C'est à cause de lui que je t'en voulais ?

— Oui.

Elle se laisse aller contre la tête de lit et ferme les yeux. Ces dix dernières années, on a dû se trouver dans cette position des centaines de fois, dans sa chambre ou dans la mienne, pour réviser une interro de sciences nat' ou décider quel film mettre en bruit de fond pendant qu'on discuterait de tout et de rien.

Je n'ai jamais su ce qui se passait dans sa tête. Toute notre amitié n'était-elle qu'un mensonge ? Kat me cachait des choses. De là à penser qu'elle me manipulait pour me rendre plus dépendante d'elle et m'éloigner de Jesse…

— Pourquoi tu ne m'as rien dit à propos de ton père ? je lance.

Elle rouvre les yeux.

— Tu m'aurais crue ?

— Comment tu peux en douter ?

— Beaucoup de gens ont refusé de me croire. (Kat porte une main à la cicatrice blanche qui barre un de ses sourcils.) Après avoir vu ça, une de mes profs a alerté l'armée de l'air. Et j'avais eu assez peur pour admettre que c'était la faute de mon père. Ses supérieurs ont envoyé quelqu'un chez nous. Ma mère leur a dit que c'était un accident, qu'elle avait laissé tomber une assiette.

— Emma ne t'a pas soutenue ?

Kat retire une bouloche du couvre-lit.

— C'est moi qui lui ai appris à faire ce que nos parents disaient, à ne jamais les contrarier, à ne jamais contredire leur version des faits. Très souvent, j'ai eu envie de t'en parler, juste pour que quelqu'un sache. Mais je me doutais que tu n'arriverais pas à le garder pour toi. Tu voudrais m'aider, et tu raconterais tout à tes parents.

— Tu aurais pu habiter chez nous. Tu sais qu'ils te l'auraient volontiers proposé.

— Mes parents ne m'auraient jamais laissée partir. Et même si par miracle ils avaient accepté, Marian s'y serait opposée.

— Elle savait ce qu'il te faisait ?

L'expression de Kat s'assombrit.

— À ton avis, pourquoi elle payait l'internat d'Emma ? Elle était au courant de tout, et prête à mourir pour cacher la vérité.

Je me surprends à jeter un coup d'œil à Amos, qui acquiesce d'un air sombre.

Je m'affaisse contre la tête de lit et écoute la respiration de Kat à côté de moi.

— J'essaie vraiment de comprendre pourquoi tu as pensé que c'était la seule solution.

Elle remonte ses jambes contre sa poitrine et pose le menton sur ses genoux.

— Tu ne peux pas. Pas à moins d'avoir dû aller aux urgences pour te faire remettre l'épaule en place le jour de ton septième anniversaire.

— Il y avait d'autres options. Mais tu préférais faire croire à tout le monde que tu étais morte.

— Pas à tout le monde, chuchote-t-elle comme dans un confessionnal. Seulement à ma famille.

— Et moi ?

Je voudrais ne pas me soucier autant de la réponse, ne pas avoir désespérément besoin de savoir si la fille que je prenais pour mon amie occupe toujours le corps assis près de moi.

— J'ai failli perdre la boule après votre disparition, Kat.

À ce souvenir, ma gorge se noue. Les psys, les médicaments, les crises de larmes devant des inconnus pendant les séances de thérapie de groupe… Tout ça parce que je pensais ne jamais trouver de réponse.

Et maintenant que j'en ai une, évidemment, elle ne me suffit pas.

— Je suis désolée pour ce qu'on t'a fait, souffle Kat, les yeux vitreux. Mais je ne suis pas désolée pour ce que j'ai fait à ma famille. Je suis ravie qu'ils me croient morte. J'espère que jusqu'à la fin de leur vie, ils se demanderont si c'est leur faute.

Je ne sais pas ce qu'elle veut que je réponde. Que je comprends, même si je ne peux pas lui pardonner ? Que j'en aurais fait autant à sa place ? J'opte pour :

— Je crois que tu n'as jamais été aussi sincère avec moi.

Elle hausse les épaules.

— Merci.

— Ce n'est pas un compliment, dis-je en tirant le couvre-lit sur moi et en me tournant vers le mur. Je veux que tu t'en ailles.

— Et moi, je ne veux pas te laisser seule avec Amos, réplique Kat.

Je fixe une tache d'humidité sur la peinture.

— Je préfère passer toute la nuit seule avec lui plutôt que te supporter une seconde de plus.

Je la sens se lever du lit, et j'entends la porte s'ouvrir.

— C'était vache, commente Amos depuis le coin quand la porte s'est refermée derrière Kat.

Je me redresse et lui fais signe.

— Je m'en fous. Passe-moi cette bouteille.

Il se lève et s'approche en titubant un peu. Même s'il contrôle toujours sa voix, je vois bien qu'il est soûl. Il s'assoit sur le lit près de moi.

— Je savais que toi et moi, on se retrouverait un jour, Claire.

— Ah bon ? Et pourquoi ?

— Je vois bien que tu es comme moi. Tu as la même mine de chiot triste. Tu crains qu'on te laisse seule avec tes pensées, et que tu te souviennes combien la vie est merdique et dénuée de sens.

— Tu as tout compris.

— Ça doit être un truc d'enfant unique, je suppose. La différence entre nous, c'est que tu espères que tes relations vont te sauver. (Amos boit une longue gorgée de whisky et fait claquer ses lèvres.) Moi, j'ai compris qu'on ne peut rien faire contre la solitude, à part s'engourdir.

Peut-être que ce qui s'est passé dans la montagne ne m'a pas changée tant que ça. Peut-être que je serais devenue cette personne de toute façon.

Peut-être qu'Amos a raison, et que je suis condamnée à la solitude. Peut-être qu'il n'y a rien d'autre à faire que l'accepter.

Quand il a fini de boire, il me passe la bouteille. Je saisis le goulot, hésite, puis la porte à mes lèvres.

32

KAT
Aujourd'hui

Je m'affaire au rez-de-chaussée. Je désinfecte les plans de travail et toutes les autres surfaces qu'on a pu toucher ; je balaie le moindre recoin au cas où des cheveux s'y seraient nichés. Une tentative futile pour effacer toute trace de nous dans cette maison.

Futile, parce que Claire a réussi là où le FBI a échoué. Elle a trouvé le téléphone, elle a parlé à Zoe-Grace, et elle est arrivée jusqu'à nous.

Si nous partons d'ici, nous serons condamnés à fuir jusqu'à la fin de nos jours.

Je m'arrête au bas de l'escalier. Tout est calme à l'étage.

Trop calme.

Je lâche mon pulvérisateur et monte les marches quatre à quatre. Je pousse la porte au moment où Claire la tire de l'autre côté, et j'ai un mouvement de recul en découvrant la scène à l'intérieur de la chambre.

Amos est allongé sur le lit, immobile.

Claire a les cheveux en bataille, et sa lèvre inférieure tremble.

Je ravale ma bile et reporte mon attention sur le corps d'Amos.

— Il est… ?

Claire me bouscule et vomit dans le couloir. Je me précipite vers mon cousin et lui prends le poignet. Il est encore chaud, mais je ne sens pas son pouls.

Je me tourne vers Claire qui m'observe, une main plaquée sur la bouche.

— Va-t'en, je lui ordonne. Tes clés et ton téléphone sont sur le comptoir de la cuisine.

— Kat…

— Claire. Tu dois ficher le camp d'ici. Tout de suite.

Jesse est livide quand il reprend le volant de la Camry. Nous avons tant roulé vers le nord que nous sommes presque à la frontière canadienne ; d'épais flocons ont recouvert le pare-brise pendant les quelques minutes où nous sommes restés à l'arrêt.

C'est moi qui ai conduit la BMW d'Amos jusqu'ici, avec son corps étendu sur la banquette arrière. Ensemble, on l'a transféré sur le siège conducteur. J'ai essuyé les larmes gelées sur mes joues pendant que Jesse mettait le point mort et poussait la voiture vers le fond du ravin, pour qu'elle aille s'abîmer dans le lac dissimulé au fond – à l'endroit exact indiqué par le GPS.

Au dernier moment, j'ai fermé les yeux pour ne pas voir la BMW disparaître. Mais depuis, le craquement de la surface gelée se répète en boucle dans ma tête.

Près de moi, Jesse ne dit rien. Il bat des cils pour chasser les flocons qui se sont pris dedans. Je saisis sa main gantée.

— Amos est mort. Il n'y avait que ses empreintes sur le flingue. On pourra toujours dire qu'il nous retenait en otages. On a encore une chance de s'en sortir.

— Et Claire ?

— On ne l'a jamais vue.

Il m'agrippe la main.

— Kat, l'argent de ta famille ne pourra pas nous sauver.

Je frémis. Après tout ce qui s'est passé, c'est la première fois qu'il parle de la fortune de Marian.

— Je ne peux pas retourner là-bas, dit-il doucement.

— Pourquoi ? Tu crois que je vais te trahir et te faire porter le chapeau ? Tu crois vraiment que je pourrais faire une chose pareille ?

Il me serre la main encore plus fort.

— Ce n'est pas ça. Si on retourne là-bas, on ne pourra jamais être ensemble.

Je cherche une réponse quand il reprend sèchement :

— Mais maintenant, tu t'en fiches, pas vrai ?

— Prends l'argent qui nous reste, je suggère. Seul, tu le feras durer plus longtemps. Tu peux t'en sortir, Jesse.

— C'est vraiment ce que tu veux ? demande-t-il d'une voix enrouée par l'émotion. Ne plus jamais me revoir ?

— Si c'est le seul moyen…

Son expression m'arrête, et mes mots gèlent dans l'air entre nous. Il sait. Évidemment. Il doit se douter depuis un moment que je suis prête à tout pour m'en tirer.

— Est-ce que tu m'as vraiment aimé ?

Je ferme les yeux pour me protéger contre le froid. Au bout d'un moment, Jesse pose une main gantée sur ma joue.

— Kat ?

Même si je lui répondais franchement – *Oui, autant que quelqu'un comme moi peut aimer quelqu'un d'autre* –, ça ne lui suffirait pas. Parce qu'il a tout quitté pour moi. Même si on restait ensemble et qu'on commençait une nouvelle vie quelque part, comment payer ma dette envers quelqu'un qui a prouvé qu'il était prêt à m'offrir le monde ?

Je frotte ma joue contre sa main et chuchote :

— Je suis désolée.

Et je le pense vraiment.

Je suis assise dans une pièce surchauffée du poste de police de Timsbury, un gobelet plein devant moi. Même si je frissonne encore, le thé est trop fort pour que je le boive.

Les flics ont respecté mon souhait de ne pas aller à l'hôpital. Un ambulancier est venu prendre ma tension artérielle et mon pouls, et une policière passe régulièrement m'apporter des snacks du distributeur et me demander si je veux boire autre chose. Je crois qu'en fait, elle veut juste vérifier que c'est bien moi : Kat Marcotte, vivante, sur son lieu de travail !

J'ai dit que je ne parlerais qu'au FBI, pas à la police locale. Le bureau le plus proche est à Hudson Valley, à quatre heures de route, mais j'ai entendu quelqu'un au téléphone parler de deux agents qui arrivaient de Long Island.

Si c'est vrai, Jesse, qui m'a déposé à cinq cents mètres du poste, a largement le temps d'aller récupérer le fric restant et ses affaires à la ferme, puis de quitter l'État.

Des coups vifs frappés à la porte. Celle-ci s'ouvre, livrant passage à un homme et une femme qui lance :

— Katherine ?

La tête penchée sur le côté, elle me dévisage comme en quête d'une preuve que c'est un canular.

J'acquiesce en silence.

— Nicole Cummings, agent spécial au FBI, se présente-t-elle. Et voici mon partenaire Bill Novak.

Je mets un moment à percuter. Elle est jeune et noire, il est beaucoup plus vieux et blanc. Elle est grande et mince ; il est trapu et ventripotent. Si quelqu'un les voyait en train de bavarder dans le bus, il se demanderait si ces deux-là ont une seule chose en commun.

— On nous a dit que vous ne vouliez pas voir votre famille, enchaîne Cummings en se glissant sur la chaise en face de moi et en posant un gobelet de café *Dunkin' Donuts* devant elle.

Je cale mes coudes sur la table et mon visage entre mes mains, avec l'air buté d'une lycéenne qui a déclenché une bataille de bouffe à la cafétéria et qu'on vient d'emmener chez le proviseur. N'importe quoi pour gagner du temps.

L'agent Cummings jette un coup d'œil à son partenaire.

— On vient de parler à l'ambulancier. Vous êtes sûre de ne pas vouloir aller à l'hôpital pour des examens plus complets ?

Je secoue la tête.

— Je ne suis pas blessée.

Elle ôte sa veste et la drape sur le dossier de sa chaise.

— Tu peux leur demander de baisser le chauffage ? demande-t-elle avec autant de désinvolture que si on était au restaurant.

Novak soupire et sort en me laissant seule avec elle.

Une trace de gloss taupe se détache sur le bord du gobelet *Dunkin' Donuts*. Cummings tapote le couvercle d'un ongle bien limé mais dépourvu de vernis.

— Ce serait une bonne idée de voir un vrai docteur.

— Je me sens mal. Je crois que je vais m'évanouir.

— Mettez la tête entre vos jambes et respirez à fond.

Je m'exécute juste pour ne pas avoir à la regarder. Pendant une minute, on n'entend que le tic-tac de l'horloge murale. Puis Novak revient, ferme la porte derrière lui et, au lieu de s'asseoir, se plante un peu en retrait de sa collègue.

— Je sais que vous devez être secouée, dit-il. Mais comme vous vous en doutez, on a beaucoup de questions à vous poser.

Je hoche la tête, même si je n'ai aucune intention de leur répondre.

Novak fronce les sourcils.

— Pourquoi vous n'avez pas voulu que la police contacte votre famille ?

Je baisse les yeux vers mes mains.

— Katherine, dit l'agent Cummings, ramenant mon attention vers elle. Des tas de gens vont être très heureux que vous soyez en vie. Mais ils vont vouloir des réponses.

Je ne dis rien. Agir comme si j'étais traumatisée me permettra peut-être de gagner du temps pour que Jesse disparaisse.

Cummings écarte son gobelet de café et croise les mains devant elle.

— Où est Jesse, Kat ?

— Je n'en sais rien.

Elle soupire.

— D'accord. Et votre cousin ?

— Je ne sais pas non plus. (Je déglutis pour m'éclaircir la gorge et faire de la place aux mensonges.) La dernière fois que je l'ai vu, c'était hier matin. Il est allé vendre de la drogue à Burlington, et il n'est jamais revenu.

On frappe à la porte. Avant que Cummings ou Novak puisse me répondre, la policière de tout à l'heure passe la tête à l'intérieur.

— Il y a une femme qui demande à voir Kat.

Maman. Je cligne des yeux pour chasser les larmes qui les embuent, consciente que Cummings et Novak m'observent en guettant mes réactions.

Un mouvement sur le seuil de la pièce. La policière est forcée de s'écarter pour laisser passer ma grand-mère. Quand elle me voit, Marian porte la main à sa bouche. Je ne réagis pas tandis qu'elle s'avance vers moi, mais je suis catastrophée.

Elle trébuche sur le dernier pas avant de me jeter ses bras autour du cou. Seule la présence de Cummings et de Novak me pousse à lui rendre son étreinte.

Puis je me fige. Les cheveux de ma grand-mère sont retenus en un chignon parfait sur sa nuque, et j'aperçois une minuscule trace de mascara au coin de son œil. On l'a réveillée au milieu de la nuit pour la prévenir que j'étais vivante, et elle a pris le temps de se coiffer et de se maquiller avant de venir.

Au cours des six derniers mois, j'ai imaginé qu'elle avait changé. Que la perte de son fils et de sa petite-fille l'avait adoucie.

Elle finit par me lâcher et se tourne vers les agents du FBI.

— Je ramène Katherine à la maison.

Novak croise ses bras énormes sur sa poitrine.

— Je crains que ça ne soit pas aussi simple, madame Sullivan-Marcotte.

— Est-elle soupçonnée d'un crime quelconque ?

— Non.

— Dans ce cas, si, c'est aussi simple : Katherine part avec moi.

Cummings se lève. Novak lui pose une main sur le bras.

— Avec tout le respect que je vous dois, votre petite-fille est majeure. C'est à elle de choisir si elle veut rester et nous parler.

— Pas avant qu'un docteur l'ait examinée, aboie Marian. Si ça vous pose un problème, vous pouvez contacter l'avocat de notre famille.

Elle me prend par le coude. Une colère aveuglante monte en moi – ce geste m'est si familier ! Je me dégage brutalement. Puis je vois que l'agent Cummings m'observe en fronçant ses sourcils bien épilés, et je me compose une expression neutre.

— Par ici, Katherine.

Marian est déjà dans le couloir.

Je la suis.

Quand nous sommes assez loin pour que les agents du FBI ne puissent plus nous entendre, ma grand-mère dit :

— Une voiture nous attend sur le parking de derrière. Il doit déjà y avoir des journalistes devant le bâtiment.

Nous montons dans le SUV noir dont le chauffeur a laissé tourner le moteur. Dès que Marian a remonté la cloison de séparation entre lui et nous, je lance :

— Tu aurais dû me laisser parler au FBI.

Elle porte une main à sa tête et frémit.

— Absolument pas. Tu ne parleras à personne avant que j'aie consulté notre avocat.

Mon estomac se tord comme la voiture commence à rouler. À un certain niveau, c'était ce que je voulais : que Marian me sauve de cette ferme déprimante, qu'elle prenne la situation en mains et qu'elle me protège. Mais maintenant que je suis seule avec elle, j'ai envie de sauter en marche. L'idée qu'elle contrôle l'histoire de mon enlèvement, qu'elle la fasse modeler par ses attachés de presse, ses hommes de loi et son fric me donne l'impression de suffoquer.

— Je gérais très bien…

— Vraiment ? aboie-t-elle. Parce que de toute évidence, tu ignores que Jesse a été arrêté il y a une heure, alors qu'il tentait de passer la frontière canadienne.

Mon sang reflue de ma tête. Jesse s'est fait prendre.

— Arrêté pour quelle raison ? Il n'a rien fait !

— Dès que tu es arrivée au poste de police, le FBI a lancé un avis de recherche contre lui.

D'une main tremblante, ma grand-mère sort un flacon d'Advil de son sac, l'ouvre et avale deux cachets à sec, les yeux fermés.

— Tu aurais dû rompre avec ce garçon quand je te l'ai dit.

J'ai envie de hurler. Tout ce qui est arrivé juste parce qu'elle voulait contrôler ma vie – trouve-t-elle que ça en valait la peine ? Mais je ne parviens qu'à chuchoter :

— Pourquoi ? Pourquoi tu le détestes tant ?

— Tu ne sais vraiment rien, pas vrai ?

Sa voix se brise sur la fin de sa phrase.

Mon sang se glace dans mes veines.

— De quoi tu parles ?

Marian se pince l'arête du nez comme si elle sentait poindre une migraine. Puis elle se ressaisit.

— Sa mère a fait un stage dans mes bureaux quand elle était étudiante.

Un malaise diffus me tord le ventre.

— Quel rapport ?

— Pendant une soirée caritative, elle a trop bu et lancé des accusations dégoûtantes contre ton père.

— C'est pour ça que tu détestes Jesse ?

— Je n'ai jamais dit que je le détestais. J'ai dit que tu ne pouvais pas être avec lui, articule-t-elle avec tant de force que tout l'air semble s'évaporer de la voiture.

Je sais que Jesse est né quand sa mère était encore étudiante ; elle a dû prendre un semestre sabbatique. Mais j'ai du mal à composer une phrase avec les mots qui tourbillonnent dans ma tête.

— Elle a dit que mon père… ? Est-ce que Jesse est… ?

Marian ferme les yeux.

— Tu aurais dû m'écouter, Kat.

— Non, je souffle. Tu mens.

— Je te dis la vérité, Katherine. Dès que j'ai compris qui il était, je t'ai dit de le quitter.

Cette fameuse soirée où je le lui ai présenté… Elle n'était pas horrifiée parce que Jesse a dit que sa mère était à moitié mexicaine. Elle était horrifiée parce qu'elle avait reconnu le nom de Salpietro.

Ses yeux brun foncé. Sa fossette au menton, identique à celle de mon père…

Je tambourine à la vitre de séparation.

— S'il vous plaît, laissez-moi descendre !

— Katherine, ne sois pas ridicule. (Ma grand-mère hausse la voix.) Continuez à rouler.

Mais j'insiste.

— Je vais vomir…

Le chauffeur donne un coup de volant aussi brusque que si un train nous fonçait dessus. Je pousse la portière, me laisse tomber dehors et vomis sur le bas-côté. Quand je n'ai plus rien à rendre, je croise les bras sur mon ventre et sanglote éperdument.

Toutes ces fois où mon père a saccagé notre maison, où il m'a hurlé dessus en me postillonnant au visage, où j'ai eu peur qu'il sorte une de ses armes du coffre et qu'il nous abatte tous… Je me disais : *Au moins, s'il me tue, je n'aurai plus jamais à subir ça.*

Ce que j'éprouve maintenant est mille fois pire.

Je me penche en avant et recommence à vomir tandis que le chauffeur descend et contourne le SUV pour me rejoindre.

— Ça va, mademoiselle ?

— Ça va très bien, aboie ma grand-mère. Remontez en voiture.

L'homme nous regarde tour à tour. J'espère vraiment qu'elle lui a fait signer un accord de confidentialité avant de l'engager pour nous ramener à Long Island.

Je lève la tête vers elle.

— Je ne te crois pas.

— Pour l'amour du ciel, Katherine. Tu as bien regardé ce garçon ?

Marian a les yeux pleins de larmes.

Une pellicule de sueur glacée me recouvre tout le corps. Elle ment. Elle ferait n'importe quoi pour nous éloigner l'un de l'autre, y compris inventer des horreurs.

Mais pas à propos de son fils chéri. Pas à propos de son précieux pilote dans l'armée de l'air.

« Elle a lancé des accusations dégoûtantes contre ton père. »

Marian n'a pas un geste réconfortant pour moi. Les voitures filent sur l'autoroute à quelques mètres de nous. Je trouve ça injuste que mon monde entier s'écroule pendant que ces gens cherchent une bonne station de radio ou se demandent ce qu'ils vont manger pour le dîner.

— Maintenant, tu sais, lâche enfin Marian. J'essayais juste de te protéger.

Je m'essuie les yeux.

— Me protéger ? C'est lui que tu protégeais. Il aurait dû aller en prison.

— C'est facile pour toi de me juger. Tu ne peux pas comprendre. Tant que tu n'auras pas d'enfants, tu ne pourras pas comprendre ce qu'une mère est prête à faire.

— Et la mienne, de mère ? Tu allais la laisser vivre avec ce monstre jusqu'à la fin de ses jours ?

Marian respire fort. Une mèche de cheveux s'est échappée de son chignon.

— Je suis sortie avec lui pendant un an sans savoir qui il était, je chuchote.

— Si tu ne nous l'avais pas caché, je t'aurais dit de le quitter beaucoup plus tôt.

— Qui d'autre était au courant ? À part toi et la mère de Jesse ?

— Juste nous deux. Notre accord stipulait qu'elle ne lui révélerait jamais le nom de son vrai père.

— Donc, tu l'as payée pour qu'elle disparaisse ?

— Non. J'ai réglé ses factures médicales et pris mes dispositions pour que l'enfant ait de quoi vivre une fois arrivé à l'âge de vingt et un ans.

— Tu n'en as même pas parlé à mon père ? Comment tu as pu faire ça ?

— Et toi, Katherine ? lance-t-elle en haussant la voix. Comment tu as pu faire ça ? Tu as détruit cette famille, et probablement aussi la vie de ce garçon.

« *Ce garçon.* » Elle n'arrive même pas à prononcer son nom. Le nom de son propre petit-fils.

Il me semble que je vais me remettre à vomir, mais mon estomac est vide. Comme le reste de moi.

— Je te déteste. Tu es la pire personne que j'aie jamais connue.

— Peut-être, réplique Marian. Mais sans moi, où serais-tu en ce moment ?

33

KAT
Février

La presse a décrété que c'était « un miracle de Noël à retardement ». Kat Marcotte et Jesse Salpietro, retrouvés en vie au bout de six mois. Au début, tout le monde voulait nous interviewer. Et plus on s'enfermait dans le silence, plus la soif de réponses du public grandissait.

Les rumeurs ont commencé dans les recoins les plus obscurs d'Internet. On ne pouvait pas nous faire confiance : de toute évidence, on s'était enfuis ensemble, peut-être parce que j'étais enceinte. Après que Brenda Dean nous a qualifiés de Bonnie & Clyde Junior, Marian a reçu tellement de menaces de mort qu'elle aussi a dû vendre sa maison à Brookport.

Le FBI n'a rien laissé filtrer, se refusant à tout commentaire tant que l'enquête ne serait pas bouclée et les chefs d'accusation annoncés. Pendant ce temps, le vent a commencé à tourner. D'abord, le *Daily News* a publié un article sur les visites que l'assistance sociale nous rendait en Italie, avec des commentaires des anciens subordonnés de mon père disant que le capitaine Marcotte les menaçait régulièrement de diverses violences.

Je ne doute pas que Marian soit à l'origine de ces fuites. Elle voulait créer un scénario crédible qui s'appuierait sur le mien : je m'étais enfuie pour échapper à mon père, ce monstre en uniforme de héros. Mon cousin était censé m'aider, mais sa cupidité s'était retournée contre lui. Il nous avait procuré un refuge dans une ancienne ferme, mais nous dépendions de l'argent qu'il gagnait en vendant de la drogue et du flingue avec lequel il nous tenait en respect au cas où nous aurions envisagé de nous rendre. Le jour où il n'est pas revenu d'une livraison, j'ai su qu'il était temps de rentrer chez moi et de dire la vérité.

Je n'ai pas vu ni même parlé à Jesse depuis qu'il m'a déposée près du poste de police. Marian et ses avocats me l'ont formellement interdit.

Il mérite de savoir qui il est. Pour qui il a réellement foutu sa vie en l'air.

Ma mère a décidé qu'on allait s'installer dans le New Jersey, ce qui, d'après les gens qui me croient coupable, est un châtiment pire que la prison. Ses parents vivent à Princeton, dans une résidence de luxe pour retraités. Je n'avais jamais su que si on ne leur rendait jamais visite, c'était parce que mon père nous l'interdisait.

Bref. Cet automne, j'entrerai à la fac locale pour un cursus en deux ans au lieu de quatre. Emma a refusé de quitter Barton pour intégrer un lycée catholique du New Jersey.

Notre maison de Brookport a été vendue. La semaine dernière, j'ai regardé les camions de déménageurs partir avec nos meubles par la fenêtre de la chambre d'amis chez ma tante Erin. Ce matin, ma mère m'a demandé si je voulais faire mes adieux à la maison avant qu'elle signe chez le notaire et remette les clés aux nouveaux propriétaires. Mon estomac s'est tordu violemment à la pensée de toutes ces pièces vides, de tous les trous en forme de poing rafistolés sur les murs.

Je ferme les yeux et revois ma chambre, la bouche d'aération sous le lit. Si seulement Amos avait gardé son calme et correctement tapé le code quand il est allé récupérer le téléphone, on serait encore à Timsbury tous les trois, et je m'appellerais encore Kaylee Brewer pour quelques mois.

Le bruit d'un moteur qui crachote me fait sursauter. Je me lève lentement et m'approche de la baie vitrée du salon.

Une berline beige à la peinture écaillée est garée de l'autre côté de la rue. Je la reconnais : c'est celle d'Andrea, la tante de Jesse.

Mon estomac se retourne. Ses avocats aussi lui ont dit de se tenir éloigné de moi. Il n'a pas essayé de me contacter une seule fois pendant les deux mois écoulés depuis notre retour.

Il lève la tête et me voit derrière la fenêtre.

Je pensais que je ne pourrais plus jamais le regarder en face. Je pensais ne même pas en avoir l'occasion.

J'enfile les chaussures abandonnées près de la porte et me hâte de sortir. Jesse commence à défaire sa ceinture de sécurité. Je secoue la tête, et il s'interrompt. Puis j'ouvre la portière passager et me glisse à l'intérieur de la voiture.

— Désolée. Il ne faut pas qu'on te voie ici.

Il acquiesce en pianotant sur son genou.

— Pardon. Je n'aurais pas dû venir. Mais j'ai appris que tu déménageais, et j'avais besoin de te voir.

Je détourne les yeux de sa main qui tremble. Je sais qu'il se retient de prendre la mienne pour m'embrasser les jointures comme il avait l'habitude de le faire. Je pince la peau entre mon pouce et mon index, un truc que Marian m'a donné pour lutter contre la nausée.

— J'ai entendu dire que tu serais bientôt inculpé, je lâche.

— Seulement d'avoir menti aux enquêteurs, d'après mon avocat.

— Je ne peux pas faire ça, je chuchote. Je ne peux pas te laisser porter le chapeau. Je dois leur dire la vérité.

— Surtout pas. C'est ce qu'ils espèrent. Si tu me contredis, on sera probablement condamnés tous les deux.

Je déglutis.

— Tu crois que tu iras en prison ?

— Je risque un an ferme, mais d'après mon avocat, je devrais m'en tirer avec du sursis.

Je dois mettre ma tête entre mes genoux. Jesse me frotte le dos.

— Hé. Après tout ce qui s'est passé, j'aurai de la chance de ne pas prendre plus.

Je lève les yeux vers lui.

— Tu l'as fait pour moi. C'est moi qui devrais être jugée.

— Je l'ai fait pour nous.

Sa main descend dans mon dos. La chaleur de sa peau me dégoûte. Je m'avance sur le siège pour rompre le contact.

— Tu ne comprends pas. Ma grand-mère avait une bonne raison de vouloir que je te quitte.

— Kat, dit-il doucement. Non.

— Si. Tu mérites de savoir. Mon père…

— Tu n'as pas besoin de le dire. Je suis déjà au courant.

Ma vue se trouble tandis que je pense à toutes les façons dont il aurait pu l'apprendre. S'il le sait, ce n'est qu'une question de temps avant que les journaux à scandale s'emparent de la nouvelle. Je déglutis pour ravaler la nausée qui enfle en moi.

— C'est le FBI qui te l'a dit ?

— Non, répond Jesse en évitant mon regard.

— Alors, comment tu l'as découvert ? je chuchote.

— L'an dernier, mon oncle a mentionné… ce qui était arrivé à ma mère. J'ai fait un test ADN. Je voulais juste connaître le nom du type. (Jesse ferme les yeux.) Il n'était pas dans leur banque de données, mais je me suis découvert un cousin éloigné à Long Island. Son nom de famille était Sullivan.

Mon sang se glace dans mes veines.

— Ce test ADN – tu l'as fait quand exactement ?

— En mars dernier. Mais je n'ai pas percuté jusqu'à l'anniversaire de ta grand-mère. La façon dont elle m'a regardé… Elle n'était pas juste dégoûtée : elle avait peur. J'ai eu l'horrible impression qu'elle savait qui j'étais, dit Jesse en s'essuyant les yeux.

— Donc, au lieu de m'en parler, tu as fait des recherches et tu as découvert qu'on avait le même père…

— Je voulais être sûr avant de te dire quoi que ce soit. (La voix de Jesse se brise.) Et j'allais le faire, puis tu m'as dit que tu envisageais de te suicider, et ça a tout changé.

— Ça n'a rien changé du tout !

J'ai hurlé. C'est la première fois que je hurle sur Jesse.

Je voulais échapper à un monstre, pas m'enfuir avec un autre.

Je saisis la poignée de la portière. Jesse tend la main vers moi, mais la voix qui sort de ma bouche est si effrayante que moi-même, j'ai du mal à la reconnaître.

— Ne me touche pas.

— Kat…, sanglote-t-il.

Il savait quand il a proposé qu'on s'enfuie ensemble. C'est même la raison pour laquelle il l'a proposé, la raison pour laquelle il ne voulait pas rentrer à Brookport.

« Si on retourne là-bas, on ne pourra jamais être ensemble. »

Je plaque une main sur ma bouche.

— Non. Oh mon Dieu. Oh mon Dieu.

— Kat, implore-t-il. On n'a pas grandi ensemble.

— Laisse-moi descendre, Jesse.

Il s'essuie les yeux avec le dos de sa main. Dès que j'entends le cliquetis du mécanisme de sécurité, je me jette hors de la voiture et claque la portière sur le bruit de ses sanglots.

34

CLAIRE
Mai

Le message laissé sur mon répondeur est bref : « Comment ça va, Claire ? C'est Bill Novak. Rappelez-moi. »

Aucune mention d'Amos, de sa mort ou d'une assignation à témoigner dans le procès qui décidera du sort de Kat et de Jesse. Je m'y attendais pourtant depuis que l'agent Cummings m'a appelée en personne pour m'annoncer qu'on les avait retrouvés vivants. Même si elle ne pouvait pas me voir, j'ai hoché la tête pendant qu'elle me donnait tous les détails qu'elle était autorisée à divulguer.

« Suis pas certaine de ce qui leur est arrivé… »

« … va être une enquête compliquée… »

« … vous pourriez être assignée à témoigner au sujet des événements de ce fameux week-end. »

Le week-end de la randonnée sur le mont Bobcat, ai-je dû me remémorer. Pas le week-end dont ni la police ni le FBI ne peuvent savoir que je l'ai passé à Timsbury.

J'ai remercié Cummings et lui ai demandé de me tenir au courant. Puis je suis allée en cours comme si de rien n'était. Sur le campus, on a beaucoup commenté la réapparition de Kat et de Jesse pendant quelques jours. Tous les matins en me levant et tous les soirs avant de me coucher, je surveillais les nouvelles en redoutant qu'on ait trouvé le corps d'Amos.

Mais ce n'est jamais arrivé. Et Kat et Jesse n'ont pas été arrêtés, malgré les efforts quotidiens de Brenda Dean qui réclamait avec véhémence qu'on les inculpe d'association de malfaiteurs.

J'ai cessé d'aller lire les fils de discussion sur Reddit, mais je sais que le débat continue à faire rage.

« C'est elle qui tirait les ficelles. »

« C'est lui qui a tout organisé. »

« Ils ont réellement été enlevés. »

Le FBI n'a pas fait de commentaire, se contentant de dire que l'enquête était toujours en cours et qu'ils pouvaient encore inculper les parties concernées.

J'ai passé mon dernier examen hier matin. Puis je suis rentrée chez moi sans m'arrêter une seule fois en route. Ce soir, j'ai bossé au *Stellato* pour la première fois de la saison. Demain, Ben rentrera à son tour, et j'ignore ce qui se passera entre nous. Mais avant ça, je dois finir de l'enterrer.

La fille dans le miroir des urgences de Sunfish Creek, couverte de sang et privée de ses souvenirs. La fille qui sanglotait sous le jet brûlant de la douche dans son dortoir d'étudiante, priant pour que personne ne l'ait vue s'enfuir de cette ferme à Timsbury ou arriver à la fac à 4 heures du matin, frissonnante et bouleversée.

Je me remémore que je suis ici, à Brookport, au volant de ma voiture garée derrière le *Stellato*. De retour là où tout a commencé. Mais moi, j'ai changé. Je ne suis plus la même, et je n'ai plus l'intention de me cacher.

Je me repasse le message vocal sans prêter attention à mes paumes en sueur. Puis je rappelle Novak et attends qu'il grogne « Allô ? » pour lancer joyeusement :

— Bonjour, c'est Claire Keough. Vous vouliez me parler ?

Il propose qu'on se retrouve dans un parc pas loin des bureaux du FBI, pendant sa pause déjeuner le lendemain. Quand j'arrive, il m'attend sur un banc avec un sac du *Subway*, non loin de l'entrée comme il me l'avait dit.

— Où est l'agent Cummings ?

Il se tamponne la bouche avec une serviette en papier.

— Partie en vacances après m'avoir refilé toute sa paperasse.

— C'est pour ça que vous m'avez fait venir ? Pour vous aider à boucler la paperasse ?

— Non.

Novak ouvre un sachet de Lays et me le tend. Je secoue la tête. Mes entrailles se sont changées en pierre. Mais je suppose que s'il était sur le point de m'arrêter pour le meurtre d'Amos Fornier, il ne se goinfrerait pas de chips.

— Hier, le nouvel avocat de Jesse a appelé le bureau du procureur, annonce-t-il avant de boire une gorgée de soda à la paille. Il a décidé de parler.

Je me mords l'intérieur de la joue.

— Et qu'est-ce qu'il a dit ?

— Que c'était son idée et celle d'Amos de mettre en scène un enlèvement. Le moyen qu'ils avaient trouvé pour sauver Kat de son père. (Novak soupire.) Elle ne savait rien, et quand la situation a dérapé, ils l'ont convaincue qu'elle ne pouvait pas rentrer – sans quoi, elle serait impliquée elle aussi.

Mes mains me picotent.

— Et vous le croyez ?

— Putain, non.

Choquée, je déglutis.

— Est-ce que Jesse va être inculpé ?

— Un tribunal ne pourrait retenir aucune charge contre lui. La seule personne dont la présence sur le lieu de la remise de rançon peut être établie avec certitude, c'est Mike Dorsey. Sans Amos pour témoigner que l'idée venait en réalité de

Kat et de Jesse… (Il hausse les épaules.) Je suis navré, Claire. Ça doit être dur à entendre, après tout ce que vous avez traversé.

Pas aussi dur que vous l'imaginez.

— Mais des tas de gens pensent qu'ils sont coupables.

— Ils pourraient changer d'avis. Surtout si on leur offre suffisamment d'argent, réplique Novak en pinçant les lèvres. Pour qu'Amos n'ait pas à répondre du rôle qu'il a joué dans cette affaire, sa famille a passé un accord avec la ville de Sunfish Creek. Marian Sullivan-Marcotte va dédommager le bureau du shérif pour les dépenses engagées pendant les recherches dans la montagne.

Je tripote le cordon de la capuche de mon sweat en cherchant un moyen de détourner la conversation d'Amos.

— Je ne comprends toujours pas pourquoi elle n'avait jamais rien dit à personne à propos de son père.

— Il existe des tas de raisons qui réduisent les victimes d'abus au silence. Vous et moi ne pouvons pas comprendre, répond Novak en froissant le sachet de chips vide. Si de nouveaux éléments font surface, on pourra peut-être les inculper pour avoir menti aux enquêteurs. Mais faire comparaître une adolescente battue devant un jury… c'est le pire cauchemar d'un procureur. Des tas de gens ont assisté aux accès de violence de Johnathan Marcotte au fil des ans. Les avocats de Kat et de Jesse sont les meilleurs. Ils les trouveront, et ils les appelleront à la barre des témoins.

Je fronce les sourcils.

— Je croyais que Jesse avait un avocat commis d'office.

— Il vient d'engager Young and Associates, un cabinet de Manhattan spécialisé dans le droit criminel.

Impossible que Jesse ait les moyens de s'offrir leurs services sans l'aide financière des Marcotte. Amos avait raison : Marian est prête à tout pour protéger sa famille, y compris à acheter le garçon qu'elle haïssait. Le garçon à cause duquel sa famille a éclaté.

Je me penche en avant, pose les coudes sur mes genoux et enfouis mon visage dans mes mains. J'inspire à fond.

Novak doit prendre mon silence pour de l'incrédulité. Ou du désespoir à l'idée que Kat et Jesse s'en sortent après ce qu'ils ont fait, à leur famille et à moi.

— Ça ne sera pas fini tant qu'on n'aura pas entendu ce qu'Amos Fornier a à dire. On continuera à chercher, mais à mon avis, il se prélasse à bord d'un yacht à l'autre bout du monde.

Novak hausse les épaules comme pour dire qu'il y a d'autres disparus qui méritent davantage l'attention du FBI.

— Je dois retourner au boulot, lance-t-il. Si vous avez besoin de quoi que ce soit, n'hésitez pas à m'appeler.

Je hoche la tête, même si je sais que je ne le reverrai jamais. Il n'y aura pas de procès. Je ne serai pas forcée de regarder Kat et Jesse en face pendant que leurs avocats me traiteront de menteuse. Je ne ferai plus la une des journaux.

Cela ne me réconforte pas beaucoup. Je devrai vivre avec la vérité tapie en moi comme un cancer.

J'ai été surprise de la rapidité avec laquelle le fentanyl a agi sur Amos. Il avait tellement bu qu'il était déjà à deux doigts de perdre connaissance. Je ne m'attendais pas à ce que ça fonctionne, mais quand il m'a grimpé dessus pour reprendre où on en était restés dans sa chambre trois ans plus tôt, je n'ai pas hésité à sortir le patch de sa poche et à le coller sur sa peau.

Laisser vivre Amos ou réussir à m'enfuir. Le choix était facile.

Où qu'elle soit en ce moment, je me demande si c'est ce que Kat a ressenti quand elle a décidé de partir.

Je ne le saurai probablement jamais. Mais l'ignorance, c'est comme la culpabilité : je suis en train de découvrir que je peux vivre avec.

Quand je regagne ma voiture, je me sens un peu plus légère. Je lève mon visage vers le soleil. C'est bientôt l'été.

Ce roman est une œuvre de fiction. Mais les abus émotionnels et physiques sont une réalité pour beaucoup de gens, quel que soit leur âge, leur sexe ou leur classe sociale. Si vous ou quelqu'un de votre entourage êtes victime de violences domestiques, vous n'êtes pas seul.e. En France, appelez le numéro vert 119.

Remerciements

Je déborde de gratitude envers mon éditrice Krista Marino, qui voit toujours les arbres même quand je suis complètement perdue dans la forêt.

Merci à mon agente Suzie Townsend et à toute l'équipe de New Leaf Literary, en particulier Dani Segelbaum, Joanna Volpe, Veronica Grijalva, Victoria Henderson, Pouya Shahbazian et Hilary Pecheone.

Merci aussi à tout le monde chez Random House Children's Books : Lydia Gregovich, Barbara Marcus, Beverly Horowitz, Cayla Rasi, Elizabeth Ward, Kelly McGauley, Jenn Inzetta, Kate Keating, John Adamo et Mary McCue. Avec ma reconnaissance éternelle au département artistique pour leur magnifique couverture – une de plus.

Merci à mon groupe d'amis pour toutes les séances de brainstorming tard dans la soirée, et plus généralement pour leur soutien et leurs encouragements. Merci à ma famille et à tous les proches qui m'ont aidée à maintenir en vie et à divertir un petit être humain tandis que se succédaient les différentes moutures de ce livre.

Et bien entendu, merci à mes lecteur.rice.s. J'espère que vous ne regrettez pas d'avoir attendu ce roman.

Achevé d'imprimer en avril 2022
Par CPI Brodard & Taupin à La Flèche
N° d'impression : 3046560
Dépôt légal : mai 2022
Imprimé en France
36231693-1